명
고
전
집

이 책은 2016~2018년도 정부(교육부)의 재원으로 한국고전번역원의 지원을 받아
수행된 '권역별거점연구소협동번역사업'의 결과물임.

This work was supported by Institute for the Translation of Korean Classics - Grant funded by
the Korean Government.

한국고전번역원 한국문집번역총서 / 성균관대학교 대동문화연구원

명고전집 7 ≡연보

明皐全集

서형수 지음 이규필 옮김

徐瀅修

강민정

일러두기

1. 이 책의 번역 대본은 고려대학교 해외한국학자료센터에서 수집한 《시고변(詩故辨)》
   으로 하였다. 번역 대본의 원문 이미지는 고려대학교 해외한국학자료센터 홈페이지
   (http://kostma.korea.ac.kr)에서 확인할 수 있다.
2. 내용이 간단한 역주는 간주(間註)로, 긴 역주는 각주(脚註)로 처리하였다.
3. 한자는 필요한 경우 이해를 돕기 위하여 넣었으며, 운문(韻文)은 원문을 병기하였다.
4. 맞춤법과 띄어쓰기는 한글 맞춤법과 표준어 규정을 따랐다.
5. 이 책에서 사용한 부호는 다음과 같다.
   ( ) : 번역문과 음이 같은 한자를 묶는다.
   〔 〕: 번역문과 뜻은 같으나 음이 다른 한자를 묶는다.
   " " : 대화 등의 인용문을 묶는다.
   ' ' : " " 안의 재인용 또는 강조 문구를 묶는다.
   「 」: ' ' 안의 재인용 또는 강조 문구를 묶는다.
   《 》: 책명 및 각주의 전거(典據)를 묶는다.
   〈 〉: 책의 편명 및 운문·산문의 제목을 묶는다.

차례

명고전집 시고변 제6권

주송 周頌

명고전집 부록

명고전집

시고변
제5권

小소
雅아

大대
雅아

소아 小雅

녹명
鹿鳴

○ 모서(毛序): 〈녹명〉은 여러 신하들과 아름다운 손님에게 연향을 베푸는 시이다. 마시고 먹게 한 뒤 또 폐백(幣帛)을 광주리에 담아 후의(厚意)를 표하니, 그런 뒤에야 충신과 아름다운 손님이 자신들의 마음을 다할 수 있는 것이다.

○ 주자(朱子)의 《시경집전(詩經集傳)》: 이 시는 빈객들에게 연향을 베푼 시이다.

사모

四牡

○ 모서: 〈사모〉는 사신이 온 것을 위로한 시이다. 공로가 있을 때
인정을 받으면 기쁘기 때문이다.

○ 좌구명(左丘明): 숙손목자(叔孫穆子)가 말하기를 "〈사모〉는 군주
가 사신의 노고를 표창해주신 것이니, 감히 표창해주신 것에 대해 절
하지 않을 수 있겠습니까?"라고 하였다.[1]

---

1 숙손목자(叔孫穆子)가……하였다 : 《국어(國語)》〈노어 하(魯語下)〉에 숙손목자
가 진(晉)나라에 빙문을 갔을 때의 이야기를 인용한 것이다. 진 도공(晉悼公)이 사신으
로 온 숙손목자의 노고를 위로하기 위해 연향을 베풀어 〈사하(肆夏)〉・〈문왕(文王)〉・
〈녹명(鹿鳴)〉 등 여러 음악을 연주하였다. 음악이 연주되던 내내 묵묵히 앉아 있던
숙손목자는 〈녹명〉 3장을 연주하자 일어나 절을 하였다. 도공이 행인(行人, 외교관)을
시켜, "그대가 그대 나라 임금의 명령으로 우리나라를 안정시켜주어, 내가 성대하지
않으나마 선군(先君)의 예법으로 그대 일행들을 대접하고, 성대하지 않으나마 음악으
로 절도 있게 예우하였는데, 그대는 저 〈사하〉와 〈문왕〉의 큰 음악을 버리고 저 〈녹명〉
의 작은 음악에 예를 차렸다. 감히 묻건대 무슨 예법인가?[子以君命鎭撫敝邑, 不腆先君
之禮以辱從者, 不腆之樂以節之, 吾子舍其大, 而加禮於其細, 敢問何禮也.]"라고 물었
다. 이에 숙손목자가 대답하기를, "우리 임금께서 저를 시켜 이 나라에 와서 선군의
우호를 잇게 하자, 임금께서는 제후국 간의 연고로 인해 사신인 저에게 큰 예를 내려주
셨습니다. 앞에 연주한 음악에서 〈사하〉・〈알(遏)〉・〈거(渠)〉를 종으로 연주한 것은
천자가 원후(元侯)에게 연향해줄 때 사용하는 것이고, 〈문왕〉・〈대명(大明)〉・〈면
(緜)〉을 노래한 것은 두 나라 임금이 서로 만날 때의 음악입니다. 모두 임금의 아름다운
덕을 밝혀 국가 간의 우호를 합한 것이니, 모두 사신이 감히 들을 것이 아닙니다. 신은
진나라 악사들이 연습하기 위해 연주한 것이라고 생각하여 감히 절하지 않았습니다.

○ 정현(鄭玄): 문왕이 서백(西伯)이 되었을 때 천하의 삼분의 이를 소유하시고서도 은(殷)나라를 섬겼다. 당시 은나라 사신이 왕사(王事 왕명을 받들고 사신으로 나가는 일)로서 그 직분을 성실히 수행하였으니, 은나라 사신이 왔을 때에 문왕이 은나라 사신의 공과 수고를 진술하여 노래한 것이다.

○ 주자의 《시경집전》: 이는 사신을 위로한 시이다.

지금 악관(樂官)이 피리를 불고 읊조리고 노래하여 〈녹명〉의 세 편에 미친 것은 임금께서 사신에게 선물해주신 것이니, 제가 감히 하사하신 것에 절하지 않을 수 있습니까? 〈녹명〉은 임금께서 선군의 우호를 아름답게 여기신 것이니, 감히 아름다움에 절하지 않겠습니까? 〈사모〉는 임금이 사신의 노고를 표장해준 것이니, 감히 표장해 주신 것에 대해 절하지 않겠습니까? 〈황황자화(皇皇者華)〉는 임금께서 사신인 저에게 말씀하시기를 '사사로움을 품는 자마다 미침이 없으며, 묻고 꾀하고 생각하고 헤아리기를 반드시 미더운 사람에게 자문하라.'라고 하시니, 감히 말씀에 절하지 않겠습니까? 신이 듣기를 '사사로움을 생각함이 매회(每懷)이고, 일을 물어봄이 추(諏)이고, 어려움을 묻는 것이 모(謀)가 되고, 예의를 묻는 것이 탁(度)이 되고, 친척을 묻는 것이 순(詢)이고, 충신(忠信)이 주(周)이다.' 하니, 임금께서 사신에게 큰 예를 주시고 육덕(六德)으로 거듭하시거늘 감히 정중히 절하지 않겠습니까.〔寡君使豹來繼先君之好, 君以諸侯之故, 況使臣以大禮. 夫先樂金奏肆夏遏渠, 天子所以饗元侯也, 夫歌文王大明縣, 則兩君相見之樂也, 皆昭令德以合好也, 皆非使臣之所敢聞也. 臣以爲肆業及之. 故不敢拜. 今籥歌, 及鹿鳴之三, 君之所以況使臣, 臣敢不拜況. 夫鹿鳴, 君之所以嘉先君之好也, 敢不拜嘉. 四牡, 君之所以章使臣之勤也, 敢不拜章. 皇皇者華, 君敎使臣曰每懷靡及, 諏謀度詢, 必咨於周, 敢不拜敎. 臣聞之曰, 懷和爲每懷, 咨才爲諏, 咨事爲謀, 咨義爲度, 咨親爲詢, 忠信爲周, 君況使臣以大禮, 重之以六德, 敢不重拜.〕'라고 하였다.

황황자화

皇皇者華

○ 모서: 〈황황자화〉는 군주가 이웃 나라에 사신을 보내면서 읊은 시이다. 예악으로 전송하면서, 멀리 나가 국가를 빛내줄 것을 말한 것이다.

○ 모장(毛長): 충직스러운 신하가 사신의 명을 받들고 나가 능히 군주의 명을 빛냄에 먼 나라와 가까운 나라가 없는 것이 마치 꽃이 높고 낮은 자리에 따라 색깔을 바꾸지 않는 것과 같다.

○ 주자의 《시경집전》: 이는 군주가 사신을 보내는 시이다.

상체
常棣

○ 모서: 〈상체〉는 형제를 연락(宴樂 연향을 베풀어 즐기게 함)한 시이다. 관숙(管叔)과 채숙(蔡叔)이 도(道)를 잃은 것을 안타깝게 여겨, 이 때문에 〈상체〉를 지은 것이다.

○ 좌구명: 부진(富辰)이 말하기를, "옛날에 주공은 관숙과 채숙이 불화(不和)하여 반란을 일으켰던 것을 가슴 아프게 여겼습니다. 그러므로 친척을 봉건(封建)하여 주나라 왕실의 울타리로 삼았습니다. 소목공(召穆公)은 주나라의 덕이 선(善)하지 못함을 상심하여, 이 때문에 종족을 성주(成周)에 모아놓고서 시를 지었습니다. 주나라에 아름다운 덕이 있을 때에도 오히려 형제만한 이가 없다고 하였고, 천하를 회유할 때에도 오히려 외모(外侮)를 두려워하였습니다. 외모를 막는 데는 친속을 친애하는 것만큼 좋은 게 없다고 여겨, 이 때문에 친속을 제후로 봉하여 주나라의 울타리로 삼았던 것입니다. 소목공도 이렇게 말했습니다."라고 하였다.[2]

---

2 부진(富辰)이……하였다 : 노나라 희공(僖公) 24년 여름의 일이다. 정(鄭)나라 군대가 활(滑)나라로 쳐들어갔을 때 활나라 사람이 정나라의 명을 듣겠다고 하다가 정나라 군대가 물러나자 활나라는 이내 위(衛)나라 측에 붙었다. 정나라가 다시 활나라를 치려하자 주나라 양왕(襄王)이 백복(伯服)과 유손백(游孫伯) 두 사람을 보내어 이를 제지하였다. 정나라는 양왕이 활나라를 편든다고 생각하여 서운함을 품고 두 사람을 가두었다. 양왕은 노하여 적(狄)나라 군사를 거느리고 정나라를 치려 하였다. 이때

○ 정현: 〈상체〉는 관숙과 채숙이 도를 잃은 것을 안타깝게 여긴 시이거늘, 어찌하여 문왕의 시(詩)에 나열되어 있는가? 관숙과 채숙이 형제의 도를 잃어 주벌되기에 이른 것을 안타깝게 여긴 것이다. 만약 이 시가 성왕의 시에 들어가 있다면 이는 그들의 죄를 드러낸 것이지 안타깝게 여긴 것이 아니다. 이 때문에 숨긴 것이다. 이를 미루어 위로 올려놓았으니, 문왕에게 형제를 친애하는 의리가 있었음을 말미암은 것이다.[3]

부진이 양왕을 만류하며 간곡히 간언을 올렸는데, 본문은 부진의 말을 축약하여 인용한 것이다. 그 요지는 '관(管)·채(蔡)·곽(霍)·노(魯)·위(衛) 등의 나라는 문왕의 아들들의 나라이고, 우(邘)·진(晉)·응(應)·한(韓) 등의 나라는 무왕의 아들들의 나라이고, 범(凡)·장(蔣)·형(邢)·모(茅)는 주공의 후손들의 나라이고, 정나라는 여왕의 후손의 나라이다. 이들 나라는 모두 주나라 왕실과 형제의 나라로서 주나라 왕실에 울타리가 되어주는 나라이므로, 이들 나라와 전쟁을 해서는 안 된다.' 하는 것이다. 마지막에 '역운(亦云)'은 주공이 지은 시를 소목공이 불렀기 때문에 이렇게 표현한 것이다. 《春秋左氏傳 僖公 24年》

3 상체는……것이다 : 이 부분은 본래 문답 형식으로 되어 있는 것을 축약한 것이다. 이해를 돕기 위해 《모시정의》에 실린 원문을 소개하면 다음과 같다. "묻는 이가 말했다. 〈상체〉는 관숙과 채숙이 도를 잃은 것을 안타깝게 여긴 시이거늘, 어찌하여 문왕의 시에 나열되어 있는가? 다음과 같이 답하였다. 안타깝디 안타깝게 여긴다는 것은 형제가 서로 화목한 도를 잃어 주벌되기에 이른 것을 안타깝게 여긴 것이다. 만약 성왕과 주공의 시에 들어 있다면 이는 그들의 죄를 드러낸 것이지 안타깝게 여긴 것이 아니다. 이 때문에 숨긴 것이다. 미루어 위에 올려놓은 것은 문왕에게 형제를 친애하는 의리가 있었음을 말미암은 것이다.〔問者曰, 常棣閔管蔡之失道, 何故列於文王之詩. 曰, 閔之閔之者, 閔其失兄弟相承順之道, 至於被誅. 若在成王周公之詩, 則是彰其罪, 非閔之, 故爲隱. 推而上之, 因文王有親兄弟之義.〕"

성왕의 시(詩)는 저본에는 '성왕시(成王時)'라고 되어 있으나 《모시정의》에 '성왕주공지시(成王周公之詩)'라고 되어 있어, 이를 근거로 번역한 것이다.

○ 두예(杜預): 주공이 시를 지었고, 소공이 노래로 불렀다.

○ 공영달(孔穎達): 주공은 관숙과 채숙이 화목하지 않아 유언비어를 퍼트려 난을 일으키자, 병사를 일으켜 그들을 주벌하여 형제의 은혜가 소원해지게 만든 것을 안타깝게 여기고, 천하가 이러한 모습을 보고 또한 형제들을 멀리할까 두려워하였다. 이 때문에 이 시를 지어 형제들을 연락(宴樂)하였으니, 서로 친애함을 취한 것이다.[4] 여왕(厲王)의 시대에 이르러 종족을 버리고 또 형제의 은혜가 소원해지게 만들었다. 소목공이 이 때문에 또 거듭 이 시를 진술하여 노래하여 형제들을 친애하였다. 《외전(外傳)》에 "주 문공(周文公)의 시에 '형제가 담장 안에서는 싸울지라도 밖으로는 업신여김을 막는다.'라고 하였다." 하였으니[5] 이 시는 본디 성왕의 시대에 주공이 지은 것을 소목공이 거듭 노래한 것일 뿐이다. 이 때문에 정현이 그의 제자 조상(趙商)에게 답하기를, "무릇 시를 읊는 자는 혹 시편을 짓기도 하고, 혹 옛 시를 외기도 한다."라고 하였는데, 이른바 '옛 시를 왼다'는 것이 바로 이 〈상체〉를 가리킨 것이니 소목공이 지은 것이 아니다.

○ 범처의(范處義): 주공이 관숙과 채숙의 변란을 만나 이를 말미암아 '문왕과 무왕께서 능히 형제들에게 연락(宴樂)한 것이 이와 같은데도 지금은 이렇게 되고 말았구나.'라고 생각하여, 이 때문에 이 시를 지은 것이니 대개 안타까워한 것이다. 그렇다면 '문왕과 무왕이 당시에 형제들을 연락하였는데, 주공이 뒷날에 이 사실을 뒤미처 읊

---

4 서로……것이다 :《모시정의》에 '以燕兄弟' 뒤에 '取其相親也'라는 5자가 더 있다. 온선한 의미 전달을 위해 보충하여 번역하였다.

5 외전(外傳)에……하였으니 :《국어》권2 〈주어 중(周語中)〉에 나온다.

었다.'라고 하는 것이 이치에 또한 믿을 만하다.

○ 주자의 구설(舊說): 문왕과 무왕의 즈음에 실로 형제들을 연락(宴樂)하는 시가 있었다. 하지만 관숙과 채숙이 난을 일으킨 일 때문에 주공이 예를 제정하고 음악을 만들던[制禮作樂] 즈음에 다시 〈상체〉를 지어 형제의 우호를 폈다. 대개 형제를 연락한 것은 문왕과 무왕의 정사이고, 관숙과 채숙을 안타깝게 여긴 것은 주공의 마음이다.

○ 주자의 《시경집전》: 이는 형제를 연향하는 악가(樂歌)이다. 아마 주공이 관숙과 채숙을 주벌하고 나서 지은 것일 것이다. 모서에서 "관숙과 채숙이 도를 잃은 것을 안타깝게 여겼다."라고 한 것은 맞고, 또 "문왕과 무왕의 시이다."라고 한 것은 틀렸다.

按 〈어리(魚麗)〉에 대한 모서의 설에 "문왕과 무왕이 〈천보(天保)〉 이상의 시편들을 가지고서는 나라 안을 다스렸고, 〈채미(采薇)〉 이하의 시편들을 가지고서는 나라 밖을 다스렸다."라고 하였다. 이 시에 대한 모서의 설에는 "관숙과 채숙이 도를 잃은 것을 주공이 안타깝게 여겨 지은 것이다."라고 하였다. 이 때문에 공안국과 정현이 〈어리〉와 〈채미〉 두 편의 모서를 변론하여 "주공이 비록 안으로는 관숙과 채숙이 화목하지 않은 것을 가슴 아프게 여겨 이 시를 지었지만, 그러나 관숙과 채숙의 죄를 드러내고 싶지 않았던 까닭에 밖으로는 마치 문왕이 능히 형제들을 친애하여 더불어 연음(燕飲)하던 노랫말과 같이 하였다. 시를 편찬하는 자가 앞으로 옮겨 〈벌목〉 위에 놓은 것은 그 사실을 숨긴 것이고, 소서를 지은 자가 실정을 곧이곧대로 말한 것은 그 연유를 서술한 것이다."라고 하였다.[6] 이는 실로 견강부회한 설이다. 그러나 주자가 또 두 편을 해설한 모서의 내용이

절로 서로 모순된다는 이유로 하나는 맞고 하나는 틀렸다고 하였으니, 또한 〈서설〉의 뜻에 구애된 견해임을 면치 못하였다.

무릇 모서에서 말한바 '안을 다스린다[治內]'거나 '밖을 다스린다[治外]'라는 것, '처음에 부지런히 했다[始勤]'거나 '마지막에 편안했다.[終逸]'라는 것은 다만 문왕과 무왕의 정치와 교화가 성대한 것을 형용하여 물고기들까지 모두 순종하는[7] 효과를 미루어 말한 것일 뿐이다. 때문에 그 의미가, 이를테면 '문왕과 무왕의 정치가, 안으로는 여러 신하들을 연향하고 사신을 위로해주며, 형제들을 연락(宴樂)하고 붕우들을 연향하며, 사신을 파견할 때에는 반드시 예악으로 하여 군주가 능히 아랫사람에게 자신을 낮추어 정치를 이루기를 마치 〈천보〉 이상의 여러 시편처럼 하고, 밖으로는 수역(戍役)을 파견하고 환역(還役)을 위로하기를 마치 〈채미〉 이하의 여러 시편처럼 한다. 그리하여 그 화육(化育)의 공효가 마침내 만물의 성대함을 이룬 것이 이와 같은 것이다.'라는 것이다. 이는 꼭 〈천보〉 이상의 여러 시편들을 가지고 모두 문왕과 무왕의 덕을 읊은 것으로 삼아서 문왕과 무왕의 시대에

---

6 이 때문에……하였다 : 《모시정의》에 있는 부분을 대폭 축약하여 소개한 것이다. 요약하면, 주공이 지은 시이기는 하지만 형제들의 허물이 드러날 것을 꺼려서 문왕이 그 형제들에게 친히 대우하여 연음을 베푼 시로 가정하여 읊은 것인데, 이 때문에 문왕의 작품으로 삼아 편차를 앞으로 당겼다는 것이다.

7 물고기들까지 모두 순종하는 : 저본에 '魚麗咸若'으로 되어 있으나 '魚鼈咸若'의 전사 과정의 오류로 보인다. 성스러운 왕의 덕화(德化)가 동물에게까지 미쳤음을 뜻하는데, 이윤(伊尹)이 태갑(太甲)을 훈계하면서 "옛날 하(夏)나라의 선왕(先王)들이 그 덕을 펴는 데 힘썼기에 천재(天災)가 없었고, 산천의 귀신들이 편안치 않음이 없었으며, 조수(鳥獸)와 어별(魚鼈)이 모두 순하였다.[古有夏先后, 方懋厥德, 罔有天災, 山川鬼神亦莫不寧, 曁鳥獸魚鼈咸若.]"라고 한 것에 전거를 둔 말이다. 《書經 伊訓》

지어진 시로 보는 것이 아니다. 도대체 모순될 것이 무어 있는가? 《국어》에서 주공이 지은 것이라고 하고, 《춘추좌씨전》에서 소공이 지은 것이라고 한 것에 대해서는 두예와 공영달 등 제가의 설이 저마다 근거가 있으므로 여기서 다시 말하지 않는다.

벌목
伐木

○ 모서: 〈벌목〉은 붕우(朋友)와 고구(故舊)를 연향한 시이다. 천자로부터 서인에 이르기까지 벗을 의지하여 이루지 않는 자가 없으니, 친척을 친애하여 화목하게 지내고, 어진 이를 벗하여 버리지 않으며, 고구를 잊어버리지 않는다면 백성의 덕이 돈후해질 것이다.

○ 주자의 《시경집전》: 이는 붕우와 고구를 연향하는 악가이다.

천보

天保

○ 모서: 〈천보〉는 아랫사람이 윗사람에게 보답한 시이다. 군주는 능히 아랫사람에게 몸을 낮추어 그 정사를 이루었고, 신하는 능히 아름다움을 군주에게 돌려 윗사람에게 보답한 것이다.

○ 공영달: 군주가 능히 신하에게 몸을 낮추어 연향을 베풀고 노고를 달래어, 〈녹명〉에서 〈벌목〉에 이르기까지 그 나라의 정치와 교화를 이루었다. 이 때문에 신하 역시 군주에게 아름다움을 돌려 〈천보〉의 노래를 지어 윗사람에게 보답한 것이다.

○ 주자의 《시경집전》: 군주가 〈녹명〉 이하 5편의 시를 가지고 그 신하에게 연향을 베푸니, 하사함을 받은 신하가 이 시를 노래하여 그 군주에게 보답한 것이다. 문왕의 시대에는 주나라에 '선왕(先王)'이 있지 않았으니, 이는 필시 문왕 이후에 지어진 시일 것이다.[8]

---

8 문왕의……것이다 : 〈천보〉 제4장 3, 4구에 "약제, 사제, 증제, 상제를 선공과 선왕께 올린다.〔禴祠烝嘗, 于公先王.〕"라고 한 것을 가리켜 한 말이다. 약제는 봄제사, 사제는 여름제사, 증제는 겨울제사, 상제는 가을제사이다.

채미
采薇

○ 모서: 〈채미〉는 수역(戌役)을 보내는 시이다. 문왕의 시대에 서쪽으로 곤이(昆夷)의 우환이 있고, 북쪽으로 험윤(玁狁 흉노(匈奴))의 환란이 있었으므로, 천자의 명령에 따라 장수를 명하여 수역을 보내어서 중국을 수위(守衛)하였다. 그러므로 〈채미〉를 노래하여 보내고, 〈출거(出車)〉를 노래하여 개선하는 장수를 위로하고, 〈체두(杕杜)〉를 노래하여 개선한 군사들의 노고를 달래준 것이다.

○ 정현: 문왕이 서백(西伯)이 되어 은나라에 복종하여 섬길 때의 일이다. 모서에서 말한바 곤이는 서융이고, 천자는 은나라 왕이다. 서백이 은나라 왕의 명으로, 자신의 측근들에게 명하여 장수로 삼아 장차 수역을 보내어 서융과 북적의 환란을 막으려고 할 때 〈채미〉를 불러 보내고, 〈체두〉를 불러 귀환을 달래준 것이다.

○ 정자(程子): 문왕이 수역을 보내어 방어할 때 이 시를 노래하여 보내어, 위로하고 가슴 아파하는 마음을 서술하였다. 또 의리로 깨우치는 것은 당시의 일이었다.[9] 후세에 이로 말미암아 이 노래를 불러 수역을 보낸 것이다.

○ 소철(蘇轍): 〈채미〉·〈출거〉·〈체두〉는 모두 문왕이 서백이 되

---

9 수역을……일이었나 : 《성씨경설(程氏經說)》 권4에 "遣戌役以守衛, 歌此詩以遣之, 敍其勤勞悲傷之情. 且風以義, 當時之事也."라고 한 것을 바탕으로 보충 번역하였다.

었을 때 주(紂)의 명령으로 험윤을 정벌한 일을 말한 것이다.

○ 주자의 구설: 문왕이 천자의 명을 받아 서백이 되고 난 뒤에는 정벌을 마음대로 할 수 있었다. 그러나 정벌을 할 때에 또한 반드시 천자의 명을 칭탁하여 행하였다. 여기에서 은나라에 복종하여 섬겼다는 실제를 알 수 있다. 그런데 혹자는 '문왕이 천자의 명을 받고서 왕을 칭탁하였다.'고 하였다. 이렇게 되면 두 사람의 천자가 있게 되는 것이니 말이 되겠는가?

○ 주자의 《시경집전》: 이는 수역을 보내는 시이다.

출거

出車

○ 모서: 〈출거〉는 개선한 장수를 위로하는 시이다.

○ 이저(李樗): 〈출거〉 제3장 수구의 "왕이 남중에게 명하였다.〔王命南仲〕"라고 한 것에 대해 모씨는 "왕은 은나라 왕이다."라고 하였는데, 소씨는 "주(紂)가 문왕에게 명할 수는 있지만 남중에게 명할 수는 없기 때문에, 여기서 왕은 문왕(文王)이지 주(紂)가 될 수 없다."라고 하였으니, 이 설이 매우 좋다. 문왕이 남중에게 명한 것은 천자의 명이 있었기 때문이니, 이것이 바로 모서에서 말한바 '천자의 명으로 장수를 명하였다.'라는 것이다.

○ 주자의 《시경집전》: 이는 개선한 장수를 위로하는 시이다.

○ 주자(주희): 이 시는 〈채미〉와 함께 모두 꼭 문왕의 시라고 할 수 없다. 이른바 '천자'와 '왕명'[10]은 모두 주나라의 왕이다.[11]

○ 왕홍서(王鴻緖): 〈출거〉에서 '천자'니 '왕명'이니 한 것에 대해 모장과 정현은 모두 은나라 왕이라고 하였다. 그런데 소철에 이르러 천자를 주(紂)라고 하고, 왕을 문왕이라고 하였으니, 후인들이 추칭(追

---

10 이른바 천자와 왕명 : 〈출거〉 제3장 수구에 "왕이 남중에게 명하였다.〔王命南仲〕"라고 하고, 제5구에 "천자가 나에게 명하였다.〔天子命我〕"라고 한 것을 가리켜 말한 것이다.

11 주나라의 왕이다 : 《시경집전》 〈출거〉 3장 해당 구 아래에서도 "왕은 주왕이다.〔王, 周王也.〕"라고 주석하였다.

稱)한 것으로 본 것이다. 주자의 처음 설에는 〈채미〉를 "문왕이 정벌을 마음대로 할 수 있으되 천자의 명을 받들어 험윤을 정벌했다."고 하였고, 이 장에서 개선한 장수를 위로한 것 또한 "은나라 왕의 명을 받들어 남중에게 명한 것"이라고 하였다. 또 〈녹명〉에서 〈어리〉에 이르기까지에 대해서는 모서의 설을 따라 "문왕과 무왕의 시대에 개선한 장수들을 연향하고 위로한 악가이니, 주공께서 산정하신 것이다."라고 하였고, 이 장에 대해서는 《시서변설(詩序辨說)》에서 또 "이른바 '천자'와 '왕명'은 모두 주나라 왕이다."라고 하였다. 살펴보건대, 문왕이 서백이 되었을 때 견융을 정벌한 일이 있거니와 무왕·성왕·강왕 때에는 모두 험윤이나 서융을 정벌하였다는 문장이 없다. 선왕(宣王)의 시(詩)인 〈채기(采芑)〉에 이르러 방숙(方叔)이 남쪽으로 형만(荊蠻)을 정벌할 때 일찍이 험윤을 정벌한 공이 있음을 아울러 말하였다.[12] 그러나 이는 방숙의 일이지 남중의 일이 아니다. 더구나 문왕과 무왕의 시대에 만들어진 연향과 위로의 악가는 이미 주공이 산정한 것이고, 무왕과 성왕과 강왕에게는 그러한 일이 없다. 그렇다면 이른바 '천자'와 '왕명'은 장차 어느 왕에 속한단 말인가? 그냥 옛 모서와 주자의 초설을 따르는 편이 온당한 것보다 못한 듯하다.

---

12 선왕(宣王)의……말하였다 : 〈채기〉는 선왕이 방숙(方叔)에게 명하여 남쪽 오랑캐를 정벌한 것을 노래한 시인데, 제4장 제10, 11, 12구에 "훌륭하고 진실한 방숙이여, 험윤을 정벌하였으니, 만형이 와서 외복하도다.[顯允方叔, 征伐玁狁, 蠻荊來威.]"라고 한 것을 가리킨다.

체두
杕杜

○ 모서: 〈체두〉는 부역에서 돌아온 것을 위로한 시이다.

○ 주자의 《시경집전》: 이는 부역에서 돌아온 것을 위로한 시이다.

남해

南陔[13]

○ 모서: 〈남해〉는 효자가 서로 경계하여 부모를 봉양하는 것을 읊은 시이다.

○ 주자의 《시경집전》: 이는 생시(笙詩 가사는 없고 편명(篇名)만 남은, 생황으로 연주하던 시)이니, 악곡만 있고 가사가 없다. 옛날에는 〈어리〉의 뒤에 있었다. 《의례》를 가지고 상고해보건대, 그 편차가 마땅히 여기에 있어야 하므로 지금 바로잡는다. 해설이 〈화서(華黍)〉에 보인다.

---

13 【校】陔 : 저본에는 '核'으로 되어 있으나, 이렇게 쓰인 판본이나 예는 없다. 전사 과정의 오류로 보아 바로잡았다.

백화
白華

○ 모서: 〈백화〉는 효자의 결백함을 읊은 시이다.

○ 주자의 《시경집전》: 생시(笙詩)이다. 해설이 〈남해〉와 〈화서〉에
보인다.

화서
華黍

○ 모서: 〈화서〉는 계절이 화순하고 농사가 풍년이 들어 서숙과 기장을 재배하기에 마땅한 것을 읊은 시이다. 뜻만 있고 가사는 없다.

○ 정현: 〈남해〉·〈백화〉·〈화서〉[14] 이 3편은 향음주례(鄕飮酒禮)와 연례(燕禮)에 사용하였다. 공자가 《시경》을 논함에 아(雅)와 송(頌)이 모두 제자리를 얻었으니, 당시에는 모두 있었던 것이다. 그러다가 전국 시대 및 진(秦)나라를 만나 가사를 잃었으나, 그 뜻은 여러 편의 뜻과 합쳐서 묶어놓았다. 덕분에 보존되었다. 모공이 《고훈전(詁訓傳)》을 짓기에 이르러 비로소 여러 편의 뜻을 나누어 각각 편의 끝에 놓아두었다.

○ 육덕명(陸德明): 〈남해〉·〈백화〉·〈화서〉 이 3편은 대개 무왕의 시대에 주공이 예를 제정할 때 이로써 악장을 삼아 생(笙)을 연주하여 그 곡조를 전파한 것이다. 공자가 산정할 때에는 311편이 있었으나, 전국 시대 및 진(秦)나라를 만나 가사를 잃어버렸다.

○ 장자(張子): 사람들이 혹 "가사를 잃어버렸다고 하는 6편의 일시(逸詩)는 옛날부터 본디 그 시가 없었다."라고 말하기도 한다. 하지만 본래부터 시가 없었다면 어찌 이 6편들이 있을 수 있겠는가? 필시

---

14 남해·백화·화서 : 이 문장의 앞에 이름을 명기하여 밝혀놓았기 때문에 이를 근거로 보충한 것이다.

그 가사가 있었을 것이다. 그런데 가사를 잃어버린 이유는 진실로 생(笙)으로 연주하는 것이 노래를 익힐 수 있는 것과 같은 것이 아니기 때문일 것이다.

○ 동유(董逌): 생황을 부는 사람이 들어와 연주하는 시[15]는 성(聲)만 있고 시는 없다. 대개 시에는 가(歌)가 있는 것이 있고 성(聲)이 있는 것이 있다. 이 중 《시경》에 보이는 것은 가(歌)이고, 악곡에 붙어 있는 것은 성(聲)이다. 향인(鄕人)과 나라에서 사용하기 때문에 당시에 사람들이 그 뜻을 익히 알고 있고, 악사들이 술업을 익혀 아침저녁으로 일삼았던 것이다. 이런 까닭에 그 악기를 말미암아 성(聲)을 알고 뜻을 아는 것이 이와 같았다. 그렇다면 '가사를 잃어버렸다'라는 것은 잃어버린 것이 아니라 곧 본디 없었던 것이다.

○ 이저: 시의 가사가 없어졌으니 그 뜻을 알 수 없다. 정어중(鄭漁仲 정초(鄭樵))이 말하기를 "《시경》에서 많은 경우 첫 구 두 글자를 취하여, 혹은 시편 중간의 한두 글자를 취하여 제목으로 삼는다. 그런데 예컨대 〈주남〉의 〈종사(螽斯)〉와 〈규목(樛木)〉과 같은 경우는 모

---

15 생황을……시 : 《예기》 〈향음주의(鄕飮酒義)〉에 "악공이 들어와서 당상에 올라가 노래를 세 번 마치면 주인이 악공에게 술을 올린다. 생황을 부는 자가 들어와서 세 번 마치면 주인이 그에게 술을 올린다.〔工入升歌三終, 主人獻之. 笙入三終, 主人獻之.〕"라고 하였는데, 이 구절에 대한 주에 "악공이 들어와서 당상으로 올라가 〈녹명〉·〈사모〉·〈황황자화〉를 노래하되 매번 한 편마다 한 번 노래하여 세 편이 끝나면 주인이 술을 따라 악공에게 올린다. 생황을 연주하는 자가 당하에 들어가서 〈남해〉·〈백화〉·〈화서〉를 연주하되 또한 매번 한 편마다 한 번 완주하여 세 편이 끝나면 주인이 또한 술을 따라서 그에게 올린다.〔工而升堂, 歌鹿鳴四牡皇皇者華, 每一篇而一終, 三篇終, 則主人酌以獻工焉. 吹笙者入於堂下, 奏南陔白華華黍, 亦每一篇而一終, 三篇終, 則主人亦酌以獻之也.〕"라고 하였다.

두 사물에 나아가 제목을 지어 혹은 곧장 읊기도 하고 혹은 비유하기
도 하였으니, 이 때문에 한 편의 뜻이 모두 제목 가운데 속해 있다.
또 예컨대 〈위풍(衛風) 죽간(竹竿)〉, 〈왕풍(王風) 군자양양(君子陽
陽)〉과 〈소아 대동(大東)〉, 〈소아(小雅) 사월(四月)〉〈정풍(鄭風)
봉(丰)〉, 〈제풍(齊風) 선(還)〉 등과 같은 경우는 모두 한 편의 뜻이
온전히 제목에 속하지 않고 단지 시편 가운데 한두 글자를 말한 것일
뿐이다. 지금 이 6편은 제목만 있고 시는 없다. 이는 서(序)를 지은
자가 단지 2글자를 고찰하여 성급하게 서를 지은 것이다."라고 하였
으니, 이 설이 옳다.[16] 무릇 《시경》을 말하는 것은 《서경》을 말하는
것과 꼭 같다. 《서경》의 문장이 망실되었다면 서문이 비록 남아 있다
하더라도 억지로 통하게 할 수는 없거늘, 《시경》의 가사가 이미 사라
졌으니 어찌 억지로 통하게 할 수 있겠는가? 모씨가 자기의 뜻으로
억측한 것이고, 그 뒤에 속석(束晳)이 또 모씨의 뜻으로 보망시(補亡
詩)를 지은 것이다.[17]

○ 주자의 《시경집전》: 생시(笙詩)이다. 《의례(儀禮)》 〈향음주례〉
에 "비파를 타면서 〈녹명〉, 〈사모〉, 〈황황자화〉를 노래하고, 그런 뒤

---

16 시의……옳다 : 이저는 6편의 가사가 본래 있었는데, 진시황의 분서갱유로 인해
잃어버렸다고 보았다. 정어중의 말의 끝머리 '성급하게 서를 지었다.' 아래에 저본에는
'是也'라고만 되어 있는데, 《모씨이황집해(毛氏李黃集解)》 권20에 "此說是也"라고 되어
있는 것에 근거하여 의미를 보충하여 번역하였다.

17 속석(束晳)이……것이다 : 진(晉)나라 속석이 지은 보망시(補亡詩)란 〈남해(南
陔)〉를 가리킨다. 내용은 어버이를 봉양하는 효자의 심정을 담고 있는데, 그 시에 "남쪽
섬돌을 따라 올라가, 난초 캐어 어버이께 바쳐 올리리. 어버이 계신 곳 돌아보며 생각하느
라, 마음이 편안할 틈이 없다오.〔循彼南陔, 言采其蘭. 眷戀庭闈, 心不遑安.〕"라고 하였다.

에 생황을 부는 악공이 당(堂)의 아래로 들어와 편경(編磬)의 남쪽에
서 북쪽을 바라보고 서서 〈남해〉, 〈백화〉, 〈화서〉를 연주한다."라고
하였고, 〈연례〉에 또한 "비파를 타면서 〈녹명〉, 〈사모〉, 〈황황자화〉
를 노래하고, 그런 다음 생황을 부는 악공이 들어와 악기를 매달아놓
은 가운데에 서서 〈남해〉, 〈백화〉, 〈화서〉를 연주한다."라고 하였다.
〈남해〉 이하의 시편들에 대해서는 지금 그 편에 제목을 붙인 의미를
상고할 수 없다. 그러나 '생황을 분다(笙)'라고 하고, '탄다(樂)'라고
하고, '연주한다(奏)'라고 하였을 뿐 '노래한다(歌)'라고 하지는 않았
으니, 이렇게 보면 성(聲)만 있고 가사는 없었음이 분명하다. 그런데
이 6편의 일시(逸詩)들이 여기에 편차되어 있어야 하는 것을 알 수
있는 이유는, 생각건대 고경(古經)의 편제(篇題) 아래에 반드시 악보
가 있는 것이 마치 《예기》 〈투호〉에 노고(魯鼓)와 설고(薛鼓)의 절
차가 있다가 없어진 것과 같기 때문이다.

○ 여조겸(呂祖謙): 《국어》 〈노어 하(魯語下)〉에 노나라 숙손목자가
진(晉)나라에 빙문 갔을 때 악관이 〈녹명〉 3편을 피리로 연주하고
노래로 불렀다고 하였다.[18] 〈녹명〉 3편을 이미 피리로 서로 화답하여
노래로 부를 수 있었다면 〈남해〉 이하의 시편들도 어찌 생(笙)으로
서로 화답하여 노래할 수 없었겠는가?

○ 보광(輔廣): 〈남해〉 이하 3편의 시를 〈황황자화〉의 아래에 묶어
놓지 않은 것은 6편의 생시(笙詩)[19]를 차례대로 실으려고 한 것이다.

---

18 국어……하였다 : 16쪽 주1 참조.

19 6편의 생시 : 〈남해(南陔)〉, 〈백화(白華)〉, 〈화서(華黍)〉, 〈유경(由庚)〉, 〈숭구
(崇丘)〉, 〈유의(由儀)〉를 말한다.

○ 엄찬(嚴粲): 음악은 사람의 성(聲)을 주로 하고, 사람의 성(聲)은 노래로 부르는 시이니, 만약 본래부터 가사가 없었다면 의미가 있을 길이 없다. 모서는 본디 그 가사를 말미암아 의미를 안 것인데, 뒤에 그 가사를 잃어버렸으니 오직 모서에서 말한 의미만 남아 있는 것이다.

○ 학경(郝敬): 성인(공자)께서 《시경》을 산삭한 것이지 《예기》를 산삭한 것은 아니다. 생(笙)과 노래가 서로 어울려 연주되고 불렸다면 그에 해당하는 예의가 절로 있을 것이니, 어찌 성(聲)만 있고 가사는 없는 빈 제목의 시편이 〈아(雅)〉 가운데 실려 있을 수가 있겠는가? 가사는 마음에서 생겨나고, 성(聲)은 악기에 의탁한다. 무릇 음악은 마음에서 말미암아 생겨나고, 성(聲)은 가사에서 말미암아 생겨나 가사가 있은 뒤에 성(聲)이 있으니, 성(聲)은 가사가 없으면 문장을 이루지 못한다. 만약 생(笙)은 생(笙)대로 있고 노래는 노래대로 있어, 하나의 노래에 한 곡의 생(笙)이 각각 끼어 있다면 〈풍〉·〈아〉·〈송〉의 300편의 노래에 반드시 300편의 생(笙)의 곡이 있어야 마땅하니, 어찌 유독 〈남해〉 등의 5, 6편뿐이겠는가?[20] 또 생각건대 《의례》에 〈녹명〉 이하는 '노래한다[歌]'라고 하였고, 〈남해〉 이하는 '생황을 분다[笙]', '탄다[樂]', '연주한다[奏]'라고 하여 '노래한다[歌]'라고 표현하지 않았다고 하였으니, 이것을 가지고 성(聲)만 있고 가사는 없었다는 증거로 삼는다.

지금 살펴보건대 《향사례》는 또한 《의례》이다. 그런데 《의례》에 "〈추우(騶虞)〉와 〈이수(貍首)〉를 연주한다."라고 하였는데, 이 중 〈추

---

20 어찌……6편뿐이겠는가 : 왕홍서(王鴻緒)의 《시경전설휘찬(詩經傳說彙纂)》에는 "어찌 단지 〈남해〉와 〈백화〉 5, 6편뿐이겠는가?[奚獨南陔白華五六篇爾]"라고 하였다.

우〉에는 가사가 있다. 《주례》에 〈구하(九夏)〉[21]가 있고, 《국어》에 "징으로 〈사하(肆夏)〉, 〈번(樊)〉, 〈알(遏)〉, 〈거(渠)〉를 연주한다."라고 하였는데, 〈사하〉는 〈시매(時邁)〉[22]이고, 〈번〉과 〈알〉은 〈소하(韶夏)〉이니 곧 〈집경(執競)〉이고, 〈거〉는 〈납하(納夏)〉이니 곧 〈사문(思文)〉[23]이다. 이들 시편들은 모두 가사가 있음에도 '연주한다[奏]'라고 하였으니, 연주한 시도 또한 가사가 있었던 것이다. 징으로 연주한 〈구하〉에 가사가 있었거늘, 생(笙)으로 연주한 〈남해〉 등의 시에 유독 가사가 없었겠는가? 또 《주례》 〈약장(籥章)〉에 피리를 가지고 〈빈풍(豳風)〉의 시를 분다고 할 때의 〈빈풍〉의 시는 곧 〈칠월〉 편을 가리킨

---

21 구하(九夏) : 주나라 때 조정에서 연주하던 아홉 가지 음악[詩樂], 즉 왕하(王夏), 사하(肆夏), 소하(韶夏), 납하(納夏), 장하(章夏), 재하(齊夏), 족하(族夏), 개하(祴夏), 오하(鷔夏)를 말한다. 왕이 출입할 때에는 〈왕하〉를 연주하게 하였고, 시(尸)가 출입할 때에는 〈사하〉를 연주하게 하였고, 희생이 출입할 때에는 〈소하〉를 연주하게 하였고, 사방의 빈(賓)이 온 때에는 〈납하〉를 연주하게 하였고, 신하가 공이 있으면 〈장하〉를 연주하게 하였고, 부인(夫人)의 제사에는 〈재하〉를 연주하게 하였고, 종족(宗族)이 모시고 있을 때에는 〈족하〉를 연주하게 하였고, 객(客)이 취하여 나갈 때에는 〈개하〉를 연주하게 하였고, 공(公)이 출입할 때에는 〈오하〉를 연주하게 하였다고 한다. 《周禮 春官 鍾師 注》

22 시매(時邁) : 《시경》 〈주송(周頌)〉의 편명으로, 제왕이 순수(巡狩)하여 제후의 조회를 받고 제사를 올리며 고유(告諭)하는 악가(樂歌)이다.

23 사문(思文) : 〈주송〉의 편명으로, 후직을 칭송하는 노래이다. "문덕을 간직하신 후직이여, 저 하늘에 짝하여 계시도다. 우리 뭇 백성들에게 곡식을 먹임이 그대의 지극한 덕 아님이 없느니라. 우리에게 보리를 주심은 상제께서 명하여 두루 기르게 하신 것이라. 이 경계와 저 경계를 없게 하시고 떳떳한 도를 이 중하에 베푸셨도다.[思文后稷, 克配彼天. 立我烝民, 莫匪爾極. 貽我來牟, 帝命率育. 無此疆爾界, 陳常于時夏.]"라고 하였다.

다. 피리로 〈칠월〉을 부는 것이 또한 생(笙)으로 〈남해〉를 부는 것과 같다. 그런데 〈빈풍 칠월〉에는 가사가 있거늘 〈남해〉 등의 시에 유독 가사가 없었겠는가? 또 《예기》〈문왕세자(文王世子)〉와 〈명당위(明堂位)〉와 〈제통(祭統)〉에 "악공이 당상에 올라가 〈청묘(淸廟)〉를 노래하고, 당하에 내려와 관으로 〈상무(象武)〉를 연주한다.〔升歌淸廟下管象〕"라고 하였다. 〈상무〉는 곧 〈유청(維淸)〉이니, 당하에 내려와 관(管)으로 〈유청〉을 연주하였다는 의미이다. 관으로 연주하는 시에 가사가 있거늘 생(笙)으로 연주하는 시에 유독 가사가 없겠는가? 대저 '노래한다〔歌〕'라는 것은 곧 '탄다〔樂〕'라는 것이니, 성(聲)만 있고 가사가 없는 탐〔樂〕은 없다.

按 생시(笙詩)에 가사가 있는지 없는지에 대해서는 송나라와 명나라 학자들이 변론해놓은 것이 매우 많다. 학중여(郝仲興 학경(郝敬))에 이르러서는 이리저리 인용하고 자세하게 증명한 것이 참으로 근거가 있으니, 잘 읽는 자는 해석할 바를 알 수 있을 것이다. 대저 시편에 제목이 있는 것은 사람에게 이름이 있는 것과 같으니, 해당 시편이 없으면 제목이 없는 것은 해당 인물이 없으면 이름이 없는 것과 같다. 또 이미 성(聲)이 있다고 하였고 보면, 성(聲)의 청탁(淸濁)과 고하(高下)는 반드시 가사로 절주를 삼으니, 그런 뒤에야 비로소 음조(音調)를 이룬다. 그런데 이미 가사가 없다면 장차 어떻게 그 성(聲)을 어우를 수 있겠는가?

그런데 편차로 말하면 《의례》를 살펴보건대 〈녹명〉 3장을 부른 다음 〈남해〉 이하의 생시를 연주하였다고 하였으니[24] 주자가 경정(更定)할 때 마땅히 〈남해〉 이하의 시를 〈황황자화〉의 뒤에 편차시켜야 했다. 그런데 지금 《시경집전》에서 이미 《의례》의 차례를 따르지도 않았고 또 모서에서 말한 차례를 따르지도 않았으니, 도대체 어디에서 취한 것인가? 가령 〈투호〉 편의 말미에 노고(魯鼓)와 설고(薛鼓)의 악보(樂譜)가 실려 있었던 관례를 가지고 생시에도 또한 반드시 악보가 있다고 생각하여 〈녹명지십(鹿鳴之什)〉의 말미에 편집해놓았다면, 〈남해〉의 악보는 실로 이곳에 놓아 편집해놓을 수 있다. 하지만 〈백화〉·〈화서〉가 〈녹명지십〉의 첫머리에 들어 있는 것과 〈유경〉·〈숭구〉가 여러 시편의 사이에 들어 있는 것은 장차 어떻게 그 악보를 편집해야 할 것인가?

보한경(輔漢卿 보광(輔廣))은 스승의 학설을 존숭하여 "6편의 생시를 차례대로 편차하고자 한다면 마땅히 〈남해〉·〈백화〉·〈화서〉·〈유경〉·〈숭구〉·〈유의〉의 순서로 모아 차례를 삼아야 한다."라고 하였다. 그런데 지금 또한 《시경집전》에 그렇게 편차하지 않은 것은 무엇 때문인가? 애석하게도 당시 문하에 나아가 배운 선비들이 가르침을 청하는 즈음에 이것을 가지고 여쭈었다는 말이 없으니, 마침내 시를 채집한 은미한 뜻으로 하여금 후세에 전해지지 못하게 하였다.

또 살펴보건대, 청나라 학자 모기령(毛奇齡)은 《백로주주객설시(白鷺州主客說詩)》에서 다음과 같이 말하였다.

"음악에 노래만 하는 것은 있거니와 악기로만 연주하는 것은 전혀 없다. 그래서 노래만 해도 곧 '악기[器]'라고 하지 '노래[歌]'라고 하지 않으니, '노래[歌]'에는 곧 악기가 있다.[25] 노래도 악기 없이 부르지

---

24 의례를……하였으니 : 36쪽에 인용된 주자의 《시경집전》 내용 참조.

25 노래[歌]에는 곧 악기가 있다 : 저본에는 '歌卽有器' 4자가 없으나, 문맥의 용이한

않거늘 더구나 악기만으로 연주하는 것이 있겠는가? 대개 음악은 당상의 음악과 당하의 음악으로 나누어진다. 당상의 음악은 단지 금(琴)과 슬(瑟)을 연주하니, 이 때문에 '노래〔歌〕'라고 말하면 금과 슬이 그 속에 포함되어 있다. 《예기》에서 말한바 '당 위에 올라가 〈청묘〉를 노래한다.'[26]라고 한 것이 이것이다. 당하의 음악은 생(笙)과 종(鍾)이 한 종류이고, 관(管)과 북이 한 종류이다. 그러나 모두 합주를 하기 때문에 관(管)과 생(笙)을 말하면 시가 그 속에 포함되어 있다. 〈우서(虞書)〉에서 말한바 '당하에는 관과 땡땡이북을 진열하고, 생과 북을 번갈아 울린다.〔下管鼗鼓 笙鏞以間〕'라고 한 것[27]이 이것이다. 이런 까닭에 《주례》의 주에 '생은 종과 응하니, 종은 편종(編鐘)이다. 피리는 북과 응하니 북은 토고(土鼓)이다. 약사(籥師)가 빈시(豳詩)를 연주할 때에는 피리를 불면 토고를 두드려 응했고, 연락(宴樂)에서 〈이남(二南)〉을 노래할 때에는 생(笙)을 불면 편종을 두드려 응했다.'라고 하였으니, 생사(笙師)의 직관이 단지 악기로만 연주하는 것을 주관했다는 말은 듣지 못했다. 또 일곱 가지의 부는 악기가 있으니, 훈(壎) · 약

이해를 위해 모기령의 《백로주주객설시》에 근거하여 보충 번역하였다.

26 당 위에……노래한다 : 《예기》〈문왕세자(文王世子)〉와 〈명당위(明堂位)〉 등에 실려 있다.

27 우서(虞書)에서……것 : 《서경》〈익직(益稷)〉에서 기(夔)가 "명구를 치고 거문고와 비파를 타며 노래를 읊으니, 조고가 오시어 우빈의 자리에서 제후들과 덕으로 사양합니다. 당하에는 관과 땡땡이북을 진열하고, 음악을 합하고 멈추되 축과 어로 하며 생황과 용(큰북)을 번갈아 울리니 새와 짐승이 너울너울 춤을 추며, 〈소소〉가 아홉 번 완주되자 봉황이 와서 춤을 춥니다.〔戛擊鳴球, 搏拊琴瑟, 以詠, 祖考來格, 虞賓在位, 群后德讓. 下管鼗鼓, 合止柷敔, 笙鏞以間, 鳥獸蹌蹌, 簫韶九成, 鳳凰來儀.〕"라고 한 것을 가리킨다. 명구는 경쇠이고, 도고는 땡땡이북이다.

(篪)·소(簫)·지(篪)·생(笙)·적(笛)·관(管)이 이것이다. 훈(壎)

과 지(篪)는 단지 성(聲)을 보조할 뿐 주도하지는 못하고, 적(笛)은

소(簫)와 약(籥)에 예속되어 있다. 악기로 성(聲)을 주도하여 경전에

사실이 보이는 것은 오직 약(籥)·소(簫)·생(笙)·관(管) 4종의 악

기가 각각 성(聲)과 시를 주도한 것이다. 그러나 또한 각각 상통한다.

'소소에 맞추어 춤을 추었다.[舞韶箾]'라거나 '〈소소〉가 아홉 번 완주되

었다.[簫韶九成]'라고 한 것[28]과 같은 것은 소(簫)로 〈소악(韶樂)〉을

주도한 것이니 소시(簫詩)라고 하고, '당 아래에서 관(管)으로 〈상무〉

를 연주하였다.[下管象武]'라고 한 것[29]과 같은 것은 관(管)으로 〈상

무〉를 주도한 것이니 관시(管詩)라고 하고, '소(箾)를 잡고 〈상무(象

舞)〉를 추고 약(籥)을 잡고 〈남무(南舞)〉를 추었다.[舞象箾南籥]'라고

한 것[30]과 같은 것은 소(簫)로 〈상무〉를 주도하고 약(籥)으로 〈이남(二

---

28 소소에……한 것 : 소소에 맞추어 춤을 추었다는 것은 《춘추좌씨전(春秋左氏傳)》
양공(襄公) 29년 조에 계찰이 노나라에 가서 열국(列國)의 음악을 보는 장면을 서술할
때 "〈소소〉에 맞추어 춤을 추는 자를 보고 말하기를 '덕이 지극하고 광대하도다.'라고
하였다.[見舞韶箾者曰, 德至矣哉大矣.]"라고 한 것을 가리킨다. 〈소소〉가 아홉 번 완주
되었다는 것은 《서경(書經)》〈익직(益稷)〉에 "〈소소〉가 아홉 번 완주되자, 봉황새가
와서 춤을 추었다.[簫韶九成, 鳳凰來儀.]"라고 한 것을 가리킨다.

29 당 아래에서……한 것 :《예기》〈중니연거(仲尼燕居)〉에 "두 나라 군주가 만날
때에, 읍양하고 문에 들어가면 문에 들어올 때에 현악기가 일어나며, 읍양하고 당에
오르면 당에 오를 때에 음악이 끝나고, 당 아래에서 관으로 〈상무〉를 연주하며, 〈하약〉
을 연주하는 것이 차례로 일어난다.[兩君相見, 揖讓而入門, 入門而縣興, 揖讓而升堂,
升堂而樂闋, 下管象武, 夏籥序興.]"라고 한 것을 가리킨다.

30 소(箾)를……한 것 : 역시 《춘추좌씨전》 양공 29년 조 계찰의 고사에서, "소(箾)를
잡고 〈상무(象舞)〉를 추고 약(籥)을 잡고 〈남무(南舞)〉를 추는 자를 보고 말하기를
'아름답습니다만, 한이 있는 듯합니다.'라고 하였다.[見舞象箾南籥者曰, 美哉猶有憾.]"

南 〈주남(周南)〉과 〈소남(召南)〉〉을 주도한 것이니 소시와 약시(籥詩)라고
하고, '〈대아〉·〈소아〉와 〈주남〉·〈소남〉과 약무(籥舞)〔以雅以南以
籥〕[31]와 같은 것은 〈대아〉·〈소아〉와 〈주남〉·〈소남〉을 모두 약(籥)
으로 주도한 것이니 약시라고 하고, 연락에서 〈주남〉·〈소남〉을 노래
할 때 종과 생(笙)으로 응해준 것[32]과 같은 것은 또 생(笙)으로 〈주
남〉·〈소남〉을 주도한 것이니 생시(笙詩)라고 한다. 그러나 '당 아래
에서 관으로 〈상무〉를 연주한다.〔管象〕'라고 하고 '소를 잡고 〈상무〉를
추었다.〔象箾〕'라고 하였으니, 소(簫)는 관(管)과 통한다. 약(籥)과 생
(笙)으로 〈이남(二南)〉을 연주한다고 하였으니, 생(笙)은 또 약(籥)
과 통한다. 따라서 약(籥)·소(簫)·생(笙)·관(管)은 아마 반드시
상응하여 화합함이 있을 것이고, 틀림없이 시가 있을 것이다."

또 〈답이서곡문생시병악절서(答李恕谷問笙詩幷樂節書)〉에서 다음
과 같이 말하였다.

"노래를 하면서 악기를 연주하는 경우가 있고, 노래를 하지 않으면서
악기만 연주하는 경우가 있는데, 두 경우 모두 반드시 시가 있다. 노래
를 하면서 악기를 연주하는 경우는 〈향사례〉에서 '악공이 당상에서

라고 한 것을 가리킨다. 참고로 두예(杜預)의 주(注)에 "소(箾)는 〈상무〉를 추는 자가
잡는 것이고, 약(籥)은 〈남무〉를 추는 자가 잡는 것이다. 모두 문왕의 악이다.〔象箾舞
所執, 南籥以籥舞也, 皆文王之樂.〕"라고 하였다.

31 대아……약무(籥舞) : 〈소아 종고(鍾鼓)〉에 "〈이아(二雅)〉와 〈이남(二南)〉과 약
무(籥舞)가 어지럽지 않다.〔以雅以南, 以籥不僭.〕"라고 한 것을 가리킨다.

32 연락에서……응해준 것 : 42쪽에 인용된 《주례》의 주에서 "약사(籥師)가 빈시(豳
詩)를 연주할 때에는 피리를 불면 토고를 두드려 응했고, 연락(宴樂)에서 〈이남(二
南)〉을 노래할 때에는 생(笙)을 불면 편종을 두드려 응했다."라고 한 것을 가리킨다.

노래한다.〔工歌于上〕'라고 한 것과 같은 것[33]인데, 이때 당상과 당하에
서 생(笙)과 슬(瑟)이 모두 응하였으니, 곧 〈향음주례〉의 '합악(合樂)'[34]
이 이것이다. 노래를 하지 않으면서 악기만 연주하는 경우는 〈대사례〉
에서 '당하로 내려와 관으로 〈신궁〉을 연주한다.〔下管新宮〕'라고 하
고,[35] 《예기》에서 '당하로 내려와 관으로 〈상무〉를 연주한다.〔下管象堂
下〕'라고 한 것[36]과 같은 것인데, 모두 노래는 하지 않고 관(管)과 생
(笙)으로만 그 시를 성(聲)에 따라 연주한다. 곧 〈향음주례〉에서 '생을
부는 사람이 들어와 세 번 완주하면 교대로 노래한다.〔笙入間歌〕'라고
한 것[37]이 이것이다. 이런 까닭에 《춘추좌씨전》에 '가종(歌鐘)'[38]이 있

33 향사례에서……같은 것 : 《의례》〈향사례〉에는 '악공이 당상에서 노래한다.〔工歌
于上〕'라는 문장은 없다. 4명의 악공 가운데 두 사람이 슬(瑟)을 먼저 연주하고, 뒤에
생(笙)을 부는 사람이 들어와 합주하는 것을 압축시킨 표현인 듯하나 미상이다.

34 향음주례의 합악(合樂) : 《예기》〈향음주례(鄕飮酒禮)〉에 "악공이 들어와서 당상
에 올라가 노래를 세 번 마치면 주인이 악공에게 술을 올린다. 생을 부는 자가 들어와서
세 번 완주하면 주인이 그에게 술을 올린다. 당상과 당하에서 번갈아 노래하여 세 번
마치고 음악을 합주하여 세 번 마치면, 악공이 음악이 구비되었음을 고하고 마침내
나온다. 주인 측의 한 사람이 술잔을 들면 마침내 사정을 세운다. 앞의 일련의 일에서
능히 화락하면서도 방탕한 데로 흐르지 않을 알 수 있는 것이다.〔工入升歌三終, 主人
獻之. 笙入三終, 主人獻之. 間歌三終, 合樂三終, 工告樂備遂出. 一人揚觶, 乃立司正焉.
知其能和樂而不流也.〕"라고 한 것을 가리킨다.

35 대사례에서……하고 : "당상에 올라가 〈녹명〉을 노래하고, 당하에 내려와 관으로
〈신궁〉을 연주하고, 생을 부는 사람이 들어와 세 번 완주하고, 마침내 향악을 합주한
다.〔升歌鹿鳴, 下管新宮, 笙入三成, 遂合鄕樂.〕"라고 한 것을 가리킨다.

36 예기에서……한 것 : 《예기》〈문왕세자(文王世子)〉에 "당하에 내려와 관으로 〈상
무〉를 연주하고 〈대무〉를 춤춘다.〔下管象, 舞大武.〕"라고 하였는데, 그 주에 "하관상은
당하에서 관으로 〈상무〉의 곡을 연주하는 것이다.〔下管象者, 堂下以管奏象舞之曲也.〕"
라고 하였다.

는데, 이는 곧 송종(頌鐘)이고 송경(頌磬)이니 노래에 응하는 악기이다. 《상서》에 '생용(笙鏞)'[39]이 있고, 《주례》에 '종생(鐘笙)'이 있는데, 이는 곧 생종(笙鐘 생을 불 때 절주를 맞추는 종)과 생경(笙磬 생을 불 때 절주를 맞추는 경)이니 생(笙)에 응하는 악기이다. 생(笙)에 또 응하는 악기가 있다면 생(笙)은 곧 노래인 것이다."

위의 두 자료는 생시(笙詩)에 가사가 있었다는 하나의 증거이다. 이 때문에 우선 기록하여 다시 고찰하기를 기다린다.

---

37 향음주례에서……한 것 : 45쪽 주34 참조.

38 가종(歌鐘) : 노래를 할 때 절주를 맞추는 종이다. 노나라 양공 11년 9월, 정나라가 진(晉)나라에 헌상하는 물품 가운데 '가종 2틀〔歌鐘二肆〕'이란 말이 보인다.

39 생용(笙鏞) : 생용은 생황(笙簧)과 대종(大鐘)을 말한다. 제례악(祭禮樂)을 연주하는 데 필요한 악기로 생(笙)은 동쪽에, 용(鏞)은 서쪽에 설치한다고 하는데, 이들 악기는 나라를 잘 다스리려고 할 때 갖추어야 할 필수적인 요소로 간주되었다. 《서경》〈익직(益稷)〉에 "생과 용을 번갈아 치니, 새와 짐승이 음률에 맞추어 춤을 춘다.〔笙鏞以間, 鳥獸蹌蹌.〕"라고 하였다.

어리
魚麗

○ 모서: 〈어리〉는 만물이 풍성하여 예(禮)를 갖출 수 있음을 찬미하는 내용이다. 문왕(文王)과 무왕(武王)이 〈천보(天保)〉 이상으로 국내를 다스리고 〈채미(采薇)〉 이하로 국외(國外)를 다스려, 걱정과 근면에서 시작하여 평안함과 즐거움으로 끝마쳤다. 이 때문에 만물이 풍성하여 신명(神明)에게 고할 수 있음을 찬미하였다.

○ 주자의 《시경집전》: 이는 연향 때 통용한 악가(樂歌)이다. 연향에 올린 음식[40]에 대해 그 아름다움과 풍성함을 지극히 말하여, 주인이 예(禮)를 갖추고자 노력하여 손님을 우대했음을 보였다.

살펴보건대 《의례(儀禮)》 〈향음주(鄉飲酒)〉와 〈연례(燕禮)〉에 앞의 음악이 끝나고 나면 모두 "노래와 악기 연주를 교대[間]로 하니, 〈어리〉를 노래하고 〈유경(由庚)〉을 생황으로 불며, 〈남유가어(南有嘉魚)〉를 노래하고 〈숭구(崇丘)〉를 생황으로 불며, 〈남산유대(南山有臺)〉를 노래하고 〈유의(由儀)〉를 생황으로 분다."라고 하였다. '간(間)'은 교대한다는 말이니, 노래와 생황 연주를 한 번씩 번갈아 한다는 말이다.

그렇다면 이 여섯 시는 아마도 같은 시기에 지어진 시로, 모두 빈객

---

40 【校】음식 : 저본에는 '美'으로 되어 있으나 《시경집전(詩經集傳)》 〈어리(魚麗)〉에 의거 '羞'로 수정하여 번역하였다.

에게 연향을 베풀 때 상하가 통용한 음악일 것이다. 모공(毛公)이 〈어리〉를 분리해내어 앞 집(什)에 채웠는데,[41] 해설하는 사람이 살피지 못하고 마침내 〈어리〉와 〈남유가어〉 사이에서 나누어 〈어리〉 이상을 문왕(文王)·무왕(武王) 때의 시라 하고, 〈남유가어〉 이하를 성왕(成王) 때의 시라 하였으니,[42] 그 잘못이 심하다.

---

41 모공(毛公)이······채웠는데 : 《시경》〈소아〉의 시 80수 8집(什) 가운데 첫째 집 (什)인 〈녹명지집(鹿鳴之什)〉 10수의 마지막 수 〈남해(南陔)〉 및 둘째 집(什)인 〈백화 지집(白華之什)〉 10수의 처음 2수 〈백화(白華)〉·〈화서(華黍)〉의 가사가 전해지지 않기 때문에, 《모시》에서는 〈화서〉 다음의 〈어리〉를 〈남해〉 앞으로 끌어올려 〈녹명지 집〉의 열째 수로 만들고 가사가 없는 세 수를 그 뒤에 붙여놓았다.

42 해설하는······하였으니 : 정현(鄭玄)의 전(箋)에 "〈대아〉의 〈생민(生民)〉부터 아 래로 〈권아(卷阿)〉까지와 〈소아〉의 〈남유가어〉부터 아래로 〈청청자아(菁菁者莪)〉까 지는 주공(周公)·성왕(成王) 때의 시이다."라고 한 것을 말한다.

유경
由庚

○ 모서: 〈유경〉은 만물이 각기 제 길을 따를 수 있게 되었다[43]는 내용이다.

○ 주자의 《시경집전》: 이 역시 생시(笙詩)이다. 설명이 〈어리(魚麗)〉에 보인다.

---

43 길을……되었다 : 편명 〈유경(由庚)〉의 '由'를 '從(따르다)'으로, '庚'을 '道(길)'로 풀이하고, 由庚을 '만물이 모두 음양의 이치를 따라 살아감'으로 풀이한 이선(李善)의 해설이 참고된다. 《文選注 卷19 補亡詩六首》

남유가어
南有嘉魚

○ 모서: 〈남유가어〉는 현자(賢者)와 더붊을 즐거워하는 내용이다.
태평시대의 군자가 지극히 참되어서 현자와 함께함을 즐거워하였다.

○ 육덕명(陸德明): 이 시부터 〈청청자아(菁菁者莪)〉까지, 내용이
전하는 6편과 내용이 유실된 3편은 성왕(成王)과 주공(周公) 때 지어
진 〈소아(小雅)〉이다.[44]

○ 주자의 《시경집전》: 이 역시 연향 때 상하가 통용한 악가이다.

---

44 이 시부터……소아(小雅)이다 :《경전석문(經典釋文)》권6 '남유가어' 조에는 이
말 뒤에 다음과 같은 말이 더 있다. "성왕(成王)에게는 '아름다운 명성〔雅名〕'이 있고
주공(周公)에게는 '높은 덕행〔雅德〕'이 있어서 두 사람이 협조하여 태평을 이룩하였기
때문에 모두 '바름〔正〕'이 된다." 이것이 정아(正雅)와 변아(變雅)를 나누는 기준이
된다.

숭구
崇丘

○ 모서: 〈숭구〉는 만물이 지극히 높고 크게 되었다는 내용이다.

○ 주자의 《시경집전》: 설명이 〈어리〉에 보인다.

남산유대

南山有臺

○ 모서: 〈남산유대〉는 현자를 얻음을 즐거워하는 내용이다. 현자를 얻으면 나라를 잘 다스려 태평의 기초(基礎)를 세울 수 있다.

○ 주자의 《시경집전》: 이 역시 연향 때 상하가 통용한 악가이다.

유의
由儀

○ 모서: 〈유의〉는 만물의 삶이 각기 그 마땅함을 얻었다는 내용이다. 그 의미만 있고 가사는 없다.

○ 정강성(鄭康成 정현(鄭玄)): 이 세 편(〈유경〉·〈숭구〉·〈유의〉)은 《의례》〈향음주〉와 〈연례〉에도 사용되었는데, 세상의 혼란을 만나 유실되었다. 〈연례〉에 또 "당(堂) 위에서 〈녹명(鹿鳴)〉을 부르고 당 아래에서 관악기로 〈신궁(新宮)〉을 연주한다."라는 말이 있는데, 이 〈신궁〉 역시 《시경》의 편명(篇名)이다. 그러나 그 가사와 의미가 모두 유실되어 어디에 편차되어 있었는지 알 수 없다.

○ 정초(鄭樵): 〈연례〉에 "당 위에서 〈녹명〉을 부르고 당 아래에서 관악기로 〈신궁〉을 연주한다."라고 하였는데, 〈신궁〉의 가사도 유실되었다. 《춘추좌씨전》 소공(昭公) 25년 조에 "송공(宋公)이 잔치를 베풀어 소자(昭子)를 대접할 때 〈신궁〉을 읊었다."라고 하였는데, '읊었다'라고 했으므로 당시에는 가사가 있었던 것이다.[45]

○ 주자의 《시경집전》: 설명이 〈어리〉에 보인다.

---

45 연례에 당……것이다 : 《육경오론(六經奧論)》 권3 '유실된 시에 대하여〔逸詩辨〕' 조에 보인다. 《육경오론》이 실은 여조겸(呂祖謙)의 저서라는 설도 있고 정초(鄭樵)와 그의 종형 정후(鄭厚)의 합작이라는 설도 있으나, 명고(鳴皐)는 정초의 저술이란 전제로 인용하였다.

육소
蓼蕭

○ 모서: 〈육소〉는 은택이 사해(四海 사방 변방의 소수 민족 지역)에까지 미쳤다는 내용이다.

○ 정강성: 구이(九夷)·팔적(八狄)·칠융(七戎)·육만(六蠻)[46]을 일러 사해라고 한다. '이미 군자를 만나보니〔旣見君子〕'는 먼 나라의 임금이 천자를 조현(朝見)함을 말한다.

○ 공영달: 제왕의 은택이 사해(四海)의 나라들에까지 미치자, 사해의 제후들이 제왕을 조현하여 잔치로 대접받았다. 이 때문에 본국(本國)에 있을 때 입은 은택을 근본으로 밝혀, 천자를 조현할 때의 영광을 말하였다.

○ 주자의《시경집전》: 제후가 천자를 조현하자 천자가 잔치를 베풀어 자혜(慈惠)를 보였다. 이 때문에 이 시를 노래하였다.

---

46 구이(九夷)……육만(六蠻) : 중국을 중심으로 구이(九夷)는 동쪽의 아홉 소수 민족(견이(畎夷)·우이(于夷)·방이(方夷)·황이(黃夷)·백이(白夷)·적이(赤夷)·현이(玄夷)·풍이(風夷)·양이(陽夷))을, 팔적(八狄)은 북쪽의 여덟 소수 민족을, 칠융(七戎)은 서쪽의 일곱 소수 민족을, 육만(六蠻)은 남쪽의 여섯 소수 민족을 범칭(泛稱)하는 말이다.

담로
湛露

○ 모서: 〈담로〉는 천자가 제후에게 잔치를 베풀 때 사용한 시이다.

○ 정강성: 제후가 조근(朝覲)하거나 회동(會同)하면 천자가 잔치를 베풀었으니, 자혜(慈惠)를 보이기 위함이었다.

○ 주자의《시경집전》: 이 또한 천자가 제후에게 잔치를 베풀 때 사용한 시이다. 《춘추좌씨전》에 영무자(甯武子)가 "제후가 정월(正月)에 천자를 조현하면 천자가 잔치를 베풀어 즐겁게 하는데, 이때 〈담로〉를 읊는다."라고 말한 일[47]이 보인다.

○ 학경: 앞 편은 제후가 천자에게 와서 조현할 때 사용한 시이고, 이 시는 천자가 제후에게 잔치를 베풀 때 사용한 시이다. 조현할 때는 예(禮)가 엄정하고, 잔치를 베풀 때는 정(情)이 넘친다.

---

47 영무자(甯武子)가……일:《춘추좌씨전》문공(文公) 4년 조에 보인다. '정월(正月)에 천자를 조현하면'은 '朝正於王'을 번역한 것이다. 두예(杜預)는 '천자에게 조회하여 정교(政敎)를 받는 것'으로 풀이하였으나, 양백준(楊伯峻)의 설을 채택한 정태현(鄭太鉉)의 번역을 따랐음을 밝혀둔다.《鄭太鉉 譯註, 春秋左氏傳2, 傳統文化硏究會, 2006, pp. 341~342》

동궁

彤弓

○ 모서: 〈동궁〉은 천자가 공(功)이 있는 제후에게 상을 내릴 때 사용한 시이다.

○ 정강성: 천자가 노여워하는 대상에 맞서서 제후가 공(功)을 바치면 천자가 잔치를 베풀어 예우했는데, 이때 붉은 활 1개, 붉은 화살 100개, 검은 활과 화살 1,000개를 하사하였다. 제후들은 활과 화살을 하사받은 뒤에야 전권(專權)을 행사하여 정벌할 수 있었다.

○ 주자의 《시경집전》: 이는 천자가 공이 있는 제후에게 잔치를 베풀고 활과 화살을 하사할 때 사용한 악가이다.

청청자아
菁菁者莪

○ 모서: 〈청청자아〉는 인재 육성을 즐거워하는 내용이다. 군자가
인재를 잘 키우면 천하가 기뻐하고 즐거워한다.

○ 모장(毛長)[48]: 군자가 인재를 잘 키우는 것이 마치 언덕이 쑥을 무
성하게 키우는 것과 같았다.
○ 공영달: 〈청청자아〉를 지은 사람은 인재 육성을 즐거워하였다.
경문의 네 장(章)에서 인재를 키워 성취시키는 일과 육성된 인재에게
관작을 하사하는 일을 말하였는데, 이 모두가 인재를 키우는 일이다.
○ 진붕비(陳鵬飛): 〈소아〉의 시 22편이 모두 각기 해당하는 일로 인
하여 노래한 것이다. 〈청청자아〉는 무슨 노래일까? 천자가 학교에서
예(禮)를 행하고 잔치를 베풀어 함께 술 마시면서 노래한 시일 것이다.
○ 범처의: '언덕 가운데[中阿]'·'모래섬 가운데[中沚]'·'구릉 가운
데[中陵]'는 모두 아름다운 땅으로, 윤택하여 초목을 길러주므로 초목

---

48 모장(毛長): 이 뒤에 인용된 내용은 《모시주소(毛詩註疏)》의 전(傳)에 보인다.
《모시주소》에는 전(傳)의 저자가 대모공(大毛公) 모형(毛亨)으로 기재되어 있는데,
명고는 왕홍서(王鴻緖)의 《시경전설휘찬(詩經傳說彙纂)》의 기록을 따라 소모공(小毛
公) 모장(毛長: 毛萇)의 말로 인용하였다.
　'자하(子夏)-순황(荀況)-모씨(毛氏: 모형-모장)'로 이어진 《모시》의 전수 계보에서
모씨(毛氏)는 정현(鄭玄)의 《시보(詩譜)》에서 비로소 대모공과 소모공으로 구분되었
고, 《한서(漢書)》〈유림전(儒林傳)〉에는 '조(趙)나라 사람'으로, 《후한서(後漢書)》에
는 '모장(毛萇)'으로 되어 있다.

의 본성을 이루어줄 수 있다. '백붕(百朋)'은 준 것이 많다는 말이다.

학교는 임금이 인재를 양성하는 곳으로, 스승과 벗의 가르침 및 학문과 교양의 학습이 이루어지고 평가의 법식이 있으며 식당과 소요 물품이 제공되는 등 선비에 대한 대우가 후하다. 그러나 임금이 몸소 학교를 시찰하기 전에는 근심하지 않을 수 없으니, 임금이 학교를 시찰하고 나면 어찌 기쁘고 즐겁지 않겠는가.

이에 시인이 마지막 장에서 스스로 "선비들의 재주가 마치 버드나무로 배를 만들어 물을 건너는 데 사용할 수 있는 것과 같이 되었다. 처음에는 군자를 만나지 못하여 등용되지 못할까 두려웠으나, 이제는 군자를 만났으므로 내 마음에 더는 사사로운 근심과 지나친 헤아림이 있지 않다."라고 하였다.

○ 주자(주희)의 구설[49]: 융성했던 선왕(先王)의 시대에는 집안에 숙(塾)이 있고, 당(黨 500가(家))에 상(庠)이 있고, 술(術 수(遂). 먼 교외의 1,000가(家))에 서(序)가 있고, 도읍에 학(學)이 있었다. 그 제도가 《주관(周官 주례(周禮))》·《맹자》·《예기(禮記)》에 대한 한(漢)나라 유자(儒者)의 설에 보이는데,[50] 요약하면 "효(孝)·제(悌)·충(忠)·신(信) 및 《시(詩)》·《서(書)》·《예(禮)》·《악(樂)》을 가르쳐 '본연의 지혜[良知]'와 '본연의 능력[良能]'을 배양하여, 그 덕(德)이 완성되기를 기다려 쓴다."라는 것이다. 이것이 이른바 인재를 키운다는

---

49 주자의 구설 : 여조겸(呂祖謙, 1137~1181)의 《여씨가숙독시기(呂氏家塾讀詩記)》 권19에서 발췌한 것이다.

50 그 제도가……보이는데 : 《주례(周禮)》〈대사도(大司徒)〉, 《맹자》〈등문공 상(滕文公上)〉, 《예기(禮記)》〈학기(學記)〉·〈왕제(王制)〉에 대한 전주(傳注)를 말한다.

것이니, 이와 같이 할 수 있으면 천하가 기뻐하고 즐거워한다.

○ 주자의 《시경집전》: 이 역시 빈객에게 잔치를 베풀어 함께 술을 마실 때 사용한 시이다.

○ 왕홍서: 〈청청자아〉에 대해 주자가 처음에는 모서의 뜻을 따랐다 가 나중에 해석을 바꾸어 빈객에게 잔치를 베풀어 함께 술 마실 때 사용한 시라고 하였다. 그러나 잔치를 베풀어 함께 술을 마신다는 말 이 경문에 없다.

살펴보건대, 문왕(文王)이 풍수(豐水 지금의 섬서성에 있는 물 이름)의 벽옹(辟雍)을 세우자 《시경》에서 이를 찬탄하여 "아, 즐거운 벽옹에서 하도다.〔於樂辟雍〕"[51]라고 하였고, 무왕(武王)이 호경(鎬京 서주(西周)의 도읍. 지금의 섬서성에 위치)의 벽옹을 세우자 《시경》에서 이를 읊어 "감복하 지 않는 자 없으니〔無思不服〕"[52]라고 하였다. 성왕(成王)이 이어 다스리 면서 학교에서 선비를 양성하는 법을 재정비하여 밝힌 사실이 《예기》 〈왕제(王制)〉에 상세한데, 인재 육성의 흥성이 그보다 더할 수 없었다.

비록 이 시에서 그 일을 실제로 지적하지도 않았고 어느 왕 때 일인 지 확정할 수도 없지만, 요컨대 주공(周公)이 성왕을 보필할 때 지어진 악가이다. 모서는 '인재 육성'에 중점을 두어 해석했는데, 모장(毛長) 으로부터 이후 당(唐)·송(宋)의 유자(儒者)들에 이르기까지 이설(異 說)이 없었다. 주자도 일찍이 다른 글에서 모서의 뜻을 인용하였다. 그렇다면 정현의 전(箋)과 공영달의 소(疏)에서 풀이한 뜻은 그 논의 를 나란히 보존해둘 만하다.

---

51 아……하도다 : 《시경》 〈대아 영대(靈臺)〉에 보인다.
52 감복하지……없으니 : 《시경》 〈대아 문왕(文王)〉에 보인다.

유월

六月

○ 모서: 〈유월〉은 선왕(宣王)이 북쪽 지방을 정벌하는 내용이다.
〈녹명(鹿鳴)〉이 버려지면 화평함과 즐거움이 결손(缺損)되고, 〈사모
(四牡)〉가 버려지면 군신(君臣) 간의 의리가 결손되고, 〈황황자화
(皇皇者華)〉가 버려지면 충성과 신의가 결손되고, 〈상체(常棣)〉가
버려지면 형제간의 우애가 결손되고, 〈벌목(伐木)〉이 버려지면 붕우
간의 신의가 결손되고, 〈천보(天保)〉가 버려지면 복록이 결손되고,
〈채미(采薇)〉가 버려지면 정벌(征伐)이 결손되고, 〈출거(出車)〉가
버려지면 공로(功勞)가 결손되고, 〈체두(杕杜)〉가 버려지면 군대가
결손되고, 〈어리(魚麗)〉가 버려지면 법도가 결손되고, 〈남해(南陔)〉
가 버려지면 효도와 우애가 결손되고, 〈백화(白華)〉가 버려지면 청
렴과 염치가 결손되고, 〈화서(華黍)〉가 버려지면 저축이 결손되고,
〈유경(由庚)〉이 버려지면 음양이 바른길을 잃고, 〈남유가어(南有嘉
魚)〉가 버려지면 현자는 불안하고 백성들은 살 곳을 얻지 못하며,
〈숭구(崇丘)〉가 버려지면 만물이 성숙하지 못하고, 〈남산유대(南山
有臺)〉가 버려지면 나라 다스리는 기초가 실추되고, 〈유의(由儀)〉가
버려지면 만물이 바른길을 잃고, 〈육소(蓼蕭)〉가 버려지면 은택이
어그러지고, 〈담로(湛露)〉가 버려지면 만국(萬國)이 이반하고, 〈동궁
(彤弓)〉이 버려지면 중원(中原)이 쇠망하고, 〈청청자아(菁菁者莪)〉
가 버려지면 예의가 없어지고, 〈소아(小雅)〉가 모두 버려지면 사방
오랑캐가 번갈아 침략하여 중국이 미약해질 것이다.

○ 공영달: 모서에서 〈유경(由庚)〉 이하에 대해 결손된다고 말하지 않은 것은 서술자가 문구를 통해 의미를 드러내서 앞 시들과 분명히 구별한 것이니, 문왕·무왕 때 시에 대해서는 모두 '결손된다'고 하고 주공·성왕 때 시에 대해서는 다른 문구로 바꾸어 썼다.

이 22편이 〈소아〉의 정경(正經)이다. 제왕이 중국을 키우고 사방 오랑캐를 두렵게 하는 일이 지금은 모두 폐해져 행해지지 않고 있다. 그 결과 천자의 정치가 쇠퇴하고 사방 오랑캐가 침략해와서 중원이 쇠약해졌는데, 이는 〈소아〉를 버렸기 때문이다. 여왕(厲王)은 이를 버려서 미약해졌고, 선왕(宣王)은 이를 지켜서 부흥하였다. 이 때문에 모씨(毛氏)의 전(傳)에서 이를 상세히 서술하고 〈소아〉를 높이지 않아서는 안 됨을 밝힘으로써 모범을 보였다.

이 시는 북쪽 지방을 정벌하는 내용으로, 선왕(宣王)을 찬미한 것이다.

○ 주자의 《시경집전》: 성왕(成王)과 강왕(康王)이 죽고 나서 주(周)나라가 침체되었다. 성왕 이후 8대째인 여왕(厲王) 호(胡)가 포학하여 주나라 사람들이 쫓아내자, 여왕은 체(彘 산서성 곽현(霍縣) 동북부) 땅으로 나가 살았다. 험윤(玁狁 북방의 소수민족 흉노(匈奴))이 중원을 침략하여 도읍 가까이 들어왔는데, 여왕이 죽고 아들 선왕(宣王) 정(靖)이 즉위하여 윤길보(尹吉甫)에게 군대를 이끌고 나가 토벌하도록 명하였다. 윤길보가 공을 세우고 돌아오자 시인이 노래를 지어 그 일을 이와 같이 서술한 것이다.

채기
采芑

○ 모서: 〈채기〉는 선왕(宣王)이 남쪽 지방을 정벌하는 내용이다.

○ 주자의 《시경집전》: 선왕(宣王) 때 만형(蠻荊 장강 중류 형주(荊州) 지구의 소수민족)이 배반하자, 왕이 방숙(方叔)에게 명하여 남쪽 지방을 정벌하게 하였는데, 군대가 행군하면서 쓴 나물을 뜯어 먹었다. 이 때문에 그 일을 읊어 시상(詩想)을 일으킨 것이다.

거공

車攻

○ 모서: 〈거공〉은 선왕(宣王)이 옛 제도를 회복하는 내용이다. 선왕이 안으로 정사(政事)를 잘 닦고 밖으로 오랑캐를 물리쳐 문왕·무왕 때의 영토를 수복한 다음, 거마(車馬)를 정돈하고 무기를 갖추어 동도(東都 낙읍(洛邑))에 다시 제후들을 회합시키고, 사냥을 통해 수레와 보병을 선발하였다.

○ 주자의 《시경집전》: 주공(周公)이 성왕(成王)을 보필하며 낙읍에 도읍을 건설하여 동도로 삼고 제후들을 조회시켰는데, 주나라가 쇠약해진 뒤로 오랫동안 그 예(禮 천자가 제후들을 조회시키는 예)가 폐기되었다. 선왕(宣王) 때에 이르러 안으로 정사를 잘 닦고 밖으로 오랑캐를 물리쳐 문왕·무왕 때의 영토를 수복한 다음, 거마를 정돈하고 무기를 갖추어 동도에 다시 제후들을 회합시키고, 사냥을 통해 수레와 보병을 선발하였다. 이 때문에 시인이 이 시를 지어 그 일을 찬미하였다.

길일
吉日

○ 모서: 〈길일〉은 선왕(宣王)의 사냥을 찬미한 시이다. 사소한 일
에도 신중을 기하고 아랫사람을 잘 대하는 등 모든 일에 최선을 다하
여 윗사람을 받들었다.

○ 주자의 《시경집전》: 이 또한 선왕(宣王) 때의 시이다.

홍안
鴻鴈

○ 모서: 〈홍안〉은 선왕(宣王)을 찬미한 시이다. 만민이 뿔뿔이 흩어져 거주가 안정되지 못했는데, 선왕이 은덕으로 위무하여 오게 해서 돌아와 정착하도록 하여 안정시켰다. 이에 홀아비와 과부에 이르기까지 모든 사람이 살 곳을 얻었다.

○ 주자의 《시경집전》: 옛 해설에 "주나라가 중간에 쇠하여 만민이 뿔뿔이 흩어졌는데, 선왕(宣王)이 은덕으로 위무하여 오게 해서 돌아와 정착하도록 하여 안정시켰다. 이 때문에 유랑민이 기뻐하여 이 시를 지었다."라고 하였다. 그러나 지금은 이 시가 선왕 때 시라는 증거를 볼 수 없다. 뒤의 세 편도 마찬가지이다.

○ 이광지(李光地): 〈녹명(鹿鳴)〉부터 〈길일(吉日)〉까지는 대체로 모두 천자가 조정에서 제후들의 조회를 받거나 정벌 또는 사냥에 참가한 사람들에게 잔치를 베풀어 노고를 위로하는 내용의 시로, 〈아(雅)〉의 정통적인 체재이다. 〈홍안〉 이후에는 민간의 노래가 섞여 있다.

문왕·무왕·성왕·강왕(康王) 때 기내(畿內)에서 지어진 시는 〈이남(二南 〈주남(周南)〉과 〈소남(召南)〉)〉에 넣고 그 후에 지어진 시는 〈소아〉에 붙였는데, 서기(西畿 주나라 서도(西都)의 기내(畿內))에서 얻어진 것은 여기(〈소아〉의 〈홍안〉 이후)에 있고, 동기(東畿 주나라 동도(東都)의 기내)에서 얻어진 것은 〈국풍(國風)〉의 끝인 〈빈아(豳雅 〈빈풍 칠월(豳風七月)〉)〉 이하에 있다.

정료

庭燎

○ 모서: 〈정료〉는 선왕(宣王)을 찬미한 시인데, 이를 통해 잠계(箴戒)한 것이기도 하다.

○ 정강성: 제후의 조회를 앞두고 선왕(宣王)이 자정도 되기 전에 밤이 얼마나 되었는지 물었다. 찬미했다는 것은 선왕이 스스로 정사에 부지런했음을 찬미한 것이다. 이를 통해 잠계했다는 것은, 제왕은 계인(鷄人)이라는 관원을 두어 모든 나랏일에 때가 되면 시각을 고하게 하는데, 지금 왕이 그 관직을 바로잡지 못하여 밤이 얼마나 되었는지를 물었기 때문이다.

○ 주자의 《시경집전》: 왕이 장차 일어나 조회를 볼 참이라 편안히 잠들지 못하고 밤이 얼마나 되었는지 묻기를 "밤이 얼마나 되었는고? 밤이 아직 자정에 이르지 않았는데, 정료(庭燎 나라에 큰일이 있을 때 대궐 뜰에 피워놓은 화톳불)가 빛나는구나. 조회 오는 사람이 이르러서 그 방울 소리가 들리는구나."라고 하였다.

○ 유근(劉瑾): 《열녀전(列女傳)》에 "선왕(宣王)이 늘[53] 늦게 일어났는데 강후(姜后)가 비녀와 귀고리를 빼고 영항(永巷 궁궐 안의 길)에서 대죄하자, 선왕이 느끼는 바가 있어 깨달았다. 이리하여 선왕이 아침

---

53 【校】늘 : 저본에는 '罾'으로 되어 있으나 《열녀전》 권1에 의거 '常'으로 수정하여 번역하였다.

일찍 조회 받고 저물어야 물러나면서 정사에 부지런히 힘써 끝내 중
흥 군주로 명성을 이루었다."라고 하였다. 이에 근거하면 이 시는 어
쩌면 정말로 선왕에 대한 시일 것이다.

면수
沔水

○ 모서: 〈면수〉는 선왕(宣王)에게 잘못을 고치도록 간언하는 내용이다.

○ 주자의 《시경집전》: 이는 난리를 걱정하는 내용의 시이다. "흐르는 물도 바다로 모이고 하늘을 나는 매도 멈추는 곳이 있는데, 우리 형제와 여러 벗들은 난리를 걱정하려는 사람이 없다. 누구에겐들 부모가 없겠는가. 난리가 나면 근심이 혹 부모에게 미칠 것이니, 이 어찌 근심하지 않을 수 있겠는가."라고 하였다.

학명

鶴鳴

○ 모서: 〈학명〉은 선왕(宣王)을 가르치는〔誨〕 내용이다.

○ 모장: "학이 아홉 굽이 못 속에서 울면, 그 소리가 들판에까지 들리네.〔鶴鳴于九皐 聲聞于野〕"는 몸이 숨어도 이름이 드러난다는 말이다. "물고기가 깊은 물에 잠겨 있으나, 간혹 물가에 있기도 하네.〔魚潛在淵 或在于渚〕"는, 큰 물고기는 깊은 물에 있고 작은 물고기는 물가에 있다는 말이다. "즐거운 저 동산에,[54] 심어놓은 박달나무가 있는데, 그 아래 낙엽이 있네.〔樂彼之園 爰有樹檀 其下維蘀〕"는, 저 동산의 외관(外觀)이 얼마나 즐거운가마는 심어놓은 박달나무가 있어 아래에 그 낙엽이 있다는 말이다. "다른 산의 돌이, 숫돌이 될 수 있네.〔他山之石 可以爲錯〕"는 버려진 현자를 들어 쓰면 나라를 다스릴 수 있다는 말이다.

○ 정강성: '회(誨)'는 '가르친다〔敎〕'는 말이니, 선왕(宣王)에게 현자를 구하도록 가르친 것이다. "학이 아홉 굽이 못 속에서 울면, 그 소리가 들판에까지 들리네."는 현자가 비록 은거하더라도 사람들이 모두 그를 앎을 비유한 것이고, "물고기가 깊은 물에 잠겨 있으나, 간혹 물가에 있기도 하네."는 현자는 세상이 어지러우면 숨고 정치가 태평

---

54 【校】즐거운 저 동산에 : 저본에는 없으나 《모시주소》〈학명(鶴鳴)〉에 근거하여 '樂彼之園'을 보충하여 번역하였다.

하면 당대의 임금에게 나옴을 비유한 것이며, "즐거운 저 동산에, 심어놓은 박달나무가 있는데, 그 아래 낙엽이 있네."는 조정에서 현자를 높이고 소인을 낮춤을 비유한 것이고, '다른 산'은 다른 나라를 비유한 것이다."

○ 주자의 《시경집전》: 이 시가 지어진 까닭은 알 수 없으나 틀림없이 선언(善言 교훈이 될 만한 좋은 말)을 진술하여 가르침을 올린 말일 것이다. "학이 아홉 굽이 못 속에서 울면, 그 소리가 들판에까지 들리네."는 진실은 가릴 수 없다는 말이고, "물고기가 깊은 물에 잠겨 있으나, 간혹 물가에 있기도 하네."는, 이치는 정해진 곳에만 있는 것이 아니라는 말이며, "즐거운 저 동산에, 심어놓은 박달나무가 있는데, 그 아래 낙엽이 있네."는 사랑하더라도 그 나쁜 점도 알아야 한다는 말이고, "다른 산의 돌이, 숫돌이 될 수 있네."는 미워하더라도 그 좋은 점도 알아야 한다는 말이다. 이 네 가지를 말미암아 확장하고 유추한다면 천하의 모든 이치를 알 수 있을 것이다.

○ 여조겸: 이 시는 무엇을 가리킨 것인지 알 수 없다. 여러 학자의 설이 비록 제각기 장점이 있기는 하나 시인의 뜻에 맞다고 단언할 수는 없다. 모씨(毛氏)의 설이 여러 설 중에 가장 시대가 앞서므로, 이렇게 전해진 데는 뭔가 유래가 있을 듯하다.

기보
祈父

○ 모서: 〈기보〉는 선왕(宣王)을 풍자한 시이다.

○ 모장: 선왕(宣王) 말년에 사마(司馬 군무(軍務) 담당 장관)의 직임이 방기되어 강융(姜戎 중원 서쪽의 강성(姜姓) 소수민족)에게 패배하였다.

○ 주자의 《시경집전》: 모서에 "선왕(宣王)을 풍자한 시"라고 하였는데, 해설하는 사람이 또 "선왕 39년에 천묘(千畝 산서성의 지명)에서 전쟁하여 천자의 군대가 강씨(姜氏)의 서융(西戎)에게 대패하였다. 이 때문에 군사가 원망하여 이 시를 지었다."라고 하였다.

여씨(呂氏 여조겸)는 "태자 진(晉)이 영왕(靈王)에게 간언한 말에 '우리 선왕(先王)들이신 여왕(厲王)·선왕(宣王)·유왕(幽王)·평왕(平王)이 하늘의 재앙을 탐하면서부터 지금까지 재앙이 그치지 않고 있습니다.'라고 하였다. 선왕(宣王)은 중흥을 이룬 군주인데 심지어 유왕·여왕과 함께 같은 부류로 헤아린 것이다. 그 말이 비록 지나치기는 하나, 이 시에서 풍자한 것을 보면 자진(子晉 태자 진)의 말이 어찌 유래한 바가 없겠는가."라고 하였다.

다만 시 본문을 살펴보면 이 시의 풍자 대상이 꼭 선왕(宣王)이라는 증거를 볼 수 없다. 뒤 편도 마찬가지이다.

백구
白駒

○ 모서: 〈백구〉는 대부가 선왕(宣王)을 풍자한 시이다.

○ 모장: 선왕(宣王) 말년에 현자를 등용하지 못하여, 흰 망아지를 타고 떠난 현자가 있었다.

○ 주자의 《시경집전》: 이 시를 지은 사람은 현자가 떠나는 것을 만류할 수 없었기 때문에, 현자가 타는 망아지가 자기 밭의 곡식 잎을 먹었다는 핑계로 망아지의 발을 동이고 고삐를 매어서 행여 오늘 아침 오래 머물러 현자가 이곳에서 소요(逍遙)하며 떠나지 않기를 바란 것이다. 이는 후대 사람들이 손님을 만류하면서 손님이 타는 수레의 굴대 빗장을 우물 속에 던져 넣는 것과 같다.

○ 주자(주희): 선왕(宣王)이 처음에는[55] 현자를 임용하고 유능한 자에게 일을 시켰으니, 예컨대 신백(申伯)·중산보(仲山甫)·한후(韓侯)가 혹은 장수가 되고 혹은 정승이 되고 혹은 제후가 되었으며,[56]

---

55 선왕(宣王)이 처음에는 : 여기에 인용된 주희의 설은 유근(劉瑾)의 《시전통석(詩傳通釋)》 권11 소주(小注)에 보인다.

56 신백(申伯)……되었으며 : 신백(申伯)은 주 선왕(周宣王)의 외삼촌이자 경사(卿士)로서 선왕(宣王)을 도와 주나라를 중흥시키고 사읍(謝邑 : 하남성의 지명)을 하사받아 살면서 주나라의 남쪽 변방을 지켰다. 중산보(仲山甫 : 仲山父 번(樊)나라 임금의 자(字))는 총재(冢宰)와 태보(太保)를 겸직하여 밖으로는 제후들을 거느리고 안으로는 선왕의 덕을 보양하였다. 한후(韓侯)는 자신의 선대로부터 이미 패자로 군림해온 한(韓)나라에 선왕의 명으로 봉해져 그 지역의 소수민족을 안정시키고 공물(貢物)을

방숙(方叔)과 소호(召虎)가 혹은 만형(蠻荊 형초(荊楚) 지역의 소수민족)을 정벌하고 혹은 험윤(玁狁 북방의 소수민족 흉노(匈奴))을 치고 혹은 회이(淮夷 회하(淮河) 유역의 소수민족)를 평정하였다.[57]

그러나 만년에 이르러 나태한 마음이 한번 생겨나자 괵 문공(虢文公) 같은 무리가 올린 간언이 시행되지 않았으니,[58] 소인배가 그 틈을 타 권세를 부렸다. 이 때문에 〈기보(祈父)〉 시를 보면 사마(司馬)를 맡은 사람이 적임자가 아니었다. 소인배가 지위에 있으면 현자는 결코 뜻을 펼 수 없다. 그래서 〈백구〉 시에서 현자를 만류하지만 현자는 머물려 하지 않은 것이다.

바치는 등 주나라의 통치권이 미치게 하였다.

57 방숙(方叔)과……평정하였다 : 방숙은 주 선왕(周宣王) 때 경사(卿士)로서 만형(蠻荊)과 험윤(玁狁)을 정벌하여 공을 세웠다. 소호(召虎)는 주나라의 개국공신 소공 석(召公奭)의 후예인 소목공(召穆公) 호(虎)로, 선왕(宣王) 때 대신(大臣)으로서 회이(淮夷)의 반란을 평정하였다.

58 괵 문공(虢文公)……않았으니 : 괵 문공은 주나라 초기에 괵(虢) 땅에 봉해진 괵숙(虢叔)의 후예이자 주 선왕(周宣王) 때 경사(卿士)로, 선왕이 적전(籍田)을 경착하지 않자 농본사상(農本思想)을 바탕으로 간언을 올렸으나 받아들여지지 않았다.

황조
黃鳥

○ 모서: 〈황조〉는 선왕(宣王)을 풍자한 시이다.

○ 모장: 선왕(宣王) 말년에 천하의 부모 형제들이 뿔뿔이 흩어지고 부부가 서로 헤어져 예(禮)를 갖추지 못하는 사람들이 있었다.

○ 주자의 《시경집전》: 백성이 다른 나라에 갔으나 살 곳을 얻지 못하였기 때문에 이 시를 지었다.

여씨(呂氏 여조겸)는 "선왕(宣王) 말년에 살 곳을 잃은 백성이 다른 나라는 살 만하리라 생각했다가 그 나라에 가보니 또 고향만도 못하였다. 이 때문에 고국을 그리워하며 돌아가고 싶어 하였다. 백성들을 이렇게 만들었으니, 돌아와 정착하도록 하여 안정시킨 때[59]와는 달랐던 것이다."라고 하였다.

그러나 지금 시 본문을 살펴보면 이 시의 배경이 선왕(宣王)의 시대라는 증거를 볼 수 없다. 뒤 편도 그러하다.

---

59 돌아와……때 : 앞의 〈홍안(鴻鴈)〉에서 읊은 때이다.

아행기야
我行其野

○ 모서: 〈아행기야〉는 선왕(宣王)을 풍자한 시이다.

○ 정강성: 선왕(宣王) 말년에 백성들이 남녀 간의 도리를 지키지 않고 혼외(婚外)의 이성(異性)을 찾으며 옛 사돈을 버리고 서로 원망하였다.

○ 주자의 《시경집전》: 백성이 다른 나라에 가서 사돈에게 의지하려했으나 구제받지 못했기 때문에 이 시를 지었다.

사간

斯干

○ 모서: 〈사간〉은 선왕(宣王)이 궁전을 '완성하는[考]' 내용이다.

○ 정강성: '고(考)'는 '완성한다[成]'는 말이다. 덕이 행해지고 나라가 부강해져서 백성들이 많아지자 선왕(宣王)이 이에 궁전과 종묘를 지었는데, 여러 건물이 완성되고 나자 〈사간〉 시를 노래하여 낙성(洛成)하였으니, 이를 일러 '궁전을 완성했다'고 한 것이다.

○ 이저: 유향(劉向)은 "주(周)나라가 덕이 쇠하자 사치하였는데, 선왕(宣王)이 현명하여 중흥할 적에 다시 궁전을 검소하게 짓고 종묘를 작게 지었다. 시인이 이를 찬미한 것이다."라고 하였고, 소씨(蘇氏 소철(蘇轍))는 "여왕(厲王)의 시대가 혼란하여 궁전이 파괴되었다. 선왕(宣王)이 선대의 제왕과 황후들을 계승할 방도를 도모하여 궁전과 종묘를 지었다."라고 하였다. 한편으로는 그 파괴된 것을 새로이 짓고 한편으로는 그 사치했던 것을 검소하게 바꾼 것이다.

이 시를 가만히 살펴보면 선왕(宣王)이 지은 궁전은 예(禮)에 맞았다고 할 만하니, 사치한 쪽으로 잘못되지도 않고 누추한 쪽으로 잘못되지도 않았다. 시에 묘사한 "전체적인 모습은 사람이 공경스레 몸을 곧추 세운 듯 엄정하다.[跂翼]", "모서리는 화살이 빨리 날아가듯 곧다.[矢棘]", "기둥과 도리는 새가 놀라 날아오르려는 듯 높이 솟았다.[鳥革]", "처마는 꿩이 날개를 펼치고 나는 듯 다채롭고 살짝 들렸다.[翬飛]"라는 것 등이 누추한 쪽으로 잘못되지 않은 것이다. 그렇지만 이 궁전을 지은 목적은 오직 비바람을 가리고 새와 쥐를 멀리하기 위함일 뿐이었으므로 사치한 쪽으로 잘못되지도 않았다. 그렇다면 비단 외관을 아름답게 하기 위함일 뿐만 아니라, 선왕(先王)들이 하던 바를 계승하려 한[60] 것이다.

○ 주자의 《시경집전》: 옛 해설에 "여왕(厲王)이 체(彘) 땅에 유배되고 나서 궁전이 파괴되었다. 이 때문에 선왕(宣王)이 즉위하여 다시 궁전을 지었는데, 건물이 완성되자 낙성한 것이다."라고 하였다. 그러나 지금은 이 시가 꼭 그때의 시라는 증거를 볼 수 없다.

혹자는 "《의례(儀禮)》의 '당(堂) 아래에서 〈신궁(新宮)〉을 관악기로 연주한다.'[61]라는 말과 《춘추좌씨전(春秋左氏傳)》에 송 원공(宋元公)이 '〈신궁〉을 읊었다.'[62]라고 했을 때의 〈신궁〉이 곧 이 시인 듯하다."라고 한다. 그러나 이 역시 분명한 증거가 없다.

---

60 【校】하려 한 : 저본에는 '特'으로 되어 있으나, 이저(李樗)・황춘(黃櫄)의 《모시이황집해(毛詩李黃集解)》〈사간(斯干)〉에 의거 '將'으로 수정하여 번역하였다.

61 당(堂)……연주한다 : 《의례(儀禮)》〈연례(燕禮)〉에 보인다. 참고로 여기에 인용된 혹자의 설과 달리 《의례주소(儀禮注疏)》의 정현(鄭玄) 주에는 이 〈신궁〉에 대해 "〈소아〉에서 유실된 시편인 듯하다."라고 하였다.

62 송 원공(宋元公)이 신궁을 읊었다 : 《춘추좌씨전(春秋左氏傳)》 소공(昭公) 25년 조에 보인다. 참고로 여기에 인용된 혹자의 설과 달리 두예(杜預)는 이 〈신궁〉에 대해 "유실된 시편이다."라고 하였다.

무양

無羊

○ 모서: 〈무양〉은 선왕(宣王)이 목축(牧畜)을 완성했다는 내용이다.

○ 정강성: 여왕(厲王) 때 목인(牧人)의 직책이 방기되었다. 선왕(宣王)이 처음 일어나서 이를 회복하기 시작하여 이때에 이르자 완성되었으니, '완성했다'는 것은 선왕(先王) 때 소와 양의 수를 회복[63]했음을 말한다.

○ 주자의《시경집전》: 이 시는 목축의 일이 완성되어 소와 양의 수가 많아졌음을 말한 것이다.

○ 여조겸: 〈사간(斯干)〉과 〈무양〉은 모두 선왕(宣王) 초년의 시인데 선왕(宣王) 말년의 잘못을 풍자한 시의 뒤에 편차한 것은 어째서인가? 선왕(宣王)이 만년에는 비록 정사에 게을렀으나 주(周)나라를 중흥한 위대한 덕을 어찌 이것으로 가릴 수 있겠는가. 이 때문에 다시 이 두 편을 취하여 선왕(宣王) 때의 시를 마무리한 것이다.

　선왕(宣王) 때 지어진 〈대아(大雅)〉의 시편들에는 찬미만 있고 풍자는 없다. 〈대아〉는 대체(大體)를 말한 것인데, 대체를 논하자면 선왕(宣王)은 실로 한 시대의 현군(賢君)이기 때문이다.

---

63 【校】회복 : 저본에는 '及'으로 되어 있으나,《모시주소》〈무양(無羊)〉에 의거 '復'으로 수정하여 번역하였다.

절남산

節南山

○ 모서: 〈절남산〉은 가보(家父)가 유왕(幽王)을 풍자한 시이다.

○ 공영달: 노 환공(魯桓公) 15년에 천자가 가보(家父)를 노나라에 보내와서 수레를 요구했는데,[64] 이해는 위로 유왕이 죽은 해까지 시간적 거리가 75년이었다. 이 시는 언제 지어졌는지 알 수 없다. 위소(韋召)는 평왕(平王) 때의 작품이라고 하였으니, 이 시가 지어진 시기는 주 평왕과 노 환공 때이고 그 내용은 앞 시대의 유왕을 풍자한 것이라는 말이다.

다만 옛사람은 '보(父)'를 자(字)로 삼아 간혹 몇 대에 걸쳐 동일한 자를 쓰기도 한다. 이 가씨(家氏)도 어쩌면 부자간에 자(字)가 같았을 수 있으니, 가보(家父)도 반드시 동일한 사람이라고 장담할 수 없다.

○ 주자의 《시경집전》: 이 시는 가보가 지은 것으로, 왕이 윤씨(尹氏)를 등용하여 혼란을 초래했음을 풍자하였다.

모서에 이 시를 유왕 때의 시라고 하였으나, 《춘추》 환공 15년에 가보가 노나라에 와서 수레를 요구한 일이 있다. 이해는 주나라 환왕(桓王)의 시대로, 위로 유왕이 죽은 해까지 시간적 거리가 이미 75년이므로 두 가보가 동일인인지 알 수 없다. 대체로 모서에서 말한 시대는

---

64 노 환공(魯桓公)……요구했는데 : 《춘추》 환공(桓公) 15년 조에 보인다.

모두 신빙성이 부족하니, 지금은 속단하지 말고 우선 미제(謎題)로
남겨두는 것이 좋겠다.

정월

正月

○ 모서: 〈정월〉은 대부가 유왕을 풍자한 시이다.

○ 주자의 《시경집전》: 이 시도 대부가 지은 것이다.
　혹자는 "동천(東遷) 후의 시이니, 당시에 제후국의 종주로서 주(周)
나라는 이미 멸망하였다. '포사가 멸망시키리로다.〔褒姒滅之〕'라는 말
에 감계(鑑戒 지난 잘못을 거울삼는 훈계)의 뜻만 있고 근심하고 두려워하
는 뜻은 없으니, 이 시는 이미 벌어진 일을 말한 것이지 장차 그렇게
될 것을 염려한 말이 아닌 듯하다."라고 한다. 그러나 정말 그런지 지금
은 단정할 수 없다.

시월지교
十月之交

○ 모서: 〈시월지교〉는 대부가 유왕을 풍자한 시이다.

○ 범처의: 〈소아〉에 여왕(厲王) 때 시는 없다.

정씨(鄭氏 정현)는 "〈시월지교〉·〈우무정(雨無正)〉·〈소민(小旻)〉·〈소완(小宛)〉이 모두 여왕(厲王) 때 시인데, 모씨(毛氏)가 전(傳)을 지을 때 순서를 옮기고 유왕 때 시로 고쳤다."라고 하고, 그 근거로 "태사 윤씨(尹氏)와 황보(皇父)가 유왕 아래서 나란히 정사(政事)를 했을 수는 없고, 포사(褎似)와 '아리따운 아내〔艶妻〕'가 유왕의 총애를 나란히 받았을 수는 없으며, 번씨(番氏)와 정 환공(鄭桓公)이 유왕 때 같은 자리에 나란히 있었을 수는 없다."라고 하였다.

그러나 선유(先儒)가 정씨의 설을 비판하여 "가령 태사 윤씨와 황보, 그리고 번씨와 정 환공이 선후의 시차를 두고 같은 일을 하였고, 포사가 미색으로 황후의 자리에 있는 것을 두고 '아리따운 아내'라고 한 것이라면 그 누가 불가하다 하겠는가."라고 하고, 또 "《한시(韓詩)》의 순서도 모씨(毛氏)가 정한 것과 합치한다. 살펴보건대 유왕 8년에 정 환공을 사도(司徒)로 삼았으니, 그 전(유왕 초년부터 8년까지 사이)에 번씨가 사도가 된 일이 없었다고 어떻게 장담할 수 있겠는가. 4편의 시는 여왕(厲王) 때 시가 아님이 분명하다."라고 하였다.

삼가 시 본문을 상세히 살펴보건대, "10월 신묘일에 일식이 있었다.〔十月辛卯 日有食之〕"라는 말을 당(唐)나라 역서(曆書)에서 찾아보면 유왕 6년에 그런 일이 있었으니, 이것이 정씨의 설에 반대되는 첫째 증거이다.

"온갖 하천이 솟구쳐 오르고 산마루의 높은 곳이 무너졌다.〔百川沸騰 山冢崒崩〕"라는 말을 《사기(史記)》에서 살펴보면, 유왕 2년에 "세 하천(경수(涇水)·위수(渭水)·낙수(洛水)) 일대에서 모두 지진이 발생했다."[65]라는 기록이 있으니, 이것이 둘째 증거이다.

〈우무정(雨無正)〉에 "주(周)나라 종족이 이미 멸망하여〔周宗既滅〕"라고 한 것은 〈정월〉에서 "빛나는 종주국 주나라를, 포사가 멸망시키리로다.〔赫赫宗周 褒姒滅之〕"라고 한 일을 가리키니, 이것이 셋째 증거이다.

〈소민(小旻)〉의 "모사(謀士)가 매우 많은지라〔謀夫孔多〕"와 "말을 하는 자가 뜰에 가득하니〔發言盈庭〕"라는 말은 칠자(七子 포사의 친족 일곱 사람: 황보·중윤(仲允)·가백(家伯)·번씨·궐씨(蹶氏)·추자(棸子)·우씨(楀氏))의 무리를 일컫는다. 만약 여왕(厲王) 때처럼 왕과 조정에 대한 비방을 더욱 엄중히 감시하여 나라 사람들이 감히 말을 하지 못하고 길에서 마주치면 눈빛만 주고받는 때였다면 어찌 '모사가 매우 많다'라 거나 '말을 하는 자가 뜰에 가득하다'라는 풍자가 있을 수 있었겠는가. 이것이 넷째 증거이다.

〈소완(小宛)〉의 "옛 선인(先人)을 생각하노라.〔念昔先人〕"와 "두 분을 생각하노라.〔有懷二人〕'라는 말에서 '선인'은 선왕(先王)을 일컫고 '두 분'은 문왕(文王)·무왕(武王)을 일컫는다. 여왕(厲王)의 선인으로 말하면 이왕(夷王)인데, 어찌 문왕·무왕의 일을 그리워한 것일

---

65 세 하천……발생했다 : 《사기》 권4 〈주 본기(周本紀)〉에 보인다.

수 있겠는가. 이것이 다섯째 증거이다.

　정씨(鄭氏)는 남다른 설을 내세우기 좋아했지만, 어쩌면 그리도 엉성했는지!

우무정

雨無正

○ 모서: 〈우무정〉은 대부가 유왕을 풍자한 시이다. 비는 위에서 내려오는 것이다. 제왕의 명령이 비처럼 많이 내려왔으나 올바른 정령(政令)이 아니었다.

○ 구양수: 옛사람들은 시에 대부분 제목을 달지 않아서 편명(篇名)에 왕왕 일정한 체재가 없었다. 간혹 제목이 달린 경우는 반드시 시의 뜻을 드러냈으니, 예컨대 〈항백(巷伯)〉과 〈상무(常武)〉 등이 그것이다. 지금 '우무정'이라는 제목은 모서의 말에 근거할 때 시 본문의 뜻과 완전히 다르다. 이 점은 의심스러우므로 미제(謎題)로 남겨 두는 것이 타당하다.

○ 주자의 《시경집전》: 이 시는 기근이 든 뒤에 신하들이 뿔뿔이 흩어지는 상황에서, 떠나지 않은 자가 시를 지어 떠난 자를 꾸짖은 것이다.

유원성(劉元城 유안세(劉安世))이 "일전에 《한시(韓詩)》를 읽다 보니 〈우무극(雨無極)〉 편이 있었다. 그 소서(小序)에 '〈우무극〉은 정대부(正大夫)가 유왕을 풍자한 시이다.'라고 하였고, 그 시 본문은 《모시》에 비해 편 머리에 '雨無其極 傷我稼穡(비가 끝없이 내려, 내 밭의 곡식을 상하게 하네.)' 8자가 많았다."라고 하였다.

내가 살펴보건대, 유원성의 말도 일리가 있는 듯하다. 그러나 제1장·제2장이 본디 모두 10구씩인데 지금 갑자기 제1장을 12구로 늘린다면 두 장의 길이가 가지런하지 않아 시의 체재에 맞지 않게 된다. 또 이 시는 실로 정대부가 떠나간 뒤에 왕을 곁에서 모시는 신하가 지은 것이니, "정대부가 유왕을 풍자했다."라는 말 역시 옳지 않다. 이 시를 유왕 때 시라고 한 것도 상고할 만한 근거가 없다.

소민
小旻

○ 모서: 〈소민〉은 대부가 유왕을 풍자한 시이다.

○ 정강성: 풍자한 일이 〈시월지교〉·〈우무정〉에 비해 작기 때문에 '소민(小旻)'이라고 한 것이다. 이 역시 여왕(厲王)을 풍자한 시로 보아야 한다.

○ 소철: 〈소민〉·〈소완(小宛)〉·〈소변(小弁)〉·〈소명(小明)〉의 네 시는 모두 편명에 '소(小)' 자를 붙였으니, 이 시들이 〈소아〉의 시임을 변별시킨 것이다. 〈소아〉에 속한 시를 '소(小)'라고 했기 때문에 〈대아〉에 속한 것은 〈소민(召旻)〉·〈대명(大明)〉이라고 하였다. 유독 〈완(宛)〉과 〈변(弁)〉만은 〈대아〉에 없는데, 아마도 공자(孔子)가 산삭한 것으로 생각된다. 〈대아〉에 속한 것을 삭제했음에도 불구하고 〈소아〉에 속한 것을 그대로 '소(小)'라고 한 것은 아마도 기존의 명칭을 그대로 사용했기 때문일 것이다.

○ 주자의 《시경집전》: 대부가, 왕이 간사한 꾀에 현혹된 나머지 그것을 끊어내어 선(善)을 따르지 못하기 때문에 이 시를 지은 것이다.

소완

小宛

○ 모서: 〈소완〉은 대부가 유왕을 풍자한 시이다.

○ 모장: "옛 선인을 생각하노라.[念昔先人]"의 선인은 문왕과 무왕
이다.

○ 공영달: 쪼끄맣게 날개 작은 저 염주비둘기는 높이 날아 하늘에
닿게 하고 싶어도 그럴 수 없듯이, 재주와 지혜가 작은 유왕은 교화
를 행하여 좋은 정치를 이루게 하고 싶어도 그럴 수 없다. 왕이 재주
와 지혜가 작아서 자만하다가 조상의 유업을 전복시켰다. 이 때문에
내 마음이 근심스럽고 서글퍼서 옛 선인(先人)인 문왕과 무왕을 추념
하였다. 문왕과 무왕이 후손에게 물려줄 왕업(王業)을 창건하여 천
하를 소유하였는데 지금 멸망하게 되었다. 이 때문에 근심하고 또
"나는 저녁부터 날이 밝을 때까지 잠들지 못하고 그리워하는 분이 있
으니, 오직 문왕과 무왕 두 분이다."라고 말하였다.

○ 구양수: 대부가, 유왕이 정치를 망쳐놓아 선왕(先王)의 유업을 계
승하지 못함을 풍자한 것이다. "쪼끄맣게 날개 작은 저 염주비둘기
도, 날개로 날아 하늘에 닿고 싶어 하네.[宛彼鳴鳩 翰飛戾天]"라는 것
은 비둘기가 비록 작은 새이지만 그래도 높이 날아 하늘에 닿고 싶어
하는 뜻이 있다는 말이다. 왕은 스스로 노력하여 떨쳐 일어나지 못하
여, 하늘을 나는 비둘기만도 못하여, 선왕의 유업을 실추시켰다. 이
때문에 "옛 선인을 생각하노라."라고 하였으니, 선왕(宣王)을 그리워

한다는 말이다.

○ 주자의 《시경집전》: 이는 대부가 혼란한 시대를 만나 형제가 서로 주의를 주어 재앙을 면하게 하려는 시로, 표현이 매우 명백하고 뜻이 지극히 간절하다. 그런데도 해설하는 자들은 한사코 왕을 풍자한 말로 보려고 하였다. 이 때문에 그 해설이 억지스럽고 지리멸렬하여 무리함이 특히 심하였는데, 지금 모두 고쳐 정하였으니 독자들은 상세히 살펴보기 바란다.

按 이 시를 모서에서는 유왕을 풍자한 시라 하였고, 시 본문의 '선인(先人)'과 '두 분(二人)'에 대해 모씨(毛氏)와 공씨(孔氏) 등 여러 학자들은 또 문왕과 무왕이라고 하였다. 주자(주희)에 이르러서는 이와 같은 옛 설들을 힘껏 배격하고, "대부가 혼란한 시대를 만나 형제가 서로 주의를 준 시"라고 범범히 지적하였다. 그러나 모두 실제로 지적할 만한 분명한 증거가 없다.

다만 시 본문의 "천명은 다시 오지 않는다.[天命不又]"라는 말을 임금을 풍자한 말로 볼 수는 있어도, 대부가 서로 주의를 준 말로 보기는 적절치 않다. 문구에 근거하여 의미를 해석할 때, 모서의 설이 어쩌면 근거가 있을 듯하다.

소변
小弁

○ 모서: 〈소변〉은 유왕을 풍자한 시로, 태자의 부(傅 태자를 교도하는
보필지신(輔弼之臣))가 지은 것이다.

○ 주자의《시경집전》: 유왕이 신(申)나라에 장가들어 태자 의구(宜
臼)를 낳았는데, 뒤에 포사를 얻어 고혹(蠱惑)하였다. 포사가 아들
백복(伯服)을 낳자, 포사의 참소를 믿어 신후(申后)를 폐위하고 의구
를 쫓아냈다. 이에 의구가 이 시를 지어 자신을 원망하였다. 모서에
"태자의 부(傅)가 태자의 심정을 서술하여 이 시를 지었다."라고 한
것은 무엇에 근거했는지 모르겠다.

교언
巧言

○ 모서: 〈교언〉은 유왕을 풍자한 시이다. 대부가 참소의 해를 입었기 때문에 이 시를 지은 것이다.

○ 주자의 《시경집전》: 대부가 참소의 해를 입고 하소연할 데가 없어 하늘에 하소연하기를 "멀고 큰 하늘은 사람들의 부모인데, 어찌하여 죄 없는 사람으로 하여금 이와 같이 큰 혼란을 당하게 하는가. 하늘의 위엄이 매우 심하지만 내가 살펴보건댄 죄가 없고, 하늘의 위엄이 몹시 크지만 내가 살펴보건댄 허물이 없다."라고 하였으니, 이는 자신의 무죄를 하소연하여 화를 면하려고 한 말이다.

하인사
何人斯

○ 모서: 〈하인사〉는 소공(蘇公)[66]이 포공(暴公)[67]을 풍자한 시이다.
포공이 경사(卿士)가 되어 소공을 참소하였다. 이 때문에 소공이 이
시를 지어 절교한 것이다.

○ 주자의 《시경집전》: 옛 해설에 "포공이 경사가 되어 소공을 참소
하였다. 이 때문에 소공이 시를 지어 절교하였다. 그러나 포공을 곧
바로 지적하고 싶지는 않았기 때문에 그를 따라다니는 사람만을 가
리켜 말하였다."라고 하였다. 그러나 옛 해설은 시 본문에 상고할 만
한 분명한 문구가 없으므로 꼭 그렇다고는 감히 믿지 못하겠다.

---

66 소공(蘇公): 주 무왕(周武王) 때 사구(司寇)를 지내고 기내(畿內)에 있는 온(溫)
땅의 소(蘇)나라를 채지(采地)로 받은 소분생(蘇忿生)으로, 성왕(成王) 때도 옥사를
다스렸다.
67 포공(暴公): 주나라의 경사(卿士)로, 기내의 포(暴)나라를 채지로 받은 인물이다.

항백
巷伯

○ 모서: 〈항백〉은 유왕을 풍자한 시이다. 내시[寺人]가 참소의 해를 입었기 때문에 이 시를 지었다.

○ 주자의 《시경집전》: 당시에 참소를 만나 궁형을 당하여 항백(환관)이 된 어떤 사람이 이 시를 지었다. '항(巷)'은 궁궐 안의 길을 일컫는 말이니, 진(秦)·한(漢) 때의 '영항(永巷)'이 이것이다. '백(伯)'은 우두머리[長]이다. '항백(巷伯)'은 궁궐 안의 길을 관장하는 관서의 우두머리로, 곧 내시[寺人]이다. 이 때문에 이를 편명으로 삼았다.

반고(班固)의 〈사마천에 대한 찬[司馬遷贊]〉에 "그가 스스로 슬퍼한 까닭을 따져보면, 그는 〈소아〉의 항백과 같은 부류이다."라고 하였으니, 반고도 '항백은 본디 참소를 당하여 형벌을 당한 자이다.'라고 여긴 것이다.

양씨(楊氏 양시(楊時))는 "시인(寺人)은 미천한 내시이지만 왕의 좌우에 출입하여 왕을 가까이하고 매일 만나므로 당연히 남이 엿볼 만한 틈이 없을 듯하다. 그런데도 지금 참소의 해를 당했으니, 그렇다면 왕과 소원한 자는 어떠했을지 알 수 있다. 이 때문에 시에서 '모든 군자들은, 신중히 들을지어다.'라고 하여 벼슬자리에 있는 사람들로 하여금 조심할 줄 알게 하였다."라고 하였다. 양씨의 설은 모서의 설과 다르나 이 또한 일리가 있으므로 우선 여기에 남겨둔다.

곡풍
谷風

○ 모서: 〈곡풍〉은 유왕을 풍자한 시이다. 천하의 풍속이 야박해져 서 붕우 간의 도리가 사라졌다.

○ 이저: 풍속이 충후(忠厚)하면 붕우 간에 신의가 있게 되는데, 〈벌 목(伐木)〉 시에 묘사된 내용이 그것이다. 그런데 이 시를 지을 당시 에는 풍속이 이미 쇠하여 날로 경박하고 야박해져서 붕우 간의 도 리가 사라졌다. 문왕·무왕 때는 친척을 친애하여 화목하였고 현자 를 버리지 않고 벗 삼았으며 친구를 잊지 않았으니, 그 결과 백성들 의 덕이 충후해졌다. 유왕은 문왕·무왕의 치도(治道)를 따르지 못 한 나머지 그 백성들도 따라서 변하였으니, 이것이 유왕을 풍자한 까닭이다.

○ 주자의 《시경집전》: 이는 붕우 간에 서로 원망하는 내용이다.

육아
蓼莪

○ 모서: 〈육아〉는 유왕을 풍자한 시이다. 백성들의 삶이 고달파서 효자가 어버이 봉양을 완수하지 못하였다.

○ 이저: 정씨(鄭氏 정현)가 "어버이 봉양을 완수하지 못하였다는 것은 양친(兩親)이 병들어 돌아가실 때 마침 부역 나간 곳에 있어서 뵙지 못한 것이다."라고 하였는데, 구양씨(歐陽氏 구양수)가 "융통성 없기가 심하다. 그러나 이 시의 '나가면 근심을 품고, 들어오면 돌아갈 곳이 없네.〔出則銜恤 入則靡至〕'라는 말을 보면, 이 시는 효자가 부역 나갔을 때 어버이 상을 당하여 지은 것이기는 하다."라고 하였다.

○ 주자의 《시경집전》: 백성들의 삶이 고달파서 효자가 어버이 봉양을 완수하지 못하게 되자 이 시를 지었다.

대동

大東

○ 모서: 〈대동〉은 혼란을 풍자한 시이다. 동쪽 나라들이 부역에 시달리고 재물이 고갈되자 담(譚 지금의 산동성 장구시(章丘市) 서쪽)나라 대부가 이 시를 지어 괴로움을 토로하였다.

○ 주자의 《시경집전》: 모서에 "동쪽 나라들이 부역에 시달리고 재물이 고갈되자 담나라 대부가 이 시를 지어 괴로움을 토로하였다."라고 하였다.

사월
四月

○ 모서: 〈사월〉은 대부가 유왕을 풍자한 시이다. 천자는 탐욕스럽고 잔학하며[68] 제후국들은 난을 일으키자 원망과 혼란이 일제히 일어났다.

○ 주자의 《시경집전》: 이 역시 혼란을 만나 자신의 처지를 슬퍼하는 내용이다.

---

68 【校】탐욕스럽고 잔학하며 : 저본에는 '貧賤'으로 되어 있으나, 《모시주소》〈사월 (四月)〉에 의거 '貪殘'으로 수정하여 번역하였다.

북산

北山

○ 모서: 〈북산〉은 대부가 유왕을 풍자한 시이다. 부역의 일이 균평하지 않았는데, 자신(시의 화자)은 수고로이 부역에 응하느라 부모를 봉양하지 못하였다.

○ 범처의: 〈대동(大東)〉에서는 세금이 균평하지 않음을 말하고, 이 시에서는 부역이 균평하지 않음을 말하여, 유왕 때 세금과 부역이 모두 균평하지 않음을 보였다. 세금이 균평하지 않자 재물이 고갈되어 괴로움을 토로하였는데, 부역이 균평하지 않자 부모를 봉양할 수 없어 더욱 풍자할 만하였다.

○ 주자의 《시경집전》: 대부가 부역에 나가서 이 시를 지었다.

무장대거

無將大車

○ 모서: 〈무장대거〉는 대부가 소인을 거느린 일을 후회하는 내용이다.

○ 정강성: 유왕 때 소인이 많았는데, 현자가 그들과 함께 일하다가 도리어 참소의 해를 당하여 소인과 함께한 것을 스스로 후회하였다. '장(將)'은 '부축하여 전진시킨다[扶進]'는 말과 같다.

○ 주자의 《시경집전》: 이 역시 고달프게 부역을 행하면서 근심하는 자가 지은 시이다.

○ 황진(黃震): 대씨(戴氏 대계(戴溪))는 "시 본문의 내용에 소인을 언급한 적이 없으므로, 소인을 거느렸음을 후회하는 내용의 시가 아니다. 세상이 이미 혼란해졌으니, 미약한 힘으로 세상의 무거운 흐름을 막으려 한들 일에 보탬이 되지 않았다. 이는 '큰 밭을 농사짓지 말지어다.[無田甫田]'[69]라는 말과 같은 뜻이다."라고 하였고, 주자(朱子)는 "고달프게 부역을 행하면서 근심하는 자"가 지은 시라고 하였다.

　내 생각에 모서의 "소인을 거느린 일을 후회하는 내용"이라는 말은 본디 말이 되지 않고,[70] 시 본문에도 소인을 등용한 것을 후회하는 뜻이

---

69 큰……말지어다 : 《시경》〈제풍(齊風) 보전(甫田)〉의 시구로, 큰 밭을 농사짓다가 힘이 부족하면 잡초가 무성할 것이므로, 자신의 역량을 헤아려 일을 시작하라는 뜻이다.

70 소인을……않고 : 황진(黃震)의 《황씨일초(黃氏日抄)》에는 "세상에 삼군을 거느

없으니, 위의 두 설을 합하여 상세히 살펴보아야 한다.

按 이 시는 "큰 수레를 떠밀고 가지 말지어다.〔無將大車〕"라는 말과 "온갖 시름을 생각하지 말지어다.〔無思百憂〕"라는 말이 서로 대(對)가 되도록 문구를 썼으니, 기흥(起興 외물(外物)이나 주변 환경으로 인하여 시흥(詩興)을 촉발하는 표현법)의 체재임이 분명하다. 그렇다면 "큰 수레를 떠밀고 가지 말지어다."라는 말은 그저 이것으로 저것을 일으키는 말에 불과하므로, 모서의 "소인을 거느린 일을 후회하는 내용"이라는 말과 주자의 "고달프게 부역을 행하면서"라는 말 및 대씨의 "미약한 힘으로 세상의 무거운 흐름을 막으려 한들"이라는 말이 모두 통하지 못할 것이 없다.

그러나《주례(周禮)》〈동관(冬官)〉에 거인(車人)이 만드는 수레 중에 대거(大車)가 있는데, 정강성(정현)이 "평지에서 짐을 싣는 수레"라고 했으므로 이는 수레 중에 천한 것이다. 따라서 이 시에서 "먼지가 사람을 더럽힐 것"이라는 이유로 큰 수레를 떠밀고 가서는 안 됨을 일깨운 것은, 군자가 소인을 밀고 당겨주면 소인은 도리어 군자를 해치는 것과 의미상 합치하지 않는 점이 없다. 또 "온갖 시름을 생각하지 말지어다. 다만 스스로 병들 터이니.〔無思百憂 祇自底兮〕"라는 말에서 스스로 후회하는 뜻을 충분히 볼 수 있으므로, 모서의 해설이 비록 분명한 근거는 없으나 경솔하게 배척해버려서는 안 될 듯하다.

린다는 말은 있지만, 소인을 거느린다는 말이 어디에 있겠는가."라고 부연되어 있다.

소명

小明

○ 모서: 〈소명〉은 대부가 혼란한 세상에서 벼슬한 것을 후회하는
내용이다.

○ 주자의 《시경집전》: 대부가 2월에 서쪽으로 가서 한 해가 저물도
록 돌아오지 못하였다. 이 때문에 하늘에 부르짖어 하소연하고, 또
동료 관원들 중에 떠나오지 않은 사람들을 생각하는 한편, 자신은 죄
가 무서워 감히 돌아가지 못한다고 혼자서 말하였다.

고종

鼓鐘

○ 모서: 〈고종〉은 유왕을 풍자한 시이다.

○ 주자의 《시경집전》: 이 시의 뜻은 분명히 알 수 없다. 왕씨(王氏 왕안석(王安石))는 "유왕이 회수(淮水) 가에서 종을 치고 끊임없이 물길을 오르내리는 뱃놀이를 즐기며 오래도록 돌아갈 줄을 몰랐다. 이에 듣는 사람이 근심하고 슬퍼하며 옛 군자를 생각하여 잊지 못하였다."라고 하였지만, 꼭 그런지는 감히 믿을 수 없다.

○ 호일계(胡一桂): 구양공(구양수(歐陽脩))은 "〈고종〉에 대해 모서에는 '유왕을 풍자한 시'라고만 하였으니, 무슨 일을 풍자했다는 것인지 알 수 없다. 시 본문에 근거하면, 이는 회수 가에서 음악을 연주한 일이 된다."라고 하였다. 그러나 《시경》·《서경》·《사기(史記)》를 두루 살펴보아도 모두 유왕이 동쪽으로 순수(巡狩)한 일이 없다.

《서경》에 "서융(徐戎 노(魯)나라 동쪽의 소수민족)과 회이(淮夷 회하(淮河) 유역의 소수민족)가 함께 일어났다."[71]라는 말이 있으니, 성왕(成王) 때부터 서융과 회이가 모두 이미 주나라에 신하로 복종하지 않았다. 선왕(宣王) 때 장수를 보내어 정벌한 일이 있지만 당시에도 왕이 직접 가지는 않았으니, 유왕이 동쪽으로 회이와 서융의 지역에 간 일은 애초에 없었다. 그렇다면 유왕이 회수 가에서 음악을 연주할 수는 없는 노릇이

---

71 서융(徐戎)과……일어났다 : 《서경》〈비서(費誓)〉에 보인다.

다. 이 점은 상세하지 않으므로 미제(謎題)로 남겨두는 것이 타당하다.

장횡거(張橫渠 장재(張載))는 "회수가 범람하여 피해를 입히는데 유왕이 이를 돌아보지 않고 끊임없이 음악을 연주하므로 시인이 근심하고 서글퍼한 것이다."라고 하였다. 지금 《서경》의 "넘실대는 홍수가 바야흐로 해를 끼쳐서〔湯湯洪水方割〕"[72]라는 말을 가지고 본다면 시 본문의 '회수가 넘실대니〔湯湯〕'라는 말은 실로 회수의 피해를 말했다고 할 수 있으나, 그 뒤의 '회수가 흐르니〔湝湝〕'와 '회수에 모래섬 세 개가 드러나니〔三洲〕'라는 말은 홍수의 피해를 말한 것으로 볼 수 없다.

엄씨(嚴氏 엄찬(嚴粲))는 "옛일 중에는 역사서에는 보이지 않으나 경서(經書)를 통해 알 수 있는 것이 있으니, 《시경》이 곧 사료(史料)이다."라고 하였다. 엄씨의 주장이 실로 타당하나, 시 본문에서 유왕에 대한 말이라고 분명히 말하지도 않았다. 이 때문에 《시경집전》에서 "분명히 알 수 없다."라고 하고 또 "꼭 그런지는 감히 믿을 수 없다."라고 한 것이니, 이 말이 타당하다.

---

72 넘실대는……끼쳐서 : 《서경》〈요전(堯典)〉의 내용으로, 홍수의 피해가 막대함을 서술한 부분의 첫 구이다.

초자

楚茨

○ 모서: 〈초자〉는 유왕을 풍자한 시이다. 정사(政事)가 까다롭고 세금과 부역이 무거워 농지가 대부분 묵혀져서 백성들이 굶주리고 하늘이 역병을 내렸다. 이에 백성들이 마침내 도망하여 떠돌게 되니 신들이 제사를 받아먹지 못하였다. 이 때문에 군자가 옛날을 그리워한 것이다.

○ 공영달: 이 시와 〈신남산(信南山)〉·〈보전(甫田)〉·〈대전(大田)〉 등 4편의 시는 모두 옛일을 진술하면서 농지와 관련된 문구를 사용하였다. 이 때문에 각 시의 모서가 상세하고 간략한 차이를 두어 상호보완적으로 의미가 드러나게 하였다.

이 시의 모서는 경문을 뒤집어 오늘날을 말하였고, 〈신남산〉의 모서는 오늘날을 근거로 그 근본을 옛일에서 찾았으며, 〈보전〉은 옛날을 그리워하는 마음을 곧장 말하되 그 까닭은 생략하여 말하지 않았고, 〈대전〉은 홀아비와 과부가 자력(自力)으로 살아갈 수 없음을 말하면서 또 옛날을 그리워하는 마음은 생략하여 말하지 않았으니, 모두 상호연관된 중에 반쪽씩만 교대로 보인 것이다.

〈대전〉에 "증손(曾孫)의 마음을 흡족하게 하도다.〔曾孫是若〕"라고 한 것은, 성왕(成王)이 역역(力役)을 중단하여 민심을 따랐다는 말이니, 이는 정사가 번다하지 않았던 것이다. 〈보전〉에 "해마다 만(萬)을 취하도다.〔歲取十千〕"라고 한 것은, 세금을 거두는 일관된 법이 있었다는 말이니, 이는 세금이 무겁지 않았던 것이다. 이 두 가지는, 유왕은 옛 성왕(成王)과 달리 정사가 번다하고 세금이 무거움을 밝힌 것이다.

〈신남산〉에 "진실로 저 남산을, 우임금이 다스리셨도다. 개간된 언덕과 습지를, 증손이 농사짓누나.〔信彼南山 維禹甸之 畇畇原隰 曾孫田之〕"라고 하였는데, 모서에 "유왕이 성왕의 유업(遺業)을 닦아 우임금의 공적을 받들지 못하였다."라고 하였으니, 여기서 증손은 성왕(成王)이다. 〈보전〉과 〈대전〉에 모두 증손을 말하였으므로, 두 시에서 묘사한 시대적 배경이 모두 성왕 때이다.

이 시의 경문에는 증손이라는 말이 없으나, 주나라의 왕 중에 태평을 이룩한 분으로는 성왕보다 더한 사람이 없다. 그렇다면 여기서 옛날을 그리워한 것은 성왕을 그리워한 것이다.

○ 주자의 《시경집전》: 이 시는 전록(田祿 채지(采地)의 소출로 받는 녹봉)을 소유한 공경(公卿)이 농사에 힘써 종묘 제사를 받듦을 서술한 것이다.

○ 주자(주희): 이 시부터 〈거할(車舝)〉까지 10편은 한 사람 손에서 나온 듯하며, 어투가 화평하고 서술이 상세하고 단아하여 풍자의 뜻이 없다. 모서에서는 이 시들이 변아(變雅)[73] 중에 있기 때문에 모두 오늘날을 슬퍼하며 옛날을 그리워하는 작품이라고 하였다. 시에 이와 같은 점이 있음은 물론이지만, 그러나 이 시들이 참으로 변아라면

---

73 변아(變雅) : 《시경》의 〈아(雅)〉 중에 주(周)나라의 정치가 쇠퇴하여 혼란한 시대상이 반영된 작품들을 일컫는 말인데, 여기서는 특히 변소아(變小雅)만을 가리킨다. 〈소아〉의 〈유월(六月)〉부터 〈하초불황(何草不黃)〉까지가 변소아이고, 〈대아〉의 〈민로(民勞)〉부터 〈소민(召旻)〉까지가 변대아(變大雅)이다.

연속된 10편 중에 쇠한 세상을 뜻하는 말이 한 마디도 없을 리가 없다. 어쩌면 정아(正雅)의 시편이 잘못 빠져나와 여기에 있는 것인데 모서에서 잘못 해설한 것일 듯하다.

○ 여조겸: 〈초자〉는 제사에서 신을 섬겨 복을 받는 일들이 지극히 치밀하고 지극히 완비되었음을 남김없이 말했으니, 선왕(先王)이 백성에게 힘을 쏟은 것이 극진했던 만큼 신에게 노력을 바친 것도 치밀했음을 미루어 밝힌 것이다. 그 성대한 위의(威儀)와 풍성한 물품들로 신명과 만나고 아랫사람들에게까지 은혜가 미쳐 무궁한 복을 받는 데에 이르렀음을 보건대, 덕이 높고 정치가 잘 닦여지지 않았다면 어찌 이를 이룰 수 있었겠는가.

○ 보광: 이 시에 대해 선유들이 모두 "천자가 제사 지내는 일"을 읊은 것이라고 하였는데, 이 어찌 예컨대 '만수(萬壽)' 등과 같이 시 본문에 쓰인 경축사(慶祝詞)의 격(格)이 너무도 높음을 보아서가 아니겠는가. 그러나 《의례》〈소뢰(小牢)〉에서 제주(祭主)를 축복하는 말에 "만년토록 장수하여[眉壽萬年]"라고 한 것은 바로 대부의 예(禮)이다.

여씨(呂氏 여조겸)의 설에 "덕이 높고 정치가 잘 닦여짐"을 말한 것도 천자의 일을 일컬은 것이다. 그러나 공경(公卿)들에게 일가의 일이 있음은 물론이지만 나라의 정사에도 함께 참여하지 않는 것이 없다. 이 때문에 《시경집전》에 여씨의 설을 취하여 실은 것이다.

○ 장제생(蔣悌生): 〈초자〉 이하 4편의 시는 말이 전중(典重 법도에 맞고 점잖음)하고 예의가 융숭하게 갖추어졌으니, 아마도 선왕(先王)의 일인 듯하다. 시 본문에 말한 '황시(皇尸)'·'군부(君婦)'·'임금으로 하여금 장수하게 하도다[使君壽考]'·'만년(萬年)'·'만수(萬壽)' 등의 말을 제왕에 대해 말할 수는 있지만 공경에게 사용하면 참람하다.

〈보전〉 마지막 장의 "큰 복으로써 보답하니, 만수무강하리로다.〔報以介福 萬壽無疆〕"라는 말은 아랫사람이 윗사람에게 축수하는 말이니, 농부에게는 이 말을 사용할 수 없을 듯하다.

〈초자〉의 "종을 쳐 시(尸)를 전송하니〔鼓鐘送尸〕"라는 말은 바로 〈사하(肆夏)〉[74]를 연주한다는 말인데, 이 역시 천자의 예악이다. 춘추 시대 제후국 중에 이 예를 행하는 나라가 있었던 것은 동주(東周) 이후에 제후들이 참람하게 사용한 것이지, 바른 예가 아니다.

주자의 《시경집전》에 "전록을 소유한 공경의 시"라고 단정적으로 말한 것은 〈보전〉의 "해마다 만(萬)을 취하도다.〔歲取十千〕"라는 말이 1성(成)[75]의 땅에 대한 말이기 때문이다.

9만 묘(畝)의 전지(田地)에서 해마다 1만 묘의 수입을 거두는 것은 곧 9분의 1 세법(稅法)이다. 〈대전〉에 "우리 공전에 비를 내리고, 마침내 우리 사전(私田)에까지 내리도다.〔雨我公田 遂及我私〕"라고 한 것도 9분의 1 세법이다. 도비(都鄙 공·경·대부와 제왕의 자제들의 채읍)에 조법(助法 공전에 대한 노력봉사로 조세를 부담하는 9분의 1 세법)을 사용하여 8집〔家〕이 1정(井 사방 1리)에 소속되었는데, 이는 바로 공경(公卿)이

---

74 사하(肆夏) : 《주례》〈춘관 대사악(大司樂)〉에 "제왕이 출입할 때는 〈왕하(王夏)〉를 연주시키고, 시(尸)가 출입할 때는 〈사하(肆夏)〉를 연주시키며, 희생이 출입할 때는 〈소하(昭夏)〉를 연주시킨다."라고 하였다.

75 성(成) : 정전(井田) 구획의 명칭으로, 《춘추좌씨전》 애공(哀公) 원년의 두예(杜預) 주에 "사방 10리가 1성(成)이다."라고 하였고, 《시경집전》〈대전(大田)〉에 "사방 1리가 1정(井)이니, 1정은 900묘이다."라고 하였으므로, '1성 = (10리)² = 100리² = 100정 = 90,000묘'가 된다. 이 때문에 이 뒤에 '9만 묘의 전지(田地)'를 가지고 논리를 전개한 것이다.

채읍으로 삼은 땅이다. 천자의 기내에 있는 육향(六鄉 왕성(王城) 밖 100리 이내)과 육수(六邃 육향 밖 100리 이내)에는 공법(貢法 소출의 10분의 1을 납부하는 세법)을 사용하여 10부(夫)가 1구(溝 1,000묘)를 소유했으니, 이 제도와 다르다. 이 때문에 주자의 《시경집전》에서 이와 같이 단정한 것이다.

그러나 지금 살펴보건대, 옛 설에 모두 선왕(先王)의 일을 읊은 것이라고 하였고, 주자의 《시경집전》에 인용한 여씨의 설도 옛 설과 다르지 않으니, 주자의 《시경집전》의 설은 다시 상고해보아야 한다.

○ 왕홍서: 옛날에 손님을 대접할 때는 혹 손님을 높여 본연의 등급보다 높은 예법을 사용하기도 하고 혹 주인이 스스로 낮추어 본연의 등급보다 낮은 예법을 사용하기도 하였으니, 이때의 예(禮)는 손님에 대한 우대를 중시하기 때문이었다. 이때 사용하는 음악은 단장취의(斷章取義)하여 의미를 부여할 수 있었으니, 그 뜻이 폭넓게 해석되었다.

종묘 제사로 말하면 그 예(禮)는 조상을 높이고 하늘을 공경하는 것을 중시하고, 그 음악으로 덕을 밝히고 공을 표상하여 감히 본연의 등급을 넘을 수 없었으니, 그 뜻이 엄격히 해석되었다.

《주례(周禮)》에서 종사(鐘師)는 종 연주를 담당하도록 되어 있다. 종사가 연주하는 악곡 중 〈사하(肆夏)〉는 천자의 종묘에서 시동[尸]이 출입할 때 연주하던 것인데, 제후의 우두머리를 대접할 때도 연주하였다. 제후의 우두머리를 대접할 때도 사용할 수 있었으니, 이것이 '그 뜻이 폭넓게 해석되었다'는 것이다.

종묘 제사에 있어서 노(魯)나라가 천자의 예악을 사용할 수 있었던 것은 성왕(成王)이 특별히 주공(周公)의 덕을 표창하기 위해 허락했기 때문이니, 다른 나라는 감히 간여할 수 없었다. 그런데도 공자(孔子)는 이를 병폐로 여겼으니, 종묘의 예악은 이와 같이 엄격하였다.

지금 〈초자〉의 "종을 쳐 시동을 전송하니〔鼓鐘送尸〕"에 대해 《시경집전》에서는 "시동이 출입할 때 종을 쳐서 〈사하〉를 연주하였다."라고 하였다. 이는 정현의 전(箋)을 따른 것이다.

그러나 모씨(毛氏)와 정현은 〈초자〉를 '옛 성세(盛世)의 덕 있는 제왕이 농사를 중시하고 제사를 받든 일을 그리워하는 내용'으로 여겼으니, 이 때문에 《주례》〈대사악(大司樂)〉의 문장[76]을 인용한 것이다.

《시경집전》에서 이를 고쳐 '전록을 소유한 공경이 농사에 힘쓰며 제사를 받드는 내용'이라고 하였지만, 〈사하〉는 모두 천자의 일을 말한 것인데 무엇을 취하여 공경에게 적용하겠는가. 그러나 《시경집전》에 여조겸의 "선왕(先王)이 백성에게 힘을 쏟은 것이 극진했던 만큼"이라는 한 단락을 인용했으니, 그렇다면 주자도 옛 설을 완전히 버린 것은 아니다. 후대의 학자들은 잘 선택하기 바란다.

---

76 주례 대사악(大司樂)의 문장 : "시동이 출입할 때는 〈사하〉를 연주시키며〔尸出入則令奏肆夏〕"를 가리킨다.

신남산

信南山

○ 모서: 〈신남산〉은 유왕을 풍자한 시이다. 유왕이 성왕(成王)[77]의 유업을 닦아 천하를 잘 다스리지 못하여 우(禹)임금의 공을 받들지 못하였다. 이 때문에 군자가 옛날을 그리워한 것이다.

○ 주자의《시경집전》: 이 시의 대의는 〈초자〉와 대략 같다.

---

77 【校】성왕(成王) : 저본에는 '先王'으로 되어 있으나,《모시주소》〈신남산(信南山)〉에 의거 '成王'으로 수정하여 번역하였다.

보전
甫田

○ 모서: 〈보전〉은 유왕을 풍자한 시이다. 군자가 오늘날을 서글퍼하며 옛날을 그리워하였다.

○ 주자의 《시경집전》: 이 시는 전록을 소유한 공경(公卿)이 농사에 힘쓰며 사방신(四方神)과 토지신 및 농신(農神 농사를 창안한 신농씨(神農氏))의 제사를 받듦을 서술한 것이다.

대전

大田

○ 모서: 〈대전〉은 유왕을 풍자한 시로, 홀아비와 과부가 자력으로 생존할 수 없음을 말하였다.

○ 주자의 《시경집전》: 이 시는 농부의 말을 하여 윗사람을 칭송하고 찬미함으로써 마치 앞 편의 내용에 답하는 것처럼 하였다. 앞 편에 "북을 쳐서 농신(農神)을 맞이하여〔擊鼓以御田祖〕"라는 문구가 있기 때문에 어떤 사람은 이 〈초자(楚茨)〉·〈신남산(信南山)〉·〈보전(甫田)〉·〈대전〉 4편이 곧 〈빈아(豳雅)〉일 듯하다고 하였다. 그 상세한 내용이 〈빈풍(豳風)〉 끄트머리에 보이지만, 옳은지 여부는 알 수 없다.

○ 왕홍서: 《주례》〈약장(籥章)〉에 "〈빈시(豳詩)〉를 관악기로 연주하여 더위와 추위를 맞이하고, 〈빈아(豳雅)〉를 관악기로 연주하여 전준(田畯 농업을 장려하는 관원)을 즐겁게 하고, 〈빈송(豳頌)〉을 관악기로 연주하여 늙은 만물을 쉬게 한다."라고 하였는데, 정강성(정현)의 전(箋)에서 〈빈시〉를 빈(豳) 사람이 피리로 연주하는 악장에 대응시키되 세 부분으로 나누어 "장차 공자(孔子)와 함께 돌아가리로다.〔殆及公子同歸〕" 이상의 2개 장(章)을 〈빈풍〉이라 하고, "봄 술을 만들어 장수(長壽)를 돕느니라.〔爲此春酒 以介眉壽〕" 이상의 4개 장을 〈빈아〉라 하고, "저 뿔잔을 드니, 만수무강하리로다.〔稱彼兕觥 萬壽無彊〕" 이상을 〈빈송〉이라고 하였다. 또 공영달의 소(疏)에서는

"정치 교화의 시작을 서술한 것이 〈풍(風)〉이고, 정치 교화의 중간을 서술한 것이 〈아(雅)〉이고, 정치 교화의 완성을 서술한 것이 〈송(頌)〉이다."라고 하였다. 이것이 한(漢)나라와 당(唐)나라 때 전해지던 설인데, 정자(程子)도 이를 옳다고 하였다.

송(宋)나라 때 이르러 《시경》을 해설한 사람이 많았는데, 어떤 이는 〈빈아〉와 〈빈풍〉이 〈구하(九夏)〉[78]처럼 유실되었다 하고, 어떤 이는 〈칠월(七月)〉 전체를 일에 따라 음률과 박자를 바꾸어 관악기로 연주하여 〈풍〉·〈아〉·〈송〉의 음률에 맞추었다고 하였다. 또 어떤 이는 〈초자〉·〈대전〉·〈보전〉이 〈빈아〉이고, 〈사문(思文)〉·〈신공(臣工)〉·〈희희(噫嘻)〉·〈풍년(豐年)〉·〈재삼(載芟)〉·〈양사(良耜)〉가 〈빈송〉이라고 하였다. 주자(주희)는 이 몇 가지 설이 모두 통하지만 감히 꼭 그렇다고는 할 수 없다고 하였다. 일전에 살펴보니, 〈초자〉에는 종묘의 제사만을 말하였고 〈보전〉에는 단비를 기원하는 문구가 있어서 위 설에 합치되는 듯하였다.

그러나 《주례》에 '빈(豳) 땅의 대나무 피리를 불고 흙북을 친다.〔吹豳竹 擊土鼓〕'라고만 말하여 금슬(琴瑟)을 연주하는 음악이 있음은 말하지 않았고, 〈대전〉의 내용은 추수에 대한 감사 굿이 중심이지 풍년에 대한 기원을 말한 것이 아니다. 또 〈사문〉은 후직(后稷)을 하늘에 배향하는 내용이고, 〈신공〉은 농정(農政) 담당관에게 당부하는 내용이며,

---

78 구하(九夏):《주례》〈종사(鍾師)〉에 언급된, 종과 북으로 연주하던 아홉 가지 음악이다. 〈왕하(王夏)〉·〈사하(肆夏)〉·〈소하(昭夏)〉·〈납하(納夏)〉·〈장하(章夏)〉·〈제하(齊夏)〉·〈족하(族夏)〉·〈개하(祴夏)〉·〈오하(驁夏)〉라는 명칭만 전해진다.

〈희희〉는 성왕(成王) 이후의 시이다. 오직 〈풍년〉·〈재삼〉·〈양사〉만은 농사만을 말했으므로 통용할 수 있다. 그러나 〈주송(周頌)〉에 이들이 빈(豳) 땅의 시임을 증명할 수 있는 문구가 없다.

주자(주희)에게 정론(定論)이 없는 이상, 정현의 전(箋)에서 《주례》를 인용하여 〈빈시〉를 풀이한 것이 옛일에 가까울 듯하다. 하물며 《주례》는 서한(西漢) 때 나왔고 정씨(鄭氏 정현) 학파는 온전한 사승 관계가 있었으므로 그 설이 어쩌면 근본한 데가 없지 않을 것임에랴.

按 〈빈시〉에 대한 모기령(毛奇齡)의 논의[79]는 〈빈시〉 전체를 일에 따라 음률과 박자를 바꾸어 관악기로 연주하여 〈풍〉·〈아〉·〈송〉의 음률에 맞추었다는 설을 위주로 하는데, 다음과 같다.

"〈풍〉·〈아〉·〈송〉은 오직 악률의 성조를 구분한 명칭이니, 〈서주(西洲)〉와 〈오성(吳聲)〉[80]이 별개의 악곡이 된 것은 오직 악률의 성조 때문이지 가사 때문이 아닌 것과 같은 예이다. 이 때문에 〈면(縣)〉·〈만(蠻)〉·〈서리(黍離)〉는 가사의 어조가 같은데도 〈면〉·〈만〉은 〈아〉가 되고 〈서리〉는 〈풍〉이 되었다. 악률의 성조와 시의 어조는 전혀 별개의 것이니, 이들이 매우 분명한 사례이다.

예컨대 《대대례(大戴禮)》 〈투호(投壺)〉를 가지고 증명하자면, 이 자료에 '모두 〈아〉 16편 중에 8편은 노래할 수 있으니, 〈녹명(鹿鳴)〉·〈이수(貍首)〉·〈작소(鵲巢)〉·〈채번(采蘩)〉·〈채빈(采蘋)〉·〈벌

---

79 빈시에……논의 : 여기에 인용된 모기령(毛奇齡)의 설은 《시찰(詩札)》 권1에 보인다.

80 서주(西洲)와 오성(吳聲) : 모두 악부 시가(樂府詩歌)의 명칭이다.

단(伐檀)〉·〈백구(白駒)〉·〈추우(騶虞)〉를 노래한다.'라고 하였다.
그런데 지금 살펴보면 이 중에 〈녹명〉과 〈백구〉만 〈소아〉에 있고,
〈이수〉는 지금 이미 유실되었으며, 나머지는 모두 〈국풍(國風)〉이다.
이를 〈아〉라고 한 것은 바로 〈아〉 악률의 성조로 노래하면 〈아〉라고
할 수 있기 때문이다. 또 한(漢)나라 두기(杜夔)[81]가 전한 옛 〈아〉가
총 4곡인데, 첫째 〈녹명〉, 둘째 〈추우〉, 셋째 〈벌단〉, 넷째 〈문왕(文
王)〉이다. 그런데 지금 〈벌단〉과 〈추우〉는 모두 〈풍〉의 시이다."

모기령이 고증한 것은 여러 설의 시비를 판단하는 자료가 될 수
있다. 그러나 《시경전설휘찬(詩經傳說彙纂)》에서 정현의 설을 근리
(近理)하다고 한 것[82]은 정현의 설이 전수받은 곳이 있기 때문이니,
우선은 모두 보존해두고서 잘 살펴보는 사람이 취사선택하기를 기다
리는 것이 좋겠다.

---

81 두기(杜夔) : 음악에 밝아서 한 영제(漢靈帝) 때 아악랑(雅樂郞)을 지내고, 삼국
시대 위 문제(魏文帝) 때 태악령(太樂令)과 협률도위(協律都尉)를 지낸 인물이다. 여
기에 인용된 두기의 고사는 《진서(晉書)》 권22 〈악지 상(樂志上)〉에 전해진다.

82 시성선설휘잔(詩經傳說彙纂)에서……것 : 앞에 인용된 왕홍서(王鴻緒)의 설을
말한다.

첨피낙의

瞻彼洛矣

○ 모서: 〈첨피낙의〉는 유왕을 풍자한 시이다. 시인(詩人)이, 옛날 영명한 제왕이 제후들에게 작위를 봉하고 직책을 명하여 선행을 포상하고 악행을 처벌한 일을 그리워하였다.

○ 범처의: 낙읍(洛邑)은 동도(東都 서주(西周)의 원 도읍 호경(鎬京)에서 동쪽으로 천도한 도읍)이다. 시 본문의 "군자가 이르시니〔君子至止〕"라는 말에 대해, 해설하는 사람이 군자를 제후라고 한 것은 그르다.

주공(周公)이 낙읍을 완성하고부터 곧 그곳에서 제후들의 조회를 받았는데, 그곳은 천하의 중심으로 제후들이 조회하기에 편하였으므로 마침내 주나라의 규례가 되어, 선왕(宣王)이 중흥한 뒤에도 다시 동도에서 제후들의 조회를 받았다.

유왕이 서주(西周)에 있으면 제후들이 모두 주나라에 조회하고 싶어 하지 않았으니, 어찌 다시 선왕(先王)의 규례를 행할 수 있었겠는가. 유왕이 동도로 행차하여 조회의 예를 행하였다.

이 때문에 시인이 옛날 영명한 제왕이 이곳 동도에 이르러 제후들에게 작위를 봉하고 직책을 명하여 선행을 포상하고 악행을 처벌한 일을 그리워하였다. 그러나 이 시를 지을 당시에는 볼 수 없었기 때문에 "군자가 이르시니"라고 한 것이니, 이는 제왕을 가리킨 말이다.

그 아래 말한 '육사(六師)'는 곧 천자의 육군(六軍)이고, '만년(萬年)' 도 천자를 위해 축수하는 말이니, 모두 제후를 찬미하는 데 사용할 수 없다.

○ 주자의 《시경집전》: 이는 천자가 동도에서 제후들의 조회를 받고 무사(武事)를 강마하자 제후가 천자를 찬미한 시이다.

○ 이광지: 〈빈아(豳雅)〉 뒤에 〈첨피낙의〉 이하 여러 편이 있고 〈빈송(豳頌)〉 뒤에 〈작(酌)〉·〈환(桓)〉·〈뇌(賚)〉·〈반(般)〉이 있는 것을 〈빈풍(豳風)〉의 예에 대응하여 말하면 〈치효(鴟鴞)〉 이하 여러 편에 견줄 수 있다.[83] 〈치효〉 이하의 시들을 〈빈풍〉 뒤에 붙인 것은, 주공(周公)이 왕실을 위해 근심하고 노고하여 빈(豳) 지방 사람들이 감개(感慨)를 노래할 때의 시편들이기 때문이다.

낙읍의 거처를 만듦에 이르러 성왕(成王)이 주공에게 책문(冊文)을 내려 뒤에 남아 동도를 다스리도록 명하자, 주공이 자임하기를 "이제 나는 물러나 농사를 밝힐 것이니〔玆予其明農哉〕"라고 하였다.[84] 이리하여 또 〈빈아〉·〈빈송〉의 시편이 있게 되었으며, 이어서 《주례(周禮)》

---

83 빈아(豳雅)……있다 : 여기서 〈빈아〉는 〈초자〉·〈신남산〉·〈보전〉·〈대전〉을, 〈빈송(豳頌)〉은 〈사문(思文)〉·〈신공(臣工)〉·〈희희(噫嘻)〉·〈풍년(豐年)〉·〈재삼(載芟)〉·〈양사(良耜)〉 등을 일컫는다. 〈빈아〉와 〈빈풍〉이 지칭하는 시편이 무엇인지에 대해서는 여러 가지 설이 있는데, 이광지(李光地)는 《시소(詩所)》 '칠월(七月)' 조에서 주희(朱熹)가 미확정의 설로 인용한 위 내용을 긍정하였다. 뒤의 내용을 보면 이광지는 〈빈송〉에 〈양사〉 뒤의 〈사의(絲衣)〉도 포함시켰다.

84 낙읍의……하였다 : 《서경》 〈낙고(洛誥)〉에 보이는 내용이다. 주공이 낙읍에 동도를 건설한 것은 성왕(成王)을 천하의 중앙에 머물게 하려는 것이었으나, 성왕은 역대 임금들의 옛 터전인 호경(鎬京)을 버릴 수 없다 하여, 결국 낙읍에서 제사를 거행하고 정사를 시작한 뒤에 자신은 즉시 호경으로 돌아가고 주공을 낙읍에 남아 다스리게 하였다. 인용문은 주공이 동도 건설을 마친 뒤에 성왕에게 이제부터는 성왕이 전면에 나서서 동도를 잘 다스려달라고 당부하기 위해 한 말이다.

를 짓고 마침내 3편의 시를 가지고 악장(樂章)을 정하여 농사에 사용하였다.

〈아〉의 〈대전(大田)〉부터 그 앞의 〈초자(楚茨)〉까지 4편과 〈송〉의 〈사의(絲衣)〉부터 그 앞의 〈재삼(載芟)〉까지 3편은 〈풍〉의 〈칠월(七月)〉과 유사한 내용이다.[85] 〈첨피낙의〉 등 4편[86]은 새 도읍이 완성되자 조회하는 내용의 시이고, 〈작(酌)〉 등 4편[87]은 동도에 건립된 문왕과 무왕의 사당에 대한 시이니, 모두 주공이 지은 것이다. 이들을 〈빈아〉와 〈빈송〉 뒤에 붙인 것은 〈치효(鴟鴞)〉와 〈동산(東山)〉을 〈칠월〉 뒤에 붙인 것[88]과 같다. 이들은 문왕과 무왕이 받은 천명을 주공이 크게 지켜 〈아〉의 음악이 이미 일어나고 〈송〉의 성률이 이미 나온 때의 시들이다.

〈아〉의 〈기변(頍弁)〉부터 끝까지는 융성하던 시대부터 여왕(厲王)과 유왕(幽王) 때까지의 시들이니, 모두가 주공 때의 시는 아니다. 이 시들을 동도에서 얻었기 때문에 후세 사람들이 주공 때 시편들 뒤에

---

85 아의……내용이다 : 모두 농사 또는 잠사(蠶事)와 관련된 내용이다.

86 첨피낙의 등 4편 : 〈대전(大田)〉 뒤에 이어진 〈첨피낙의〉·〈상상자화(裳裳者華)〉·〈상호(桑扈)〉·〈원앙(鴛鴦)〉을 말한다.

87 작(酌) 등 4편 : 〈사의(絲衣)〉 뒤에 이어진 〈작〉·〈환(桓)〉·〈뇌(賚)〉·〈반(般)〉을 말한다.

【校】저본에는 '酌西篇'으로 되어 있으나, 이광지(李光地)의 《시소(詩所)》 '칠월(七月)' 조에 의거 '西'를 '四'로 수정하여 번역하였다.

88 치효(鴟鴞)와……것 : 〈칠월(七月)〉은 주공(周公)이 성왕(成王)에게 왕업(王業)의 기초인 농사의 어려움을 가르친 시이고, 〈치효(鴟鴞)〉는 주공이 주나라의 안정을 꾀하려는 자신의 뜻을 성왕에게 알린 시이며, 〈동산(東山)〉은 주공이 동쪽 정벌을 마친 뒤에 장병들을 위로한 시이다.

이어놓은 것이니, 이는 〈빈풍〉 후반부에 〈파부(破斧)〉 이하의 시편을
이어놓은 것[89]과 같다.

89 빈풍······것 : 〈빈풍〉의 시들은 모두 주공(周公)과 관련된 내용이지만, 전반부의
〈칠월〉·〈치효〉·〈동산〉은 주공이 지은 시들인 반면, 후반부의 〈파부(破斧)〉·〈벌가
(伐柯)〉·〈구역(九罭)〉·〈낭발(狼跋)〉은 장병이나 동쪽 지방 사람 등 다른 사람이
지은 시들이다.

상상자화

裳裳者華

○ 모서: 〈상상자화〉는 유왕을 풍자한 시이다. 옛날에 벼슬하는 사람은 대대로 녹을 받았는데, 소인배가 벼슬자리에 있으면 참소하는 자와 아첨하는 자들이 일제히 진출하여 현자의 부류가 버려지고 공신의 집안이 대(代)가 끊겼다.

○ 주자의 《시경집전》: 이는 천자가 제후들을 찬미한 말이니, 아마도 〈첨피낙의〉에 대해 화답한 시일 것이다.

○ 보광: 선생[90](주희)은 이 장이 〈육소(蓼蕭)〉의 첫 장과 문세가 서로 같기 때문에 이 시도 천자가 제후를 찬미한 시임을 안 것이다.[91]

---

90 【校】 선생 : 저본에는 '先王'으로 되어 있으나 호광(胡廣)의 《시전대전(詩傳大全)》 '상상자화(裳裳者華)' 조에 의거 '王'을 '生'으로 수정하여 번역하였다.

91 이 장이……것이다 : 〈육소(蓼蕭)〉는 제후들의 조회를 받고 나서 천자가 제후들에게 잔치를 베풀어 자혜로움을 보여주는 내용이기 때문에 한 말이다.

〈상상자화〉의 첫 장은 "상체 꽃이여, 그 잎이 무성하도다. 내 그대를 만나니, 내 마음 모두 쏟아놓도다. 내 마음 쏟아놓으니, 이 때문에 즐거움과 편안함이 있도다.〔裳裳者華, 其葉湑兮. 我覯之子, 我心寫兮. 我心寫兮, 是以有譽處兮.〕"이고, 〈육소〉의 첫 장은 "장대한 저 쑥에, 내린 이슬이 흠뻑 맺혔도다. 이미 군자를 만나보니, 내 마음 모두 쏟아놓도다. 잔치하여 술을 마시며 웃고 말하니, 이 때문에 명예와 안락함이 있도다.〔蓼彼蕭斯, 零露湑兮. 既見君子, 我心寫兮. 燕笑語兮, 是以有譽處兮.〕"이다.

상호
桑扈

○ 모서: 〈상호〉는 유왕을 풍자한 시이다. 위의 임금과 아래의 신하
들이 행동에 예의가 없었다.

○ 범처의: 〈초자〉부터 그 이후는 대부분 옛날을 그리워하는 내용의
시들이다. 이 시의 모서에 비록 옛날을 그리워한 것이라고 말하지는
않았으나 시의 내용이 모두 옛 제왕의 일을 말한 것이다.
○ 주자의 《시경집전》: 이 시도 천자가 제후들에게 잔치를 베푸는
내용이다.

원앙

鴛鴦

○ 모서: 〈원앙〉은 유왕을 풍자한 시이다. 시인(詩人)이 옛 영명한 제왕은 만물을 대할 적에 올바른 도리를 지키고 자신이 누리는 것에 절도가 있었음을 그리워하였다.

○ 공영달: 유왕이 만물을 해치면서 누리는 것이 과도하였다. 이 때문에 시인이 옛 영명한 제왕은 만물을 대할 적에 모두 올바른 도리를 지켜 갓 태어난 새끼를 잡지 않고[92] 자신이 누리는 것에 절도가 있어 사치하지 않았음을 그리워하였다. 그런데 이 시를 지을 당시의 제왕은 그러지 못했기 때문에 풍자한 것이다.

　만물을 대할 적에 올바른 도리를 지켰다는 것은 곧 앞 두 장(章)의 앞 두 구(句) 내용이고, 자신이 누리는 것에 절도가 있었다는 것은 곧 뒤 두 장의 앞 두 구 내용이다.

○ 범처의: 원앙 한 가지를 가지고 말하면 알을 품고 있는 어미 새를 죽이지 않고[93] 둥지를 엎지 않았으니, 갓 태어난 짐승을 잡지 않고 새의 알을 취하지 않은 등의 일을 알 수 있다. 타고 다니는 말 한 가지를 가지고 말하면 금수로 하여금 사람의 먹거리를 먹게 하지 않았으

---

92 갓……않고 : 원문은 '불포요(不暴夭)'인데, 《예기》〈왕제(王制)〉의 '불요요(不殀夭)'와 같은 뜻이다.

93 알을……않고 : 원문은 '불살태(不殺胎)'로, 본디는 새끼를 밴 어미 짐승을 죽이지 않는다는 말이지만, 여기서는 원앙새에 대한 말이므로 이와 같이 번역하였다.

니, 영명한 제왕이 이처럼 사람을 사랑하고 검약했음을 알 수 있다.

○ 주자의 《시경집전》: 이 시는 제후가 〈상호〉에 화답한 것이다.

○ 이광지: 〈녹명(鹿鳴)〉 이하는 〈천보(天保)〉로 화답하고, 〈어리 (魚麗)〉 이하는 〈남산유대(南山有臺)〉로 답하고, 〈육소(蓼蕭)〉 이하 는 〈청청자아(菁菁者莪)〉로 답하고, 〈첨피낙의(瞻彼洛矣)〉 이하는 〈원앙〉으로 답하였으니, 그 뜻이 모두 서로 같다.

기변

頍弁

○ 모서: 〈기변〉은 여러 공(公)이 유왕을 풍자한 시이다. 난폭하여 친한 이가 없어서, 동성(同姓)들과 잔치를 벌여 즐기지도 못하고 구족(九族 자기를 기준으로 위아래로 각기 4대까지의 친족)과 친목하지도 못하여 외롭고 위태로운 처지로 장차 망하게 되었기 때문에 이 시를 지었다.

○ 주자의 《시경집전》: 이 역시 형제와 친척에게 잔치를 베푸는 내용이다.

거할
車舝

○ 모서: 〈거할〉은 대부가 유왕을 풍자한 시이다. 포사가 질투를 일
삼아 무도한 자들이 일제히 조정에 진출[94]하자 참소하고 교묘히 아첨
하는 자들이 나라를 망쳐 국가의 은택이 백성에게 미치지 못하였다.
이에 주(周)나라 사람이 어진 여인을 얻어 군자(임금)의 배필로 삼았
으면 하고 생각하였다. 이 때문에 이 시를 지은 것이다

○ 주자의 《시경집전》: 이는 신부(新婦)에게 잔치를 베풀어 함께 즐
기는 내용이다.

○ 이광지: 이는 아마도 현자(賢者)를 구하는 내용의 시인 듯하니,
시 본문에 '소녀〔季女〕'·'현숙한 여인〔碩女〕'·'신부〔新昏〕'를 말한
작품은 모두 이러한[95] 유의 시들이다.

　　주공(周公)이 《주역》의 괘효(卦爻)에 단 말 중에 '여인〔女〕'이라고
말한 것, '부인〔婦〕'이라고 말한 것, '신부〔婚媾〕'라고 말한 것은 대체로
그 취한 뜻이 군신(君臣) 사이와 붕우 사이에 있었다. 굴원(屈原)은
이를 알았으니, 그가 지은 〈이소(離騷)〉의 내용 중에 "떠돌아다니며
여인을 구하네〔聊浮游而求女〕"라고 한 것은 모두 현인(賢人)을 찾아다

---

94 【校】진출 : 저본에는 '逌'로 되어 있으나 《모시주소》〈거할(車舝)〉에 의거 '進'으로
수정하여 번역하였다.

95 【校】이러한 : 저본에는 '比'로 되어 있으나 이광지(李光地)의 《시소(詩所)》'거할'
조에 의거 '此'로 수정하여 번역하였다.

님을 비유한 것이다.

그렇다면 이 시의 뜻은 부자(夫子 공자(孔子))의 이른바 '인을 좋아하는 마음(好仁)'이라는 한 마디 말[96]로 대표할 수 있다.

---

96 부자(夫子)의……말 : 이 시의 "높은 산을 우러러보며, 큰길을 걸어가도다.〔高山仰止. 景行行止.〕"라는 말에 대해 공자(孔子)가 "시(詩)에 담긴 '인을 좋아하는 마음〔好仁〕'이 이와 같도다. 도(道)를 향해 가다가 중도에 쓰러지더라도 몸이 늙어감도 잊고 햇수가 부족함도 모른 채 부지런히 매일 노력하여 죽은 뒤에야 그만둔다."라고 하였다. 《禮記 表記》

청승
青蠅

○ 모서: 〈청승〉은 대부가 유왕을 풍자한 시이다.

○ 주자의 《시경집전》: 왕이 참소하는 말을 듣기 좋아하였다. 이 때문에 시인(詩人)이 쉬파리가 날아다니는 소리로 참언(讒言)을 빗대어 왕에게 그런 말을 듣지 말도록 경각(警覺)시켰다.

빈지초연

賓之初筵

○ 모서: 〈빈지초연〉은 위 무공(衛武公)이 당시 세상을 풍자한 시이다. 유왕이 정사(政事)를 방기한 채 소인배를 가까이하며 절도 없이 술을 마셨다. 이에 천하가 따라 변하여 위의 임금과 아래의 신하들이 하염없이 술에 빠져 흥청거리자, 무공이 들어가서 이 시를 지었다.

○ 한영(韓嬰): 〈빈지초연〉은 위 무공이 술을 마신 다음 잘못을 뉘우치는 내용이다. "빈객이 처음 잔치 자리에 나아갈 때는 손님과 주인이 모두 질서 정연하여 몸가짐이 조심스럽고 공경스러웠으나, 손님이 취하고 나자 저도 모르게 몸가짐이 나빠졌다."라고 말하였다.

○ 주자의 《시경집전》: 모씨(毛氏)의 서(序)에는 "위 무공이 유왕을 풍자한 시이다."라고 하였고, 한씨(韓氏)의 서에는 "위 무공이 술을 마신 다음 잘못을 뉘우치는 내용이다."라고 하였다. 지금 살펴보건대 이 시의 내용은 〈대아〉의 〈억계(抑戒)〉[97]와 유사하므로, 틀림없이 무공이 자신의 잘못을 뉘우치며 지은 시일 것이다. 한씨의 뜻을 따라야 한다.

---

97 억계(抑戒): 〈억(抑)〉의 이칭이다. 이 시가 스스로 조심하자고 다짐하는 뜻을 담고 있기 때문에 '戒' 자를 붙이는 것이다. '억계(懿戒)'로도 표기한다.

어조

魚藻

○ 모서: 〈어조〉는 유왕을 풍자한 시이다. "만물이 본성을 잃었기 때문에, 왕이 호경(鎬京)에 있으면서도 장차 스스로 즐거울 수 없었다. 이 때문에 군자가 옛날 무왕(武王)을 그리워하였다."라고 말하였다.

○ 범처의: 이 시의 서(序)를 쓴 사람은 '주나라의 호경은 무왕이 처음 도읍한 곳이다. 당시에는 만물이 모두 본성을 이루었기 때문에 무왕이 그곳에 거처하면서 즐거울 수 있었다. 그러나 지금(이 시를 지을 때)은 유왕이 비록 호경에 거처하기는 하나 만물이 본성을 잃었으니 어찌 혼자서만 즐거울 수 있겠는가.'라고 생각하였다. 이 때문에 시인이 언급하지 않은 일에 대해 "옛날 무왕을 그리워하였다."라는 한 마디 말로 시인이 말하지 않은 숨은 뜻을 드러내어 밝혔다.

○ 주자의 《시경집전》: 이는 천자가 제후들에게 잔치를 베풀자 제후가 천자를 찬미한 시이다.

채숙
采菽

○ 모서: 〈채숙〉은 유왕을 풍자한 시이다. 유왕이 제후들을 업신여
겨서, 제후들이 조회하러 와도 예(禮)를 갖추어 명을 내리지 못하였
고 자주 불러 모이게 하면서도 신의가 없었다. 이에 군자가 나라의
쇠미(衰微)함을 보고서 옛날을 그리워하였다.

○ 공영달: 《사기(史記)》〈주본기(周本記)〉에 다음과 같은 내용이
있다. "포사가 좀체 웃지 않자 왕이 그녀를 웃게 하려고 봉화를 올리
고 북을 크게 쳤다. 침략자가 있을 때 봉화를 올리는 것이므로 제후
들이 모두 달려왔으나 와보니 침략이 없었다. 포사가 이에 크게 웃자
왕이 기뻐하여 자주 봉화를 올렸다. 그 뒤로는 사람들이 봉화를 믿지
않았고 제후들도 오지 않았다."
○ 유이(劉彝): 군자가 재앙과 난리가 틀림없이 이 일에서 비롯될 것
임을 알았다. 이 때문에 "나라의 쇠미함을 보고서 옛날을 그리워하였
다."라고 한 것이다.
○ 주자의 《시경집전》: 이는 천자가 〈어조(魚藻)〉에 화답한 시이다.

각궁

角弓

○ 모서: 〈각궁〉은 부형이 유왕을 풍자한 시이다. 유왕이 구족(九族 자기를 기준으로 위아래로 각기 4대까지의 친족)을 친애하지 않고 참소와 아첨을 좋아하자 골육지친들이 서로 원망하였다. 이 때문에 이 시를 지었다.

○ 주자의 《시경집전》: 이는 왕이 구족을 친애하지 않고 참소와 아첨을 좋아하여 종족(宗族 성(姓)과 본(本)이 같은 겨레붙이)들로 하여금 서로 원망하게 만든 일을 풍자한 시이다.

울류
菀柳

○ 모서: 〈울류〉는 유왕을 풍자한 시이다. 유왕이 포학하여 친한 사람이 없고 형벌이 법도에 맞지 않았다. 이에 제후들이 모두 조회 가지 않으려고 하면서 "왕에게 조회 가 섬길 수 없다."라고 말하였다.

○ 주자의 《시경집전》: 제왕이 포학하여 제후가 조회 가지 않고 이 시를 지었다.

도인사

都人士

○ 모서: 〈도인사〉는 주나라 사람이 윗사람의 의복이 일정하지 않음을 풍자한 시이다. 옛날에는 윗사람이 의복을 변치 않고 차분히 일정한 법도를 두어 백성들을 통일시켰는데, 이렇게 하면 백성들의 덕이 하나로 모아졌다. 지금(이 시를 지을 당시) 다시는 그 같은 옛사람을 볼 수 없음을 서글퍼하였다.

○ 주자의 《시경집전》: 난리를 겪은 뒤에 사람들이 다시는 지난날 도읍의 흥성함과 사람들의 의용(儀容)의 아름다움을 볼 수 없었다. 이에 이 시를 지어 탄식하고 애석해하였다.

채록

采綠

○ 모서: 〈채록〉은 독수공방을 원망하는 부인들을 풍자한 시이다.
유왕 때 독수공방을 원망하는 부인들이 많았다.

○ 정강성: 부인들이 독수공방을 원망한 것은 군자(남편)들이 부역
가서 기한이 지나도록 돌아오지 않았기 때문이다. 이를 풍자한 것은
부인들이 비단 근심하고 그리워할 뿐만 아니라 혼외의 군자(남자)를
따르려 했는데 이는 예(禮)가 아님을 비난한 것이다.

○ 공영달: 부인들이 독수공방을 원망하는 것은 제왕의 일이 아니다.
그런데도 〈아(雅)〉에 기록한 것은 부인들이 독수공방을 원망하는 까
닭을 남편들이 부역 가서 기한이 지나도록 돌아오지 않기 때문으로
여겼기 때문이다. 이는 제왕의 정사가 잘못된 것이므로 〈아〉에 기록
하여 왕을 풍자하였다.

○ 주자의 《시경집전》: 부인이 군자(남편)를 그리워하며 "아침 내내
조개풀을 뜯었건만 한 움큼도 채우지 못한 것은 그리움이 깊어 일에
전념하지 못하기 때문이다."라고 하였다. 또 '내 머리털이 뒤엉켰으니
조개풀 뜯는 일을 놓아두고 돌아가 머리를 감고서 군자(남편)가 돌아
오기를 기다리리라.'라고 생각하였다.

서묘
黍苗

○ 모서: 〈서묘〉는 유왕을 풍자한 시이다. 유왕이 천하에 은택을 끼치지 못하였으니, 그의 경사(卿士)들이 옛날 소백(召伯)[98]이 맡았던 일을 행하지 못하였기 때문이다.

○ 정강성: 선왕(宣王)의 덕과 소백(召伯)의 공을 말하여 유왕과 그의 신하들이 이러한 은택과 사업을 방기했음을 풍자하였다.

○ 소철: 선왕(宣王)이 신백(申伯)을 사읍(謝邑 하남성 남양현(南陽縣) 북부)에 국군(國君)으로 봉하고 소백으로 하여금 그곳에 가서 성읍(城邑)을 건설하도록 하였다. 당시에 소공(召公)이 부역에 동원되어 간 이들을 위로하는 것이 마치 비가 내려 기장 싹을 적셔주는 것과 같았다.

○ 범처의: 시에 말한 내용은 모두 선왕(宣王)이 소백에게 명하여 사읍에 성읍을 건설하게 한 일이다. 어쩌면 남쪽 나라 사람이 유왕 때 고달팠기 때문에 소백을 그리워하여 이 시를 지은 것이 아닐까?

모서의 "천하에 은택을 끼치지 못하였으니"라는 말도 미루어 넓혀서 말하면 '유왕 당시의 경(卿)들이 모두 사읍에 성읍을 건설한 소백처럼

---

98 소백(召伯): 이 시에 나오는 소백·소공(召公)·소목공(召穆公)은 모두 주 선왕(周宣王)을 옹립하고 보좌한 인물을 달리 칭한 것으로, 주공 단(周公旦)과 함께 성왕(成王)을 보필했던 소공 석(召公奭)의 후예이다. 이름은 호(虎)이고, 시호가 목(穆)이다.

백성들의 환심을 얻어 백성들을 부릴 수 있었다면 천하가 모두 그 은택을 입었을 것이다.'라는 말이 된다.

○ 주자의《시경집전》: 선왕(宣王)이 신백을 사읍에 봉하고 소목공(召穆公)에게 그곳에 가서 성읍을 건설하도록 명하였다. 이 때문에 부역에 징발된 사람들을 거느리고 남쪽으로 갔는데, 이때 함께 간 사람이 이 시를 지었다.

按 이 시에서 말한, 소백이 사읍에 성읍을 건설한 공은 시 본문에 분명한 근거가 있다. 만약 모서를 지은 사람이 달리 살펴본 것이 없었다면 오직 경문에 따라 해석했을 것이니 어찌 일부러 다른 설을 만들어 후인의 비판을 자초하려 했겠는가. 국사(國史)에 기록된 글이 시와 나란히 세상에 나왔기 때문에 시와 모서가 비록 서로 모순되기는 하나 지금까지 둘 다 폐기되지 않고 전해지는 것이다.

내 생각에 모서의 설이 반드시 따를 만한 까닭은 바로 경문과 맞지 않다는 점에 있다.[99] 범일재(范逸齋 범처의)의 "소백을 그리워하여 이 시를 지은 것"이라는 말이 참으로 시의 뜻에 맞다.

---

99 모서의……있다 : 모서의 설은 국사(國史)의 기록에 근거했을 것이며, 모서가 근거한 그 기록은 전해지지 않으므로, 역사 사실의 보존이라는 측면에서 모서는 더욱 보존할 가치가 있다는 말이다.

습상
隰桑

○ 모서: 〈습상〉은 유왕을 풍자한 시이다. 소인이 벼슬자리에 있고 군자가 초야에 있었다. 이에 시인(詩人)이 군자를 만나 마음을 다해 섬겼으면 하고 생각하였다.

○ 정강성: "습지의 뽕나무는 가지와 잎이 무성하여 사람에게 그늘을 드리워줄 수 있다."라는 사실이 "현인군자가 등용되지 못하여 초야에 있으면 백성을 감싸 기르는 덕이 있다."라는 시상(詩想)을 불러 일으켰다. 이 말을 뒤집어 그 이면의 뜻을 생각하면, "들판의 뽕나무는 가지와 잎이 그렇지 못하다."라는 말로 "소인이 벼슬자리에 있으면 백성에게 덕을 끼치지 못함"을 풍자한 것이 된다. 초야에 있는 군자를 그리워하다가, 그가 벼슬자리에 있음을 보게 되니 기쁨과 즐거움이 한량이 없었다.
○ 주자의 《시경집전》: 이는 군자를 만난 것을 기뻐하는 내용의 시로, 문사와 의미가 대체로 〈청청자아(菁菁者莪)〉와 유사하다.[100] 그러나 시에서 말한 '군자'는 누구를 지칭한 것인지 알 수 없다.

---

100 문사와……유사하다 : 〈청청자아〉의 첫 장은 "무성하고 무성한 새발쑥이여, 저 언덕 가운데 있도다. 이미 군자를 만나보니, 즐겁고 또 예의가 있도다.〔菁菁者莪, 在彼中阿. 旣見君子, 樂且有儀.〕"이고, 〈습상〉의 첫 장은 "습지에 뽕나무가 아름다우니, 그 잎이 무성하도다. 이미 군자를 만나보니, 그 즐거움이 어떠하뇨.〔隰桑有阿, 其葉有難. 旣見君子, 其樂如何.〕"이다.

按 《시서(詩序)》의 변설(辨說)[101]에는 이 시를 풍자시가 아니라고 하였고, 윗시(〈서묘(黍苗)〉)와 함께 모두 탈간(脫簡 죽간(竹簡)이 원래 자리에서 떨어져 나옴)되어 여기에 있는 것이 아닌가 의심하였다. 그러나 들판과 습지를 비유라고 한 정강성의 설명은, 시 본문을 자세히 살펴볼 때, 곡설(曲說 한쪽으로 치우쳐 바르지 못한 주장)이 아닐 듯하다. 그렇다면 탈간의 탓으로 돌리며 경솔하게 편장의 순서를 의심하기보다는 차라리 변경하는 것이 없이 그대로 두고 해석하는 편이 낫지 않겠는가.

---

101 시서(詩序)의 변설(辨說) : 《시서》 하권 '원습(原隰)' 조의 주희(朱熹) 변설(辨說)을 말한다.

백화

白華

○ 모서: 〈백화〉는 주(周)나라 사람이 '유왕의 후비〔幽后〕'를 풍자한 시이다. 유왕이 신(申)나라 여인을 맞이하여 황후로 삼고, 또 포사를 얻어 신후(申后)를 내쳤다. 이 때문에 제후국들도 따라 변하여 첩(妾)을 처(妻)로 삼고 종자(宗子 본처의 맏아들) 대신 첩의 자식을 후사로 세우는데도 제왕이 다스리지 못하였다. 주나라 사람이 이 때문에 이 시를 지었다.

○ 주자의 《시경집전》: 유왕이 신나라 여인을 맞이하여 황후로 삼고, 또 포사를 얻어 신후를 내쳤다. 이 때문에 신후가 이 시를 지었다.

○ 주자(주희): 이 일은 근거가 있으니 모서의 설명이 대체로 옳다. 다만 모서의 '유왕의 후비〔幽后〕'는 글자가 잘못된 것이니, '신후가 유왕을 풍자한 시이다.'라고 해야 한다. "제후국들도 따라 변하여" 이하는 부연 설명일 뿐이다.

또 《한서(漢書)》 주(注)에 인용된 이 모서에는 '유(幽)' 자 뒤에 '왕폐신(王廢申)' 3자가 있는데,[102] 이것이 비록 이 시의 뜻이 아니기는 하나 그래도 서문에 빠진 뜻을 보충할 수 있다.

---

102 유(幽)……있는데 : 이에 따라 모서의 '유(幽)' 자 뒤에 '왕폐신(王廢申)' 3자를 보충하면, "〈백화〉는 주(周)나라 사람이, 유왕이 신후를 폐출한 것을 풍자한 시이다." 라는 말이 된다.

면만
縣蠻

○ 모서: 〈면만〉은 미천한 신하가 난세(亂世)를 풍자한 시이다. 대
신(大臣)이 인(仁)한 마음을 쓰지 않아 미천한 신하들을 망각하고는
음식을 주려고도 가르치려고도 태워주려고도 하지 않았다. 이 때문
에 미천한 신하가 이 시를 지은 것이다.

○ 주자의 《시경집전》: 이는 미천하고 고달파서 의탁할 곳이 있었으
면 하고 생각하는 사람이 새〔鳥〕의 처지에서 말하여 자신을 비유한
것이다.

호엽
瓠葉

○ 모서: 〈호엽〉은 대부가 유왕을 풍자한 시이다. 윗사람이 예(禮)를 내버리고 실천하지 못하여 희생과 음식이 있어도 사용하려 하지 않았다. 이 때문에 하찮은 것이라 하여 예를 폐기하지 않았던 옛사람의 일을 그리워하였다.

○ 이저: 옛 군자는 하찮은 것이라 하여 예를 폐기하지 않았으니, 아무리 박 잎이나 토끼 한 마리라 할지라도 그것을 사용하여 예를 행하였다. 그런데 이 시를 지을 당시에는 희생과 음식 등의 물건이 있는데도 이를 사용하여 예를 행하려 하지 않았다.

○ 주자의 《시경집전》: 이 역시 잔치를 베풀어 함께 술 마시는 내용의 시로, 주인의 겸사(謙辭)를 서술하여 "물건이 아무리 하찮더라도 반드시 손님과 함께했다."라고 하였다.

삼삼지석

漸漸之石

○ 모서: 〈삼삼지석〉은 제후국이 유왕을 풍자한 시이다. 융적(戎狄
중국 서북쪽의 소수민족)이 배반하고 형(荊 초(楚))나라와 서(舒)나라가
조회를 오지 않자 장수(將帥)에게 동쪽으로 가서 정벌하도록 명하였
다. 전쟁이 오래 지속되어 외지(外地)에서 괴로웠기 때문에 이 시를
지었다.

○ 주자의 《시경집전》: 장수가 정벌을 나가 험하고 먼 곳을 지나며
고달픔을 견딜 수 없어서 이 시를 지었다.

초지화

苕之華

○ 모서: 〈초지화〉는 대부가 시대를 근심하는 내용이다. 유왕 때 서융(西戎 중국 서쪽의 소수민족)과 동이(東夷 중국 동쪽의 소수민족)가 번갈아 중국을 침략하여 그때마다 전쟁이 일어나고 이어서 기근이 들었다. 군자가, 주나라가 장차 망하게 됨을 근심하고 자신이 이런 시대를 만난 것이 슬펐기 때문에 이 시를 지었다.

○ 주자의 《시경집전》: 시인이 스스로 자신이 주나라가 쇠미한 때를 만난 것은 마치 능초풀이 다른 물건에 붙어살면서 비록 꽃이 피기는 하나 오래가지 못하는 것과 같다고 생각하였다. 이 때문에 이것으로 비유하고 그 마음의 근심과 서글픔을 혼자서 말하였다.

하초불황

何草不黃

○ 모서: 〈하초불황〉은 제후국이 유왕을 풍자한 시이다. 사이(四夷 사방의 소수민족)가 번갈아 침략하고 중원의 제후국들이 배반하자 쉬지 않고 군대를 동원하여 전쟁하느라 백성들 보기를 금수처럼 하였다. 군자가 이를 근심하였기 때문에 이 시를 지었다.

○ 주자의 《시경집전》: 주나라가 망할 지경인데도 정벌을 쉬지 않자 정벌 나간 사람이 이를 괴로워하여 이 시를 지었다.

대아大雅

문왕
文王

○ 모서: 〈문왕〉은 문왕이 '천명을 받아 주나라를 만드는〔受命作周〕' 내용이다.

○ 육덕명: 이 시부터 뒤로 〈권아(卷阿)〉까지 18편은 문왕·무왕(武王)·성왕(成王)·주공(周公)의 정대아(正大雅)이다. 천명을 받은 일을 추술(追述)하고 위로 조상의 아름다운 점을 서술하였으니, 모두 나라의 중대한 일이기 때문에 정아(正雅)에 해당한다. 〈문왕〉부터 〈영대(靈臺)〉까지 8편은 문왕의 〈대아〉이고, 〈하무(下武)〉부터 〈문왕유성(文王有聲)〉까지 3편은 무왕의 〈대아〉이다.

○ 공영달: 문왕이 비록 구주(九州 중원 전체)를 획득하지는 못하였으나 제왕을 자처했기 때문에 천하를 가지고 말한 것이다.

《서경》〈무성(武成)〉에 "우리 문고(文考)이신 문왕(文王)께서 공을 이룩하여 천명에 크게 응하신 지 9년 만에 대통(大統)을 이루지 못하고 별세하셨다."라고 하였는데 공안국이 "제후들이 귀의한 지 9년 만에 문왕이 별세하였다."라고 하였고, 유흠(劉歆)이 지은 《삼통력(三統

曆)》에 "문왕이 천명을 받은 지 9년 만에 붕어(崩御)하셨다."라고 하
였다.

그러나 복생(伏生 복승(伏勝))과 사마천(司馬遷)은 '문왕이 천명을 받
은 지 7년 만에 붕어하셨다.'라고 여겼다. 이 때문에《상서대전(尚書大
傳)》〈주전(周傳)〉[103]에 "문왕이 천명을 받은 지 1년 만에 우(虞)나라
와 예(芮)나라의 송사(訟事)를 그치게 하고, 2년 만에 주(邘)나라를
정벌하고, 3년 만에 밀수(密須)를 정벌하고, 4년 만에 견이(犬夷)를
정벌하고, 5년 만에 기(耆)를 정벌하고, 6년 만에 숭(崇)을 정벌하고,
7년 만에 붕어하셨다."라고 하였다.

〈낙고(洛誥)〉주(注)에 "문왕이 붉은 꿩이 물고 온 부절을 얻고 무왕
이 흰 물고기를 취한 것이 모두 7년 만이었다."라고 하였는데,[104] 이는

---

103 상서대전(尚書大傳) 주전(周傳) :《상서대전》은 한(漢)나라 복승(伏勝)이 벽
속에 숨겨두었던《상서(尚書)》를 꺼내어 강(講)한 내용을 문인들이 예서(隷書)로 기록
하고 복승이 죽은 뒤에 또 각자 들은 것을 논하면서 의미를 보충한 책이다. 〈주전(周
傳)〉은《상서》의 〈주서(周書)〉에 해당하는《상서대전》의 중제목(中題目)으로, 여기
에 인용된 내용은 〈주전〉의 〈강고(康誥)〉에 보인다.
104 낙고(洛誥)……하였는데 :《상서(尚書)》〈낙고〉의 "문왕·무왕이 받은 명을 주
공이 7년 동안 크게 보전하였다."에 대한 정현(鄭玄)의 주(注)에 본디 이와 같은 말이
있었던 듯하나 통행본《상서주소》에는 없다.
《여씨춘추(呂氏春秋)》〈응동(應同)〉에 "문왕 때 하늘의 상서가 먼저 나타났으니,
불새[火鳥]와 붉은 새가 단서(丹書: 붉은 글씨로 된 상서로운 글)를 물고 주(周)나라의
사단(社壇)에 내려앉았다."라고 하였고,《사기》〈주본기(周本紀)〉에 "무왕이 황하를
건널 때 강의 중심에 이르자 흰 물고기가 왕이 탄 배 안으로 뛰어들었다. 무왕이 그것을
주워 제사를 지냈는데, 황하를 건너고 나자 한 무더기의 화염이 하늘에서 내려왔다.
화염은 왕이 거처하는 집의 지붕에 이르러 까마귀 모양으로 변하였는데 색깔이 붉었으
며 파지직 하는 소리가 울렸다."라고 하였다.

문왕이 천명을 받은 것을 7년 만의 일이라고 한 것이다.

〈원명포(元命苞)〉[105]에 "서백(西伯)이 단서(丹書 붉은 글씨로 된 상서로운 글)를 얻고 나서 제왕을 자처하고는 정삭(正朔)을 바꾸고 숭후(崇侯 후국(侯國)인 숭나라의 임금)를 주벌하였다."라고 하였으니, 문왕이 제왕을 자처하여 정삭을 바꾼[106] 것이다. 비록 그렇기는 하나 관할 범위 안의 6주(州)에서만 행해진 것이다.

○ 구양수: 주나라는 윗대부터 공적(功績)과 인덕(仁德)을 쌓아오다가 문왕에 이르러 위엄과 덕이 함께 드러났으니, 주나라가 이때부터 융성하고 강대해졌다. 무왕에 이르러서는 이를 계승하여 마침내 주왕(紂王)을 정벌하고 천하를 소유하였다. 그러나 거룩한 덕이 하늘의 가호를 받아 주나라를 일으킨 것은 문왕부터 시작되었다.

○ 소철: 무왕의 군대가 맹진(孟津)을 건널 때까지만 해도 문왕을 '문고(文考)'라고만 칭하다가, 무성(武成)에 이르러 시제사[柴 땔나무를 태우며 하늘에 올리는 제사]와 망제사[望 나라 안의 산천(山川)에 지내는 제사]를 지내고 나서야 비로소 '우리 문고이신 문왕[我文考文王]'이라고 칭하였다. 이로 볼 때 무왕은 감히 하루도 선대의 임금을 함부로 제왕으로 높이지 않았는데, 하물며 문왕이 스스로 제왕을 자처했겠는가.

○ 주자의 《시경집전》: 주공이 문왕[107]의 덕을 추술(追述)하여, 주나

---

105 원명포(元命苞) : 《춘추위(春秋緯)》 중 하나인 《춘추원명포(春秋元命苞)》이다. 이 책의 내용은 대부분 유실되었고 일부가 청(淸)나라 마국한(馬國翰)의 《옥함산방집일서(玉函山房輯佚書)》에 집일(輯佚)되어 있다.

106 【校】정삭을 바꾼 : 저본에는 '改正統'으로 되어 있으나 바로 앞의 〈원명포(元命苞)〉 인용문 등 많은 용례로 볼 때 '統'은 '朔'의 잘못일 가능성이 높으므로, '朔'에 따라 번역하였다.

라가 천명을 받아 상(商)나라를 대신하게 된[108] 까닭이 모두 이로 말미암은 것임을 밝힘으로써 성왕(成王)을 경각(警覺)시켰다.

《국어(國語)》에 이 시를 '두 나라의 임금이 서로 만날 때 연주하는 음악'이라고 한 것은 오직 한 측면만을 들어 말한 것이다.

○ 주자(주희): 모서의 '수명(受命)'은 천명을 받았다는 말이고, '작주(作周)'[109]는 주나라를 만들었다는 말이다. 문왕의 덕이 위로는 천심(天心)에 맞고 아래로는 천하의 귀의를 받아 천하의 3분의 2를 소유했으니, 이는 이미 천명을 받아 주나라를 만든 것이다. 무왕이 계승하여 마침내 천하를 모두 소유한 것은 문왕의 공적을 마무리한 것이다.

그러나 한(漢)나라의 유자(儒者)들은 참위(讖緯 길흉화복을 점치는 술수)에 미혹되어 붉은 꿩이 단서를 물고 왔다는 설이 있었고, 또 문왕이 이로 인해 마침내 제왕을 자처하여 연호를 바꾸었다고 하였는데, 이는 "하늘이 하늘인 까닭은 오직 이치[理] 때문"임을 모르는 것이다.

○ 여조겸: 《여씨춘추(呂氏春秋)》에서 이 시를 인용하고 "주공이 지은 것"이라고 하였는데, 시의 문구와 내용을 음미해보면 참으로 주공이 아니면 지을 수 없는 것이다.

---

107 【校】문왕 : 저본에는 '文武'로 되어 있으나 주희의 《시경집전》〈문왕(文王)〉에 의거 '武'를 '王'으로 수정하여 번역하였다.

108 【校】대신하게 된 : 저본에는 '伐'로 되어 있으나 위 자료에 의거 '代'로 수정하여 번역하였다.

109 【校】작주(作周) : 저본에는 '周周'로 되어 있으나 주희의 《시서(詩序)》'문왕(文王)' 조에 의거 '作周'로 수정하여 옮겼다.

대명
大明

○ 모서: 〈대명〉은 문왕에게 밝은 덕이 있었기 때문에 하늘이 다시 무왕에게 명했다는 내용이다.

○ 정강성: 두 성스러운 왕이 서로 이어서 그 밝은 덕이 나날이 광대해져갔기 때문에 '대명(大明 크게 밝음)'이라고 한 것이다.

○ 공영달: "장녀를 시집보내오니〔長子維行〕" 이상은 문왕이 덕이 있어 천명을 받을 수 있었음을 말한 것이다. 이 때문에 "천명이 하늘로부터 내린지라, 이 문왕에게 명하시기를〔有命自天 命此文王〕"이라고 하였으니, 이것이 '문왕에게 밝은 덕이 있어 하늘이 명했다'는 일이다.

"돈독히 무왕을 낳게 하시고는〔篤生武王〕" 이하는 무왕에게 밝은 덕이 있어 하늘이 다시 명하였음을 말한 것이다. 이 때문에 "보우하고 명령하사, 천명에 화답하여[110] 상나라를 정벌하게 하시니라.〔保佑命爾 燮伐大商〕"라고 하였으니, 이것이 '무왕에게 밝은 덕이 있어 다시 천명을 받았다'는 일이다.

○ 주자의 《시경집전》: 이 역시 주공이 성왕을 경각시킨 시이다. 《국어》에 이 시와 뒤의 시를 모두 '두 나라 임금이 서로 만날 때 연주하는 음악'이라고 하였는데, 이에 대한 설명은 위의 시에 보였다.

---

110 【校】천명에 화답하여 : 저본에는 '變'으로 되어 있으나 《시경》〈대명(大明)〉에 의거 '燮'으로 수정하여 번역하였다.

면
縣

○ 모서: 〈면〉은 문왕이 일어난 것[111]은 본디 태왕(太王)에게서 말미 암았다는 내용이다.

○ 공영달: 태왕이 왕업(王業)의 근본을 만들고 문왕이 이를 바탕으로 일어났다. 당시에 문왕이 일어난 것은 그 선대(先代)의 일을 기반으로 한 것임을 보았다. 이 때문에 태왕을 찬미한 것이다.

　앞의 일곱 장(章)은 태왕이 사람들의 마음을 얻어 왕업을 개창하고 북적(北狄 중국 북쪽의 소수민족)을 피하여 기읍(岐邑 섬서성 기산현(岐山縣))에 정착해서 종묘와 성문(城門)과 사직단을 만든 일을 말하였고, 뒤의 두 장은 문왕이 일어난 일을 말하였다.

○ 범처의: 모서에서 이 시는 "문왕이 일어난 것은 본디 태왕에게서 말미암았다는 내용"이라고 하였다. 이 때문에 이 시에서 빈(豳 주나라의 선조인 공류(公劉)가 세운 나라. 섬서성 소재)을 떠나 기(岐)로 옮겨간 일, 나라를 창건하여 사직단을 세운 일, 변방 소수민족을 상대하고 제후들을 회유한 일 등을 모두 태왕이 시작하여 문왕이 완성한 것으로 서술하였으니, 아홉 장이 차례로 배열된 데서 이 점을 살펴볼 수 있다.

○ 주자의《시경집전》: 이 역시 주공이 성왕을 경각(警覺)시킨 시이

111　문왕이 일어난 것 : 문왕이 중원(中原)의 3분의 2를 차지할 만큼 세력을 확장하면서 인정(仁政)을 행할 지도자로서 세상에 존재를 드러낸 것을 말한다.

"여러 소인들에게 노여움을 받노라."에 대해 모서(〈패풍(邶風) 백주(柏舟)〉의 모서)에서는 "인(仁)한 사람이 불우하고"라고 범범히 말했을 뿐 구체적으로 지적한 것이 없다. 또 공자(孔子)는 이 구절을 누차 인용하면서 혹은 "필부의 뜻은 뺏을 수 없음을 보였다."라고도 하고, 혹은 "소인이 무리를 이루면 근심할 만하다."라고도 하였다.[114] 그렇다면 이 시가 비록 공자가 지은 것은 아니나 "여러 소인들에게 노여움을 받노라."라는 말을 공자가 평소에 하였고, 모서의 "인한 사람이 불우하고"라는 말이 또 공자의 처지와 맞으므로, 공자가 평소에 하던 말을 가지고 '인한 사람'이라는 범범한 지칭(指稱)을 구체화하는 것은 실로 안 될 것이 없다.

그러나 이 시의 모서로 말하면 〈백주〉의 모서에서 '인한 사람'이라고 범범히 칭한 것과 달리 태왕이라는 구체적인 지적이 있다. 그렇다면 맹자가 이 시를 인용하면서 감히 태왕을 구체적으로 지적하지 못하고 도리어[115] 그 의미만을 취하여 문왕의 일에 빗댄 것은 어째서일까? 공영달과 정현이 모두 이 시를 문왕 때 시라고 한 것은 근거가 없지 않을 듯하다. 다만 제8장 이후를 모두 문왕에 대한 말이라고 했으므로, 그

또 뒤의 시는 본디 태왕이 곤이를 섬긴 일을 말한 것이지만 맹자는 문왕의 일이 이에 해당될 만하다고 여긴 것이라고 풀이하였다.

114 공자(孔子)는……하였다 : 전자는 명나라 도종의(陶宗儀)의 《설부(說郛)》 권1 하(下) '시전(詩傳) 패(邶)' 조에 인용된 "인(仁)하도다. 나는 〈백주〉 시에서 필부의 뜻을 뺏을 수 없음을 본다."라고 한 공자의 말을 가리킨다. 후자는 《공자가어(孔子家語)》〈시주(始誅)〉에 보인다.

115 【校】도리어 : 저본에는 '及'으로 되어 있으나 '反'의 오자로 판단되므로, '反'의 의미로 번역하였다.

이전의 여러 장들은 그 근본을 태왕에게서 찾은 것이라는 옛 설을 한결같이 따르지 않을 수 없을 듯하다.

역복
棫樸

○ 모서: 〈역복〉은 문왕이 관원을 잘 임용했다는 내용이다.

○ 구양수: 시인(詩人)이 "떡갈나무가 무성하므로 그것을 채취하여 땔나무 가리에 쌓는다."라고 하여 '문왕이 뛰어난 인재를 양성하여 여러 관직에 기용할 수 있었음'을 비유하고, 또 "왕의 위의(威儀)가 훌륭하므로 좌우의 신하들이 달려가 섬긴다."라고 하여 군신(君臣) 관계가 훌륭함을 보였다. 제2장과 제3장은 왕이 관직에 임용한 사람들이 종묘에 들어가거나 군대에 있을 때 모두 쓸 만함을 보였으니, 문무(文武)의 인재들이 각기 적임(適任)을 맡은[116] 것이다. 제4장은 관원을 잘 임용하여 좋은 성과를 이루었음을 말하였다. 마지막 장은 또 왕은 부지런히 인재를 등용함으로써 오직 가장 중심적인 일을 챙겨야 함을 말하였다.

○ 주자의 《시경집전》: 이 역시 문왕의 덕을 노래한 시이다. 앞의 세 장은 문왕의 덕에 사람들이 귀의함을 말하였고, 뒤의 두 장은 문왕의 덕이 천하 사람들을 진작시키고 기강(紀綱)이 되었기 때문에 사람들이 귀의한 것임을 말하였다. 이 시부터 뒤로 〈가락(假樂)〉까지는 모두 누가 지은 것인지 알 수 없지만, 아마도 대부분 주공한테서 나온 것인 듯하다.

---

116 【校】맡은 : 저본에는 '位'로 되어 있으나 구양수(歐陽脩)의 《시본의(詩本義)》 '역복(棫樸)' 조에 의거 '任'으로 수정하여 번역하였다.

한록

旱麓

○ 모서: 〈한록〉은 조상의 기업(基業)을 이어받는 내용이다. 주(周)
나라의 선조(先祖)가 대대로 후직(后稷)[117]과 공류(公劉)[118]의 기업을
닦고 태왕(太王)과 왕계(王季)[119]가 거듭 '온갖 복으로 복을 구하였다
〔百福干祿〕'.

○ 주자의 《시경집전》: 이 또한 문왕의 덕을 노래한 시이다.

○ 여조겸: 주나라의 선조(先祖) 이하가 모두 사람들이 귀의할 만한
일을 강구하였다. 이 시에 대해 강사(講師 《시경》을 강하는 선생)들이 문
왕 때 시라고 전하였다.[120] 이 때문에 모서에서 태왕과 왕계가 온갖
복으로 복을 구하였다고 한 것인데, 이 말이 이치상 잘못되지는 않
았으나 '온갖 복으로 복을 구하였다.〔百福干祿〕'는 말은 말이 되지 않
는다.

---

117 후직(后稷): 순임금을 섬기며 사람들에게 농사를 가르친 인물로, 태(邰: 섬서성
무공(武工) 서부)에 봉해져 주나라의 시조가 되었다.

118 공류(公劉): 주나라의 근거지를 빈(豳: 섬서성 순읍(旬邑) 서남부)으로 옮겨
농경을 발전시킴으로써 주나라가 점차 흥성하도록 만든 인물이다.

119 태왕(太王)과 왕계(王季): 태왕은 문왕의 할아버지이고, 왕계는 문왕의 아버지
이다.

120 【校】전하였다: 저본에는 '傳'로 되어 있으나 여조겸(呂祖謙)의 《여씨가숙독시기
(呂氏家塾讀詩記)》'한록(旱麓)'조에 의거 '傳'으로 수정하여 번역하였다.

사재
思齋

○ 모서: 〈사재〉는 문왕이 성인(聖人)이 된 까닭을 읊은 시이다.

○ 주자의 《시경집전》: 이 시도 문왕의 덕을 노래한 것이다.

황의
皇矣

○ 모서: 〈황의〉는 주나라를 찬미한 시이다. 하늘이 은(殷)나라를
대신할 나라를 살펴볼 때 주(周)만한 나라가 없었고, 주나라가 대대
로 덕을 닦아왔지만 문왕만한 분이 없었다.

○ 공영달: 이는 실은 문왕에 대한 시이다. 모서에 "주나라를 찬미한
시"라고 한 것은, 주나라가 비록 문왕 때 이르러 덕이 융성하기는 했
지만 주나라의 임금들이 대대로 선(善)을 행해온 것이지 문왕만 그
런 것이 아니며, 경문(經文)에 태백(太伯)과 왕계(王季)의 일이 있기
때문에 '주나라'라고 하여 의미를 넓힌 것이다.
○ 주자의 《시경집전》: 이 시는 태왕(太王)과 태백 및 왕계의 덕을
서술하고, 나아가 문왕이 밀(密)나라를 정벌하고 숭(崇)나라를 정벌
한 일을 언급하였다.
○ 왕홍서: 주자(주희)는 이 시의 모서에 대해 이의가 없었다. 다만
모공(毛公)의 전(傳)에는 경문의 '이국(二國)'은 은(殷)나라와 하
(夏)나라이고 '사국(四國)'은 사방의 나라들이라고 한 데 비해, 정현
의 전(箋)에는 '이국'은 은나라 주왕(紂王)과 숭후(崇侯 숭나라의 임금)
이고 '사국'은 밀(密)나라·완(阮)나라·조(徂)나라·공(共)나라라
고 하였다.
　'증기식곽(憎其式廓)'이 '악(惡)을 행하여 대국(大國)을 침범하는 자
를 미워함'을 뜻하고[121] "이곳을 주어 거처하게 하시니라.〔此維與宅〕"가

문왕을 가리킨 말이라는 해석은 모공과 정현이 같다. 문왕을 가리킨 말이라고 했으므로 "하늘이 그 배필을 세우시니〔天立厥配〕"는 태사(太姒)를 일컬은 말이 된다. "나라를 만들고 이를 담당할 자를 세우시니〔作邦作對〕"는 '하늘이 주나라를 일으키고 영명한 임금을 냈으니'라는 말인데, 이는 태백과 왕계부터 이미 그러하였다. 이 설도 의미가 통할 수 있는 것이기에, 한나라 · 당나라 · 송나라의 유자(儒者)들이 대체로 이를 따랐다.

주자에 이르러서는 "이곳을 주어 거처하게 하시니라."가 태왕을 가리킨 말이라고 하였다. "하늘이 높은 기산(岐山)을 만드셨거늘 태왕이 다스리셨다.〔天作高山 大王荒之〕"[122]라는 말이 이미 〈주송(周頌)〉에 보이므로 이 구에서 문왕을 말했을 리 없다는 것이다. 이 때문에 주자는 '이국'과 '사국'을 모공이 해설한 뜻에 따르면서 첫 장과 제2장을 모두 태왕에게 소속시키고 '그 배필〔厥配〕'도 태강(太姜)에게 소속시킴으로써 태왕 때부터 이미 하늘의 보살핌에 응했다는 내용임을 밝혔으니, 의미가 더욱 완비되었다. 《시경집전》이 모공의 전(傳)과 정현의 전(箋)보다 나은 부분은 대체로 이와 같다.

按 이 시에 대해 옛 해설은 문왕에 대한 시라고 한 데 비해, 주자(朱子)는 태왕 · 태백 · 왕계의 덕을 서술하고 나아가 문왕이 밀나라를 정벌하고 숭나라를 정벌한 일을 언급한 것이라고 하였다. 옛 해설

---

121 증기식곽(憎其式廓)이……뜻하고 : '식(式)'을 '특(慝)'으로 읽고, '곽(廓)'을 '대(大)'의 뜻으로 해석한 것이다.

122 하늘이……다스리셨다 : 〈주송(周頌) 천작(天作)〉에 보인다.

은 문왕을 중심에 놓고 태백과 왕백에 대한 경문(經文)의 내용은 그 근본을 미루어 밝힌 것이라고 한 데 비해, 주자는 제1장・제2장은 태왕에게 소속시키고 제3장・제4장은 태백과 왕계에게 소속시키고 제5장 이하는 문왕에게 소속시켜, '이국'과 '사국'을 모두 모장(毛萇)이 해설한 뜻에 따르고 "하늘이 그 배필을 세우시니"도 태강을 일컬은 말이라고 하였다.

그런데 주자의 이 설을 가지고 주자의 《시경집전》을 논해보면, 《시경집전》에서는 제2장의 "곤이가 길 가득히 도망가거늘〔串夷載路〕"이란 말은 "곤이들이 도망하여〔混夷駾矣〕"[123]라고 한 것이 이것이라고 하였고, 또 설명하기를 "기주(岐周)의 땅은 곤이와 가까운데, 태왕이 그곳에 거주하면서 사람과 물산이 점차 풍부해졌다. 그런 뒤에 점차 이와 같이 영토를 넓혀서 마침내 상제(上帝)가 이 밝은 덕을 소유한 임금을 그곳으로 옮겨 거주하게 히였고, 곤이들이 멀리 달아나자 하늘이 또 그 임금을 위해 어진 후비(后妃)를 세워주어 돕게 하였다. 이 때문에 천명을 받은 것이 견고하여 마침내 왕업(王業)을 이루었다."라고 하였다.

아, 이 무슨 말인가. 〈면(緜)〉 제8장에 대해 《시경집전》은 "덕이 융성하자 곤이가 스스로 복종한 것이니, 이미 문왕 때가 된 것이다."라고 하지 않았는가. 당시에 주자가 〈면〉 제8장을 모두 태왕에게 소속시키고 싶지 않았던 것은 아니나, 《맹자》에 근거할 만한 분명한 문장이 있음을 어찌할 수 없었기 때문에 문세(文勢)가 쪼개짐을 돌아볼 겨를이 없이 한 장(章)을 위아래로 나누어 태왕과 문왕에게 분속(分屬)시

---

[123] 곤이들이 도망하여 : 〈면(緜)〉 제8장의 시구이다.

켰던 것이다. 그런데 이 시에 와서는 또 "곤이들이 도망하여"와 함께 전부 태왕에게 소속시켰다. 이렇게 보면 《맹자》의 말은 《서경》〈무성(武成)〉처럼 액면 그대로 믿을 수 없는 말이 되고,[124] 〈면〉에 대해 《시경집전》에서 풀이한 뜻은 마땅히 고쳐야 할 것이 된다.

그리고 '이국'을 하나라와 상(商)나라라고 한 것은 모장(毛長)의 전(傳)에서부터 맥락이 닿지 않는 말이었다. 상나라는 물론 살펴볼 수 있지만, 하나라는 상나라가 일어나기 전에 존재했던 나라인데 또 어떻게 상나라와 나란히 살펴본단 말인가.

내가 살펴보건대, 이 시는 〈유월(六月)〉이 험윤(獫狁 북방의 소수민족 흉노(匈奴))을 정벌한 선왕(宣王)의 일을 읊은 시인 것과 같이 밀나라와 숭나라를 정벌한 문왕의 일을 읊은 시로 보아야 한다. '이국'은 원수나라인 밀나라와 숭나라이고, '사국'은 형제국인 완나라·공나라 및 원수 나라인 밀나라·숭나라이다. 완나라와 공나라가 밀나라의 침략을 받자 상제가 네 나라의 옳고 그름을 따져 마땅히 처벌해야 할 자를 살펴서 장차 그를 미워하여 물리치려고 하였다. 이리하여 애틋하게 서쪽을 돌아보는 주나라에게 이곳을 주어 거처하도록 명하였다.

따라서 이 시의 뜻은, 문왕이 천명을 받아 두 나라를 정벌하고 도읍을 옮겨 그 덕을 대대로 이어가게 된 근본을 첫 장에서 서술하고, 5장 이후에서 완나라·공나라·밀나라·숭나라를 모두 거론하여 '이국'·

---

124 맹자의……되고 : 《맹자》의 말은 152쪽 주113 참조. 그 말이 《서경》〈무성(武成)〉처럼 액면 그대로 믿을 수 없는 말이 된다는 것은, 맹자가 "《서경》의 말을 모조리 그대로 믿는다면 《서경》이 없느니만 못하게 된다. 나는 《서경》〈무성〉에서 두세 쪽만 취할 뿐이다."라고 한 말을 원용한 표현이다. 《孟子 盡心下》

‘사국’이란 문구를 종결하고, “상제께서 이르시되[帝謂]”·“상제께서 이르시되”라고 거듭 말하여 “이에 애틋하게 서쪽 땅을 돌아보시어 이곳을 주어 거처하게 하시니라.[乃眷西顧 此維與宅]”라는 문구를 종결하고, 기산(岐山)의 남쪽과 위수(渭水)의 곁을 분명히 지적하여 “뽑아버리고 제거하니, 서서 죽은 나무와 말라 죽은 나무며[作之屛之 其菑其翳]”·“갈참나무와 떡갈나무가 위로 쑥 뻗어 올라가며, 소나무와 잣나무 사이로 길이 통하거늘[柞棫斯拔 松柏斯兌]”이란 문구를 종결하고, 마침내 “나는 밝은 덕을 사랑한다.[予懷明德]”라고 말하여 “그 덕에 여한이 없으시니[其德靡悔]”라는 문구를 종결한 것이다.

제3장과 제4장의 ‘태백’과 ‘왕계’로 말하면, 그 각 장에서 종결한 말을 가지고 살펴볼 때 “곧 사방을 소유하셨도다.[奄有四方]”와 “자손에게 끼치셨도다.[施于子孫]”라는 말 중에 문왕에게로 귀결되지 않는 것이 하나도 없으므로, 이(‘태백’과 ‘왕계’)는 근본을 찾아 논한 말임을 분명히 알 수 있다.

또 “하늘이 높은 기산을 만드셨거늘 태왕이 다스리셨다.”는 태왕이 기주로 천도한 일이고, “뽑아버리고 제거하니, 서서 죽은 나무와 말라 죽은 나무며”·“갈참나무와 떡갈나무가 위로 쑥 뻗어 올라가며, 소나무와 잣나무 사이로 길이 통하거늘”은 문왕이 그냥 간 일로, 이들은 본디 두 가지 일이다. 그런데 《시경전설휘찬(詩經傳說彙纂)》에서 굳이 이 둘을 합쳐서 보려 한 것은, 그 무슨 견해란 말인가?

“하늘이 그 배필을 세우시니[天立厥配]”가 앞의 “제거하고 베니 꾸지뽕나무와 산뽕나무로다.[攘之剔之 其檿其柘]”라는 말을 이은 것이고, “나라를 만들고 이를 담당할 자를 세우시니[作邦作對]”가 앞의 “갈참나무와 떡갈나무가 위로 쑥 뻗어 올라가며, 소나무와 잣나무 사이로 길이 통하거늘"이라는 말을 이은 것은 나름대로 한 가지 체제이다. 그런데 주자(주희)가 굳이 다르게 해석하려 한 것은 또 어째서인가?

총괄하자면, 모장과 정현 이후의 학자들이 요컨대 모두 '문구를 따라가다 맥락과 동떨어진 해석을 낳았으니〔隨語生解〕', 한 편 전체를 들어 처음부터 끝까지 관통하는 해설을 보지 못하였다. 아, 시 해설의 어려움은 오래전부터 그러하였다.

영대

靈臺

○ 모서: 〈영대〉는 백성들이 처음 문왕을 붙좇은 일을 읊은 시이다. 문왕이 천명을 받자 백성들이 그에게 신령스러운 덕이 있어 새와 짐 승 및 곤충들에게까지 교화가 미침을 즐거워하였다.

○ 정강성: 천자가 영대를 두는 것은 햇무리를 관찰하고 기상(氣象) 의 길흉을 살피기 위함이다. 문왕이 천명을 받아 풍(豐)에 도읍을 만 들고 영대를 세웠다.

○ 주자의 《시경집전》: 나라에서 대(臺)를 두는 것은 햇무리를 관찰 하고 기상의 길흉을 살피며, 철마다 경치 구경을 다녀 수고로움과 편 안함을 조절하기 위함이다. 문왕의 대(臺)는 건립 계획을 수립하고 푯대를 세워 집터를 측량할 때부터 백성들이 모여들어 작업을 해주 었기 때문에 하루도 걸리지 않아 완성되었다. 비록 문왕이 백성들을 괴롭히게 될까봐 마음속으로 걱정하여 서두르지 말도록 주의를 주었 으나, 백성들이 이 일을 마음으로 즐거워하여 마치 자식이 아버지 일 에 달려오듯이 부르지 않아도 스스로 왔다. 맹자가 "문왕이 백성의 힘으로 대(臺)를 만들고 못〔沼〕을 만드셨으나 백성들은 이를 기뻐하 고 즐거워하여 그 대를 영대라 하고 그 못을 영소(靈沼)라 하였다." 라고 한 것[125]이 이 일을 말한 것이다.

125 맹자가……것 : 《맹자》〈양혜왕 상(梁惠王上)〉에 보인다.

하무
下武

○ 모서: 〈하무〉는 문덕(文德)을 계승했다는 내용이다. 무왕에게 성스러운 덕이 있어서 다시 천명을 받아 선인(先人 태왕·왕계·문왕)들의 공을 밝힐[126] 수 있었다.

○ 모장: 무왕이 계승한 것이다.

○ 공영달: 하세(下世)에 사는 것은 곧 후세(後世)에 있는 것이다. 이 때문에 정현이 "하(下)는 후(後)와 같다."라고 한 것이니, 후인(後人)이 선조(先祖)를 잘 계승한 경우로는 주나라가 가장 위대하다는 말이다.

○ 왕안석(王安石): 태왕·왕계·문왕이 윗대〔上〕에서 문덕(文德)으로 기업(基業)을 조성하여 첫 시작을 하고, 무왕이 아랫대〔下〕에서 무공(武功)으로 이어 완성하였다. 이 때문에 〈하무(下武)〉라고 한 것이니, 주나라에 대대로 현철한 왕이 있었다.

○ 주자의 《시경집전》: 이 장(제1장)은 무왕이 태왕·왕계·문왕의 기업(基業)을 잘 이어 천하를 소유한 일을 찬미한 것이다. 혹자는 이 시에 '성왕(成王)'이라는 문구가 있으므로 당연히 강왕(康王) 이후의 시일 것이라고 추정한다. 그러나 글 뜻을 살펴볼 때 오직 옛 해설과

---

126 【校】밝힐: 저본에는 '紹'로 되어 있으나 《모시주소》〈하무(下武)〉에 의거 '昭'로 수정하여 번역하였다.

같이 보아야 할 듯하다. 또 그 문체도 앞뒤의 시와 혈맥이 관통하므로 옛 해설에 잘못이 있지 않다.

○ 여조겸: '하(下)'는 위[上]를 잇는다는 말이다. 〈하무(下武)〉에 담긴 '문덕을 계승했다[繼文]'는 내용은 곧 〈주송(周頌)〉에 "뒤를 이어 무왕께서 이를 받으시어[嗣武受之]"[127]라고 한 것이다. 무왕이 한번 융복(戎服 군복)을 입자 천하가 크게 안정되었으니, 무왕의 무공(武功)을 형상한 음악을 〈대무(大武)〉라고 한다. 이 때문에 주나라의 왕업이 완성됨을 말할 때 반드시 무왕[武]을 말한다.

○ 왕홍서: 《시경집전》에 "'하(下)'의 뜻은 상세하지 않다. 혹자는 '이 글자는 「문(文)」이 되어야 하니, 문왕과 무왕이 실로 주나라를 만들었다는 말이다.'라고 한다."라고 하였다.

그러나 시 본문의 '세 임금[三后]'은 태왕·왕계·문왕을 가리킨 것이 아닐 수 없다. 문왕이 세 임금 속에 열거되었으므로, 〈하무(下武)〉를 〈문무(文武)〉로 바꾼다면 의미가 중복된다. 이 때문에 선유(先儒)들은 모두 모장과 정현의 훈(訓)을 따라 경문을 해설했으니, 이 또한 통할 듯하다.

---

127 뒤를……받으시어 : 〈무(武)〉에 보인다.

문왕유성
文王有聲

○ 모서: 〈문왕유성〉은 '정벌 사업을 계승했다[繼伐]'는 내용이다. 무왕이 문왕의 명성을 잘 넓혀서 그 정벌 사업을 완수하였다.

○ 정강성: '정벌 사업을 계승했다[繼伐]'는 것은 문왕이 숭(崇)나라를 정벌하고 무왕이 주왕(紂王)을 정벌한 것을 말한다.

○ 주자의《시경집전》: 이 시는 문왕이 풍(豐)으로 천도하고 무왕이 호(鎬)로 천도한 일을 말하였다. 정현의《시보(詩譜)》에 "이 시부터 앞의 시들은 문왕·무왕 때의 시이고, 뒤의 시들은 성왕·주공 때의 시이다."라고 하였다.

지금 살펴보건대 〈문왕〉의 첫 구에 "문왕이 위에 계시어[文王在上]"라고 했으므로 이 시는 문왕 때의 시가 아니다. 또 "너(성왕)의 할아버지(문왕)를 생각하지 않겠는가.[無念爾祖]"라고 했으므로 무왕 때의 시도 아니다. 〈대명(大明)〉과 〈문왕유성〉에는 모두 '문왕'과 '무왕'을 언급한 곳이 한두 곳이 아닌데, 이 두 시가 어떻게 문왕·무왕 때 지어진 시일 수 있겠는가.

정아(正雅)는 모두 성왕·주공 이후의 시들이다. 그런데 이 〈문왕지집(文王之什)〉은 모두 문왕·무왕의 덕을 추술(追述)한 시들이기 때문에 《시보》에서 이로 인하여 잘못 해설한 것이다.

○ 황춘(黃檇): 〈하무(下武)〉는 문덕(文德)을 계승했음을 말하였고 〈문왕유성〉은 정벌 사업을 계승했음을 말하였다. 무왕이 문왕의 문

덕을 잘 계승하고 나서 문왕의 정벌 사업을 완수하였다. 이 때문에 "문왕의 명성을 잘 넓혀서 그 정벌 사업[128]을 완수했다."라고 한 것이다. 문왕이 태왕과 왕계의 사업을 계승하여 이미 명성이 났는데, 무왕이 뒤따라서 문왕의 명성을 크게 하였으니, 이것이 〈문왕유성〉이 지어진 까닭이다.

---

128 【校】정벌 사업 : 저본에는 '功伐'로 되어 있으나 이 시의 모서 및 이저(李樗)·황춘(黃櫄)의 《모시이황집해(毛詩李黃集解)》 '문왕유성(文王有聲)' 조에 의거 '伐功'으로 수정하여 번역하였다.

생민
生民

○ 모서: 〈생민〉은 조상을 높이는 내용이다. 후직(后稷)은 강원(姜嫄)에게서 태어났고, 문왕·무왕의 공은 후직에게서 시작되었다. 이 때문에 근원을 찾아 후직을 하늘에 배향하였다.

○ 주자의 《시경집전》: 이 시는 용도가 상세하지 않다. 어쩌면 교(郊)제사를 지낸 뒤에도 음복하고 제사 고기를 나누어주는 예가 있었던 것일까?

○ 단창무(段昌武): 후직을 하늘에 배향할 때 사용한 악가는 이미 〈주송(周頌)〉에 보인다. 제사는 엄숙함을 중시하기 때문에 그 말이 간결하다. 이는 아마도 대신(大臣)이 제사를 마친 뒤에 후직이 존귀하게 된 근원을 찾아 읊은 것으로, 〈칠월(七月)〉의 내용과 유사하다.

○ 오징(吳澄): 〈주송(周頌)〉에 '문덕(文德)을 간직하신 후직이여〔思文后稷〕'[129]라는 말이 있다. 〈생민〉은 제사 지낸 뒤에 술 마시며 음복할 때 노래하던 시로, 사람에게 노래한 것이지 귀신에게 노래한 것이 아니므로 당연히 〈아(雅)〉에 속한다. 제사 지낼 때 귀신에게 노래한 시는 〈송(頌)〉이고, 음복할 때 산 사람에게 노래한 시는 〈아(雅)〉이다.

---

129 문덕(文德)을 간직하신 후직이여 : 〈사문(思文)〉의 첫 구이다.

행위

行葦

○ 모서: 〈행위〉는 충후(忠厚)함을 읊은 시이다. 주나라는 충후하여 인덕(仁德)이 초목에까지 미쳤다. 이 때문에 안으로는 구족(九族 자기를 기준으로 위아래로 각기 4대까지의 친족)과 친목하고, 밖으로는 황구(黃耉 나이가 매우 많은 늙은이)를 공경히 섬겨서 노인을 봉양하고 좋은 말을 청하여 복록을 이루었다.

○ 범처의: 이 시는 길가의 갈대로 인하여 시상(詩想)을 일으킨 것이다. "가깝고 가까운 형제들을〔戚戚兄弟〕"부터 "손님들의 순서를 정하되 업신여기지 않음으로써 하도다.〔序賓以不侮〕"까지는 모두 구족과 친목하고 잔치하며 활쏘기 하는 예(禮)를 말한 것이고, "증손이 주관하니〔曾孫維主〕"부터 "큰 복을 크게 하도다.〔以介景福〕"까지는 모두 황구를 공경히 섬기면서 좋은 말을 청하는 예를 말한 것이다.

혹자는 한 편의 시가 구족과 친목하는 일과 노인을 봉양하는 일의 두 가지를 겸한 점에 대해 의심스러워한다. 내 생각에는 구족과 친목을 다지기 위해 잔치하며 활쏘기를 하였는데, 그 와중에 동성(同姓) 중 나이 많은 제부(諸父) 같은 이들에게도 잔치를 베푼 것이다. 손님들의 순서를 정한 뒤에 성왕(成王)이 예(禮)를 더욱 후히 갖추어 큰 말〔斗〕로 술을 떠 올리며 좋은 말을 청하는 것은 매우 순리로운 일이므로 불가능할 것이 없다. 혹은 노인을 봉양하며 좋은 말을 청하는 예를 따로 거행할 때도 이 시를 노래했을 수 있으니, 옛사람의 악장은 모두 통용할 수 있었다.

○ 주자의 《시경집전》: 아마도 이 시는 제사가 끝난 뒤 부형과 기로(耆老 연로하고 덕이 높은 사람)들에게 잔치를 베풀 때 사용한 듯하다.

○ 여조겸: 이 시 모서의 "주나라는 충후하여" 이하가 주나라의 융성한 덕과 지극한 정치를 논한 말로는 옳으나 이 시의 의미는 아니다. 아마도 《시경》을 가르치던 학자가 모서에 '충후함'이라는 말이 있음을 보고 덧붙인 말인 듯하다.

○ 왕홍서: 삼례(三禮 《예기》·《주례》·《의례》)에는 잔치에 반드시 활쏘기가 있는 것으로 되어 있다. 이 때문에 이 시의 어떤 데서는 노인을 봉양하면서 활쏘기 하는 것을 주로 말하였고, 어떤 데서는 잔치하면서 활쏘기 하는 것을 주로 말하였다. 주자(주희)는 제사가 끝난 뒤에 부형과 기로들에게 잔치하는 내용의 시로 추정하였으니, 이 시에 "증손이 주관하니〔曾孫維主〕"라는 구가 있기 때문이다. 주자는 또 〈기취(旣醉)〉를 〈행위〉에 답한 시편으로 고쳐 해석하였으니,[130] 〈기취〉에서 제사를 언급한 이상 이 시에 대해서도 제사를 언급하지 않을 수 없었던 것뿐이다.

다만 제사가 끝난 뒤에 잔치하며 활쏘기를 하여 즐기는 일을 삼례(三禮)에서 살펴보면 근거할 만한 문구가 없다. 이 때문에 주자도 추정에 그치고 확정하지 못하였다.

---

130 기취(旣醉)를……해석하였으니 : 모서에서는 〈기취〉의 주제를 태평함이라고 하여 〈행위(行葦)〉와 무관하게 해석했기 때문에 한 말이다.

기취

旣醉

○ 모서: 〈기취〉는 태평함을 읊은 시이다. 술에 취하고 은덕에 배불러서, 사람들에게 사군자의 행실이 있었다.

○ 주자의 《시경집전》: 이는 부형들이 〈행위〉에 답한 시이다.

부예

鳧鷖

○ 모서: 〈부예〉는 수성(守成 조상들이 이루어놓은 일을 이어서 지킴)을 읊은 시이다. 태평한 시대의 군자가 조상들이 가득히 이루어놓은 것을 잘 유지해 지켜서 하늘과 땅의 신령과 조상신들이 편안하고 즐거워했다.

○ 공영달: 경문의 다섯 장(章)에 대해 모씨(毛氏)는 모두 종묘에 제사하는 내용이라고 하였다. 그렇다면 제사 대상은 조상신들뿐인데 모서에서 하늘과 땅의 신령까지 말한 것은, 종묘를 잘 섬길 수 있으면 하늘과 땅도 잘 섬길 수 있기 때문이다. 조상신으로 인하여 하늘과 땅의 신령까지 폭넓게 말하여 이들이 모두 편안하고 즐거워했음을 밝힌 것이다.

정현은 첫 장은 종묘에 제사하는 내용이고, 제2장은 사방의 온갖 물건에 제사하는 내용이며, 제3장은 하늘과 땅에 제사하는 내용이고, 제4장은 사직과 산천에 제사하는[131] 내용이며, 마지막 장은 칠사(七祀)[132]에 제사하는 내용인데, 모든 장의 첫 1구에서는 본 제사를 말하고

---

131 【校】제사하는 : 저본에는 '쯅'으로 되어 있으나 《모시주소》〈부예(鳧鷖)〉에 의거 '祭'로 수정하여 번역하였다.

132 칠사(七祀) : 천자가 설행하던 7가지 제사로, 제사 대상은 사명(司命: 궁중의 생명을 관장하는 신)·중류(中霤: 방 안을 관장하는 신)·국문(國門: 성문을 관장하는 신)·국행(國行: 길을 관장하는 신)·태려(泰厲: 후사가 없이 죽은 왕의 귀신)·호

다음 구 이후에서는 시동(尸童)에게 잔치 베푸는 일을 말하였다고 하였다. 종묘에서 시동에게 잔치를 베푸는 것은 본 제사 다음 날에 하고, 나머지는 모두 같은 날에 한다.

○ 주자의 《시경집전》: 이는 제사 다음 날 역(繹)제사[133]를 지내어 시동을 손님의 예로 대접하는 내용의 악가이다.

○ 왕홍서: 〈부예〉 시에 대해 한나라·당나라·송나라의 유자(儒者)들은 실로 모두 역제사를 지내어 시동을 손님의 예로 대접하는 내용의 악가로 판정하였다.

다만 모장(毛萇)은 '종묘의 시동에게 잔치를 베푸는 것'이라고 하였고, 정현은 '경수(涇水)에 있거늘'·'모래에 있거늘'·'모래섬에 있거늘'·'물이 모이는 곳에 있거늘'·'물어귀에 있거늘'을 각기 종묘, 사방의 만물, 하늘과 땅, 사직과 산천, 칠사에 제사 지낼 때의 시동에 비유한 것으로 보았는데, 구양수가 "〈부예〉의 '경수에 있거늘'·'모래에 있거늘' 등은 공시(公尸)[134]가 화평하고 즐거워서 마치 물새가 물 복판이나 물가에서 알맞은 자리를 얻은 것과 같다는 말이다. 정씨(정현)가 자세히 분별한 것은 모두 억설이다."라고 논파하였다. 이 논설이 매우 타당하므로 주자(주희)도 정현의 풀이를 따르지 않았다.

한편 정현은 대서(大序)를 따라 시 속의 '이(爾)'가 성왕(成王)을

(尸: 방의 출입문을 관장하는 신)·조(竈: 부뚜막신)이다. 《禮記 祭法》

133 역(繹)제사: 주나라 때 본 제사 이튿날에 다시 지내던 제사의 이름이다. 은(殷)나라 때는 '융(肜)제사'라고 하였다.

134 공시(公尸): 본디 작위가 공(公)인 제후국 제사의 시동을 일컫는 말이지만, 여기서는 주나라 제사의 시동을 가리킨다. 주나라는 이미 천자국이 된 이후이므로 '왕시(王尸)'라고 해야 하지만 천자국이 되기 이전의 전통을 따른 것이다.

가리킨다고 한 데[135] 비해, 주자는 노래하는 악공이 주인을 가리킨 말이라고 하였다. 그러나 이 시는 〈대아(大雅)〉에 속하므로 왕을 말한 것이다.

모장과 정현은 또 성왕(成王)이 정성과 공경으로 시동에게 잔치를 베풀어 신이 좋아했기 때문에 신이 성왕에게 복록을 주었다고 한 데 비해, 주자는 공시(公尸)가 잔치에서 술을 마셔 그 복록을 받았다고 하였다. 주자는 〈가락(假樂)〉을 〈부예〉에 대해 공시가 화답한 시로 추정했으니, 이렇게 본다면 이 시에서 왕이 복을 받는 일을 중복하여 말했다고 보기는 편치 않다.

그러나 시 전체의 뜻을 관통하여 살펴보면 제사를 언급한 부분은 모두 제사를 주관하는 사람이 정성과 공경을 바쳐 복을 받음을 찬미하였고, 신이 주는 복을 공시에게 돌린 말은 없다. 또한[136] 〈가락〉 전체에 공시가 답한 문구가 드러나지 않았기 때문에 주자도 끝내 추정에 그치고 단정하지는 못했으니, 성왕을 지적한 모장과 정현의 설도 완전히 틀렸다고는 할 수 없다.

---

135 정현은……데 : 〈주남(周南) 관저(關雎)〉에 대한 모서(毛序) 중 〈관저〉의 내용을 넘어서서 《시경》 전체에 대해 해설한 부분을 대서(大序)라고 한다. 대서에서 《시경》의 〈아(雅)〉는 제왕의 정치가 성쇠를 겪은 까닭을 읊은 것이라고 하였다. 이에 따르면 〈부예〉도 〈대아(大雅)〉에 속하므로 시작(詩作)의 대상을 성왕(成王)으로 보아야 한다는 것이다.

136 【校】또한 : 저본에는 '且'으로 되어 있으나 문맥에 의거 '且'로 수정하여 번역하였다.

가락

假樂

○ 모서: 〈가락〉은 성왕(成王)을 칭송한 시이다.

○ 주자의 《시경집전》: 아마도 이는 공시(公尸)가 〈부예(鳧鷖)〉에 화답한 시인 듯하다.

○ 여조겸: 임금이 신하에게 잔치를 베풀고 신하가 임금을 좋아했으니, 이는 상하가 교유하여 태평한 시대이다. 태평한 시대에 근심할 것은 나태와 방탕뿐이다. 이 때문에 이 시가 "맡은 자리에서 태만하지 아니하여, 백성들이 편안히 쉬게 되리라.〔不解于位 民之攸墍〕"라는 말로 끝난 것이다. 한창 칭송하다가 또 타이른 것은 고요(皐陶)가 순임금에게 화답한 노래[137]의 뜻과 같다.

○ 보광: 〈행위(行葦)〉부터 〈가락〉까지 4편의 시가 만약 모서의 해설과 같되 용도가 분명치 않다면 모두 윗사람에게 올리는 아첨의 말이 될 것이다. 선생(주희)이 "〈대아(大雅)〉는 제사 뒤에 음복하면서 경계(警戒)의 뜻을 진술한 말이다."[138]라고 하였으니, 이와 같다면 이

---

137 고요(皐陶)가……노래 : 순임금이 "팔다리가 기뻐하여 일하면, 머리의 다스림이 흥기되어, 백공이 기뻐하리라.〔股肱喜哉, 元首起哉, 百工熙哉.〕"라고 노래한 데 대해 고요가 "머리가 현명하시면, 팔다리가 어질어서, 모든 일이 편안할 것입니다.〔曰元首明哉, 股肱良哉, 庶事康哉.〕", "머리가 좀스러우면, 팔다리가 태만해져서, 만사가 폐기될 것입니다.〔元首叢脞哉, 股肱惰哉, 萬事墮哉.〕"라고 화답가를 부른 일을 말한다. 《書經益稷》

4편의 시는 음복할 때의 말일 것이다.

그러나 〈가락〉에도 경계의 뜻이 있기 때문에 선생[139]이 감히 이 시를 공시가 〈부예〉에 화답한 것이라고 단정하지는 못하고 다만 추정하는 말을 첫 장의 끝에 밝히는 데 그쳤으며, 또 동래(東萊 여조겸)의 말을 취하여 편 끝에 실었다.[140]

138　대아는……내용이다 : 《시경집전》〈소아〉의 소서(小序)에 보인다.

139　【校】선생 : 저본에는 '先王'으로 되어 있으나, 보광(輔廣)의 《시동자문(詩童子問)》〈동자문권수(童子問卷首)〉에 의거 '王'을 '生'으로 수정하여 옮겼다.

140　동래(東萊)의……실었다 : 위에 인용된 것과 같은 여조겸의 말 뒤에 "백성들이 수고롭거나 편안한 것은 아래에서 이루어지는 일이지만 그 관건은 위에 있다. 윗사람이 안일하게 지내면 아랫사람이 수고롭고, 윗사람이 근로하면 아랫사람이 편안하니, 윗사람이 자기가 맡은 자리에서 태만하지 않는 것이 바로 백성들이 휴식하게 되는 연유이다."라고 하여, 고요(皐陶)가 부른 화답가에 들어 있는 경계(警戒)의 뜻을 구체적으로 설명한 대목이 더 인용되어 있다.

공류

公劉

○ 모서: 〈공류〉는 소강공(召康公 소공 석(召公奭))이 성왕(成王)을 경각(警覺)시키는 내용이다. 성왕이 정사(政事)에 임하려 할 때 소강공이 백성의 일(농사)로 성왕을 경각시키고 공류(公劉 후직의 증손)가 백성들을 후히 대했던 일을 찬미하는 이 시를 지어 바쳤다.

○ 주자의 《시경집전》: 옛 설에, 성왕이 정사에 임하려 할 때 소강공이 백성의 일로 성왕을 경각시켜야 했기 때문에 공류의 일을 읊어 아뢴 것이라고 하였다.

형작
泂酌

○ 모서: 〈형작〉은 소강공이 성왕(成王)을 경각(警覺)시키는 내용이
다. 황천(皇天 하늘·상제(上帝))은 덕 있는 사람을 가까이하고 도(道)
있는 사람이 올리는 제사를 흠향한다고 말하였다.

○ 주자의《시경집전》: 옛 설에 소강공이 성왕을 경각시키는 내용이
라고 하였다.

권아

卷阿

○ 모서: 〈권아〉는 소강공이 성왕(成王)을 경각시키는 내용이다. 현인을 구하고 길사(吉士 착한 사람)를 등용하라고 말하였다.

○ 주자의 《시경집전》: 이 시는 옛 설에 역시 소강공의 작품이라고 하였다. 아마도 공이 성왕을 따라 '굽은 언덕〔卷阿〕' 위에서 놀며 노래할 때 왕의 노래로 인하여 이 시를 지어 경각시켰을 듯하다.

민로
民勞

○ 모서: 〈민로〉는 소목공(召穆公)이 여왕(厲王)을 풍자한 시이다.

○ 범처의(范處義): 전하는 기록[141]에 "여왕(厲王)이 포학하고 사치하고 오만하자 나라 사람들이 왕을 비방하였다. 목공(穆公)이 '백성들이 왕명을 감당하지 못합니다.'라고 하자 왕이 노하여 사람을 시켜 비방을 감시하게 하였다. 목공이 '백성들의 입을 막으면 냇물을 막는 것보다 심한 해를 초래할 수 있습니다.'라고 하였으나 왕은 듣지 않았다. 그 뒤에 왕은 체(彘 산서성 곽현(霍縣) 동북부)로 도망가고, 태자 정(靜 나중의 선왕(宣王))은 목공의 집에 숨었는데, 나라 사람들이 목공의 집을 포위하였다. 목공은 자기 아들을 대신 내주고 태자를 탈출시킨 다음 마침내 주공(周公)과 함께 정치를 하였는데, 이를 공화(共和)[142]라고 한다."라고 하였다. 만년에는 선왕(宣王)을 섬기며 장강(長江)과 한수(漢水) 유역의 소수민족을 평정하는 공을 세웠다.[143] 목

---

141 전하는 기록 : 인용된 내용은 《사기(史記)》〈주본기(周本紀)〉의 해당 부분을 요약한 것이다.

142 공화(共和) : 주 여왕(周厲王)이 축출되고부터 선왕(宣王)이 옹립되기 전까지 소목공(召穆公)과 주정공(周定公)이 함께 정치를 주관하던 시기 또는 그 정치 체제를 말한다. 공화 원년(기원전 841)부터 14년(기원전 828)까지 지속되었다. 일설에는 여왕이 축출된 뒤에 공백화(共伯和)가 정치를 주관했음을 나타내는 명칭이라고도 한다.

143 만년에는……세웠다 : 〈대아(大雅) 강한(江漢)〉에 이 일이 자세히 보인다.

공의 어짊은 그 시종(始終)이 대략 이와 같다.

○ 주자의 《시경집전》: 모서에서는 이 시를 소목공이 여왕을 풍자한 시라고 하였다. 지금 살펴보건대, 이 시는 바로 같은 반열(班列)의 사람들이 서로 경각(警覺)시킨 말일 뿐이니, 오로지 왕을 풍자하기 위하여 읊은 것이라고 단정할 수 없다. 그러나 시대를 근심하고 나랏일을 서글퍼한 뜻을 또한 볼 수 있다. 목공은 이름이 호(虎)로, 강왕(康王)의 후손이다. 여왕(厲王)은 이름이 호(胡)로, 성왕(成王)의 7세손이다.

판
板

○ 모서: 〈판〉은 범백(凡伯)[144]이 여왕(厲王)을 풍자한 시이다.

○ 주자의 《시경집전》: 모서에서는 이 시를 범백이 여왕을 풍자한 시라고 하였다. 지금 그 내용을 살펴보면 앞 시와 유사한데, 다만 꾸짖음이 더욱 깊고 절실하다.

---

144 범백(凡伯) : 작위가 백(伯)인 범(凡)나라의 임금이다. 범나라는 하남성 휘현시(輝縣市) 서남부에 있었던 희성(熙姓)의 나라이다.

탕
蕩

○ 모서: 〈탕〉은 소목공(召穆公)이 주나라의 치도(治道)가 크게 무너짐을 서글퍼하는 내용이다. 여왕(厲王)이 무도하자 천하가 '방종하여[蕩蕩]' 기강과 문장(文章 예악 제도)이 없어졌기 때문에 이 시를 지었다.

○ 공영달: 여왕(厲王)이 무도하여 선왕(先王)의 정치를 뒤집어 어지럽혔기 때문에 목공이 시를 지어 서글픔을 표현하였다. 서글픔이 표현된 것은 풍자로 드러내지 못한 숨은 슬픔이 남았기 때문이니, 그 한스러움이 풍자보다 심하다.

〈첨앙(瞻卬)〉과 〈소민(召旻)〉에 대한 모서에는 모두 "유왕(幽王)의 다스림이 크게 무너짐을 풍자한 시"라고 한 데 비해, 이 시에 대한 모서에는 "여왕(厲王)[145]을 풍자한 시"라고 하지 않고 "주나라를 서글퍼하는 내용"이라고 하였는데, 그 까닭은 다음과 같다.

유왕은 선왕(宣王)의 뒤를 이었으니, 아버지는 선한데 아들은 악하였다. 이 때문에 〈첨앙〉과 〈소민〉은 유왕 한 사람을 가리켜 풍자한 것이다. 그러나 이 시의 배경으로 말하면, 여왕(厲王) 이전에는 주나라의 치도(治道)에 흠이 없다가 한 시대의 대법(大法)이 이때 와서 무너

---

145 【校】여왕(厲王) : 저본에는 '幽王'으로 되어 있으나 모서에서 이 시를 여왕(厲王)에 대한 시로 해설한 것에 의거 '幽'를 '厲'로 수정하여 옮겼다.

졌다. 이 때문에 "주나라의 치도가 크게 무너짐을 서글퍼했다."라고 한 것이니, 경문 여덟 장(章)이 모두 주나라의 치도가 크게 무너진 일이다.

○ 소식(蘇軾): 제목을 '탕'이라고 한 것은 첫 구에 "광대하신 상제는[蕩蕩上帝]"이라는 말이 있어서일 뿐이니, 모서에서 운운한 말은 시의 본의가 아니다.

○ 범처의: 이 시는 아마도 여왕(厲王)이 비방을 더욱 엄중히 감시할 때 지어진 듯하다. 이 때문에 여덟 장에 진술된 말이 모두 감히 여왕을 바로 지적하지 못하였다. 첫 장은 상제의 광대함을 빌려 말하였고, 뒤의 일곱 장은 모두 문왕이 상나라의 무도함을 한탄했던 말을 빌려 뜻을 담았다. 이 점을 명확히 알면 모서의 "천하가 방종하여 기강과 문장이 없어졌다."라는 말은 《시경》에 서(序 모서(毛序))를 단 사람이 행간의 의미를 드러내어 밝힌 것임을 알 수 있다.

○ 주자의 《시경집전》: 여왕이 장차 망할 줄을 시인(詩人)이 알았기 때문에 이 시를 지었다.

억

抑

○ 모서: 〈억〉은 위 무공(衛武公)이 여왕(厲王)을 풍자한 시인데, 또한 스스로 경계한 것이기도 하다.

○ 주자의 《시경집전》: 위 무공이 이 시를 짓고는 사람을 시켜 매일 곁에서 낭송하게 하여 스스로 경계하였다.

《국어(國語)》〈초어(楚語)〉에 "옛날 위 무공이 95세가 되어서도 나라에 경계의 말을 내리기를 '경(卿)으로부터 이하 뭇 관서의 장(長)과 일반 관원에 이르기까지 조정에 있는 자는 나를 너무 늙었다 하여 내버리지 말고 반드시 아침저녁으로 공경하고 삼가서 나에게 번갈아 경계의 말을 아뢰라.'라고 하고는 〈억계(懿戒)〉[146]를 지어 스스로 경계하였다."라고 하였는데, 위소(韋昭)가 "'억(懿)'은 '억(抑)'으로 읽는다."라고 하였으니, 곧 이 시이다.

동씨(董氏 동중서(董仲舒))는 "후포(侯包)[147]가 말하기를 '무공은 95세에도 사람을 시켜 이 시를 매일 낭송하게 하여 곁에서 떠나지 않게 하였다.'라고 하였으니, 모서에서 '여왕을 풍자한 시'라고 한 것은 틀렸

---

146 억계(懿戒) : '억계(抑戒)'로도 표기한다. 《시경》〈억(抑)〉이 스스로 경계하는 뜻을 담고 있기 때문에 '戒' 자를 붙여 이렇게 일컫기도 한다.

147 후포(侯包) : '후포(侯苞)'로도 표기하는데, 후파(侯芭)가 통용되는 표기이다. 한(漢)나라 때 《한시(韓詩)》를 연구하여 《한시익요(韓詩翼要)》를 편찬하였으며, 양웅(揚雄, 기원전 53~18)의 수제자이기도 하다. 《四庫大辭典 韓詩翼要》

다."라고 하였다.

○ 주자(주희): 이 시에 대한 모서에는 옳은 점도 있고 그른 점도 있다. '여왕(厲王)을 풍자한 시'라는 말은 그르고, '스스로 경계한 것'이라는 말은 옳다. '여왕을 풍자하는 내용'이 아닌 까닭은 다음과 같다.

《사기(史記)》에 따르면 위 무공은 주 선왕(周宣王) 36년에 즉위하였으므로 여왕의 재위 기간과 동시대가 아니다. 이것이 첫째 근거이다.

시 본문에서 '소자(小子)'라는 말로 임금을 지목하고 '너〔爾, 汝〕'라고 칭하는 등 신하 된 자의 예(禮)가 없으므로 "네 말을 신중히 하며, 네 위의를 엄숙히 하라.〔愼爾出話 敬爾威儀〕"[148]라는 말에 자연히 위배된다. 이것이 둘째 근거이다.

여왕은 무도하고 탐학했는데 시 본문에서 가장 중요한 이 점에 일침을 가하지 않고 한갓 위의와 사령(辭令)에 대해서만 정성스럽고 간절히 주의를 주었으니 경중이 맞지 않다. 이것이 셋째 근거이다.

이 시는 말이 거만하여 아무리 인후한 임금이라 해도 용납할 수 없을 정도이니, 포악한 여왕이 어떻게 견딜 수 있었겠는가. 이것이 넷째 근거이다.

혹자는 《사기》의 연도가 맞지 않는 점에 대해 후인(後人)이 풍자한 것이기 때문이라고 하지만, 시 본문의 "내 계책을 받아들여 쓴다면, 거의 큰 후회가 없으리라.〔聽用我謀 庶無大悔〕"라는 말은 옛사람에게 바란 말이 아니다. 이것이 다섯째 근거이다.

'스스로 경계한 것'이라는 분석이 맞는 근거는, 《국어(國語)》의 내용이 첫째이고, 시 본문에 "네 제후로서의 법도를 조심하여〔謹爾侯度〕"라

---

148 네 말을……하라 : 〈역〉제5장의 말이다.

고 한 것이 둘째이고, "그 나라를 망하게 하니[日喪厥國]"라고 한 것이
셋째이고, "또한 이미 늙었도다[亦聿旣耄]"라고 한 것이 넷째이고,
시 본문에서 가리킨 내용이 〈기욱(淇澳)〉에서 찬미한 것[149] 및 〈빈지
초연(賓之初筵)〉에서 뉘우친 것[150]과 서로 표리를 이룬다는 점이 다
섯째이다.

○ 유근: 〈빈지초연〉과 〈억〉이 〈소아〉와 〈대아〉에 편입될 수 있었
던 것은, 위 무공이 이 두 시를 지은 시점이 천자국인 주나라의 조정
에 경사(卿士)로 있을 때였고 또 두 시의 체재와 성음(聲音)이 〈대
아〉・〈소아〉와 맞았기 때문이 아니겠는가. 그러나 두 시는 그저 변
아(變雅)에 열거될 수 있을 뿐이니, 선왕(先王)의 바른 악가와는 본
디 서로 섞일 수 없었다.

按 〈빈지초연〉과 〈억계〉 두 시의 모서에 이들은 당시 세상을 풍자
한 시라고 하였는데, 주자가 〈빈지초연〉은 스스로 후회하는 내용이
고 〈억〉은 스스로 경계하는 내용이라고 하였다. 만약 무공이 스스로
후회하고 스스로 경계한 내용에 불과하다면 당연히 〈기욱〉과 함께
〈위풍(衛風)〉에 편입되었어야 하는데, 지금 제왕의 일을 읊은 〈소
아〉・〈대아〉에 열거된 것은 어째서인가.

  그리고 〈빈지초연〉에 대한 모서에 "무공이 들어가서 이 시를 지었
다."라고 하였으니 그 시는 그나마 무공이 주나라 조정에 있을 때 지은

---

149 기욱(淇澳)에서 찬미한 것 : 위 무공의 덕을 말한다. 《詩經集傳 淇澳》

150 빈지초연(賓之初筵)에서 뉘우친 것 : 위 무공이 술을 마신 다음 자신의 잘못을
뉘우쳤다. 《詩經集傳 賓之初筵》

시라고 할 수 있지만, 이 시로 말하면 《국어》〈초어〉에 "나라에 경계의 말을 내리고는 〈억계〉를 지었다."라고 한 말로 볼 때 무공이 위나라에 있을 때 지은 것임을 분명히 알 수 있다. 그렇다면 유안성(劉安成 유근) 이 위 무공이 이 시를 지은 시점을 "천자국인 주나라의 조정에 경사(卿士)로 있을 때"라고 한 것 역시 근거를 찾을 수 없는 주장이다.

풍자에는 직설적으로 풍자하는 경우가 있고 에둘러 풍자하는 경우가 있다. 여왕(厲王) 시대에는 비방을 감시하는 것이 엄중하여, 〈민로(民勞)〉·〈판(板)〉·〈탕(蕩)〉 등 당대의 어진 사대부들이 시속(時俗)을 근심하여 지은 시들이 대체로 모두 동료를 꾸짖거나 문왕(文王)에게 가탁하는 방식으로 뜻을 담고 감히 비판과 풍자의 말을 직설적으로 하지 못하였다. 〈억〉이 스스로 경계한다는 구실로 왕에 대한 풍자의 뜻을 담았다는 것이 또 어찌 의심스럽겠는가.

〈억〉이 스스로 경계하면서 여왕(厲王)에 대한 풍자의 뜻을 담았으므로, 〈빈지초연〉은 스스로 후회하면서 유왕(幽王)에 대한 풍자의 뜻을 담았음을 미루어 알 수 있다. 그렇다면 모서에서 '풍자했다'고 하면서 〈소아〉·〈대아〉에 편입한 것은 어쩌면 시인이 말하지 않은 숨은 뜻을 간파한 것일 수 있다.

상유
桑柔

○ 모서: 〈상유〉는 예백(芮伯 예나라 임금)이 여왕(厲王)을 풍자한 시이다.

○ 주자의 《시경집전》: 옛 설에 이 시는 예백이 여왕을 풍자하여 지은 시라고 하였는데, 《춘추좌씨전》에도 예나라 양부(良夫)[151]의 시라고 하였으니, 그 설이 옳다.

---

151 양부(良夫) : 예(芮)나라 대부(大夫)의 이름이다. 주 여왕(周厲王)이 이익을 좋아하여 영이공(榮夷公)을 가까이하자, 큰 환난을 개의치 않고 이익을 독점하는 영이공을 등용했다가는 주나라가 반드시 패망한다고 간하였으나 받아들여지지 않았다.

운한

雲漢

○ 모서: 〈운한〉은 잉숙(仍叔 주나라 대부)이 선왕(宣王)을 찬미한 시이다. 선왕(宣王)이 여왕(厲王)의 포학한 정치가 있은 뒤에 즉위하여[152] 내심 혼란을 다스리려는 뜻이 있었는데, 재해를 만나게 되자 두려워 조심스럽고 불안한 마음으로 언행을 수양하여 재해를 소멸시키고자 하였다. 이에 천하 사람들이 제왕의 교화가 다시 시행되어 왕이 백성들을 근심해줌을 기뻐했기 때문에 이 시를 지었다.

○ 주자의 《시경집전》: 옛 설에 "선왕(宣王)이 여왕(厲王)의 포학한 정치가 있은 뒤에 즉위하여 내심 혼란을 다스리려는 뜻이 있었는데, 재해를 만나게 되자 두려워 조심스럽고 불안한 마음으로 언행을 수양하여 재해를 소멸시키고자 하였다. 이에 천하 사람들이 제왕의 교화가 다시 시행되어 왕이 백성들을 근심해줌을 기뻐하였다. 이 때문에 잉숙이 이 시를 지어 찬미하였다."라고 하였다.

---

152 선왕(宣王)이……즉위하여 : 181쪽 〈민로(民勞)〉의 범처의(范處義) 설 참조.

숭고
崧高

○ 모서: 〈숭고〉는 윤길보(尹吉甫)가 선왕(宣王)을 찬미한 시이다. 천하가 다시 태평해져서 제후국을 세워 제후들과 친할 수 있게 되자 신백(申伯)을 포상하였다.

○ 주자의 《시경집전》: 선왕(宣王)의 외삼촌 신백이 왕기(王畿) 밖으로 나가 사(謝 하남성 남양현(南陽縣) 북부) 지역에 봉해지자, 윤길보가 이 시를 지어 전송하였다.

○ 황춘: 제후국을 세워 제후를 봉하고 유덕자(有德者)와 유공자(有功者)를 포상하는 것은 제왕의 상규(常規)인데, 어째서 시인(詩人)이 이를 가지고 선왕(宣王)을 찬미했는가?

문왕·무왕·성왕(成王)·강왕(康王) 때부터 전해온 기강과 문장(文章 예악 제도)이 여왕(厲王)의 손에 흔들려 파괴되었다. 이에 〈육소(蓼蕭)〉·〈담로(湛露)〉·〈동궁(彤弓)〉이 폐기되어 쓰이지 않았고, 제후국을 세워 제후를 봉해주고 유덕자와 유공자를 포상하는 정치가 행해지지 않은 지 오래였다. 그런데 선왕(宣王)이 중흥하여 그러한 정치를 부활시켜 시행하였으므로, 신백이 덕이 있어서 선왕(宣王)이 봉해준 것이지만, 신백에 대한 찬미가 곧 선왕(宣王)을 찬미한 것이 된다.[153]

---

153 신백이……된다 : 이저(李樗)·황춘(黃櫄)의 《모시이황집해(毛詩李黃集解)》 '숭고(崧高)' 조에는 이 말이 "이 시를 지은 것은 신백(申伯)을 찬미한 것일 뿐인데, 어찌하여 선왕(宣王)을 찬미했다는 것인가?"라는 질문에 대한 답으로 되어 있다.

증민
烝民

○ 모서: 〈증민〉은 윤길보(尹吉甫)가 선왕(宣王)을 찬미한 시이다.
덕행과 재능을 갖춘 인재를 등용하여 주(周)나라가 중흥하였다.

○ 진붕비(陳鵬飛): 〈숭고(崧高)〉와 〈증민〉 두 시는 모두 떠나가는
사람에게 윤길보가 지어준 시인데 모서를 지은 사람이 모두 선왕(宣
王)을 찬미한 시라고 한 것은 어째서인가? 임금이 적임자에게 직임
을 맡긴 결과 동료들 사이에 시를 지어주어 서로 즐겁게 한 것이므로
임금의 훌륭함이 이보다 더할 수 없기 때문이다.

○ 임지기(林之奇): 선왕(宣王) 때 북쪽에는 험윤(玁狁 북방의 소수민
족 흉노)이 있고, 남쪽에는 형초(荊楚 호북·호남성 일대의 소수민족)가 있
고, 동쪽에는 서이(徐夷 회하(淮河) 중하류 강소성 일대의 소수민족)가 있었
다. 이 때문에 "남쪽 지방에 모범을 보이는 것〔式是南邦〕"[154]은 신백
(申伯)을 시키고, "저 동쪽 지방에 성을 쌓는 것〔城彼東方〕"[155]은 중산
보(仲山甫 번(樊)나라 임금의 자(字))를 시키고, "문득 북쪽 나라를 받는
것〔奄受北國〕"[156]은 한후(韓侯 한(韓)나라의 임금)를 시켰으니, 그 계책
이 매우 철저하였다.

---

154 남쪽……것 : 〈숭고(崧高)〉에 보인다.
155 저 동쪽……것 : 〈증민〉에 보인다.
156 문득……것 : 〈한혁(韓奕)〉에 보인다.

○ 주자의 《시경집전》: 선왕(宣王)이 번후(樊侯 섬서성 장안현(長安縣) 동남부 번나라의 임금) 중산보에게 명하여 제(齊)나라에 성을 쌓게 하자, 윤길보가 이 시를 지어 그를 전송한 것이다.

한혁
韓奕

○ 모서: "〈한혁〉은 윤길보(尹吉甫)가 선왕(宣王)을 찬미한 시이다. 선왕은 제후들에게 명을 내릴 수 있었다.

○ 주자의 《시경집전》: "한후(韓侯 한(韓)나라의 임금)가 막 즉위하여 조회 와서 비로소 천자의 명을 받고 돌아갔는데, 시인(詩人)이 이 시를 주어 전송하였다. 모서에서 이 시도 윤길보의 작품이라고 하였으나, 지금 그 근거는 없다. 뒤 시편들의 저자를 '소목공(召穆公)'·'범백(凡伯)'이라고 한 것[157]도 이와 같다.

---

[157] 뒤……것: 〈상무(常武)〉의 저자를 소목공(召穆公)이라고 한 것과 〈첨앙(瞻卬)〉·〈소민(召旻)〉의 저자를 범백(凡伯)이라고 한 것을 말한다.

강한
江漢

○ 모서: 〈강한〉은 윤길보가 선왕(宣王)을 찬미한 시이다. 선왕이
쇠한 나라를 중흥시켜 혼란을 다스릴 수 있게 되자, 소공(召公 소목공
(召穆公))에게 명하여 회이(淮夷 회하(淮河) 유역의 소수민족)를 평정하게
하였다.

○ 주자의 《시경집전》: 선왕(宣王)이 소목공에게 명하여 회수 남쪽
의 오랑캐를 평정하게 하자, 시인(詩人)이 이를 찬미하였다.

상무

常武

○ 모서: 〈상무〉는 소목공(召穆公)이 선왕(宣王)을 찬미한 시이다. 선왕이 항상된 덕을 지녀 무공(武功)을 세우고 이어서 신칙(申飭)하였다.

○ 주자의 《시경집전》: 선왕(宣王)이 스스로 군대를 거느려 회수 북쪽의 오랑캐를 정벌했는데, 이때 경사(卿士) 중에 남중(南仲)[158]을 태조(太祖 시조(始祖))로 두고 태사(太師)를 겸임하고 자(字)가 황보(皇甫)인 사람에게 명하여, 따라가는 육군(六軍 천자국의 군대)을 정돈하여 다스리고 융사(戎事 군대·무기·전쟁에 관한 일)를 정비하게 하였다. 이리하여 회이(淮夷)의 반란을 제거하여 이 남쪽 지방의 나라에 은혜를 베풀게 되자, 시인(詩人)이 이 시를 지어 찬미한 것이다.

---

158 남중(南仲) : 29쪽 〈소아 출거(出車)〉에서 험윤(玁狁) 정벌의 공을 세운 것으로 묘사된 인물이다. 주희는 그를 〈대아 상무(常武)〉의 황보(皇甫)보다 앞선 시대의 인물로 보고 황보의 시조라고 하였으나, 황보와 동시대의 인물로서 회이(淮夷) 정벌에 함께 참여했다는 설도 있음(《中國歷史大辭典 '南仲' 조》)을 밝혀둔다.

첨앙

瞻卬

○ 모서: 〈첨앙〉은 범백(凡伯 범나라 임금)이, 유왕(幽王)의 다스림이
크게 무너진 일을 풍자한 시이다.

○ 조수중(曹粹中): 범백이 〈판(板)〉 시를 지은 것이 여왕(厲王) 말
엽이었으니, 유왕의 다스림이 크게 무너진 때까지 70여 년이 흘렀다.
두 범백은 결코 한 사람이 아니니, 가보(家父)의 경우[159]와 같다.

○ 주자의 《시경집전》: 이는 유왕이 포사를 총애하고 내시를 임용하
여 혼란을 초래한 일을 풍자한 시이다.

---

159 가보(家父)의 경우 : 79쪽 〈소아 절남산(節南山)〉의 공영달 소(疏)에 〈절남산〉
의 작자 '가보(家父)'가 《춘추》 환공(桓公) 15년 조에 나오는 '가보(家父)'와 동일인인
지 여부에 대해, 노 환공 15년부터 〈절남산〉의 저술 시기까지는 75년의 세월이 흘렀으
므로 한 사람이라고 장담할 수 없다고 하였다.

소민

召旻

○ 모서: 〈소민(召旻)〉은 범백(凡伯)이, 유왕(幽王)이 나라를 크게 괴란시킨 일을 풍자한 시이다. '민(旻)'은 '근심한다[閔]'는 뜻이니, 천하에 소공(召公) 같은 신하가 없음을 근심하였다.

○ 공영달: 이 시를 지을 당시 천하에 문왕·무왕 시대의 소강공(召康公) 같은 신하가 없음을 근심하고 깊이 가슴 아파했기 때문에 편명을 〈소민(召旻)〉이라고 하였다.

○ 범처의: 하늘을 '민(旻)'이라 하는 것은 본디 하늘은 인간 세상을 근심하는 뜻이 있음을 취한 것이다. 이 때문에 해설하는 사람들이 모두 모서의 "천하에 소공 같은 신하가 없음을 근심하였다."라는 말을 의심하여 잘못 붙은 문구라고 하였다.

그러나 시 본문 마지막 장에 "옛날 선왕이 천명을 받을 때는, 소공 같은 분이 있어.[昔先王受命 有如召公]"라고 하고, 또 "아, 슬프다. 지금 사람들 중에는 옛 덕을 지닌 이가 없단 말인가.[於乎哀哉 維今之人 不尙有舊]"라고 하였으니, "천하에 소공 같은 신하가 없음을 근심하였다."라는 것이 바로 이 시의 뜻이다. 편명을 〈소민(召旻)〉이라고 한 것도 이 때문일 것이다.

저 〈소아〉에 있는 〈소민(小旻)〉 편은 〈대아〉에 〈소민(召旻)〉 편이 있기 때문에 편명에 '소(小)' 자를 쓴 것뿐이다.

○ 주자의 《시경집전》: 이는 유왕이 소인을 임용했기 때문에, 기근

이 들고 외적의 침략을 받아 영토가 줄어들었음을 풍자한 시이다. 첫
장에 '민천(旻天)'이란 말이 있고 마지막 장에 '소공(召公)'이란 말이
있기 때문에 편명을 〈소민(召旻)〉이라고 하여 〈소민(小旻)〉과 구별
하였다.

명고전집

시고변
제6권

주송 周頌
노송 魯頌
상송 商頌

주송 周頌

청묘
清廟

○ 모서: 〈청묘〉는 문왕에게 제사하는 내용이다. 주공(周公)이 낙읍(洛邑)을 완성하고 나서 제후들의 조회를 받고는 그들을 거느리고 가서 문왕에게 제사하였다.

○ 공영달: 주공이 어린 성왕(成王) 대신 섭정하면서 낙(洛)에 도읍을 건설하였다. 도읍이 완성되고 나자 대대적으로 제후들의 조회를 받았고, 조회가 끝나자 또 그들을 거느리고 청묘(清廟 태묘)에 가서 문왕에게 제사하였다. 시인(詩人)이 이 일을 노래하여 이 시를 지었는데, 나중에는 음악에 가사로 사용되어 문왕의 제사에 항상 사용하는 노래가 되었다.

　문왕의 사당에는 사계절에 항상 제사를 지냈는데 그 예법이 보통의 제사와 특별히 달라서 제후들이 모두 참석하고 제사가 매우 성대하였다. 이 때문에 모서에서 그 일을 구체적으로 말하였으니, 이 경문에 진술된 내용은 모두 문왕에게 제사 지내는 일이다.

○ 조수중(曺粹中): 《서경(書經)》〈낙고(洛誥)〉에 "주공이 성왕(成

王)에게 고하기를 '왕께서 처음 성대한 예(禮)를 거행하여 새 도읍에서 제사하시되……나는 백관(百官)을 정돈하여 주나라에서 왕을 따르게 하고……'라고 하였다."라고 하였다. 그렇다면 성왕이 새 도읍에 나아가 문왕과 무왕에게 제사 지낸 것이고, 주공은 제후들을 거느리고 수행(隨行)한 것일 뿐이다.

○ 주자의 《시경집전》: 이는 주공이 낙읍을 완성하고 나서 제후들의 조회를 받고, 이어서 그들을 거느리고 문왕에게 제사 지내는 내용의 악가이다.

유천지명
維天之命

○ 모서: 〈유천지명〉은 문왕에게 태평(太平)을 고한 시이다.

○ 구양수: 모서에 "문왕에게 태평(太平)을 고한 시이다."라고 한 말의 뜻은 다음과 같다. '성왕(成王)이 문왕과 무왕의 왕업을 계승하여 당시에 천하가 평안히 다스려졌다. 이에 그 아름다움을 조고(祖考 돌아가신 할아버지)에게 돌려 송가(頌歌)를 짓고 제사 지낼 때 노래하였다.'
○ 주자의 《시경집전》: 이 역시 문왕에게 제사 지내는 내용의 시이다.

유청

維淸

○ 모서 : 〈유청〉은 〈상무(象舞)〉에 반주하는 악가이다.

○ 공영달 : 〈유청〉 시는 〈상무〉에 반주하는 악가이다. 이 말의 의미
는 다음과 같다. 문왕 때 치고 찌르는 공격법이 있었는데, 무왕이 음
악을 만들고 이를 본떠 춤을 만들고는 〈상무(象舞)〉[1]라고 불렀다. 주
공·성왕 때 이르러 태묘에서 이를 연주하였는데, 시인(詩人)이 '지
금 태평한 것은 저 다섯 번의 정벌[2]로 말미암은 것이다.'라고 여겨,
가무 연주를 보고 그 근본을 생각하였다. 이 때문에 그러한 뜻을 표
현하여 이 노래를 만들었다.

〈상무〉의 악가는 문왕의 일을 본떴고, 〈대무(大武)〉의 악가는 무왕
의 일을 본떴으니, 두 악가가 모두 일을 본뜬[象] 것이다. 다만 모서를
쓴 사람은 여기서 "〈상무〉에 반주하는 악가[奏象舞]"라고 하여, 〈무

---

1 상무(象舞) : 마서신(馬瑞辰, 1782~1853)이 '상무(象舞)'의 '舞'는 '武'의 통가자(通
假字 : 독음이 본자(本字)와 같거나 유사하여 본자 대신 쓰이는 글자)로 쓰였음을 밝혔
다. 《毛詩傳箋通釋 卷28 維淸》. 이에 따르면 '상무(象舞 : 象武)'는 '무기를 사용하여
공격하는 동작을 본뜸'이라는 뜻이 된다.

2 다섯 번의 정벌 : 문왕이 천명을 받은 다음 7년 동안 수행한 다섯 번의 정벌로, 2년째
에 한(邘)을, 3년째에 밀(密)과 수(須)를, 4년째에 견이(犬夷)를, 5년째에 기(耆)를,
6년째에 숭(崇)을 정벌한 것이다. 《尙書注疏 西伯戡黎》

【校】 저본에는 '五代'로 되어 있으나 《모시주소》 〈유청(維淸)〉에 의거 '代'를 '伐'로
수정하여 번역하였다.

(武)〉편에서 다시 '주상(奏象)'이란 말을 할 수 없었기 때문에 그 악가의 이름을 지적하여 "〈대무〉에 반주하는 악가[奏大武]"라고 한 것뿐이니, 실은 〈대무〉의 악가 역시 본뜬[象] 것이다.

○ 유창(劉敞): 문왕의 춤은 〈상(象)〉이라 하고, 무왕의 춤은 〈무(武)〉라고 한다. 〈상〉을 춤추려 할 때는 먼저 〈유청〉을 노래하기 때문에 〈유청〉의 모서에 "〈상무(象舞)〉에 반주하는 악가"라고 하였으니, 그 내용에 '문왕(文王)'을 언급하였다. 〈무〉를 춤추려 할 때는 먼저 〈무〉를 노래하기 때문에 〈무〉의 모서에 "〈대무(大武)〉에 반주하는 악가"라고 하였으니, 그 내용에 "아, 훌륭하신 무왕이여.[於皇武王]"라고 하였다.

○ 요강(廖剛): 〈청묘〉는 문왕의 덕을 읊은 것이고, 〈유청〉은 문왕의 일을 읊은 것이다. 이 때문에 《예기(禮記)》에 "당 위에 올라 〈청묘〉를 노래하는 것은 덕을 보임이요, 당 아래서 관악기로 〈상(象)〉을 연주하는 것은 일을 보임이다."[3]라고 하였다.

○ 조수중: 계찰(季札)이 음악을 관찰할 때 〈상소(象簫)〉와 〈남약(南籥)〉을 춤추는 모습을 보았는데, 두예(杜預)가 "문왕의 음악이다."라고 하였다. 또 〈소소(韶簫)〉를 춤추는 모습을 보았는데, 두예가 "순임금의 음악이다."라고 하였다.[4]

이로 볼 때 〈상(象)〉에도 소(簫)가 있고 〈소(韶)〉에도 소(簫)가 있었던 것인데, 해설하는 사람이 "장대[竿]로 사람을 치는 것을 소(簫)라고 한다."라고 하였다. 그렇다면 소(簫)를 잡고 춤추는 것은 간무(干

---

3 당 위에……보임이다 : 《예기》〈중니한거(仲尼燕居)〉에 보인다.
4 계찰(季札)이……하였다 : 《춘추좌씨전》 양공(襄公) 29년 조에 보인다.

舞)와 같고, 약(籥)을 잡고 춤추는 것은 곧 약무(籥舞)이다.

문왕이 비록 대업을 완수하지는 못했으나 그 공덕이 시작된 근본을 찾아 형용할 수는 있었다. 이 때문에 음악을 만들어 그 일을 본뜨고 〈상무(象舞)〉라고 한 것이다. 《예기》〈제통(祭統)〉・〈명당위(明堂位)〉・〈문왕세자(文王世子)〉에서 "당 아래서 관악기로 〈상〉을 연주한다.〔下管象〕"라고 한 것이 곧 〈상무〉이다.

○ 주자의 《시경집전》: 이 역시 문왕에게 제사 지내는 내용이다.

○ 하해(何楷): 〈상소(象簫)〉를 춤추면서[5] 〈유청〉을 노래하였으니, 가씨(賈氏 가공언(賈公彦))가 "시(詩)가 악장이 되어 춤추는 사람에게 절주가 된다."[6]라고 한 말이 상당히 근리하다. 〈약(籥)〉을 춤출 때면 〈주남(周南)〉・〈소남(召南)〉을 노래하였으니, 〈고종(鼓鐘)〉편에 "〈주남〉・〈소남〉과 〈약〉춤이 어지럽지 않도다.〔以南以籥不僭〕"라고 한 것이 이것이다.

○ 왕홍서: 〈유청〉에 대해 모서에서는 "〈상무〉에 반주하는 악가"라고 하였는데, 주자(주희)는 시 본문에 〈상무〉의 뜻이 없다고 여겼기 때문에 그저 "문왕을 제사 지내는 내용의 시"라고 지적하였다.

그러나 송시(頌詩)의 말은 간결하고 엄격하여 공덕만 형용하고 그 악가를 짓게 된 연유를 서술하지는 않는다. 예컨대 〈청묘〉 시도 낙읍(洛邑)을 건설하여 제후들의 조회를 받은 일을 언급하지는 않았다.

선유(先儒)가 〈상〉을 문왕의 춤이라고 한 것은, 《춘추좌씨전》의 "계

---

5 【校】춤추면서 : 저본에는 이 말이 없는데, 하해(何楷)의 《시경세본고의(詩經世本古義)》'유청(維淸)'조에 의거 '舞' 1자를 보충하여 번역하였다.

6 시가……된다 : 《주례주소(周禮註疏)》〈종백(宗伯) 악사(樂師)〉에 보인다.

찰이 음악을 관찰할 때 〈상소〉와 〈남약〉을 춤추는 것을 보고 '아름답습니다만 한(恨)이 있는 듯합니다.'라고 하였다."라는 말에 대해 복건(服虔)이 "〈상〉은 문왕의 음악이다."⁷라고 했기 때문이다. 공영달이 "춤을 출 때, 당 위에서 그 춤의 악곡을 노래한다."⁸라고 하였으므로, 당 아래서 〈상무〉를 추고 당 위에서 〈유청〉을 노래한 것은 예로부터 그러했음을 알 수 있다.

---

7 복건(服虔)이……음악이다 : 복건은 후한(後漢)의 관료·학자로 특히 《춘추좌씨전》에 조예가 깊었다. 두예(杜預, 222~284)의 주를 부연한 공영달(孔穎達, 574~648)의 《춘추좌전정의(春秋左傳正義)》가 유행하기 전에는 그의 주석이 가규(賈逵, 30~101)의 주석과 함께 널리 사용되었다. 여기에 인용된 그의 말은 《모시주소》 〈유청〉의 공영달 소에 보인다.

【校】 '복건(服虔)'이 저본에는 '服處'로 되어 있는데, 왕홍서(王鴻緒)의 《시경전설휘찬》 '유청(維淸)' 조에 의거 '處'를 '虔'으로 수정하여 번역하였다.

8 춤을……노래한다 : 《춘추좌씨전주소(春秋左氏傳注疏)》 양공(襄公) 29년 조에 보인다.

열문
烈文

○ 모서: 〈열문〉은 성왕(成王)이 직접 정사(政事)를 담당하게 되었을 때 제후들이 제사를 돕는 내용이다.

○ 주자의 《시경집전》: 이는 종묘에 제사 지내고 나서 제사를 도운 제후들에게 바친 악가이다.

○ 주공천(朱公遷): 《의례(儀禮)》에 손님이 시동에게 세 번째 술잔을 올린 다음 주인이 손님에게 술을 올리는 예(禮)[9]가 나오는데 〈열문〉을 노래한 것은 이때일 것이다.

○ 왕홍서: 모서에 "〈열문〉은 성왕이 직접 정사를 담당하게 되었을 때 제후들이 제사를 돕는 내용"이라고 하였고, 공영달이 "주공이 섭정한 지 7년 만에 성왕에게 정권(政權)을 반납하자, 성왕이 조고(祖考 문왕)에게 제사하고 제후들을 신칙한 것이다."라고 하였다.

《시경집전》에는 "이는 제사를 도운 제후들에게 바친 악가이다."라고 하여 성왕 때의 일로 국한시키지 않았다. 이에 따르면 시 본문에 "제후들이 제사를 도와서 '이 복을 주었다.〔錫玆祉福〕'"라고 하고, 또 '이 큰 공을 생각하여〔念玆戎功〕'라는 말이 '제사를 도와서 복이 내리게 한

---

9 손님이……예(禮) : 《의례(儀禮)》 〈유사(有司)〉에 보인다. 제후의 경대부가 조상에게 제사 지내고 나서 참석자들에게 연향을 베풀 때 주인과 주부 및 상빈(上賓)이 차례로 한 번씩 시동에게 술잔을 올리고, 그 뒤에 주인이 손님에게 술을 올리는 것이다.

큰 공'을 함의(含意)하므로, 아름다움을 제후들에게 지극히 돌린 것이 된다.

선유(先儒)는 복[福祉]이 문왕과 무왕이 내린 것이라고 하고, '큰 공[戎功]'은 맹진(孟津)에 모인 제후들이 전왕(前王 무왕)과 함께 천하를 안정시킨[10] 큰 공이라고 하였다.

제후들이 제사를 도와서 신이 강림하고 복이 내리게 한 것에 대해서는, 명망 높은 제후들이 제사를 도운 행동이 공경스럽고 온화하다고만 찬미해도 될 듯하다. 그런데도 제주(祭主)가 제사 고기를 받을 때면 반드시 하늘에 있는 조고의 도움으로 은덕을 돌린다. 이 때문에 선유 (先儒)가 '문왕과 무왕이 복을 내리고 제후들이 도와서 그것을 완성했다.'고 하였으니, 그 의미가 더욱 완전하다.

제사를 도와 복이 내리게 한 일에 있어서도 제후들의 공이 없지 않다. 그러나 낙읍(洛邑)이 처음 완성되었을 때 제사에 참여한 제후들은 대체로 다 전왕(前王)과 함께 천하를 평정한 이들이므로, '큰 공'을 생각한다는 것은 나라를 개창하고 안정시킬 때의 제후들의 공을 생각한다는 것으로 보는 편이 의미가 크고 넓은 듯하다.

---

10 맹진(孟津)에……안정시킨 : 맹진(하남성 소재)은 황하(黃河)의 나루 중 하나로, 군사 요충지였다. 주 무왕(周武王)이 문왕의 유업을 이어 은 주왕(殷紂王)을 정벌하러 갈 때 황하를 건너기에 앞서, 이곳에서 자발적으로 모인 800명의 제후들과 만나 맹세했다고 한다. 《史記 卷4 周本紀》

천작

天作

○ 모서: 〈천작〉은 선왕(先王)과 선공(先公)에게 제사하는 내용이
다.

○ 정강성: 선왕(先王)은 태왕(太王) 이하를 일컫고, 선공(先公)은
제주(諸螯 태왕의 아버지)부터 불줄(不窋 후직의 아들)[11]까지이다.

○ 공영달: 〈천작〉은 선왕과 선공에게 제사하는 내용의 악가이다.
주공(周公)과 성왕(成王) 때 시인(詩人)이 '지금 태평한 것은 선조
(先祖)들의 힘으로 이루어진 것이다.'라고 여겼다. 이 때문에 이 제사
를 인하여 그 일을 서술하여 노래를 만든 것이다.

선왕과 선공에게 제사한다는 것은 사철에 올리는 제사를 말한다.
사철 제사의 대상은 오직 친묘(親廟 4대조까지의 신위를 모신 사당)와 태조
(太祖 시조)뿐이므로, 성왕(成王)이 올린 사철 제사의 대상은 당연히
태왕 이하와 윗대의 후직 한 사람뿐이어야 한다. 따라서 '선공'이라는
말은 오직 후직만을 가리킨다.

경문에는 오직 선왕(先王)만 거론되었는데 모서에서 선공(先公)까
지 아울러 말한 까닭은, 시인은 제사로 인하여 이 시를 지으면서 가까
이 왕업(王業)이 일어난 것을 거론한 데 비해, 모서는 제사할 때 실제

---

11 【校】불줄(不窋) : 저본에는 '不屈'로 되어 있으나 《모시주소》 〈천작(天作)〉에 의
거 '屈'을 '窋'로 수정하여 옮겼다.

로 후직에게 제사를 올렸기 때문에 그를 언급한 것이다.

○ 가공언(賈公彦) : 〈천작〉은 후직의 사당에서 올리는 협(祫)제사[12]를 읊은 시이다.

○ 이저 : 〈천보(天保)〉에 “봄·여름[13]·가을·겨울의 제사를 선공과 선왕에게 올리시니〔禴祠烝嘗 于公先王〕”라고 한 것이 곧 사철 제사이다. 사철 제사는 선공에게도 올린다. 〈천보〉에서 먼저 선공을 말하고 나중에 선왕을 말한 것은 시대 순서를 따른 것이고, 이 시에서 선왕을 먼저 말한 것은 왕업을 일으킨 사람이기 때문이다.

○ 주자의 《시경집전》 : 이는 태왕에게 제사하는 내용이다.

○ 주탁(朱倬) : 〈천작〉은 태왕을 제사하는 내용의 시인데 문왕까지 겸하여 언급한 것은, 〈대무(大武)〉[14]는 무왕에게 제사하는 내용인데 문왕을 덧붙여 언급한 것과 같다. 아버지에게 제사하면서 그 아들까지 언급한 것은 후손이 있음을 드러낸 것이고, 아들에게 제사하면서 그 아버지까지 언급한 것은 그 유래가 있음을 드러낸 것이다.

○ 학경 : 주자(주희)가 “태왕에게 제사하는 내용”이라고만 하고 문왕

---

12 협(祫)제사 : 천자와 제후가 태조의 사당에 멀고 가까운 선조의 신주들을 모아놓고 지내는 큰 합동 제사이다.

【校】저본에는 ‘祫’으로 되어 있으나 《주례주소(周禮注疏)》〈춘관(春官) 사복(司服)〉에 의거 ‘祫’으로 수정하여 옮겼다. 본편과 뒤의 〈유고(有瞽)〉에 보이는 ‘협제사’는 대체로 모두 저본의 ‘祫’을 ‘祫’으로 수정하여 옮긴 것이다.

13 【校】여름 : 저본에는 ‘祀’로 되어 있으나, 《시경》〈천보(天保)〉에 의거 ‘祠’로 수정하여 번역하였다.

14 대무(大武) : 본디 무왕의 무공(武功)을 형상한 악무를 뜻하나, 여기서는 〈무〉시를 말한다.

까지 언급하지 않은 것은 그 중간에 있는 왕계(王季)가 누락되기 때문이다. 그러나 시 본문은 두 왕을 나란히 칭송했으니, 어떻게 태왕에게만 제사하는 내용이 될 수 있겠는가. 태왕과 문왕에게 제사하고서, 또 어떻게 후직과 왕계를 누락할 수 있겠는가. 모서의 설이 옳다.

○ 왕홍서: 모서에서 "선왕(先王)과 선공(先公)에게 제사하는 내용"이라고 한 데 대해, 공영달은 "사철에 올리는 제사를 말한다."라고 하였다. 주자(주희)가 "태왕에게 제사하는 내용의 시"라고만 하고 문왕을 언급하지 않은 까닭은, 문왕에게 제사했다면 왕계에게도 제사를 올렸어야 하기 때문이다. 아들을 칭송하면서 아버지를 칭송하지 않고 태왕과 문왕 사이의 왕계를 함께 제사 지내지 않는 것은 온당치 않은 일이다.

그러나 시 본문에 '태왕'과 '문왕'이 나오므로 문왕에게 제사하지 않았다고 단정하기도 어렵다. 그리고 사철에 올리는 협제사를 제외하면 그 밖에는 오직 큰 협제사가 있는데, 이 시를 그에 견주는 것 역시 걸맞지 않다.

지금 살펴보건대, 경문에서 오직 태왕과 문왕만을 추중(推重)한 것은 아마도 태왕은 기읍(岐邑)으로 천도하여 왕업의 기초를 닦았고 문왕은 기읍을 다스려 왕업을 흥성시켰기 때문일 것이다. 선조를 영광스럽게 하고 후손을 유복하게 한 공으로 말하면 이 두 임금이 가장 위대하다.

편명을 〈천작〉이라 하고 종묘 제사의 음악으로 사용하는 이상, 찬미의 대상이 특정인으로 국한되어야지 여러 사람을 두루 칭송할 수는 없는데, 시 본문의 뜻이 어쩌면 그러할 듯하다. 더구나 모서를 따르면 시 본문에 언급되지 않은 선공(先公)을 덧붙이게 되고, 《시경집전》을 따르면 시 본문에 언급된 문왕을 누락하게 됨에랴. 그렇지만 진한(秦

漢) 이전의 글 중에 증빙해줄 만한 것이 없는 마당에 모서의 설이 그나마 옛 뜻에 가깝다.

按 사철 제사의 대상은 오직 친묘와 태조뿐이라는 공씨(공영달)의 설은 매우 근거가 있다. 이천중(李遷仲 이저(李樗))은 또 "봄·여름·가을·겨울의 제사를 선공과 선왕에게 올리시니"라는 구절을 인용하여 이를 실증하였다.

태왕에게만 제사를 지냈다면 문왕을 칭송했을 리가 없고, 조상의 사당에 합사한 것이라면 후직을 빠뜨렸을 리가 없다. 시 본문은 왕업이 일어난 것을 위주로 한 데 비해, 모서는 주나라의 안정된 제도를 위주로 말하였으니, 서로 보완하여 의미를 드러냄을 잘 볼 수 있다.

주자(주희)는 시 본문에 후직이 언급되지 않았고 또 왕계도 언급되지 않았다는 이유를 들어 사철 제사를 노래한 악가가 아니라고 하였다. 그렇다면 〈상송(商頌) 현조(玄鳥)〉에 대해 주자가 모서의 "고종(高宗)에게 제사하는 내용"이라는 설을 힘껏 배격하고 "종묘에서 제사할 때 사용한 악가"로 정하였지만, 시 본문에 오직 무정(武丁)만 언급되고 태종(太宗)과 중종(中宗)은 언급되지 않은 것은 어째서인가? 문왕이 왕계가 칭송되지 않음을 편치 않게 여겼다면, 무정이라고 어찌 중종이 칭송되지 않음을 편안히 여길 수 있었겠는가.

후대 유자(儒者)들 중에 주자의 설을 교조적으로 고수하는 자들은 〈대무(大武)〉가 무왕에게 제사하는 내용인데 문왕까지 아울러 언급된 것을 가지고 이 시가 태왕에게 제사하는 내용인데 문왕까지 아울러 언급한 것에 대한 방증으로 삼았다.

그러나 〈대무〉의 "그 뒤를 열어놓으시거늘〔克開厥後〕"이라는 말은 오직 무왕의 더없이 강한 공렬(功烈)이 유래가 있음을 말한 것뿐이다. 이 때문에 먼저 무왕을 말한 뒤에 문왕을 말한 것인데, 주객(主客)의 형세를 시 본문에서 확인할 수 있다.

이 시로 말하면 태왕이 다스리고 문왕이 안정시켰다는 말이 앞뒤로 짝을 이루어 각기 그 아름다움을 칭송하였다. 그렇다면 후손이 있음을 드러내는 것은 당연히 "자손들은 보전할지어다〔子孫保之〕"라는 시구에 소속시켜 보아야 하니, 어찌 문왕의 공덕을 들어 태왕의 묘실(廟室)에서 노래했겠는가.

또 왕업을 처음 일으킨 사람은 태왕이고 그 공훈을 잘 완성한 사람은 문왕이므로, 왕업의 시종(始終)을 들어 역대 제왕이 차례로 계승한 공렬을 포괄하는 것은 실로 간결하고 엄격한 송사(頌辭)의 체제에 부합한다. 모서의 설을 폐기할 수 없음이 이와 같다.

호천유성명

昊天有成命

○ 모서: "〈호천유성명〉은 하늘과 땅에 교(郊)제사를 지낼 때 사용한 시이다.

○ 가의(賈誼): '두 임금〔二后〕'은 문왕과 무왕이고, '성왕(成王)'은 무왕의 아들이자 문왕의 손자이다.

○ 정강성: "내린 명이 있으시거늘〔有成命〕"은 주나라가 후직 때부터 이미 제왕이 될 천명(天命)이 있었다는 말이다. 문왕과 무왕이 그 유업(遺業)을 받아 이 왕업(王業)을 이루고 감히 안일하게 지내지 않아서 천하를 안정시켰다.

○ 공영달: 이 시의 경문에는 '땅'이 언급되지 않았는데 모서에 '땅'을 말한 까닭은 다음과 같다. 시의 작자는 하늘과 땅에 제사 지내는 것을 인하여 이 노래를 만들었는데, 제왕이 천하를 소유하는 것은 하늘과 땅이 함께 도와서 이루어지므로 하늘만 말해도 땅의 의미를 겸할수 있다. 이 때문에 시 본문에 땅이 언급되지 않은 것이다. 반면에 모서를 쓴 사람은 이 시가 두 제사(하늘과 땅에 지내는 제사)를 인하여 지어졌음을 알았기 때문에 모두 언급한 것이다.

이 시가 지어진 때는 성왕(成王) 초기이므로 '성(成)'이라는 시호를 일컬을 수 없다. 시 본문의 '성왕(成王)'이란 말에 대해 위소(韋昭)는 "문왕과 무왕이 스스로 수양하고 부지런히 노력하여 왕업을 완성했다는 말이지, 주 성왕(周成王)을 뜻하는 말이 아니다."라고 하였다.

○ 두우(杜佑) : 주나라 제도에, 인사(禋祀 하늘에 올리는 제사의 일종)를 다 올린 뒤에 천자가 육대(六代 황제(黃帝)·요·순·우·탕·무왕)의 악무를 추고, 감생제(感生帝 제왕의 선조가 태어날 때 정기를 내려준 태미오제(太微五帝))에게 올리는 제사와 영기(迎氣 계절을 주관하는 오제(五帝 창(蒼)·적·황·백·흑제)를 맞이함) 제사를 올린 뒤에는 곧 천자가 당대(當代)의 악무를 추도록 되어 있는데, 그 악장은 〈호천유성명〉을 사용하였다.[15]

○ 구양수 : 〈호천유성명〉의 '두 임금〔二后〕'은 문왕과 무왕이고, '성왕(成王)'은 주나라 성왕(成王)이므로, 이 시는 당연히 강왕(康王 성왕의 아들) 이후의 시이다. 그런데 모씨(毛氏)와 정현은 '성왕(成王)'이 '이 왕업을 완성하시어'라는 말이라고 하였다.

  〈집경(執競)〉의 '불현성강(不顯成康)'·'자피성강(自彼成康)' 중 '성강(成康)'은 성왕(成王)과 강왕(康王)이므로, 〈집경〉은 당연히 소왕(昭王 강왕의 아들) 이후의 시이다. 그런데 모씨(毛氏)는 '성강(成康)'이 '큰 공을 완성하고 안정시켰다.'라는 말이라 하였고, 정현은 '조고(祖考)의 도(道)를 완성하고 안정시켰다.'라는 말이라 하였다. 이렇게 보면 모두 무왕을 가리키는 말이 된다. 〈희희(噫嘻)〉의 '성왕(成王)' 역시 주나라 성왕(成王)이다. 그런데 모씨(毛氏)와 정현은 모두 무왕의 일이라고 하였는데, 이는 〈송(頌)〉을 모두 성왕 때의 작품으로 보기 때문이다.[16]

---

15 주나라……사용하였다 : 두우(杜佑)의 《통전(通典)》 권42 〈교천 상(郊天上)〉에서 인용한 것인데, '인사(禋祀)'가 본디는 '합사의 예〔祫祭之禮〕'로 되어 있다.

16 송(頌)을……때문이다 : 구양수(歐陽修)의 《시본의(詩本義)》 권14의 "由信其己

성왕과 강왕으로 보면 어찌 의미가 간결하고 쉽게 통하지 않겠는가. 학자들은 어찌하여 굳이 견강부회하여 통하기 어려운 설을 따르는 것인가?

○ 소철: 이 시에는 '성왕불감강(成王不敢康)'이라는 말이 있고 〈집경〉에는 '불현성강(不顯成康)'이라는 말이 있는데, 세상에서 간혹 이것이 성왕과 강왕을 말한 것이라고 한다.

그러나 주공이 예법(禮法)을 제정하였는데, 예법이 미치는 곳에는 음악이 반드시 따르고, 음악이 미치는 곳에는 시(詩)가 반드시 따른다. 〈송(頌)〉이 예악에 사용되었다는 사실을 후세에 바꿀 수는 없다.

또 이 시에 "천명의 기반을 잡기를 크게 하고 치밀히 하사[基命宥密]"라고 하였는데, 성왕(成王)은 천명의 기반을 잡은 임금이 아니다. 〈집경〉에 "곧 사방을 소유하시니[奄有四方]"라고 하였는데, 주나라가 사방을 소유한 것은 성왕과 강왕 때 시작된 것이 아니다.

○ 주자의 《시경집전》: 이 시는 대부분 성왕(成王)의 덕을 말하였으니, 아마도 성왕에게 제사 지낼 때 사용한 시인 듯하다.

《국어(國語)》에 "숙향(叔向 춘추시대 진(晉)나라 사람 양설힐(羊舌肸)의 자(字))이 이 시를 인용하고 '이는 성왕(成王)의 덕을 말한 것이다.'라고 하였다."[17]라는 내용이 보이는데, 이를 가지고 방증하면 이 시가 성왕에게 제사 지낼 때 사용한 시임에 의심의 여지가 없다.

○ 유근: 주자(주희)가 〈하무(下武)〉의 '성왕(成王)'에 대해서는 선유(先儒)의 잘못을 논박하여 주 성왕(周成王)의 시호가 아니라고 하였

說以頌皆成王時作也"의 의미를 보충하여 번역하였다.

17 숙향(叔向)이……하였다 : 《국어(國語)》〈주어 하(周語下)〉에 보인다.

고, 이 시에서는 선유의 잘못을 바로잡아 시호라고 하였으니, 실로 각기 해당 사항이 따로 있는 것이다.

○ 왕홍서: 〈호천유성명〉은 모서부터 한(漢)나라·당(唐)나라의 유자(儒者)들에 이르기까지 모두 하늘과 땅에 교(郊)제사를 지낼 때 사용한 악가로, 주공과 성왕의 시대에 지어졌다고 하였다. 송(宋)나라의 유자들도 그 설을 따랐는데, 유독 구양수만은 성왕과 강왕에게 제사 지낼 때 사용한 악가라고 하였다. 주자(朱熹)는 처음에 모씨(毛氏)와 정현의 설을 따르다가 나중에는 《국어》를 끌어와서 구양수의 설을 따랐다. 그러나 후대의 유자들은 모서의 설을 부연하여 "주공이 예악을 제정할 때 〈송(頌)〉을 교제사와 종묘 제사에 중대하게 사용했다."라고 하였다.

공자(孔子)가 《시경》을 산삭 정리하고 나서 〈아(雅)〉와 〈송(頌)〉이 제자리를 얻었다. 〈송〉을 주공(周公)의 작품이라고 했으므로, 강왕과 소왕 이후의 시가 있어서는 안 된다. 만약 강왕과 소왕 때의 시가 〈아장(我將)〉·〈시매(時邁)〉·〈사문(思文)〉·〈대무(大武)〉 앞에 편차되었다면 제자리를 얻은 것이 아닐 듯하다. 또 인사(禋祀)는 중대한 전례(典禮)인데 문공(文公 주공(周公))이 어떻게 그에 사용하는 시가 없게끔 했겠는가.

숙향이 이 시를 인용했다는 《국어》의 기사를 근거로 주자(朱熹)는 이 시의 '성왕(成王)'을 주 성왕(周成王)으로 해석하였다. 그러나 《국어》에 "목숙(穆叔 춘추시대 노(魯)나라의 대부 숙손표(叔孫豹))이 진(晉)나라를 빙문(聘問)했을 때 음악이 〈녹명(鹿鳴)〉에 미친 뒤에야 절을 했다. 진후(晉侯 진 도공(晉悼公))가 사람을 시켜 그 까닭을 묻자 목숙이 '앞서의 음악은 금속 악기(종(鍾))로 〈사하(肆夏)〉, 〈번(樊)〉·〈알(遏)〉, 〈거

(渠)〉를 연주한 것인데, 이는 천자가 제후의 우두머리에게 잔치를 베풀 때 사용하는 음악이기 때문에 감히 절하지 못하였습니다.'라고 대답하였다."[18]라는 내용이 있다. 여숙옥(呂叔玉)이 〈번〉·〈알〉은 〈집경〉이라고[19] 했는데, 주자가 여씨의 이 설을 취하여 《시경집전》에 실었다.

만약 《국어》의 숙향의 말에 따라 〈호천유성명〉을 강왕 때의 시라고 한다면, 목숙이 '선왕(先王)이 제후의 우두머리에게 잔치를 베풀 때 사용한 것'이라고 한 〈집경〉은 또 소왕 이후의 시일 수 없다.

18 목숙(穆叔)이……대답하였다 : 《국어》〈노어 하(魯語下)〉에 보인다. 16쪽 주1 참조.

19 번알은 집경이라고 : 주희의 《시경집전》에 인용된 여숙옥의 말 "〈사하(肆夏)〉는 〈시매(時邁)〉이고, 〈번(樊)〉·〈알(遏)〉은 〈집경(執競)〉이며, 〈거(渠)〉는 〈사문(思文)〉이다."의 일부이다.

아장

我將

○ 모서: 〈아장〉은 명당(明堂)에서 문왕에게 제사 지낼 때 사용한 시이다.

○ 공영달: 《예기》〈제법(祭法)〉에 "문왕에게 조(祖)제사를 지내고 무왕에게 종(宗)제사를 지냈다.〔祖文王而宗武王〕"라고 하였는데, 주(注)에 "명당에서 오제(五帝)의 신에게 제사 지내는 것을 조(祖)·종(宗)이라고 한다."라고 하였다.

그렇다면 명당의 제사에 무왕도 배향한 것인데 이 시에서 오직 문왕만 말한 것은, 비록 명당에서 함께 제사를 지내긴 했으나 시인(詩人)이 말을 만들 적에 문왕을 위주로 한 것이다. 〈호천유성명(昊天有成命)〉에는 오직 하늘이 주나라에 명한 것만 말하고 후직을 언급하지 않았으며, 〈사문(思文)〉에는 오직 후직의 덕만 말하고 하늘의 공(功)은 말하지 않았는데, 이와 유사한 예(例)이다.

○ 주자의 《시경집전》: 이는 명당에서 문왕에게 종(宗)제사를 지내어 상제에 배향할 때 사용한 악가이다.

시매

時邁

○ 모서: 〈시매〉는 천자가 제후국을 순행(巡行)하다 사악(四岳 동 태산(泰山), 남 화산(華山), 서 형산(衡山), 북 항산(恒山))에 이르러 봉선(封禪 하늘과 땅에 제사 지냄)하고 시제사[柴祭 땔나무를 태우며 하늘에 지내는 제사]와 망제사[望祭 나라 안의 산천(山川)에 지내는 제사]를 지낼 때 사용한 시이다.

○ 주자의 《시경집전》: 이는 천자가 제후국을 순행하며 제후의 조회를 받고 하늘과 땅에 제사하여 고할 때 사용한 악가이다.

혹자는 "이 시가 곧 이른바 〈사하(肆夏)〉이다. 시 본문에 '이 중하(中夏)에 베푸니[肆于時夏]'라는 말이 있기 때문에 이렇게 명명한 것이다."라고 하였다.

《춘추좌씨전》에 "옛날에 무왕이 상(商)나라를 이기고 〈송(頌)〉을 짓기를 '방패와 창을 거두며[載戢干戈]'라고 하였다."[20]라고 하였고, 그 외전(外傳 《국어(國語)》)에 또 이 시를 주문공(周文公 주공(周公))의 〈송(頌)〉으로 인용하였다.[21] 그렇다면 이 시는 바로 무왕의 시대에 주공이 지은 것이다.

그 외전에 또 "앞서의 음악은 금속 악기로 〈사하〉, 〈번(樊)〉·〈알

---

20 옛날에……하였다:《춘추좌씨전》선공(宣公) 12년 조에 보인다.

21 그 외전(外傳)에……인용하였다:《국어(國語)》〈주어 상(周語上)〉'채공이 견융을 정벌하려는 목왕에게 간하다[祭公諫穆王征犬戎]'조에 보인다.

(遏)〉, 〈거(渠)〉를 연주한 것인데, 이는 천자가 제후의 우두머리에게 잔치를 베풀 때 사용하는 음악이다."라고 하였는데, 위소(韋昭)는 "〈사하〉는 딴 이름이 〈번(樊)〉이고, 〈소하(韶夏)〉는 딴 이름이 〈알(遏)〉이고, 〈납하(納夏)〉는 딴 이름이 〈거(渠)〉이니, 곧 《주례(周禮)》의 구하(九夏 종사(鍾師)가 종과 북으로 연주하는 9가지 악가) 중 셋이다."라고 하였고, 여숙옥(呂叔玉)은 "〈사하〉는 〈시매〉이고, 〈번〉·〈알〉은 〈집경(執競)〉이고, 〈거〉는 〈사문(思文)〉이다."라고 하였다.

집경
執競

○ 모서: 〈집경〉은 무왕에게 제사 지낼 때 사용한 시이다.

○ 이저(李樗): 〈집경〉 시[22]에 '성강(成康)'이란 말이 이처럼 중복되어 나오고 '무왕(武王)'이란 말은 얼마 안 되는데, 이것이 어찌 옛사람이 선조(先祖)에게 제사 지내는 내용이겠는가.

　《서경》에 "왕의 덕을 성취하고 보상(輔相)을 공경하였기에〔成王畏相〕"라고 하였고, 또 "오직 왕의 덕을 도와 성취시키며〔惟助成王德〕"라고 하였는데,[23] 이들 말에서 '성왕(成王)'이라 한 것은 주나라의 성왕(成王)이 아니다.

○ 주자의 《시경집전》: 이는 무왕·성왕·강왕에게 제사 지낼 때 사용한 시이다.

○ 학경(郝敬): 주나라의 예악은 주공에 의해 제정되었는데, 이 시는 이른바 〈알(遏)〉로, 곧 〈소하(韶夏 《주례(周禮)》의 구하(九夏) 중 하나)〉이다. 강왕 이후에 주공을 이어 예악을 제정한 사람이 있었다는 말을 듣지 못하였다. 새로운 음악이 나왔다 한들 어찌 구하(九夏)에 짝할 수 있었으랴.

---

22 【校】집경 시 : 저본에는 '執競之時'로 되어 있으나 이저(李樗)·황춘(黃櫄)의 《모시이황집해》 '집경(執競)' 조에 의거 '時'를 '詩'로 수정하여 번역하였다.

23 서경에……하였는데 : 두 인용문 모두 《서경》〈주서(周書) 주고(酒誥)〉에 보인다.

'성강(成康)'은 《서경》〈주고(酒誥)〉의 '성왕(成王 왕의 덕을 성취시킴)'
및 〈대고(大誥)〉의 '영왕(寧王 천하를 안정시킨 왕)'과 같은 말일 뿐이다.

○ 호소증(胡紹曾): "주나라는 무왕에게 종(宗)제사를 지내어[24] 무왕
의 세실(世室 위패를 모시던 신실(神室))이 있었으니, 무왕만을 위한 제사
가 있었다. 만약 성왕·강왕과 함께 제사 지냈다면 이 어찌 영원히
체천(遞遷)하지 않는 사당에 모든 공덕 있는 조상들의 신주를 다 함
께 모시어 배향했다는 말이 되지 않겠는가.

○ 왕홍서: 주자(朱熹)가 〈집경〉에 처음 주(注)를 내면서는 "무왕이
자강불식(自强不息)하는 마음을 지녔기 때문에 그 공렬의 성대함을
겨룰 자가 천하에 없었다. 이것이 무왕이 큰 공을 이루고 안정시킬
수 있었던 까닭이다."라고 하였으니, 여조겸(呂祖謙)의 《여씨가숙독
시기(呂氏家塾讀詩記)》에 보인다.

나중에는 구양수의 설을 따라 비로소 모씨(毛氏)와 정현의 설을 배
격하였다. 그러나 여숙옥(呂叔玉)이 〈집경〉을 가리켜 〈번(樊)〉·
〈알(遏)〉이라 하고 위소(韋昭)가 〈알〉을 〈소하(韶夏)〉라 한 데 대해
서는 주자가 잘못되었다고 논변하지 않고 그대로 채택하였으니, 아마
도 예로부터 전해왔고 결코 그렇지 않다고 증명할 수도 없었기 때문
일 것이다.

---

24 주나라는……지내어 : 《예기》〈제법(祭法)〉에 "문왕에게 조(祖)제사를 지내고 무
왕에게 종(宗)제사를 지냈다.〔祖文王而宗武王〕"라고 하였다.

사문

思文

○ 모서: 〈사문〉은 후직(后稷)을 하늘에 배향할 때 사용한 시이다.

○ 이저: 《국어》에 주문공(周文公 주공(周公))이 지은 〈송(頌)〉을 인용하여 "문덕을 간직하신 후직이여, 저 하늘에 짝하여 계시도다.〔思文后稷 克配彼天〕"라고 하였으니,[25] 그렇다면 이 시도 주공이 지은 것이다.

○ 범처의: 이는 후직을 하늘에 배향할 때 사용한 악장이다.

　《국어》에는 〈시매(時邁)〉와 〈사문〉만이 주공의 작품으로 인용되어 있다.[26] 그런데 공자(孔子)의 말을 참고하면 후직에게 교(郊)제사를 올려 하늘에 배향하고 명당에서 문왕에게 종(宗)제사를 올려 상제에 배향하는 의례가 모두 주공에게서 나왔다.[27] 그렇다면 〈호천유성명(昊天有成命)〉·〈아장(我將)〉·〈사문〉이 지어진 것은 모두 같은 때의 일인데, 주공이 〈사문〉을 지었으므로 나머지 두 시가 주공에 의해 지어졌

25　국어에……하였으니 : 《국어》〈주어(周語)〉 '예 양부가 영이공이 이익을 독점하는 데 대하여 논하다〔芮良夫論榮夷公專利〕' 조에 보인다. 《국어》 원문에는 이 시의 출처가 '송(頌)'으로 기재되었을 뿐이지만, 주(周)나라에서 주나라 사람에 의해 인용된 것이므로 '주송(周頌)'을 약칭한 것으로 볼 수 있다. 이 때문에 주공(周公)의 작품이라고 한 것이다.

26　국어에는……있다 : 223쪽 주21과 위 주25 참조.

27　공자(孔子)의……나왔다 : 《효경(孝經)》〈성치장(聖治章)〉에 보인다.

다는 데에 무슨 의심이 있겠는가.

○ 주자의 《시경집전》: 혹자는 "이 시가 곧 이른바 〈납하(納夏)〉이다. 이 또한 시 본문에 '시하(時夏 이 중하(中夏))'라는 말이 있어서 이렇게 명명한 것이다."라고 한다.

신공
臣工

○ 모서: 〈신공〉은 제사를 도운 제후들을 사당에서 전송할 때 노래한 시이다.

○ 정강성: '보개(保介)'는 거우(車右)이다. 천자가 친히 쟁기와 보습을 실어 거우와 마부 사이에 두었다. 주나라에 조회 간 제후들을 늦봄에 돌려보낼 때 그 거우들에게 그 절기에 해야 할 농사일을 신칙(申飭)하였다. '개(介)'는 갑옷이다. 거우는 갑옷을 입고 무기를 든 씩씩한 무사이다.

○ 공영달: 주공과 성왕 때에 제후들이 봄에 주나라에 조회 갔는데, 일이 끝나 장차 돌아가려 할 때면 천자가 그들을 신칙하고 사당에서 전송하였다.

경문은 천자가 제후의 신하들에게 신칙하는 말을 진술한 것이니, 제후들에게 공사(公事)를 돕게 하고 또 거우들에게 때맞추어 농사일을 부지런히 하도록 신칙하였다. 천자는 제후들을 손님으로 공경하기 때문에 제후들을 직접 신칙하지 않고 그 신하들을 신칙한 것이다.

《예기》〈월령(月令)〉에 천자가 적전(籍田)을 경작하는 예(禮)를 서술하였는데, 천자가 친히 쟁기와 보습을 실어 수레에 함께 타는 세 사람 중 보개와 마부 이 두 사람 사이에 둔다고 하였다. 임금의 수레 위[28]에는 임금 자신을 제외하고는 마부와 거우만이 있다.[29] 제후가 적전을 경작할 때면 이 사람(거우)이 수레를 함께 타므로 제후는 그가 농사를 권면하는 일을 늘 보게 된다. 이 때문에 그를 신칙한 것이다.

○ 주자의 《시경집전》: 이는 농사일을 관장하는 관원을 신칙한 시이다.

○ 주자(주희) : 정현은 〈월령〉을 근거로, 거우는 갑옷을 입고 무기를 들기 때문에 '보개(保介)'라고 불린다고 하였다. 《여씨춘추(呂氏春秋)》에도 이 문장이 있는데, 고유(高誘)의 주에 "보개는 부관(副官)이다."라고 하였다.

늦봄(3월)은 하력(夏曆 하나라의 달력)에서는 북두칠성 자루가 진방(辰方 동동남)을 가리키는 달(음력 3월)이고, 주력(周曆 주나라의 달력)에서는 북두칠성 자루가 인방(寅方 동동북)을 가리키는 달(음력 1월)이다.

그러나 선유(先儒)는 "상나라와 주나라가 비록 정삭(正朔 책력(冊曆))을 바꾸기는 했지만 이달(음력 1월)을 한 해의 첫 달로 삼아서 조회와 빙문(聘問) 및 제사에는 그대로 하력을 사용하였다."라고 하였다. 그렇다면 봄 제사는 북두칠성 자루가 묘방(卯方 동쪽)을 가리키는 달(음력 2월)에 있고, 제사가 끝나 돌려보낼 때는 봄이 이미 저물려고 하여 농사일을 늦출 수 없게 된다.

○ 학경 : 농사 담당 관원을 신칙하는 것이 〈송(頌)〉과 무슨 상관이 있는가? 제후들은 영토를 지키면서 백성의 일(농사)을 우선으로 한다. 이 때문에 제사를 도운 제후들이 돌아갈 때 왕법(王法)을 신칙하면서 농사일을 제일의 급선무로 삼았다. 그리고 주나라의 선공(先公)

---

28 【校】수레 위 : 저본에는 '車止'로 되어 있으나 《모시주소》 〈신공(臣工)〉에 의거 '止'를 '上'으로 수정하여 번역하였다.

29 예기……있다 : 보개(保介)가 곧 거우(車右)임을 증명한 것이다.

들이 농사에 힘써 나라를 열었기 때문에 사당에 고할 때 조상의 덕을
진술하여 훈계하였다. 그래서 〈송(頌)〉이 된 것이다.

희희

噫嘻

○ 모서: 〈희희〉는 봄여름에 상제(上帝)에게 기곡제(祈穀祭 풍년을 기
원하는 제사)를 지내는 내용이다.

○ 정강성: 《예기》〈월령(月令)〉에 "초봄에 상제에게 기곡제를 지낸
다."라고 하였고, 《춘추좌씨전》에[30] "여름이면 창룡(蒼龍 동방칠수(東方
七宿: 각·항·저·방·심·미·기)) 전체가 보이는데, 이때 기우제를 지낸
다."라고 하였다.

○ 공영달: 모씨(毛氏)가 "이 왕업을 이룩한 왕은 정치 교화가 이미
밝게 빛났다.[31] 그런데도 농사를 존중하여, 농업을 관장하는 관원을
거느리고 가서 백성들에게 토지를 경작하되 30리까지 하도록 하여
각기 육안으로 볼 수 있는 끝까지 다 경작하도록 함으로써 때맞추어
개간되고 경작되지 않는 곳이 없게 하고자 하였다. 공전(公田)은 백
성들의 정전(井田) 속에 있으므로 이 역시 백성들이 경작해야 하는

---

30 【校】춘추좌씨전에 : 《모시주소》〈희희(噫嘻)〉에 의거 보충 번역하였다. 이 뒤에
인용된 내용은 《춘추》 환공(桓公) 5년 가을의 기우제가 때에 맞지 않았다면서 열거한
사계절의 제사 중 하나이다.

31 이 왕업을……빛났다 : 여기에 인용된 모씨(毛氏)의 설은 전체가 《모시주소》〈희
희〉에서 발췌한 것인데, 이 문장도 본디 "이 왕업을 이룩한 왕은 주공(周公)과 성왕(成
王)을 일컫는다. 이 왕은 이미 정치 교화가 밝게 빛나……〔成是王事之王, 謂周公成王
也. 此王旣已政教光明……〕"라는 말을 축약한 것이다.

곳이다. 그런데도 '네 사전(私田)을 크게 밭 갈아〔駿發爾私〕'라고 한 것은 윗사람이 백성들을 부유하게 만들고자 아랫사람들에게 양보한 것이다."라고 풀이하였다.

왕숙(王肅)은 "30리는 하늘과 땅이 맞닿아 보이는 지평선까지의 거리이므로, 가는 곳마다 사방 30리까지라면 온 천하가 된다."라고 하였다.

○ 이저: 이 시에 언급된 것을 보면 오직 백성들이 농사에 종사함만 말하였고 풍년을 기원하는 내용은 전혀 없다. "온갖 곡식을 파종하되〔播厥百穀〕"와 "만 명이 짝을 하라〔十千維耦〕"는 것은 모두 사람이 할 수 있는 일이다. 그러나 온갖 곡식을 순조롭게 성숙시키는 것으로 말하면 사람이 할 수 있는 일이 아니라 하늘의 일이다. 이 때문에 이 시에서 풍년을 기원한 것이 된다.[32]

○ 주자의 《시경집전》: 이 시도 위 편(〈신공〉)에 이어 농사 담당관을 신칙한 내용이다. 여기서 농사 담당관은 틀림없이 향(鄕)·수(遂)[33]의 관원 중에 농사를 관장하던 무리일 것이다. 이들은 1만 부(夫)씩 맡아 보았는데, 토지의 경계로 삼은 구(溝)·혁(洫)에는 공법(貢法)을 써서[34] 공전(公田)이 없었으므로 모두 사전(私田)이다.[35]

---

32 그러나……된다 : 모서에서 이 시에 대해 '기곡제를 지내는 내용'이라고 한 까닭을 밝힌 것이다.

33 향(鄕)수(遂) : 주나라 도성 주변의 왕기(王畿: 도성 중심 1,000리 이내) 중 교내 (郊內: 도성 밖 100리 이내)에 육향(六鄕)을 두고 교외(郊外)에 육수(六遂)를 두었는 데, 육수는 도성 밖 100리부터 200리까지의 지역이다.

34 구(溝)혁(洫)에는 공법(貢法)을 써서 : 구(溝)는 본디 정전제에서 9부(夫) 1정 (井: 사방 1리)의 정전(井田)들 사이에 설치한 도랑이고, 혁(洫)은 사방 10리의 1성

○ 주공천: 〈신공(臣工)〉과 〈희희〉가 제사 지낼 때 사용한 악가도 아닌데 〈송(頌)〉에 편입된 것은 〈송〉의 격식을 갖추었기 때문일 것이다. 아니면 풍년을 기원할 때 그 제사 지내는 장소에 나아가 농사 담당관을 신칙한 것일까?

○ 왕홍서: 이것이 봄여름에 풍년을 기원한 시라는 해석은 모서(毛序)에 전하고 여러 유자(儒者)들이 따랐으니, 이 또한 〈송(頌)〉 중에 하나의 중대한 예(禮)가 담겨 있는 시이다.

주자(주희)는 처음에 이러한 해석을 믿어 전(傳)[36]을 지었다가, 나중에 "이 또한 농사 담당관을 신칙한 시"라고 바꾸었는데, 어디에 근거한 것인지 상세하지 않다.

또 주(注)에 "향·수 지역에는 공법을 써서 공전이 없었으므로 모두 사전이다."라고 하였는데, 이에 따르면 천자가 농사 담당관을 신칙한 것은 나라 안의 향·수까지만 미쳐서 기전(畿甸)[37]까지도 미치지 않은

(成)들 사이에 설치한 도랑이다. 따라서 1혁은 100구(溝)이며, 900부(夫)에 해당한다.

　구·혁에 공법(貢法)을 썼다는 것은 주나라 때 향(鄉)·수(遂) 지역에는 공전(公田)을 따로 두는 정전법을 쓰지 않고 1부에게 100묘씩 주어 구(溝)를 공유하는 사람들이 공동으로 경작하게 하고 소출의 10분의 1을 세금으로 거둔 것을 말한다.

35 【校】 사전(私田)이다 : 저본에는 '謂之私'로 되어 있으나 《시경집전》〈희희(噫嘻)〉에 의거 '謂'를 '爲'로 수정하여 번역하였다. 왕홍서의 설에 인용된 부분도 마찬가지이다.

36 전(傳) : 현행본 《시경집전》이 나오기 전의 옛 판본으로 보이는데, 이에 대해서는 239쪽 〈풍년(豐年)〉에 대한 유근(劉瑾)의 설 참조.

37 기전(畿甸) : 맹자(孟子)가 "향·수에는 공법(貢法)을 쓰고 도비(都鄙)에는 조법(助法)을 썼다."라고 했는데(《孟子 滕文公上》), 이때 '도비(都鄙)'는 향·수 바깥의 지역으로 공경, 대부 및 왕의 자제들의 채읍(采邑)과 봉지(封地)가 있는 곳을 말한다.

것이다. 이는 모씨(毛氏)가 천하로 미루어 넓혀 해석한 것과는 포괄 범위에 있어 큰 차이가 있는 듯하다. 더구나 사전만 말하고 공전은 말하지 않은 것에 대해 백성에게 부유함을 양보한 것이라고 해석했음에랴. 이 해석도 보존할 만하다.

왕홍서의 서술로 볼 때 '기전(畿甸)'도 도비와 같이 향·수 바깥 지역이다.

또 주나라 때 왕성 밖 5,000리를 500리마다 구역을 나누어 9기(畿: 侯·甸·男·采·衛·蠻·夷·鎭·藩)라고 하였는데, 이 중 두 번째 전기(甸畿)에 대해 가공언(賈公彦)은 "천자가 다스리는 토지로서 공부(貢賦)를 내기[爲天子治田, 以出貢賦.]" 때문에 '전(甸)'이라 한다고 하였다(《周禮注疏·夏官·大司馬》). 여기서 '기전(畿甸)'은 이 '전기'를 지칭하는 것으로 생각된다.

진로

振鷺

○ 모서: 〈진로〉는 두 왕의 후예가 와서 제사를 돕는 내용이다.

○ 정강성: 두 왕은 하(夏)나라와 은(殷)나라이니, 그 후예는 기(杞)
나라와 송(宋)나라이다.

○ 주자의 《시경집전》: 이는 두 왕의 후예가 와서 제사를 돕는 내용
의 시이다.

풍년
豐年

○ 모서: 〈풍년〉은 가을과 겨울에 풍년에 보답하는 제사를 올리는
내용이다.

○ 정강성: 보답하는 제사는 가을 제사[嘗]와 겨울 제사[烝]를 말한
다.

○ 공영달: 주공·성왕 때 태평을 이룩하고 크게 풍년이 들자 가을과
겨울에 가을 제사[嘗]와 겨울 제사[烝]로 종묘에 보답하는 제사를 올
렸다. 이에 시인(詩人)이 그 일을 서술하여 이 노래를 지었다.

　"아버지와 어머니의 신주에 나아가 올려서[烝畀祖妣]"라고 하였으므
로, 이는 종묘에 제사한 것이다. 다만 작자가 풍년에 보답하는 제사를
주로 찬미하였기 때문에 종묘에 제사한다는 말을 하지 않았을 뿐이다.

○ 범처의: 해설하는 사람이 "〈희희(噫嘻)〉는 봄여름에 풍년을 기원
하는 내용이고, 〈풍년〉은 가을과 겨울에 풍년에 보답하는 내용이므
로 이 두 시는 같은 성격의 시이다. 기원할 때는 '상제(上帝)'를 언급
한 데 비해 보답할 때는 '상제'를 언급하지 않은 것은 문구를 생략한
것일 뿐이다."라고 하였다.

　사전(祀典 제사에 관한 규정)을 상고해보면, 상제에게는 기원하는 제사
만 있고 보답하는 제사는 없으니, 존귀하게 대하여 감히 번거롭게 하지
못하는 것이다. 이에 비해 사직에는 기원하는 제사도 있고 보답하는
제사도 있다.

〈풍년〉에 대해 혹자는 가을에 가을 제사[嘗]를 지내거나 겨울에 겨울 제사[烝]를 지내는 내용이므로 종묘에서 사용한 시라고 하고, 혹자는 늦가을에 크게 연향을 베푸는 내용이므로 명당(明堂)에서 사용한 시라고 하고, 혹자는 가을에 사방신(四方神)에게 제사 지내거나 겨울에 팔사(八蜡)[38] 신에게 제사 지내는 내용이므로 여러 제사 때 사용한 시라고 한다. 지금은 고증할 수 없으나 틀림없이 이 중 한 가지에 해당할 것이다.

모서에 상제를 언급하지 않은 데 대해 문구를 생략한 것이라고 감히 단정할 수는 없다. 요컨대 이 시는 풍년에 보답하는 제사에 사용한 악장이다.

○ 소철: 〈풍년〉과 〈재삼(載芟)〉은 모두 종묘의 제사에 사용한 시가 아니다. 그런데도 “아버지와 어머니의 신주에 나아가 올려서[烝畀祖妣]”라고 한 것은 ‘선조의 신주에 나아가 제향을 올릴 수 있는 것은 모두 사방과 팔사(八蜡)[39]의 신 및 사직신 덕분’이라는 뜻이다.

○ 주자의 《시경집전》: 이는 가을과 겨울에 농사에 보답하여 굿할 때 사용한 악가로, 아마도 전조(田祖 신농씨)・선농(先農 후직)・사방신(四方神)・토지신[社] 등에게 제사한 것일 듯하다.

○ 호일계(胡一桂): 복씨(濮氏 복일지(濮一之))는 “이 시는 곡식이 비로

---

38 팔사(八蜡) : 주나라 때 농사일이 완전히 끝난 뒤인 음력 10월에 여덟 신에게 지내던 제사이다. 여덟 신의 명목은 여러 가지 설이 있으나, 정현은 선색(先嗇 : 신농씨), 사색(司嗇 : 후직), 농(農 : 농신), 우표철(郵表畷 : 정전 사이의 경계), 묘호(貓虎 : 고양이와 호랑이), 방(坊 : 제방), 수용(水庸 : 물 도랑), 곤충(昆蟲)을 들었다.

39 【校】 팔사(八蜡) : 저본에는 ‘社’로 되어 있으나 소철(蘇轍)의 《시집전(詩集傳)》 ‘풍년(豐年)’ 조에 의거 ‘蜡’로 수정하여 옮겼다.

소 잘 영글어 종묘에 올릴 때 사용한 악가"라고 하였는데, 이 어찌 시 본문에 "아버지와 어머니의 신주에 나아가 올려서〔烝畀祖妣〕"라는 말이 있기 때문에 한 말이 아니겠는가.

○ 유근(劉瑾): 모서에서〈희희(噫嘻)〉는 봄여름에 풍년을 기원하는 내용이라 하고, 이 시는 가을과 겨울에 보답하는 내용이라 하였으며,〈재삼(載芟)〉은 봄에 풍년을 기원하는 내용이라 하고,〈양사(良耜)〉는 가을에 보답하는 내용이라고 하였는데, 주자(주희)의 처음 해설은 모두 이 설을 채택하였다.

지금 이《시경집전》은 곧 그 개정본으로, 저 세 시에 대한 전(傳)과 서(序)[40]에 이미 모두 모서를 취하지 않았고 특히 이 시에 대한 서(序)에는 모서가 틀렸다고 지적하였다. 그렇다면 전(傳)에 여전히 모서의 의미를 사용한 것은 어찌 나중에 고칠 때 미진한 점이 있었던 것이 아니겠는가.

○ 왕홍서:〈풍년〉에 대해 모서에서는 가을과 겨울에 풍년에 보답하는 제사를 올리는 내용이라 하고, 정현의 전(箋)에서는 가을 제사〔嘗〕와 겨울 제사〔烝〕를 올리는 내용이라 하였으며, 왕안석(王安石)은 상제에게 제사 지내는 내용이라 하였다.

진상도(陳祥道)는 예(禮)를 증명하기 위해 이 시의 모서를 인용하여 "가을에 풍년에 보답하는 제사를 올린다는 것은 늦가을에 명당(明堂)에서 제사 지내는 것이다."라고 하였다.[41]

---

40 전(傳)과 서(序) : 주희의《시경집전》중 각 작품의 첫 수 뒤에 시의 대의와 창작 배경을 밝힌 부분이 서(序)이고, 그 외의 주석이 전(傳)이다.

41 진상도(陳祥道)는……하였다 : 진상도의《예서(禮書)》권89 '명당에서 지내는 제

조수중(曹粹中)[42]은 "가을과 겨울의 큰 제사 및 사방·팔사(八蜡) 등 천지의 온갖 신에게 제사 지낼 때 똑같이 이 시를 노래하였다. 이 때문에 제사 지내는 대상을 말하지 않은 것이다."라고 하였다.

《시경집전》에서는 "농사에 보답하여 굿할 때 사용한 악가"라고 하였다. 그러나 이 시를 자세히 살펴보면 기장과 벼가 풍부하고 곡식을 채운 곳집이 많아서 제사 지내는 일에 흠이 없고 온갖 예가 다 갖추어진 것이 모두 상제가 내려준 것이다. 이 때문에 "복을 내리심이 매우 두루 미치도다.[降福孔皆]"라고 한 것이다.

사전(祀典)에 규정된 가을과 겨울의 큰 제사에는 하늘과 땅에 올리는 제사부터 사방과 팔사의 신에게 올리는 제사에 이르기까지 거론되지 않은 제사가 없으며 모든 제사에는 음악이 있는데, 이 시가 대체로 농사에 보답하는 제사에 쓰이는 악장이다. 이 때문에 모서에서 제사 대상이 어떤 신인지를 분명히 지적하지 않은 것이다.

주자가 모서의 설을 따라 보답하는 굿에 사용한다고 한 것은 대지(大旨)가 서로 부합하되, 다만[43] 그 전체를 들지 않았을 뿐이다.

사[祀明堂]' 조에 보인다. 여기에 인용된 말 뒤에는 본디 "겨울에 풍년에 보답하는 제사를 올린다는 것은 동지(冬至)에 교(郊)에서 제사 지내는 것이다."라는 말이 더 있다.
　　진상도는 송(宋)나라의 관료·학자로, 두루 박학한 중에 특히 예학(禮學)에 밝았으며, 왕안석(王安石)의 천거로 관직에 진출하여 비서성 정종(秘書省正宗)까지 지냈다. 저서로 《예서》와 《논어전해(論語全解)》 등이 있다.

42　조수중(曹粹中) : 송(宋)나라의 관료·학자로, 진회(秦檜, 1090~1155)의 집정에 맞서 은둔한 인물이다. 저서로 《방재시설(放齋詩說)》이 있다.

43　【校】다만 : 저본에는 '持'로 되어 있으나 왕홍서의 《시경전설휘찬》 '풍년' 조에 의거 '特'으로 수정하여 번역하였다.

유고
有瞽

○ 모서: 〈유고〉는 악기들을 처음 만들어 '조상의 사당에서 합주하는 〔合乎祖〕' 내용이다.

○ 정강성: 모서의 '합(合)'은 여러 악기들을 많이 모아 연주한다는 말이다.

○ 범처의: 예법에 교(郊)제사가 있고 체(禘)제사[44]가 있고 협(祫)제사가 있고 사철 제사가 있는데, 천자는 모든 제사를 다 지내고, 제후는 협제사는 있으나 체제사는 없으며 사철 제사는 있으나 교제사는 없다. 주(周)나라에서 태조(太祖 문왕)에게 체제사를 지내는 일은 〈옹(雝)〉에 보인다. 따라서 〈유고〉의 모서에 '합호조(合乎祖)'라고 한 것은 협제사임이 분명하다.[45]

정씨(鄭氏 정현)는 "체제사는 사철 제사보다 크고 협제사보다 작다."라고 하였는데, 왕숙과 마융(馬融)은 "협제사는 체제사보다 작다."라고 하였다. 〈송(頌)〉에서 살펴보면, 〈유고〉에는 조상〔祖〕이라고만 말

44 체(禘)제사 : 천자가 지내는 종묘대제 중 하나이다.
45 주(周)나라에서……분명하다 : 정현이 모서의 '합호조(合乎祖)'를 '여러 악기들을 조상의 사당에 모아 합주하는 것'으로 이해한 것과 달리, 범처의는 '조상의 신주들을 조상의 사당에 모아 합사(合祀)하는 것'으로 이해하여 한 말이다. 천자가 지내는 네 가지 제사 중 합사 제사는 체제사와 협제사인데, 〈옹(雝)〉에 체제사가 보이므로 〈유고〉의 합사 제사는 당연히 그 나머지인 협제사라는 뜻이다.

하였고 〈옹〉에는 태조를 말하였으므로, 체제사가 협제사보다 큼을 알
수 있다.

○ 주자의 《시경집전》: 모서에서 이 시를 "악기들을 처음 만들어 조
상의 사당에서 합주하는 내용"의 시라고 하였다.

잠
潛

○ 모서: 〈잠〉은 늦겨울에 물고기를 올리고 봄에 상어를 올리는 내용이다.

○ 주자의 《시경집전》: 《예기》〈월령(月令)〉에 "늦겨울에 어사(漁師 어업 담당관)에게 명하여 고기잡이를 시작하게 하고 천자가 친히 가서 물고기 맛을 본 다음 먼저 종묘에 올린다. 늦봄에 상어를 종묘에 올린다."라고 하였는데, 이 시가 그때 연주한 악가이다.

옹
雝

○ 모서: 〈옹〉은 태조(太祖 문왕)에게 체(禘)제사를 올리는 내용이다.

○ 유향(劉向): 무왕이 문왕의 정치를 계승하고 주공(周公)이 무왕의 정치를 계승하자 안에서는 조정의 신하들이 화합하였고 밖에서는 모든 제후국이 기뻐하였다. 이 때문에 그 기쁜 마음을 다하여 선조(先祖)를 섬겼다. 시 본문의 "올 적에는 온화하고 온화하더니, 이르러서는 엄숙하고 엄숙하도다. 제사를 돕는 이들이 제후들인데, 천자가 위엄이 있으시도다.〔有來雝雝 至止肅肅 相維辟公 天子穆穆〕"라는 말은 사방이 모두 온화한 태도로 왔음을 말한 것이다.

○ 공영달: 주공과 성왕(成王)이 문왕에게 체제사를 올린 일을 읊은 시이다. 경문에 "위대하신 황고께서〔假哉皇考〕"라고 하고 또 "문무를 겸전한 임금이시니〔文武維后〕"라고 하였는데, 만약 이것이 후직(后稷)을 가리킨 말이라 한다면 후직은 천자가 아니므로 '임금〔維后〕'이라는 말을 쓸 수 없다. 태조〔大祖〕는 '선조 중에 윗대의 분〔祖之大者〕'인데 이미 후직은 아니므로 문왕을 일컬음이 분명하다. 문왕이 주나라의 시조(始祖)일 수는 없어도 태조일 수는 있다.

'태조'를 문왕이라고 했으므로 '황고(皇考)'가 이에 해당한다. 따라서 별도로[46] '열고(烈考)'라고 한 것은 무왕임을 알 수 있으니, 곧 《서경》〈낙고(洛誥)〉에서 "열고이신 무왕을〔烈考武王〕"이라고 했을 때의 '열고(烈考)'이다.

○ 주자의 《시경집전》: 이는 무왕이 문왕에게 제사 지내는 내용의 시이다.

《주례(周禮)》에 "제사상을 거둘 때가 되면 악사(樂師 국학(國學)의 운영자이자, 어린 국자(國子)들에게 춤을 가르치던 관리)가 학사(學士 국자(國子), 곧 국학에 소속된 공·경·대부의 자제)들을 거느리고 노래하면서 제사상을 거둔다."[47]라고 하였는데, 해설하는 사람이 곧 이 시를 노래한 것이라고 하였다. 《논어》에도 "〈옹〉으로 제사상을 거둔다."라고 하였다. 그렇다면 이는 아마도 제사상을 거둘 때 노래하던 것인 듯한데, 제목을 〈철(徹)〉이라고도 한다.

○ 여조겸(呂祖謙): 예법에 제왕이 되지 않고서는 체제사를 지내지 않도록 되어 있다.[48] 주나라가 천하의 제왕이 되어 태조에게 체제사의 예를 행할 수 있었던 것은 모두 문왕과 무왕의 공이었다.

이 때문에 성왕(成王)이 체제사를 지낼 때 주나라가 체제사를 지낼 수 있게 된 까닭을 찾아 악가에 실어서 태조에게 고하기를 "위대하시도다, 우리 황고(皇考)이신 무왕이시여! 나 소자(小子)를 편안히 해주시기를 이미 이룩된 공업(功業)으로 하시도다. 그 임금과 신하들이 어질고 성스러워 우리 구역인 화하(華夏)를 다시 다스려 편안히 하신 것이

---

46 【校】별도로 : 저본에는 '引'으로 되어 있으나,《모시주소》〈옹(雝)〉에 의거 '別'로 수정하여 번역하였다.

47 제사상을 거둘……거둔다 :《주례(周禮)》〈춘관종백(春官宗伯)〉'악사(樂師)' 조에 보인다.

48 제왕이……있다 :《예기(禮記)》〈상복소기(喪服小記)〉에 보인다.

위로 황천에 미쳐서, 후손을 창대하게 하여 제왕의 지위에 올라 체제사의 예를 행할 수 있게 하였으니, 이는 모두 무왕의 힘이자 문왕과 태사(太姒)가 도와준 것이다."라고 하였다.

문왕과 무왕이 비록 똑같이 왕업을 세우기는 했으나, 무왕이 실제로 천하를 얻었다. 이 때문에 공을 돌리는 말을 무왕에 대해 상세히 하고, 마지막 장에서 그 근본을 문왕과 태사에게서 찾은 것이다.

〈민여소자(閔予小子)〉의 "아, 황고여. 길이 종신토록 효도하셨도다.〔於乎皇考 永世克孝〕"라는 말에서 '황고'는 무왕이다. 이 시에서는 열고(烈考)를 문모(文母)와 짝하여 말했으므로 여기서 '열고'는 문왕이다.

○ 왕홍서: 모서에서는 이 시를 "태조에게 체제사를 올리는 내용"이라고 하였고, 정현의 전(箋)과 공영달의 소(疏)에서는 "성왕이 문왕에게 체제사를 올리는 내용"이라고 하였다.

시 본문의 '열고(烈考)'에 대해 모씨(毛氏)는 무왕이라고 하였고, '황고(皇考)'에 대해 정현은 문왕이라고 하였다. 왕안석은 황고를 무왕이라고 하고 열고를 문왕이라고 하였다.

그러나 주석가들이 모두 체제사에 대해서는 다른 말이 없었다. 여조겸은 "주나라가 태조에게 체제사의 예를 행할 수 있었던 것은 모두 문왕과 무왕의 공이었다. 이 때문에 이 악가를 지어 태조에게 고한 것"이라고 하였다. 이렇게 본다면 제곡(帝嚳 후직의 아버지)과 후직이 모두 그 고하는 대상 중에 들어 있으니, 체제사에는 두루 포함되어 제한이 없다.

주자에 이르러서는, "시조를 낳은 분에게 체제사를 지내는 것으로 보자면 경문에 '제곡'과 '후직'을 뜻하는 말이 없고, 문왕에게 길체제사

〔吉禘 상복을 벗고 망자의 신주를 종묘에 들이며 지내는 제사〕를 지내는 내용으로 보자면 모서와 맞지 않다."[49]라는 이유로 "무왕이 문왕에게 제사 지내는 내용의 시"로 바꾸어 해석하였다. 이렇게 보면 '황고'와 '열고'는 모두 한 사람이다. 무왕이 문왕에게 제사 지내는 내용이라는 해석은 본디 유향이 이미 말한 것이다. 후대의 유자(儒者)들이 이를 다시 여조겸의 설과 종합하여 살펴본다면 체제사로 보아도 의미가 통할 것이다.

按 이 시가 무왕 때 지어졌음은 유향의 설을 근거로 삼을 수 있고, 이 시가 태조에게 체제사를 지내는 내용임은 모서의 설에서 상고할 수 있다. 그러나 경문의 '황고(皇考)'는 할아버지를 말한 것이 아니고, 모서의 '태조(太祖)'는 아버지를 말한 것이 아니다. 이 때문에 주자(주희)는 경문에 근거하여 모서를 배척하였고, 동래(東萊 여조겸(呂祖謙))는 모서에 근거하여 경문을 해석하였으니, 각기 한쪽 면에 중점을 두어 말하다가 혹여 고착되어 보게 된 것이 아니겠는가.

《예기》〈제법(祭法)〉의 "문왕에게 조(祖)제사를 지내고〔祖文王〕"라는 말을 주자가 모서에 대한 변증(辨證)에 인용한 적이 있다. 모서의 설이 후세를 위해 악가(樂歌)를 해설해준 것은 《예기》〈제법〉이 후세를 위해 예(禮)를 기록해준 것과 같다. 후세의 입장에서 옛사람을 보면 조상〔祖〕 아닌 분이 없다. 이렇게 보면 시 본문의 '황고'는 당시에 칭송한 말이고, 모서의 '태조'는 후대의 입장에서 일컬은 말이다. 그렇다면 이 시를 문왕에게 길체제사를 지내는 내용의 악가라고 하는 것은 또 얼마나 꽉 막힌 해석이겠는가.

---

49 시조를⋯⋯않다 : 주희의 《시서(詩序)》 하권 '옹(雝)' 조에 보인다.

만약 모서의 '태조' 2자에 오직 후직만 해당된다고 한다면 이는 참으로 '증손(曾孫)' 2자에 대해 대수(代數)를 3대손으로만 국한하여 논하는 것[50]과 같은 견해이니, 경문의 의미를 함께 논할 수준이 못 된다.

50 증손(曾孫)……논하는 것 : 증손의 본디 뜻은 3대손이지만 《시경》〈유천지명(維天之命)〉의 "무엇으로써 나를 아껴주실까? 아껴주심이 있다면 내 그것을 받아서, 우리 문왕을 크게 따르리니, 후손들은 돈독히 하여 크게 힘쓸지어다.〔假以溢我, 我其收之, 駿惠我文王, 曾孫篤之.〕"에서는 3대손 이하의 자손이 선조를 섬길 때 스스로 칭하는 말로 쓰인 것이다. 이와 같은 용례의 '증손'을 3대손에 국한하여 보는 견해를 말한다.

재현

載見

○ 모서: 〈재현〉은 제후들이 처음으로 무왕의 사당을 알현하는 내용
이다.

○ 공영달: 주공(周公)이 섭정한 지 7년 만에 성왕(成王)에게 정권을
반납하였다. 성왕이 친히 정사(政事)를 돌보자 제후들이 와서 조회
하였다. 이에 성왕이 제후들을 거느리고 무왕의 사당에 제사를 지내
자, 시인(詩人)이 그 일을 서술하여 이 노래를 지었다.

성왕이 무왕의 사당을 세운 지 오래되어 제후들은 이미 무왕의 사당
에 올리는 제사를 도운 적이 있다. 여기서 '처음으로 알현했다'고 한
것은 성왕이 이때에 친히 제사를 올렸고 제후들이 성왕의 치세(治世)
에는 처음으로 무왕의 사당을 알현했다는 뜻이지, 사당을 세운 뒤로
제후들이 처음 알현했다는 말이 아니다.

○ 주자의 《시경집전》: 이는 제후들이 무왕의 사당에서 제사를 돕는
내용의 시이다.

유객

有客

○ 모서: 〈유객〉은 미자(微子)가 조상의 사당에 와서 알현하는 내용
이다.

○ 공영달: 조상의 사당에 알현했다는 것은 틀림없이 제사를 도운 것
이다.

○ 주자의 《시경집전》: 이는 미자가 조상의 사당에 와서 알현하는
내용이다.

○ 하해(何楷): 《백호통(白虎通)》에 "《시경》에 '손님이여, 손님이여,
흰 그 말이로다.〔有客有客 亦白其馬〕'라고 한 것은 미자가 주나라에
조회한 것을 말한다."[51]라고 하였는데, 살펴보건대 주나라에 조회했
다는 것은 실은 제사를 도운 것이다. 〈진로(振鷺)〉에 '서쪽 못〔西雝〕'
을 말한 것[52]과 〈유고(有瞽)〉에 '선조(先祖)'를 말한 것[53]이 모두 제사

---

51 시경에……말한다 : 《백호통의(白虎通義)》하권 '제왕이 신하로 대하지 않는 경우
〔王者不臣〕' 조에 보인다.

52 진로(振鷺)에……것 : 〈진로〉의 "떼 지어 백로가 날아가니, 저 서쪽 못에서로다.
우리 손님이 이르니, 또한 이 단정한 용모가 있도다.〔振鷺于飛, 于彼西雝. 我客戾止,
亦有斯容.〕"를 말한다. 〈진로〉는 하(夏)나라와 은(殷)나라의 후예가 주나라에 와서
제사를 돕는 내용의 시이기 때문에 유사한 예로 든 것이다.

53 유고(有瞽)에……것 : 〈유고〉의 "성대한 그 소리가, 엄숙하고 조화롭게 울리니,
선조가 이에 들으시며, 우리 손님이 이르시어, 그 음악이 끝남을 길이 보시도다.〔喤喤厥
聲, 肅雝和鳴, 先祖是聽, 我客戾止, 永觀厥成.〕"를 말한다. 〈유고〉는 악기들을 처음

를 도운 일이다.

혹자는 "미자가 처음 송(宋)나라에 봉해질 때 주나라의 종묘에서 왕명을 받는 내용"이라고 하나, 옳지 않다.

만들어 조상의 사당에서 합주하는[合] 내용의 시이지만, 시 본문의 '우리 손님이 이르시어[我客戾止]'가 하나라와 은나라의 후예가 주나라에 손님으로 와서 제사를 돕는 상황이기 때문에 유사한 예로 든 것이다.

무
武

○ 모서: 〈무〉는 〈대무(大武)〉에 반주하는 악가이다.

○ 정강성: 〈대무〉는 주공(周公)이 음악을 만들 때 만든 춤이다.[54]

○ 주자의 《시경집전》: 《춘추좌씨전》에서는 이 시를 〈대무〉의 첫 장이라고 하였다. 〈대무〉는 주공이 무왕의 무공(武功)을 형상화한 춤인데, 이 시를 노래하여 그것(〈대무〉)에 반주하였다. 《예기》에 "붉은 방패와 옥도끼를 들고서, 면류관을 쓰고 〈대무〉를 춘다."라고 하였다.

전하는 기록[55]에는 이 시를 무왕이 지은 것이라고 하는데, 시 본문에 이미 '무왕(武王)'이라는 시호가 있으므로 그릇된 설이다.

54 주공(周公)이……춤이다 : 주공이 섭정한 지 6년 만에 예악을 제정했는데, 〈대무 (大武)〉는 이때 만든 것이라는 뜻이다. 《毛詩注疏 武 孔穎達疏》

55 전하는 기록 : 《죽서기년(竹書紀年)》을 칭하는 것으로 생각된다. 서문정(徐文靖, 1667~1756)이 여기에 인용된 주희(朱熹)의 말을 다루면서, '무왕 14년에 〈대무(大 武)〉를 만들었으며, 이 시가 〈대무〉에 반주한 악가'라는 내용이 죽서(竹書)에 있다고 하고, 이에 따르면 이 시는 무왕 때 지어진 시이며, 시 본문의 '무왕(武王)'은 시호를 칭한 것이 아니라 '무공(武功)이 있는 왕'이라는 뜻이라고 설명한 것이 보인다. 《管城碩 記 卷8 詩三 武》

민여소자
閔予小子

○ 모서: 〈민여소자〉는 새로 즉위한 왕이 종묘에 조알(朝謁)하는 내용이다.

○ 정강성: 새로 즉위한 왕은 성왕(成王)을 말한다. 무왕의 상복을 벗고 비로소 친히 정사를 행하려고 종묘에 조알한 것이다.

○ 주자의 《시경집전》: 이는 성왕이 상복을 벗고 종묘에 조알할 때 지은 시인데, 후세에 마침내 새로 즉위한 왕이 종묘에 조알할 때 사용하는 악가로 굳어진 듯하다. 뒤의 세 편도 마찬가지이다.

방락

訪落

○ 모서: 〈방락〉은 새로 즉위한 왕이 종묘에서 정사를 의논하는 내용이다.

○ 주자의 《시경집전》: 성왕(成王)이 종묘에 조알한 다음, 이어서 이 시를 지어 뭇 신하들을 초빙하여 가르침을 구하는 뜻을 표현하였다.

경지
敬之

○ 모서: 〈경지〉는 뭇 신하들이 새로 즉위한 왕에게 잠계(箴戒)를 올리는 내용이다.

○ 주자의 《시경집전》: 성왕(成王)이 뭇 신하들의 잠계를 받고 그 말을 서술한 것이다.

○ 황춘(黃櫄): 성왕이 정사를 의논하는 내용의 시를 지어 뭇 신하들의 뜻을 일으켰다. 이 때문에 뭇 신하들도 공경하라는 잠계를 올려 성왕의 아름다운 덕에 답하였다. "나 소자가〔維予小子〕" 이하는 또 성왕이 뭇 신하들에게 답한 말이다.

소비
小毖

○ 모서: 〈소비〉는 새로 즉위한 왕이 신하들에게 도움을 청하는 내용이다.

○ 공영달: 〈소비〉는 새로 즉위한 왕이 신하들에게 도움을 청하는 내용의 악가이다. 주공(周公)이 정권을 반납하자 성왕(成王)이 왕위를 이은 다음 종묘에서 제사를 지내고 뭇 신하들에게 자신을 도와달라고 청하였다. 이에 시인(詩人)이 그 일을 서술하여 이 악가를 지었다.

모씨(毛氏)는 "앞의 세 편 역시 주공이 정권을 반납한 뒤의 일을 읊은 것인데, 〈방락(訪落)〉에서 성왕이 종묘에서 정사를 의논한 일을 말했으므로 신하들이 잠계를 올린 일과 성왕이 도움을 청한 일도 종묘 안에서 있었던 것으로, 앞 시와 같은 때의 일이다."라고 하였다.

정현은 "앞의 세 편은 주공이 섭정하기 전의 시이고, 이 시는 정권을 반납한 뒤의 시이다."라고 하였다. 그러나 〈송(頌)〉의 통례(通例)는 모두 신명(神明)으로 말미암아 시상을 일으킨 것이다. 이 역시 종묘에 제사함으로 인하여 신하들에게 도움을 청한 것일 듯하다.

○ 소철: 성왕이 처음에는 관숙(管叔)·채숙(蔡叔)을 믿고 주공을 의심하였다가 얼마 뒤에 관숙·채숙의 간악함을 알았다. 이 때문에 "내가 된통 혼이 났으니, 후환을 조심할 수 있을까?"라고 한 것이다.

○ 범처의: 〈민여소자(閔予小子)〉 이후의 시들에 대한 모서에 모두 '새로 즉위한 왕[嗣王]'을 일컬었으니, 이들은 참으로 같은 성격의 시

이다. 성왕이 종묘에 제사 지냈으므로 종묘에서 정사를 의논하였고, 성왕이 정사를 의논하였으므로 신하들이 잠계를 올렸으며, 신하들이 잠계를 올렸으므로 성왕이 신하들에게 도움을 청한 것이니, 그 순서가 이와 같다.

○ 주자의 《시경집전》: 이 시의 의미도 〈방락〉의 뜻과 같다. 성왕이 스스로 "내가 무엇에 혼이 나서 후환을 조심하는가? 벌〔蜂〕을 부리다가 맵게 쏘였으며 붉은머리오목눈이〔桃蟲〕로만 믿고 그것이 큰 새가 될 수 있음을 알지 못하였으니, 이는 혼이 나 마땅한 일이었다."라고 하였으니, 아마도 관숙과 채숙의 일을 가리킨 것이다.

按 〈민여소자〉 이후의 네 편에 대해 공영달의 소와 범처의의 설이 모두 같은 때의 시라고 하였고, 주자(주희)도 모서에 대한 변설(辨說)[56]에서 이를 따랐다.

그런데 그의 《시경집전》에서는 〈민여소자〉에 대해 "성왕이 상복을 벗고 종묘에 조알할 때 지은 시"라고 하였으니 이는 주공이 동도(東都)에 거처하기 이전을 말한 것이고, 이 시에 대해 "아마도 관숙과 채숙의 일을 가리킨 것"이라고 하였으니 이는 주공이 정권을 반납한 뒤를 말한 것이다.

주공이 3년 동안 섭정하고 2년 동안 동도에 거처하였으므로 성왕이 상복을 벗은 것은 주공이 섭정한 시기와 동도에 거처한 시기 사이에 있었다.[57] 같은 때의 시라고 해놓고 어떤 것은 동도에 거처하기 전의

---

56 모서에 대한 변설(辨說) : 주희의 《시서(詩序)》 하권 '소비(小毖)' 조의 변설을 가리킨다.

시라고 하고 어떤 것은 정권을 반납한 뒤의 시라고 하였으니, 또 어쩌면 이렇게 두 설이 모순된단 말인가. 모서에 해설된 뜻에 따라 모두 정권을 반납한 뒤의 일로 보아야 의미가 통하지 않는 문제가 없을 것이다.

57 주공이……있었다 : 이 문단에서 '주공이 섭정했다〔居攝〕'는 말은 삼년상의 기간 동안 주공이 총재(冢宰)의 직책을 맡아 국정을 총괄했다는 뜻으로 보아야 한다. 참고로 《예기주소(禮記注疏)》〈문왕세자(文王世子)〉의 공영달 소(孔穎達疏) 등에서는 주공이 총재의 역할을 수행한 것과 섭정한 것을 구분하여 말하였는데, 정리하면 다음과 같다.

무왕이 죽었을 때 성왕은 10살이었으므로, 삼년상을 마친 해에 성왕은 12살이었다. 삼년상 동안 주공은 총재의 역할을 수행하고, 삼년상을 마치자 어린 성왕을 대신하여 섭정하려다가 관숙 등의 방해 공작을 만나 성왕이 13살 되던 해에 동도(東都)로 피신하였다. 성왕이 15살에 주공을 맞이하여 돌아오자 비로소 섭정을 시작하여 7년 동안 지속하다가 성왕이 21살 되던 해에 정권을 반납하였다.

재삼
載芟

○ 모서: 〈재삼〉은 봄에 적전(籍田)을 갈면서 사직에 풍년을 기원하는 내용이다.

○ 정강성: 적전은 전사씨(甸師氏 《주례》〈천관(天官)〉의 속관 중 하나)가 담당하는 토지로, 임금이 쟁기와 보습을 수레에 신고 가서 경작하는 밭이다. 천자는 1,000묘이고 제후는 100묘이다. '적(籍)'은 '빌린다〔借〕'는 말이니, 백성의 힘을 빌려 경작하기 때문에 적전(籍田)이라 한다.

○ 공영달: 임금이 봄에 적전을 몸소 갈아 농업을 권장하고 또 사직에 기원하여 풍년이 들 수 있게 하자, 시인(詩人)이 풍년 드는 일을 서술하여 이 노래를 만들었다.

경문에 "백성들이 밭을 경작하여 수확이 매우 많기에 술과 단술을 만들어 제사를 올린다."라고 하였는데, 이는 임금이 적전을 경작하고 사직에 풍년을 기원하며 백성들로 하여금 그렇게 하도록 권장함에 말미암은 것이다. 이 때문에 모서에서는 그 말미암은 것을 바탕으로 〈송(頌)〉을 지은 뜻을 말하였다. 경문에서는 풍년이 듦을 주로 말하였기 때문에 임금이 적전을 경작하고 사직에 풍년을 기원하는 일을 언급하지 않은 것이다.

《예기》〈제법(祭法)〉에 "제왕이 백성을 위해 세운 사(社)를 태사(泰社)라 하고, 왕이 자신을 위해[58] 세운 사(社)를 왕사(王社)라 한다."라고 하였다. 그렇다면 백성을 위해 풍년을 기원하는 제사는 당연히 태사를 위주로 했을 것이고, 직(稷)과 사(社)에 함께 지내는 제사도 당연히 태사의 사와 직에 했을 것이다.

○ 주자의 《시경집전》: 이 시는 어디에 사용했는지 상세하지 않다. 그러나 문구와 의미가 〈풍년(豐年)〉과 유사하므로[59] 용도 역시 다르지 않았을 것이다.

○ 왕홍서: 모서에서 "봄에 적전을 갈면서 사직에 풍년을 기원하는 내용"이라고 하였는데, 공영달이 "모서에서는 그 말미암은 것을 바탕으로 〈송(頌)〉을 지은 뜻을 말하였고, 경문에서는 풍년이 듦[60]을 주로 말하였다."라고 풀이하였다. 주자(주희)는 시 본문에 풍년을 기원하는 뜻이 없는 것을 이상하게 생각하였다. 이 때문에 "어디에 사용했는지 상세하지 않다."라고 하였다. 그렇지만 "문구와 의미가 〈풍년〉과 유사하므로 용도 역시 다르지 않았을 것이다."라고 하였으니, 이 시가 보답하는 제사에 사용한 것이지 기원하는 제사에 사용한 것

58 【校】위해 : 저본에는 없는 말이나, 《예기》〈제법(祭法)〉과 《모시주소》〈재삼(載芟)〉에 의거 '爲' 1자를 보충하여 번역하였다.

59 문구와……유사하므로 : 〈풍년(豐年)〉의 "풍년에 기장이 많으며 벼가 많아, 또한 높은 곳집이, 만과 억과 자(秭)이거늘, 술을 만들고 단술을 만들어, 조비(祖妣)에게 나아가 올려서, 온갖 예를 모두 구비하니.[豐年多黍多稌, 亦有高廩, 萬億及秭. 爲酒爲醴, 烝畀祖妣, 以洽百禮.]"와 〈재삼(載芟)〉의 "수확하기를 많이 하고 많이 하니, 꽉 찬 그 노적이, 만이며 억이며 자이거늘, 술을 만들고 단술을 만들어, 조비에게 나아가 올려서, 온갖 예를 두루 하도다.[載穫濟濟, 有實其積, 萬億及秭. 爲酒爲醴, 烝畀祖妣, 以洽百禮.]"를 말한다.

60 【校】풍년이 듦 : 저본에는 '豐年似已'로 되어 있으나, 왕홍서의 《시경전설휘찬》 '재삼(載芟)' 조에 의거 '年豐'으로 수정하여 번역하였다.

이 아니라는 말이다.

살펴보건대 〈풍년〉에 "복을 내리심이 매우 두루 미치도다.〔降福孔皆〕"라고 하였기 때문에 그 모서에서 '가을과 겨울에 풍년에 보답하는 것'에 중점을 두어 해설했는데, 주자도 '보답'에 중점을 둔 것이다. 그러나 〈풍년〉에는 보답하는 제사를 올리고 신이 복을 내리는 일이 언급된 데 비해, 이 시에는 그런 문구가 없다. 그렇다면 이 시를 보답하는 제사를 올리는 내용이라고 말할 수는 없을 듯하다.

하물며 〈희희(噫嘻)〉의 경우, 모서에서 "봄여름에 풍년을 기원한 시"라고 했으나 시 본문에는 오직 농부들이 농사에 진력(盡力)함만 말하고 복(福)은 언급하지 않았음에랴. 이 시에는 오직 "부지런히 농사지어 수확한 것이 많아서 온갖 예(禮)의 쓰임에 대비할 수 있다."라고만 하고, 제사하여 보답해서 복을 받는다는 말은 하지 않았다. 그렇다면 이 시가 보답하는 제사에 사용한 악장이 아님이 더욱 분명하다.

만약 이 시를 〈빈풍(豳風)〉의 〈칠월(七月)〉이나 〈아(雅)〉의 〈대전(大田)〉과 유사한 내용으로 본다면, 당연히 〈풍(風)〉이나 〈아〉에 편차했어야 한다. 그런데 지금은 〈송(頌)〉에 편차되었으므로 이 시가 제왕이 사용한 악장임은 분명하다. 하물며 《시경집전》에는 이 시의 용도에 대한 정견(定見)이 원래 없었음에랴. 모서와 시 본문이 모두 한대(漢代)에 나왔으므로 우선은 옛 설을 따르는 것이 옳다.

양사
良耜

○ 모서: 〈양사〉는 가을철에 보답하는 제사를 사직에 올리는 내용이다.

○ 공영달: 주공(周公)과 성왕(成王)의 태평시대에는 농사가 풍년들면 사직의 도움에 말미암은 것이라고 여겼다. 이 때문에 가을철에 곡식이 잘 여물고 나면 제왕이 사직의 신에게 제사를 올려 생장시켜 준 공덕에 보답하였다. 이에 시인(詩人)이 그 일을 서술하여 이 노래를 지은 것이다.

○ 주자의 《시경집전》: 혹자는 〈사문(思文)〉·〈신공(臣工)〉·〈희희(噫嘻)〉·〈풍년(豐年)〉·〈재삼(載芟)〉·〈양사〉 등의 시가 곧 이른바 〈빈송(豳頌)〉이 아닐까 생각하는데, 그 상세한 내용이 〈빈풍(豳風)〉과 〈대전(大田)〉의 말미에 보인다. 그러나 이 역시 옳은지는 알 수 없다.

○ 왕홍서: 시 본문에 "이 입술 검은 누런 소를 잡으니〔殺時犉牡〕"라고 했으므로 천자가 태뢰(太牢)의 예를 행하는 것이다. 그렇다면 이 시가 사직에 보답하는 제사를 올리는 내용임에 의심의 여지가 없다. 또 시 본문에 "옛사람을 계승하여 제사하도다〔續古之人〕"라고 했으므로 이 시가 종묘 제사를 올리는 내용이 아님을 알 수 있다. 이 시는 〈재삼(載芟)〉과 서로 이어지므로, 하나는 풍년을 기원하는 시이고 하나는 보답하는 시로 보는 것이 이치상으로도 타당하다.

사의

絲衣

○ 모서: 〈사의〉는 시동[尸]에게 역(繹)제사를 올려 손님으로 대접하는 내용이다. 고자(高子)는 "여기서 시동은 영성(靈星 후직(后稷))의 시동이다."라고 하였다.

○ 정강성: '역(繹)'은 본 제사 뒤에 또 지내는 제사이다. 천자와 제후의 경우는 '역(繹)'이라 하는데, 본 제사를 지낸 다음 날 설행하고, 경대부의 경우는 '빈시(賓尸)'라 하는데, 본 제사와 같은 날 설행한다. 주나라에서는 '역(繹)'이라 하고, 상나라에서는 '융(肜)'이라 하였다. 작변(爵弁)을 쓰고서 제왕의 제사를 돕는 것[61]은 사(士)의 복장이다. 역제사는 예(禮)가 가벼우므로 사(士)에게 시켰다.

○ 공영달: 천자와 제후의 예는 크기 때문에 본 제사와 다른 날에 설행하고 별도로 이름을 만들어 '역(繹)'이라 하였다. 경대부의 예는 작기 때문에 같은 날 설행하고 별도로 이름을 만들지 않고서 일의 실질을 곧장 지적하여 '빈시(賓尸 시동을 손님으로 대접함)'라고 하였다. 이 시의 모서에 말한 '역(繹)'은 제사 이름이고, '빈시(賓尸)'는 그 제사

---

61 제왕의 제사를 돕는 것 : 원문 '제어왕(祭於王)'을 번역한 것이다. 이를 '왕에게 제사를 올린다'는 뜻으로 보지 않고 이와 같이 번역한 데는 《예기》〈잡기(雜記)〉의 "士弁而祭于公, 冠而祭于己."라는 용례를 참고하였다. 이 예에서 '제우공(祭于公)'은 '공소(公所)에서 제사하는 것'으로, 곧 '국가의 제사를 도움'을 뜻하며, '제어기(祭于己)'는 '자기 집에서 제사하는 것'으로, 곧 '자기 집안의 제사를 지냄'을 뜻한다.

에서 행하는 일이다.

○ 주자의 《시경집전》: 명주옷과 작변은 사(士)가 제왕의 제사를 도울 때의 복장이므로, 이 또한 제사를 지내고 함께 술 마시는 내용이다.

○ 왕홍서: 종묘에 본 제사를 지낸 이튿날 다시 지내는 제사를 역(繹)이라 한다. 역제사의 예(禮)는 종묘의 대문에서 설행하는데, 종묘의 대문 곁에 있는 당(堂)을 숙(塾)이라 한다. 지금 시 본문에 "당에서 터로 가며〔自堂徂基〕"라고 하였으므로 여기서 '터'는 문숙(門塾)의 터로, 아마도 종묘 대문 밖 서쪽 협실(夾室) 당(堂)의 터를 일컫는 듯하다. 따라서 이 시에서 읊은 일이 역제사임이 분명하다.

천자가 종묘에 본 제사를 올릴 때면 제사 전날 밤에 소종백(小宗伯)이 제기(祭器)가 깨끗하게 씻겼는지 살펴보고, 제사 당일에 제수용 곡식을 맞이하고, 가마솥 안에 담긴 희생의 고기가 익었는지 살펴보고, 제물을 올리거나 진설한 시각이 적절했는지를 왕에게 아뢰고, 또 제물이 모두 갖추어졌음을 왕에게 보고한다.[62]

지금 시 본문에는 "명주옷과 작변 차림의 사(士)가 '제기가 깨끗하게 씻겼음'을 아뢰고, '희생이 충실함'을 아뢰고, '가마솥에 담긴 음식이 정갈함'을 아뢰었다."라고 했으니, 그렇다면 이 시에서 읊은 일은 본 제사가 아니라 역제사임이 또 분명하다.

《예기》의 "대문 밖에서 팽(祊)제사를 설행한다."[63]에 대한 정현의

---

62 천자가……보고한다 : 《주례(周禮)》〈춘관(春官) 소종백(小宗伯)〉에 규정된 내용이다.

63 대문……설행한다 : 《예기》〈예기(禮器)〉에 보인다. 태묘(太廟: 종묘의 정전(正

주에 "팽제사는 본 제사 이튿날 지내는 역(繹)제사이다. '팽(祊)'이라
한 것은 종묘의 대문 밖에서 설행함으로 인해 이렇게 명명한 것이다.
그 제사 지내는 예(禮)는 묘실(廟室)에서 본 제사를 설행한 뒤에 당
(堂)에서 시동을 모시는 것이다."라고 하였다. 그렇다면 팽제사와 역
제사는 같은 때 이루어지는 일이며, 팽제사는 종묘 대문 밖의 서쪽
협실에서 설행하고 역제사도 그 당(堂)에서 설행하였다. 이 둘을 통틀
어 칭하는 이름이 '역(繹)'이다. 공영달의 소에는 〈사의〉를 인용하여
"역제사는 당(堂)에서 시동을 모시는 예"임을 증명하였다.

사(士)가 제기와 제물을 살펴보고 나서 당 위로부터 당 아래의 터로
갔다. 이 때문에 "당에서 터로 가며〔自堂徂基〕"라고 한 것이니, 이 역시
이 시에서 읊은 일이 역제사라는 분명한 증거이다.

주자(주희)는 모서에 대한 변설(辨說)에서 위와 같은 해석은 틀렸다
고 하고,[64] "제사를 지내고 함께 술 마시는 내용의 시"라고 하였다. 그러
나 주자는 그것이 무슨 제사인지 지적하지 않았다. 다만 주자의 설대
로라면 사(士)로서 제사를 돕고, 제사를 돕고 나서 함께 술을 마시는
일이 천자와 무슨 상관이 있기에 〈송(頌)〉에 배열했겠는가?

아마도 이 시의 내용이 종묘와 관련되기 때문일 것이다. 그리고 《시
경집전》에 정현의 전(箋)을 그대로 사용했으므로[65] 모서의 설도 나란

殿))의 제사를 서술하는 문단의 후반부에 이 말이 있다.
64 주자는……하고 : 주희의 《시서(詩序)》 '사의(絲衣)' 조 변설에 "모서는 틀렸다.
고자(高子)는 더욱 틀렸다."라고 한 것을 말한다.
65 시경집전에……사용했으므로 : '명주옷과 작변은 사(士)가 제왕의 제사를 도울 때
의 복장'이라는 설을 계승했을 뿐만 아니라, 역(繹)제사를 지낼 때 사(士)가 행하는
예의 절차라고 정현이 소개한 다음 내용을 그대로 계승한 것을 말한다. "문숙(門塾)의

히 보존해두는 것이 타당하다.

당에 올라가 병이 깨끗하게 씻겼는지와 변두 등속을 살펴보고, 내려와 문숙의 터로 가서 제기가 깨끗하게 씻겼음을 아뢴다. 또 희생을 양부터 소에 이르기까지 살펴보고 돌아가 희생이 충실함을 아뢴다. 이윽고 솥 덮개를 들어 올려 음식을 살펴보고 음식이 정갈함을 고한다. 이것이 예(禮)를 행하는 순서이다.〔升門堂, 視壺濯及籩豆之屬, 降往 于基, 告濯具; 又視牲從羊之牛, 反告充; 已乃擧鼎冪, 告潔, 禮之次也.〕"

작

酌

○ 모서: 〈작〉은 〈대무(大武)〉가 완성되었음을 고한 시이다. 선조(先祖)의 도(道)를 참작하여 천하를 길렀음을 말하였다.

○ 정강성: 주공(周公)이 예악을 제정하고도 성왕(成王)에게 정권을 반납한 뒤에야 종묘에 제사를 올리며 그 음악을 연주하였고, 처음 완성되었을 때는 완성되었음을 종묘에 고하는 데 그쳤다.

○ 주자의 《시경집전》: 이 역시 무왕(武王)을 칭송한 시이다. 〈작(酌)〉은 곧 〈작(勻)〉이다. 《예기》〈내칙(內則)〉에 "13세에 〈작(勻)〉 춤을 춘다."라고 하였으니, 곧 이 시를 절주로 삼아 춤을 춘 것이다. 그런데 이 시와 〈뇌(賚)〉·〈반(般)〉은 모두 시 본문의 글자를 사용하여 제목을 짓지 않았으니, 어쩌면 〈무숙야(武宿夜)〉[66]의 경우처럼 악절(樂節)의 명칭을 취했을 듯하다.

○ 엄찬(嚴粲): 《한서(漢書)》〈예악지(禮樂志)〉에는 "주공이 〈작

---

66 무숙야(武宿夜): 무무(武舞)를 출 때 연주하던 주나라 음악의 하나로, 《예기》〈제통(祭統)〉에 "제사에는 세 가지 중요한 것이 있으니……춤은 〈무숙야〉보다 중요한 것이 없다."라는 말이 보인다.

'무숙야(武宿夜)'라는 제목이 시의 내용과는 무관하다는 주희의 말과 달리, 공영달의 소(疏)에는 "무왕이 주왕(紂王)을 정벌하러 갈 때 상(商)나라의 교외에 이르러 군대의 행진을 멈추고 밤에 유숙하게 되자 사졸들이 모두 기쁘고 즐거워 노래하고 춤추며 아침을 기다렸는데, 이 뜻으로 편명을 지은 것이다."라고 하였다.

(勺)〉을 지었다. '작(勺)'은 선조의 도를 잘 취득했다[勺]는 말이다."[67] 라고 하였으니, 그 글자가 모두 변(邊)이 없이 간단한 '勺'으로 되어 있다.

《춘추좌씨전》에 〈무송(武頌)〉을 〈대무(大武)〉의 마지막 장이라 하고, 〈뇌(賚)〉를 〈대무〉의 제3장이라 하고, 〈환(桓)〉을 〈대무〉의 제6장이라 하였다.[68] 이에 따라 주씨(주희)는 "〈환〉·〈뇌〉 2편은 모두 〈대무〉 중의 한 장"이라고 하였다.[69] 그렇다면 〈작(酌)〉과 〈뇌〉·〈반(般)〉도 같은 성격의 시로서 〈대무〉 편 중 한 장임이 분명하다.

---

67 【校】주공이……말이다 : 저본에는 '周公作勺'만 인용되어 있으나, 이어지는 말에 "그 글자가 모두……"라고 한 것으로 보아, '勺' 자가 쓰인 "勺, 言能勺先祖之道也."도 아울러 지칭하므로 이를 함께 번역하였다.

68 춘추좌씨전에……하였다 : 초자(楚子)가 무(武)의 7가지 덕(德)을 말하는 중에 "무왕이……〈무(武)〉를 지어 그 마지막 장에 '그 공을 세우는 데 이르렀다.〔耆定爾功.〕'라고 하였고, 그 제3장에 '이 깊이 생각할 것을 펴서, 내가 가서 안정을 구하였다.〔鋪時繹思, 我徂惟求定.〕'라고 하였으며, 그 제6장에 '만방을 편안하게 하니, 풍년이 자주 들었다.〔綏萬邦, 屢豐年.〕'라고 하였다."라고 하였는데(《春秋左氏傳 宣公 12年》), '耆定爾功'은 〈무(武)〉의, '鋪(敷)時繹思 我徂惟(維)求定'은 〈뇌(賚)〉의, '綏萬邦 屢豐年'은 〈환(桓)〉의 시구이기 때문에 한 말이다. 〈무송(武頌)〉은 〈주송(周頌)〉에 편차된 〈무(武)〉 시를 '〈송(頌)〉의 체제로 이루어진 〈무(武)〉'라는 뜻으로 칭한 말이다.

【校】'무송(武頌)'이 저본에는 '武'로 되어 있으나 엄찬(嚴粲)의 《시집(詩緝)》 '작(酌)' 조에 의거 '頌' 1자를 보충하여 옮겼다.

69 이에……하였다 : 주희가 《시경집전》〈환(桓)〉·〈뇌(賚)〉의 전(傳)에서 《춘추좌씨전》의 위 언급을 근거로 삼아 논리를 전개한 것을 가리킨다.

환

桓

○ 모서: 〈환〉은 무예를 강마하고 유(類)제사와 마(禡)제사를 지낼 때 사용한 시이다. '환(桓)'은 '굳센 뜻'이라는 말이다.

○ 정강성: 유(類)제사와 마(禡)제사[70]는 모두 군대가 출정할 때 행운을 비는 제사이다.

○ 공영달: 〈환〉은 무예를 강마하고 유제사와 마제사를 지낼 때 사용한 악가이다. 무왕이 주(紂)를 정벌한[71] 뒤에 백성이 안정되고 풍년이 들었는데, 은(殷)나라를 대신하여[72] 제왕이 된 것은 무예 강마와 유제사・마제사로 말미암아 얻어진 것이다. 이 때문에 모서에서 그 뜻을 드러내어 이 시가 지어진 연유를 말하였다.

○ 주자의 《시경집전》: 이 또한 무왕의 공을 칭송한 시이다. 《춘추좌씨전》에 이 시를 〈대무(大武)〉의 제6장이라고 하였다. 그렇다면 지금의 편차는 아마도 옛 모습을 잃은 것이다. 또 시 본문에 이미 '무왕'이라는 시호가 있으므로, 이 시를 무왕 때 지어졌다고 하는 것은

---

70 【校】마(禡)제사 : 저본에는 '武'로 되어 있으나 《모시주소》〈환(桓)〉에 의거 '禡'로 수정하여 옮겼다.

71 【校】정벌한 : 저본에는 '代'로 되어 있으나 위 자료에 의거 '伐'로 수정하여 번역하였다.

72 【校】대신하여 : 저본에는 '伐'로 되어 있으나 위 자료에 의거 '代'로 수정하여 번역하였다.

옳지 않다. 모서에서 "무예를 강마하고 유제사와 마제사를 지낼 때 사용한 시"라고 한 것은 어찌 후대에 그 뜻을 취하여 그러한 일에 사용한 것이 아니겠는가.

뇌

賚

○ 모서: "〈뇌〉는 종묘에서 공신들을 후히 봉해줄 때 사용한 시이다. '뇌(賚)'는 '준다[予]'는 뜻이니, 착한 사람에게 주는 것을 말한다.

○ 공영달: 무왕이 주(紂)를 정벌한[73] 뒤에 종묘에서 공신들을 후하게 봉하여 제후로 삼았는데, 주공(周公)·성왕(成王) 때 시인이 그 일을 추술(追述)하여 이 노래를 지었다.

경문에 진술한 내용은 모두 무왕이 문왕의 덕을 진술하여 신칙한 말이다. "종묘에서 공신들을 후하게 봉하였다."라고 할 때 '종묘'는 문왕의 사당을 말한다. 《예기》〈악기(樂記)〉에 무왕이 은(殷)나라를 이긴 일을 말하기를 "군졸을 거느린 장수들을 제후로 삼았다……용맹한 병사들이 칼을 벗었다……명당(明堂)에서 제사 지냈다."라고 하였는데, 그 주(注)에 "문왕의 사당이 명당이다."라고 하였다. 그렇다면 제후들을 후하게 봉해준 일이 문왕의 사당에서 있었던 것이다.

《춘추좌씨전》에 "무왕이 상(商)나라를 이기고 천하를 널리 소유하셨을 때 그 형제로서 제후국에 봉해진 자가 15명이었고, 희성(姬姓 주나라 황실의 성)으로서 제후국에 봉해진 자가 40명이었습니다."[74]라고

---

73 【校】정벌한 : 저본에는 '代'로 되어 있으나 《모시주소》〈뇌(賚)〉에 의거 '伐'로 수정하여 번역하였다.

74 무왕이……40명이었습니다 : 《춘추좌씨전》 소공(昭公) 28년 조에 보인다. 이는 본디 인재 등용의 기준은 오직 현능한지 여부이므로, 친족이라는 이유로 현능한 자를

한 것과 《상서(尙書)》〈무성(武成)〉편에 "작위를 나열함은 다섯 가지
로 하되, 영토를 나눠줌은 세 가지로 하며"[75]라고 한 것이 모두 무왕이
제후들을 후하게 봉해준 일을 말한 것이다.

○ 범처의: 무왕이 종묘에서 제후들에게 후하게 상을 내렸으나 당시
에는 〈송(頌)〉의 체제가 만들어지지 않아 시로 지어지지 못하다가,
성왕(成王) 때 예악을 제정하고서 그 일을 무왕의 사당에서 노래하였
다. 모서에서 "뇌(賚)는 착한 사람에게 주는 것"이라 한 것은, 바로
《논어》의 "주나라에서 후한 상을 내리니, 착한 사람들이 부유해졌
다."[76]라는 말에 부합한다.

○ 주자의 《시경집전》: 이는 문왕[77]의 공을 칭송한 시로, 문왕의 자
손이 공신들을 후하게 봉해준 뜻을 말한 것이다. "문왕이 천하에 쏟
은 노고가 지극하였기에 그 자손이 천하를 받아 소유하였다. 그러나
감히 혼자서 차지할 수 없기에, 이처럼 문왕의 공덕이 사람들에게 남
아 있어 깊이 생각할 만한 것을 펼쳐서 공이 있는 이들에게 상을 주
노니, 가서 천하를 안정시키기를 바란다."라고 하고, 또 "이 모든 것
은 다 주나라의 명이지, 더 이상 상나라의 옛것이 아니다."라고 한 뒤
에 마침내 찬탄하여, 나라를 봉해 받은 제후들이 문왕의 덕을 깊이

버릴 것은 없다는 말을 하기 위해 주 무왕(周武王)의 예를 든 것이다.

75 작위를……하며 : 제후의 작위를 공(公)·후(侯)·백(伯)·자(子)·남(男)으로
구분하고, 공·후의 영토는 사방 100리, 백은 70리, 자·남은 50리로 구분했다는 말이다.

76 주나라에서……부유해졌다 : 《논어》〈요왈(堯曰)〉에 보인다.

77 【校】문왕 : 저본의 '文王'을 옮긴 것이다. 주희의 《시경집전》 통행본에는 '문왕과
무왕[文武]'으로 되어 있으나, 뒤에 이어지는 명고의 안설이 이곳의 두 글자를 '文王'으
로 인식하여 전개된 것이기 때문에 교감하지 않고 그대로 옮겼다.

생각하여 잊지 않기를 바랐다.

《춘추좌씨전》에서는 이 시를 〈대무(大武)〉의 제3장이라 하였고, 모서에서는 종묘에서 공신들을 후히 봉해줄 때 사용한 시라고 하였다.

[按] 주자가 〈무(武)〉·〈환(桓)〉 두 시에 대한 전(傳)에 《춘추좌씨전》을 인용하였으니, 모두 〈대무〉 편에 속한 시이며 무왕을 칭송한 내용이라고 한 것이다. 그런데 이 시에 대한 전으로 말하면《춘추좌씨전》을 인용한 것은 위의 두 시와 다름없으나, "문왕의 공을 칭송한 시"라고 하여[78] 위의 두 시에 대해 "무왕의 공을 칭송한 시"라고 한 것과 어긋난다. 이 어찌 〈대무〉 한 편 안에서 첫 장과 제6장은 무왕의 공을 칭송한 반면 제3장 한 장만은 문왕의 공을 칭송했다는 말이 되지 않겠는가.

《시경집전》의 잘못은 경문의 '문왕'과 공영달 소의 '문왕의 사당'이라는 말에 기인한 듯하다. 그러나 경문의 '문왕'은 단지 '무왕이 왕업을 이루고 공신들에게 상을 내린 것이 모두 문왕이 부지런히 애쓴 공에 기반함'을 말한 것일 뿐이다. 또 공영달 소의 '문왕의 사당' 역시 '무왕이 종묘에서 상을 내리고 종묘에서 신칙한 것이 모두 선왕(先王)을 끌어대는 뜻에서 나왔음'을 말한 것이다. 주공과 성왕이 무왕을 추술한 말로 말하면, 왕업의 근원을 문왕의 덕에서 찾아 무왕의 사당에서 연주한 것이니, 경문과 공영달 소가 똑같이 이러한 뜻이다.

그렇다면 주자가 〈대무〉 한 편을 찢어발겨 문왕과 무왕에게 나누어 소속시킨 것은 어째서일까? 주자가 《시경》에 전(傳)을 단 체재는 늘

---

78 문왕의……하여 : 272쪽 주77 참조.

'문구를 가지고 의미 살피기〔卽詞考義〕'를 위주로 하였는데, '문구를 가지고 의미 살피기'가 간혹 이와 같이 '말을 따라가다 맥락과 동떨어진 해석을 낳는〔隨語生解〕' 폐단으로 흐르기도 했던 것이다. 주자의 강석 (講席)에서 직접 질문을 올려 주자 문하의 쟁신(諍臣 잘못을 바른말로 간하는 신하)이 될 수 없음이 애석하다.

반

般

○ 모서 : 〈반〉은 천자가 사방을 순수(巡守 나라 안을 두루 살피며 돌아다
님)하면서 사악(四岳 동 태산(泰山), 남 화산(華山), 서 형산(衡山), 북 항산(恒
山)) 및 큰 강과 바다에 제사하는 내용이다.

○ 정강성 : '반(般)'은 '놀며 즐긴다〔樂〕'는 뜻이다.

○ 공영달 : 악(岳)[79]이 실은 다섯 개가 있는데 모서에서 '사악'을 일
컬은 것은 천자가 순수하면서 멀리 사방에 갔을 때 해당 방위의 악
(岳)에 이르러 이러한 제례를 행했는데, 중악(中岳 숭산(嵩山))에는 제
사하지 않았기 때문에 모서에서 언급하지 않은 것이다.

 《서경》〈요전(堯典)〉[80]과 《예기》〈왕제(王制)〉에서 천자가 사방을
순수하는 예(禮)를 말하면서 모두 "산천에 그 등급에 따라 망(望)제사
를 지냄"[81]을 말하였다. 그렇다면 "회오리산과 높은 산에 오르시고, 진

---

79 【校】 악(岳) : 저본에는 '兵'으로 되어 있으나 《모시주소》〈반(般)〉에 의거 '岳'으
로 수정하여 옮겼다. 본 편에서 동일한 교감이 3번 더 이루어졌으나 일일이 밝히지
않았다.

80 요전(堯典) : 금문(今文) 《상서》를 기준으로 말한 것이다. 〈요전〉의 '신휘오전(愼
徽五典)' 이후를 떼어내어 〈순전(舜典)〉으로 삼은 매색(梅賾)의 위(僞) 고문(古文)
《상서》에는 〈순전〉에 나온다.

81 산천에⋯⋯지냄 : 제사 지낼 때 사용하는 예(禮)의 등급을 달리 적용하는 것으로,
오악(五岳)에는 삼공(三公)에 준하는 예를, 사독(四瀆 : 장강·황하·회하(淮河)·제
수(濟水))에는 후(侯)에 준하는 예를, 그 외의 산천에는 백(伯)·자(子)·남(男)에

실로 온화한 하천을 따라〔隨山喬嶽 允猶翕河〕"라는 것이 모두 산천의 등급에 따라 제사를 지낸 일임을 알 수 있다.

○ 조수중: 《설문해자》에 "'반(般)'은 '돈다〔旋〕'는 뜻이다. 배가 선회하는 것을 형상한 글자로, '舟〔배〕'와 '殳〔창; 상앗대〕'의 의미를 따랐다. '상앗대〔殳〕'는 배를 돌릴 때 사용하는 도구이다.

지금 편명을 〈반(般)〉이라 한 것은 '반선(盤旋 산천을 따라 구불구불하게 빙빙 돎)'의 뜻을 취한 것이니, 천자가 사방을 순수하면서 사악에 두루 오르는 것이 '반선(盤旋)'이다.

○ 주자의 《시경집전》: "아름답다, 이 주나라여. 순수하면서 이 산에 올라 시제사와 망제사를 지내고, 또 강물을 따라 사악에 두루 이르렀다. 너른 하늘 아래가 모두 나에게 기대하므로, 제후들을 모아 사악 아래에서 조회 받아 그 뜻에 보답하노라."라고 말하였다. '반(般)'의 뜻은 상세하지 않다.

준하는 예를 사용하였다. 《尙書注疏 舜典 孔安國傳》

노송魯頌

경
駉

○ 모서: 〈경〉은 희공(僖公 주공(周公)의 장자 백금(伯禽)의 19대손)을 칭송한 시이다. 희공이 백금의 법도를 잘 지켜, 검소함으로 재용을 풍족하게 하고 너그러움으로 백성을 사랑하고 농사에 힘쓰고 곡식을 소중히 여겨 먼 들판에서 말을 기르자, 노(魯)나라 사람들이 존경하였다. 이에 계손행보(季孫行父 노나라의 대부 계문자(季文子))가 주(周)나라에 명(命)을 내려주기를 청하자 사관 극(克)이 이 〈송(頌)〉을 지었다.

○ 주자의 《시경집전》: 이 시는 "희공이 기른 말들이 훌륭한 것은 그 마음을 원대하게 세움에 따른 것임"을 말하였다. 그래서 찬미하기를 "생각이 끝이 없도다. 말을 생각해보니 말이 착하도다.〔思無疆 思馬斯臧〕"라고 한 것이다. 위 문공(衛文公)이 "마음가짐이 성실하고 깊어, 키 큰 암말이 3,000필에 이르렀다.〔秉心塞淵 騋牝三千〕"[82]라고 한 것 역시 이러한 뜻이다.

---

82 마음가짐이⋯⋯이르렀다 : 《용풍(鄘風)》〈정지방중(定之方中)〉의 시구이다.

유필

有駜

○ 모서: 〈유필〉은 희공(僖公) 때 임금과 신하가 법도가 있음을 칭송한 시이다.

○ 범처의: 모서에 "임금과 신하가 법도가 있다."라고 했으나, 시 본문에는 신하들만 비유하고 임금은 언급하지 않았다. 어째서인가? 임금의 법도는 인재를 등용하고 신하를 상대하는 데 있을 뿐이기 때문이다.

신하가 살지고 힘센 말처럼 재주가 있고 날아가는 백로처럼 위의가 있으면 법도 있는 신하라 하기에 충분하다. 임금이 인재를 잘 등용하여 살지고 힘센 말처럼 재주 있는 신하가 능력을 다 발휘할 수 있고, 임금이 신하를 잘 대하여 날아가는 백로처럼 위의 있는 신하가 서로 더불어 잔치하며 즐길 수 있으니, 어찌 임금이 법도가 있다 하지 않겠는가.

○ 주자의 《시경집전》: 이는 잔치하여 술 마시며 송축하는 말이다.

반수
泮水

○ 모서: 〈반수〉는 희공(僖公)이 반궁(泮宮)을 잘 수리했음을 칭송한 시이다.

○ 주자의 《시경집전》: 이는 반궁에서 술을 마시면서 송축한 말이다.

○ 유근(劉瑾): 주자(주희)는 노 희공이 반궁을 '짓고서[作]' 회이(淮夷 회하(淮河) 유역의 소수민족)를 이긴 일을 달리 상고할 곳이 없기 때문에 이 시를 희공 때의 시로 단정 짓지 않았으며, 우선 '회이를 이겨 복종시켰다'라는 내용을 송축의 말이라고 하였다.

내가 살펴보건대, 《춘추》에 정상적인 일은 기록하지 않는데, 반궁을 지은[作] 일은 12공(公)[83]의 일반적인 일이므로 《춘추》에 보이지 않는 것이 당연하다.

그러나 회이를 이겨 복종시킨 일로 말하면 비록 《춘추》에 그 문구가 보이지는 않으나, 희공 13년에 제후들이 제 환공(齊桓公)을 따라 함(鹹)에서 회합한 일이 보이는데, 이는 회이가 기(杞)나라를 괴롭혔기 때문이다. 또 16년에 제 환공을 따라 회(淮)에서 회합한 일이 보이는데, 이는 회이가 증(鄫)나라를 괴롭혔기 때문이다.[84]

---

83 12공(公): 《춘추》에 기록된 노나라 은공(隱公)부터 애공(哀公)까지이다.

84 희공 13년에……때문이다: 두 일이 모두 《춘추》의 해당 연도에 보인다. 제후들이

다만 이 시에 말한 내용은 실제보다 지나친 점이 없지 않으니, 송축할 때의 과장된 말로 보는 것이 타당하다.

○ 추천(鄒泉) : 궁실에 무엇인가 일을 하는 것이 곧 '일으켜 짓는〔興作〕' 것이니, 수리하는 것도 '짓는〔作〕' 것이다. 예컨대 〈비궁(閟宮)〉에서는 종묘를 수리한 것에 대해 역시 "해사가 지은 것이로다.〔奚斯所作〕"라고 하였으니, 반궁을 '짓고서〔作〕' 어찌하여 곧 회이를 복종시켰는지 알 수 있다.[85]

반궁은 학문을 강마하고 예를 행하여 어진 덕을 발양시키고 재능을 육성하는 곳이지만, 군대가 출정할 때 전략을 보고받고 석전(釋奠 선사(先師)에게 지내는, 나물만 올리는 간소한 제사)을 올려 공적을 아뢰는 일도 이곳에서 하였다.

회합하는 데에 노 희공도 당연히 동참했을 것이라는 뜻으로 한 말이다.

85 반궁을……있다 : 말 그대로 '반궁을 지은' 것이 아니라 '반궁을 수리하여' 회이(淮夷) 정벌을 향한 출정식과 보고식을 행했다는 말이다.

비궁

閟宮

○ 모서: 〈비궁〉은 희공(僖公)이 주공(周公)의 집을 잘 복원했음을 칭송한 시이다.

○ 모장(毛長): '비(閟)'는 '닫혀 있다[閉]'는 뜻이다. 선비(先妣 선대의 할머니)인 강원(姜嫄 후직의 어머니)의 사당이 주(周)나라에서 늘 닫혀 있고 제사를 지내는 일이 없었다는 말이다. 새 사당은 민공(閔公 어려서 피살된, 희공의 아우)의 사당이다.

○ 정강성: '비(閟)'는 귀신[神]이다. 강원의 귀신이 의지하는 곳이기 때문에 그 사당을 신궁(神宮)이라 한 것이다. 옛것을 수리한 것을 '새로워졌다[新]'고 하니, 새로워진 것은 강원의 사당이다.

○ 공영달: 모씨(毛氏)는 "희공을 찬미하려고 위로 먼 조상을 말하였고, 강원을 말하고자 또 먼저 그 사당을 말하였다."라고 하였고, 정현은 "시인(詩人)은 일을 보고서 말을 일으키니, 만약 강원의 사당이 없었다면 먼저 '닫혀 있는 사당[閟宮]'을 말했을 리가 없다."라고 하였다.

또 마지막 장에 "새로워진 사당이 밝게 빛나니[新廟奕奕]"라고 했으니, 그렇다면 새로워진 사당은 이 '닫혀 있는 사당'을 새롭게 한 것이다. 이렇게 보면 수미(首尾)가 서로 이어져 조리가 순하다. 해사(奚斯 노나라의 공자(公子) 어(魚))가 수리했으므로[作] 이 사당은 노나라에 있는 것이 자연스러우니, 덩그러니 주나라에 있었을 리 없다.

○ 주자의 《시경집전》: '닫혀 있는 사당'을 이 시를 지을 당시에 수리

한 듯하다. 이 때문에 시인이 그 일을 노래하여 송축하는 말로 삼으면서, 그 근본을 후직(后稷)의 탄생에서 찾고 후대로 내려와 희공 때까지 언급한 것이다.

○ 주자의 변설(辨說)[86] : 이 시에 "장공의 아들〔莊公之子〕"이라 하고, 또 "새로워진 사당이 밝게 빛나니〔新廟奕奕〕"라고 했으니, 그렇다면 이 시는 희공이 사당을 수리했을 때의 시임이 분명하다.

다만 시 본문의 '복주공지우(復周公之宇)'라는 말은 주공의 영토〔土宇〕를 수복할 수 있기를 축원한 것이지, 주공의 집〔屋宇〕을 잘 수리했음을 말한 것이 아니다.

○ 주공천(朱公遷) : 이 시에서 말한 사당을 혹자는 강원의 사당이라 하고, 혹자는 민공의 사당이라 하고, 혹자는 희공의 사당이라 한다. 그런데 강원의 사당이라 한다면 태왕(太王) 이하의 조상을 언급했을 리가 없고, 민공의 사당이라 한다면 주공(周公)과 황조(皇祖 여러 선공(先公)들) 이상의 조상을 언급했을 리가 없으며, 희공의 사당이라 한다면 이 시는 바로 희공을 위해 송축한 것이므로 희공이 아직 죽기 전이다.

주자(주희)의 처음 설에 "노나라 왕실의 여러 사당"이라고 한 것이 그럴듯하나, 주공과 황조의 위로 또 상제(上帝)와 후직을 언급했으므로 이 역시 의심스럽다. 이 때문에 오직 "희공이 수리한 사당"이라고만 한 것이다. 그러나 여러 선공(先公)들에게 제사함으로 인하여 그들이 나오게 된 근본을 찾은 것이라면 '여러 사당〔群廟〕'이라고 하는 것이 옳다.

---

86 주자의 변설(辨說) :《시서(詩序)》의 주희(朱熹) 변설을 가리킨다.

按 맹자(孟子)가 《시경》에 '융적을 이에 막으며, 형서를 이에 징계하니, 우리를 감히 막을 자가 없도다.〔戎狄是膺 荊舒是懲 則莫我敢承〕'라고 했으니, 주공(周公)도 그들(오랑캐)을 막았던 것이다. 그런데 그대는 이(오랑캐의 풍속)를 배우니"라고 하였다. 그렇다면 이 시에 언급된 일이 주공 때의 일임은 맹자가 본디 말했던 것이다.[87]

이 시는 "닫혀 있는 사당이 고요하니〔閟宮有侐〕"라는 말로 희공을 칭송하는 말문을 열고, "빛나는 강원이〔赫赫姜嫄〕" 이하가 모두 대대로 쌓아온 미덕을 찬양한 말이다. 이 때문에 강원과 후직으로부터 주공(周公)과 원자(元子 주공의 장자 백금(伯禽))에 이르기까지 음덕을 쌓아서 후손에게 복을 남겨주고자 한 계모(計謨)를 낱낱이 말하였다.

그런 뒤에 제6장에서 "동쪽 끝까지 확장하여 회이(淮夷)를 오게 하였다."는 말로 노후(魯侯 노나라 임금)가 마땅히 해야 할 일을 권면하였으니, '공(功)'은 일〔事〕이다.[88] 또 제7장의 "서(徐)나라까지 확장하여 바닷가 나라에까지 이르니"라는 말로 노후가 마땅히 다스려야 할 것에 힘쓰도록 하였으니, '약(若)'은 다스린다〔治〕는 뜻이다.[89] 이어서 또

---

87 맹자(孟子)가……것이다 : 여기에 인용된 맹자의 말은 《맹자》〈등문공 상(滕文公上)〉과 〈등문공 하(滕文公下)〉에 보이는 유사한 말을 복합적으로 드러낸 것이다. 주희는 맹자가 이와 같이 말한 것에 대해, 시 본문의 시대적 맥락을 사상(捨象)하고 단장취의(斷章取義)한 것으로 해석했는데(《孟子集註 滕文公上》), 명고는 문면(文面) 그대로 받아들여 논거로 삼았다.

88 공(功)은 일〔事〕이다 : 제6장의 마지막 구 '魯侯之功'을 "노나라 임금이 마땅히 해야 할 일이로다."라는 뜻으로 보아야 한다는 말이다.

89 약(若)은 다스린다〔治〕는 뜻이다 : 제7장의 마지막 구 '魯侯是若'을 "노나라 임금이 이를 다스릴 것이다."라는 뜻으로 보아야 한다는 말이다.

"주공의 영토를 수복하시리로다."라는 말로 그 권면하고 힘쓰게 한 말을 총결짓고, 사당을 새롭게 할 때 실제 행해진 일로 종결지었다. 주자(朱熹)가 '송축하는 말'이라고 한 것은 아마도 이러한 뜻일 듯하다.

그래도 설명에 미진한 점이 있으니, '닫혀 있는 사당〔閟宮〕'에서 제사한 대상이 누구인가 하는 문제이다. 모기령(毛奇齡)은 《춘추공양전(春秋公羊傳)》을 인용하여 "노나라에서 주공의 사당은 태묘라 칭하고, 노공(魯公 백금)의 사당은 세실(世室)이라 칭하고, 여러 선공(先公)들의 사당은 궁(宮)이라 칭하였다. 이 시에서는 '닫혀 있는 사당〔閟宮〕'이라고 하였으므로 아마도 여러 선공들의 사당임이 틀림없는 듯하다."[90]라고 하였다. 이 말은 '여러 사당〔群廟〕'이라 하는 것이 옳다고 한 주극승(朱克升 주공천)의 주장과 합치하니, 이 뜻이 좋다.

---

90   노나라에서……듯하다 : 모기령(毛奇齡)의 《시전시설박의(詩傳詩說駁義)》 '비궁(閟宮)' 조에 보인다.

상송商頌

나
那

○ 모서: 〈나〉는 탕왕(湯王)에게 제사하는 내용이다.

미자(微子)로부터 대공(戴公 주나라 유왕(幽王)·평왕(平王)과 동시대에 재위)에 이르기까지 송나라는 그 사이에 예악이 폐기되고 망가졌는데, 정고보(正考甫; 正考父 대공·무공(武公)·선공(宣公) 때의 상경(上卿))가 주나라 태사(太師)한테서 〈상송(商頌)〉 12편을 얻어 〈나〉를 첫 장으로 삼았다.

○ 주자의 《시경집전》: 옛 설에 이 시를 탕왕(湯王)에게 제사하는 내용의 악가라고 하였다. 민마보(閔馬父)가 "정고보가 상나라의 유명한 〈송(頌)〉을 교정하여 〈나〉를 첫 장으로 삼았는데, 〈나〉가 완성된 끝에 붙인 난사(亂辭 시가의 끝에서 해당 편의 대의를 간추린 말)에 운운하였다."라고 한 것이 곧 이 시이다.[91]

---

91 민마보(閔馬父)가……시이다 : 민마보의 일은 《국어(國語)》〈노어 하(魯語下)〉에 보인다. 〈나〉의 끝에 붙인 난사(亂辭)가 이 시 말미의 "예로부터 옛날에, 선민들이 행함이 있으니, 아침저녁으로 온순하고 공경하여, 제사를 행함을 정성스럽게 하니라.〔自古在昔, 先民有作. 溫恭朝夕, 執事有恪.〕"와 동일했다는 것이다.

열조
烈祖

○ 모서: 〈열조〉는 중종(中宗 조을(祖乙))에게 제사하는 내용이다.

○ 공영달: 모씨(毛氏)는 "제후들이 와서 우리의 겨울 제사와 가을 제사 등 사철 제사를 돌아보는 까닭은 바로 탕왕(湯王)이 사람의 자손으로서 훌륭했기 때문이다. 중종에게 제사하면서 탕왕을 끌어댄 것은 이 탕왕이 상(商)나라의 왕업을 일으킨 사람이기 때문이다."라고 하였다.

정현은 "'탕왕의 자손이 올리는 것이니라.〔湯孫之將〕'는 이때 제사를 설행한 임금을 두고 한 말이다. 그는 당연히 중종의 자손인데 탕왕의 자손이라고 한 까닭은, 중종이 이 제사를 흠향하는 것이 탕왕의 공덕분이기 때문에 근본을 찾아 말한 것이다. 비록 중종의 자손이기는 하나 탕왕의 먼 자손이기도 하므로 탕왕의 자손이라고 말할 수 있다."라고 하였다.

○ 구양수(歐陽脩): "아 슬프다, 열조가〔嗟嗟烈祖〕'의 '열조'는 중종이고, "무궁한 후손에게 거듭 주신지라, 너의 이곳에까지 미쳤도다.〔申錫無疆 及爾斯所〕'의 '너'는 당시에 제사를 주관한 왕이다.

○ 범처의(范處義): 중종을 일컬어 열조라고 한 까닭은 상나라를 부흥시킨 공[92]이 있기 때문이다.

---

92 상나라를 부흥시킨 공 : 중종은 도읍을 경(邢)으로 옮기고 현자 무현(巫賢)을 정

○ 주자의 《시경집전》: 이 역시 탕왕(湯王)에게 제사하는 내용의 악가이다.

○ 왕홍서: 상나라에 3종(宗)이 있으니, 태종(太宗)·중종·고종(高宗)이다. 예법에 공(功)이 있는 선왕(先王)은 조(祖)로 칭하고 덕이 있는 선왕은 종(宗)으로 칭하며, 이들의 사당은 모두 헐지 않도록 되어 있다. 중종과 고종은 〈송(頌)〉에 모두 관련 악장이 있으나 태종은 없는데, 이는 상나라의 시(詩)가 흩어지고 유실되었기 때문이지 처음부터 관련 시가 없었다고 단정할 수는 없다.

정강성은 "경문의 열조는 탕왕을 가리킨다."라고 하였고, 구양수는 "모서에 이 시는 중종에게 제사하는 내용이라고 했으므로 열조는 곧 중종을 가리킨다."라고 하였다. 이는 병(丙)은 갑(甲)을 할아버지라 하고, 무(戊)는 병(丙)을 할아버지라 하는 것과 같으니, 두 해설이 비록 조금 다르기는 하나 세대(世代)의 순서를 따른다는 점은 일치한다.

주자(주희)는 "이 시의 본문에는 중종에게 제사하는 내용으로 볼 수 있는 문구가 없고, 말미에 '탕왕의 손자'를 말했으므로 이 시 역시 탕왕에게 제사하는 내용의 시이다."[93]라고 하였다. 이 때문에 모서의 설을 물리치고 "탕왕에게 제사하는 내용의 악가"라고 하였다. 그러나 모장(毛長)과 정현이 일찍이 이에 대해 말한 바 있는데, 그 설들도 모두 통한다. 그렇다면 무엇을 버리고 무엇을 취할 것인가?

《상송(商頌)》12편 중에 지금은 단지 5편만 남아 있는데 그 중에 중종에게 제사하는 내용의 시가 있고, 이 시의 모서는 전수받은 유래가

승으로 삼아 왕조의 부흥을 이루었다.

93 이 시의……시이다 : 주희의 《시서(詩序)》 '열조(烈祖)' 조에 보인다.

있으므로, 이 또한 은(殷 상(商))나라의 예제(禮制)를 실증해줄 수 있을 것이다. 그러므로 이 설도 보존해둔다.[94]

---

94 상송(商頌)……보존해둔다 : 〈열조(烈祖)〉를 "중종(中宗)에게 제사하는 내용"으로 해설한 설을 버리지 않고 남겨두는 까닭을 말한 것이다.

　이 부분의 원문은 왕홍서의 《시경전설휘찬》 '열조(烈祖)' 조의 "子曰'殷禮吾能言之, 宋不足徵也'. 商頌得於周太師十二篇, 而今只存五篇, 中有祀中宗之詩, 而古序或傳之有自, 其亦庶乎可徵者歟. 故存其說, 以備經解之一義."에서 발췌한 것인데, 발췌문만으로는 의미가 모호하므로 왕홍서의 원래 문장을 참고하여 적절히 보충 번역하였다.

현조

玄鳥

○ 모서: 〈현조〉는 고종(高宗)에게 제사하는 내용이다.

○ 정강성: 모서에 말한 제사는 당연히 협제사〔祫〕이다. 고종이 죽자 설(契 상(商)나라의 시조)의 사당에서 합제(合祭)를 지내며 이 시를 노래한 것이다.

○ 왕숙(王肅): 상나라의 선군(先君)인 탕(湯)임금이 천명을 받은 것이 위태롭지 않은지라 그 손자인 무정(武丁 고종(高宗))에게 천명이 있었다.[95]

○ 공영달: 무정이 선조(先祖)의 자손으로서 그 굳센 덕을 갖춘 제왕의 치도(治道)를 실천하여 위엄과 덕망이 성대해지자 못 이기는 상대가 없었다.

○ 이저(李樗): 이 시에서 은(殷 상(商))나라의 선조를 차례로 말하였지만, 그 제사는 실은 고종을 위해 설행한 것이다. 고종은 은나라의 중흥 군주이다. 상나라의 선조(先祖)가 사방을 바로잡을 수 있었기에 천하를 모두 점유했는데, 중간에 왕정(王政)이 흐트러지자 제후들 중에 복종하지 않는 자가 기어코 있었다. 고종이 중흥한 뒤에 저 사해(四海 사방 변방의 소수민족 거주 지역)로 국경을 열어 나가자 사해의

---

95 상나라의……있었다 : 시 본문의 "商之先后, 受命不殆, 在武丁孫子."에 대한 왕숙의 풀이로, '武丁孫子'를 '무정의 손자'로 보지 않고 '손자인 무정'으로 본 것이다.

제후들 중에 감히 복종하지 않는 자가 없었다. 이 시는 대체로 선조(先祖)가 천하를 모두 점유하게 된 까닭을 말하고, 고종이 선조의 옛 왕업(王業)을 이어 제후들의 마음을 복종시킬 수 있었던 일을 드러낸 것이다.

고종에게 제사하면서 '무정'이라고 그 이름을 지칭한 것은, 이름자를 휘(諱)함으로써 귀신을 섬기는 것은 주(周)나라의 제도이기 때문이다. 주나라 이전에는 이름자를 휘한 적이 없다.

○ 주자의 《시경집전》: 이 역시 종묘에서 제사할 때 사용한 악가이다.

○ 보광(輔廣): "손자인 무정이 굳센 제왕으로서 못 이기는 상대가 없으니〔武丁孫子武王 靡不勝〕"[96]라는 말은 무정의 덕이 선조(先祖)의 덕과 같음을 말한 것이다.

○ 엄찬(嚴粲): 탕왕이 은나라를 세운 것은 실로 하늘이 명한 것이었다. 그 뒤에 은나라의 힘이 중간에 약해져서 천명이 거의 위태롭다가, 무정이 떨쳐 일어나자 부여받은 천명이 위태로운 지경에 이르지 않아 선조의 훌륭한 자손인 무정에게 있었다는 말이다. 이는 선조의 왕업을 잘 계승했다는 뜻이다.

○ 서상길(徐常吉): '선대의 제왕〔先后〕'은 탕왕을 가리키고 '손자'는 곧 무정이다. 손자와 대비되므로 탕왕을 '선대의 제왕'이라 하고, 선대의 제왕과 대비되므로 무정을 손자라 한 것이다.

○ 왕홍서: 이 시를 모장과 정현은 "고종에게 제사하는 내용의 시"라

---

96 손자인……없으니 : 참고로 이 2구를 주희는 "무정(武丁)의 손자인 굳센 제왕이 못 이기는 상대가 없으니"로, 명고는 "손자인 무정이 굳센 제왕이셨던 탕왕(湯王)의 왕업을 실추하지 않았으니"로 해석했음을 밝혀둔다.

고 하였으니, 모서의 설을 따른 것이다. 주자(주희)는 "종묘에서 제사할 때 사용한 악가"라고 고쳐 해설했는데, 이는 임의로 판단한 것일 뿐이다. "종묘에서 제사할 때"라고 범범히 말한 이상 무정은 이 시의 내용에서 중요하지 않게 되고, "굳센 제왕으로서 못 이기는 상대가 없으시니〔武王靡不勝〕"라는 말은 이 시를 지을 당시에 제사를 주관한 왕을 가리킨 말이 된다.

그러나 후대의 유자(儒者)는 "이 시를 지을 당시의 왕이 사당에 들어가 조종(祖宗 선대의 제왕)에게 제사하면서 자신의 위엄과 덕망에 사해(四海)에서도 귀의했다고 극구 칭찬하는 것은 이치상 온당치 않다."라는 이유로 주희의 설을 배격하고 모서를 따라 해설하였다.

무정을 '굳센 제왕〔武王〕'이라고 지칭한 것은 단지 고종에게 중흥의 공이 있음을 보이기 위한 것으로, 이 때문에 이 시를 지을 당시의 왕이 특별히 그에게 제사하여 드러낸 것이다. 따라서 시의 의미에 비추어 보아도 통할 수 있는 설이다.

按 이 시는 옛 해설이 주자(주희) 전(傳)의 해설보다 낫다. 《시경전설휘찬》에 이 점이 대략 언급되어 있다. 다만 '굳센 제왕〔武王〕'이 무정을 지칭한다고 보는 것은 거의 말이 되지 않는다.

'굳센 제왕〔武王〕'은 '굳센 탕왕〔武湯〕'을 일컫고, '미불승(靡不勝)'은 '실추(失墜)함이 없음'을 말한다. 무정의 공덕을 칭송하면서 그가 탕왕의 공업을 실추함이 없다고 한 것은 〈소아(小雅)〉의 "너를 낳아주신 분을 욕되게 말지어다.〔無忝爾所生〕"[97] 및 〈주송(周頌)〉의 "문왕을 본

---

97 너를……말지어다 : 〈소완(小宛)〉의 시구이다.

받으면〔儀刑文王〕"98과 같은 뜻이다.

이러한즉 선대의 왕숙·공영달의 주장 및 후대의 보광·서상길의 설을 가지고 그 언사(言詞)를 나란히 연결하여 뜻을 해석하면 그 의미가 얼마나 분명히 드러나는가. 왕홍서가 "후대의 유자는 모서를 따라 해설하였다."라고 한 말은 이전 사람의 뜻을 크게 왜곡한 것이다.

---

98 【校】 주송(周頌)의 문왕을 본받으면 : "문왕을 본받으면〔儀刑文王〕"은 실은 〈주송〉이 아닌 〈대아 문왕(文王)〉의 시구이다. 명고가 잠시 착각을 일으킨 듯하다.

장발

長發

○ 모서: 〈장발〉은 '큰 체제사[大禘]'를 지낼 때 사용한 시이다.

○ 공안국(孔安國): 체제사[禘]와 협제사[祫][99]의 예(禮)는 소(昭)·목(穆)의 순서를 정하기[100] 위한 것이다. 이 때문에 이미 헐린 사당의 신주와 여러 사당의 신주를 모두 태묘에 모아놓고 향사한다.

○ 정강성: '큰 체제사[大禘]'는 하늘에 교제사[郊祭]를 올리는 것이다. 《예기》에 "제왕은 선조(先祖)를 낳으신 분에게 체제사[禘]를 올리면서 선조를 배향한다."[101]라고 하였다.

○ 공영달: 《예기》〈제법(祭法)〉에 "은나라 사람은 제곡(帝嚳 오제(五帝) 중 하나인 고신씨(高辛氏))에게 체제사를 지내고, 명(冥 은나라 선대의 임금으로 하(夏)나라에서 사공(司空)직을 맡았던 인물)에게 교제사를 지냈다."라고 하였는데, 그 주(注)에 "체제사는 동지에 원구(圓丘 원형으로 높게 쌓은 제단)에서 하늘에 제사하는 것을 말한다."라고 하였으니, 원구에서 지내는 제사 이름이 체(禘)제사이다.

또 《예기》〈왕제(王制)〉와 〈제통(祭統)〉에 사철 제사의 명칭을 말

---

99 【校】협제사 : 저본에는 '祫'으로 되어 있으나 《논어주소》〈팔일(八佾)〉에 의거 '祫'으로 수정하여 옮겼다. 본 편의 '협제사[祫]'는 모두 교감하여 옮긴 것이다.

100 【校】순서를 정하기 : 저본에는 이에 해당하는 말이 없으나 위 자료에 의거 '序' 1자를 보충하여 번역하였다.

101 제왕은……배향한다 : 《예기》〈대전(大傳)〉에 보인다.

하여 봄 제사를 약(祠)[102], 여름 제사를 체(禘), 가을 제사를 상(嘗), 겨울 제사를 증(烝)이라 한다고 했는데, 그 주에 이들은 하나라와 은나라의 제도라고 하였으니, 은나라에서는 여름에 종묘에서 지내는 제사도 이름이 체제사〔禘〕였던 것이다.

또 정현은 "3년에 한 번씩 협제사〔祫〕를 지내고 5년에 한 번씩 체제사를 지내는 것은 모든 제왕의 공통된 도리이다."라고 하여, 《예참(禮讖)》에 "은나라에서는 5년마다 큰 제사를 지낸다."라고 한 제사의 이름도 체제사라고 하였다.

그렇다면 체제사〔禘〕라는 이름의 제사가 많은 것인데, 그 중 사철제사의 제향 대상은 오직 어버이와 태조뿐이다. 이 경문에는 현왕(玄王 설(契))과 상토(相土 설(契)의 손자)를 차례로 언급했는데, 이들은 사철제사의 제향 대상이 아니다. 따라서 이는 종묘에서 여름에 지내는 체제사도 아니다.

5년마다 지내는 큰 체제사에 대해 말하자면, 정현은 《체협지(禘祫志)》에서 이를 추론(推論)하여 "체제사는 각기 해당하는 사당에 나아가 지낸다."라고 하였는데, 지금 이 시는 앞부분에서 상나라가 건국된 연유를 서술하고는 공(功)이 있는 선조들을 차례로 진술하였다. 이는 각기 해당하는 사당에 나아가서 하는 말이 아니니, 큰 제사를 칭하는 체제사도 아니다.

저 여러 가지 체제사가 모두 이 시에서 말한 것이 아니다. 따라서 이 시의 모서에 말한 '큰 체제사'는 하늘에 교제사〔郊祭〕를 올리는 것임

---

102 【校】약(祠) : 저본에는 '初'로 되어 있는데, 《예기》〈왕제(王制)〉·〈제통(祭統)〉과 《모시주소》〈장발(長發)〉에 의거 '祠'으로 수정하여 옮겼다.

을 알 수 있다.

○ 정자(程子): 체제사는 시조를 낳은 분의 신주를 동향(東向)의 높은 자리에 모시고, 나머지 신주들을 그 앞에 모아 제향을 올린다. 이것이 체제사이다.

○ 왕안석(王安石): 〈장발〉의 모서에 "큰 체제사를 지낼 때 사용한 시"라고 한 것은 상나라에 사철 제사 중 하나인 체제사가 있기 때문이고, 〈옹(雝)〉의 모서에 "태조(太祖 문왕)에게 체제사를 올리는 내용"이라고 한 것은 주나라에는 사철 제사의 일환인 체제사가 없기 때문이다.

○ 주자의 《시경집전》: 모서에서 이 시를 "큰 체제사를 지낼 때 사용한 시"라고 하였는데, 체제사는 선조를 낳은 분을 제사하면서 선조를 배향하는 제사이다.

소씨(蘇氏 소철(蘇轍))는 "큰 체제사는 제향 대상이 먼 조상까지 미친다. 이 때문에 이 시에서 상나라 선대의 제왕들을 차례로 언급하고 또 경사(卿士)인 이윤(伊尹)까지 언급한 것이니, 이들에게도 체제사 때 함께 제사지낸 것이다."라고 하였다. 《상서(商書)》에 "내가 선왕에게 큰 제향을 올릴 때, 너의 조상도 따라서 함께 흠향한다."라고 하였는데, 이러한 예(禮)가 어쩌면 상나라 때 시작된 듯싶다.

지금 살펴보건대 큰 체제사의 제향 대상이 여러 사당의 신주에는 미치지 않으니, 이 시는 협제사를 읊은 시로 보아야 한다. 그러나 경문에 분명한 문구가 없어 상고할 수 없다.

○ 하해(何楷): 한(漢)나라의 유자(儒者)들은 모두 큰 체제사를 여러 사당의 신주를 모아 지내는 제사라고 하였는데, 성자(程子)와 호치당(胡致堂 호인(胡寅))이 모두 그 설을 따랐다.

조양(趙楊)은 《예기》〈대전(大傳)〉의 "선조를 배향한다"는 말에 얽매여 "체제사는 시조를 낳은 분에게 시조의 공덕을 소급해 올려 제사 지내는 것이므로, 배향하는 사람은 오직 시조 한 사람뿐이다."라고 하였는데, 주자(주희)도 그렇게 말하였다.

지금 살펴보건대, 《예기》〈대전〉의 본문에 "예(禮)에 제왕이 되지 않고서는 체제사를 지내지 않는다. 제왕은 그 선조를 낳은 분에게 체제사를 올리면서 선조를 배향한다. 제후는 제향 대상이 태조에까지 미친다. 대부와 사(士)는 큰일이 있을 때 임금보다 간략한 형식으로 간협제사〔干祫 사당이 아닌 제단이나 제터에서 지내는 협제사〕를 고조(高祖)까지 지낸다."라고 하였는데, 마단림(馬端臨)이 다음과 같이 설명하였다.

"이 글의 뜻을 음미해보면, 이는 동일한 제사를 설행하는데 천자는 체제사라 하여 선조를 낳은 분에게까지 제향을 올리고, 제후의 제향 대상은 태조까지 그치며, 대부와 사는 공로가 있어서 임금에게 알려져 협제사를 허락받으면 간협제사를 고조까지 지낼 수 있다는 것 같다. 이는 모두 선조의 신주를 모아 합제를 지내는 것인데, 임금과 신하의 신분 차이가 있기 때문에 제향 대상에 대수(代數)의 원근 차이가 있는 것이다."

체제사는 '살핀다〔諦〕'는 뜻이니, 한편으로는 송 신종(宋神宗)이 "그 선조가 어디서 나왔는지를 살핀다.〔審禘其祖之所自出〕"라고 한 것과 같은 뜻이고, 한편으로는 허신(許愼)이 "소목을 살핀다.〔審禘昭穆〕"라고 한 것 및 장순(張純)이 "이 소목과 존비의 뜻을 살핀다.〔禘諟昭穆尊卑之義〕"라고 한 것과 같은 뜻이다. 그렇다면 큰 체제사의 예(禮)에는 칠묘(七廟 천자의 사당으로, 태조·3소·3목)의 신주가 모두 있음이 분명하다.

이 시의 끝 장에 아형(阿衡 이윤(伊尹))을 언급한 것도 이 시에서 읊은 제사가 큰 체제사라는 한 가지 증거이니, 《서경》〈반경(盤庚)〉에 "내가 선왕에게 '큰 제향을 올릴 때〔大享〕', 너의 조상도 따라서 함께 흠향한다."라고 하였다.

《주례(周禮)》〈사준이(司尊彝)〉[103]에 "사철 제사 사이에 올리는 제사로 예컨대 추향(追享)과 조향(朝享)"을 말했는데, 선유(先儒)가 "체제사는 선조를 낳은 분을 추급(追及)하여 제사하는 것이므로 추향(追享)이 되고, 협제사는 여러 사당의 신주들을 모두 태묘에 배알하게 되므로 조향(朝享)이 된다. 체제사와 협제사를 모두 '제향〔享〕'으로 칭하는데 체제사가 협제사보다 더 크기 때문에 체제사를 '큰 제향〔大享〕'이라고 칭한 것이다."라고 하였다.

〈반경〉에, 공신을 배향하는 일이 바로 '큰 제향〔大享〕'을 올릴 때 이루어진다고 하였으므로, 모서에서 〈장발〉을 '큰 체제사〔大禘〕'를 지낼 때 사용한 시라고 한 것은 참으로 근거 없는 말이 아니다.

---

103 【校】사준이(司尊彝) : 저본에는 '日尊彝'로 되어 있으나 《주례》〈춘관 사준이(司尊彝)〉와 하해(何楷)의 《시경세본고의(詩經世本古義)》 '장발(長發)' 조에 의거 '日'을 '司'로 수정하여 옮겼다.

은무

殷武

○ 모서: 〈은무〉는 고종(高宗)에게 제사 지내는 내용의 시이다.

○ 주자의 《시경집전》: 옛 해설에 이 시를 "고종에게 제사 지내는 내용의 시"라고 하였다. 고종을 위해 특별히 영원히 체천(遞遷)하지 않는 사당을 만들었으니, 이는 3소(昭)·3목(穆)[104]의 수에 들지 않는다. 사당이 완성된 뒤에 처음 부묘(祔廟 신주를 사당에 모심)하고 제사한 것이다.

그러나 이 장(마지막 장)은 〈비궁(閟宮)〉끝 장과 글 뜻이 대략 같은데,[105] 무슨 뜻인지 상세하지 않다.

○ 유근(劉瑾): 고종이 7대조가 되어 제사 지내는 대수(代數)를 지나자 사당을 세운 것이니, 이 시는 아마도 제을(帝乙 주왕(紂王)의 아버지) 시대에 지어졌을 것이다.

---

104 3소(昭)3목(穆): 천자의 사당은 태조(太祖)의 사당을 중심으로 왼쪽에 3개의 사당을 배치하고 오른쪽에 3개의 사당을 배치하는데, 왼쪽의 것을 소(昭)라 하고 오른쪽의 것을 목(穆)이라 한다. 3소·3목은 제사 지내는 주인의 가장 가까운 조상부터 시작하여 좌우를 번갈아가며 6대의 신주를 모신다.

105 이 장은……같은데: 〈은무(殷武)〉끝 장의 "저 경산에 오르니, 소나무와 잣나무가 곧고 곧거늘, 이것을 자르고 이것을 옮겨서……소나무로 만든 서까래가 길기도 하며……침묘가 이루어짐에 매우 편안하도다.〔陟彼景山, 松柏丸丸. 是斷是遷……松桷有梴……寢成孔安.〕"와 〈비궁(閟宮)〉끝 장의 "조래산의 소나무와 신보산의 잣나무를, 이에 자르고 이에 헤아리며……소나무로 만든 서까래가 크기도 하니……노침이 매우 크도다.〔徂來之松, 新甫之柏, 是斷是度……松桷有舄, 路寢孔碩……〕"를 말한다.

명고전집

부록

연보 年譜

일러두기

○ 기사는 저자 개인과 가족의 신변 및 관련 시국 기사를 간략히 서술하였다.

○ 개인 기사와 시국 기사 사이에 '──··──··──' 표를 하였다.

○ 긴 제목은 말줄임표로 줄였다.

○ 동일한 제목의 작품에 일련번호를 부여하였다.

○ 작품명 뒤의 괄호 안에 작품 소재 권수를 표시하였다.

○ 내용을 통해 창작 연도를 알 수 있거나 편차 순서에 의거하여 추정할 수 있는 경우는
  각 작품명 앞에 '○' 표를 하였다.

○ 창작 연도를 특정할 수는 없으나 편차 순서에 의거하여 어떤 연도를 전후한 수년
  내로 추정되는 경우는 '○ ??' 표 아래에 열거하였다.

○ 창작 연도를 전혀 추정할 수 없는 작품들은 '○ ????' 표 아래에 열거하되 대체로
  저본의 편차 순서에 따라 배치하였다.

○ 같은 날의 기사라 하더라도 별개의 사건인 경우는 날짜 표시를 다시 하여 기입하였다.

○《明皐全集》을 위주로《大丘徐氏世譜》(1977년, 大丘徐氏大同譜所 발행),《朝鮮王
  朝實錄》,《承政院日記》,《內閣日曆》등을 참고하였다.

明皐全集 年譜

○ 徐瀅修：1749～1824. 본관은 達城. 자는 幼淸・汝琳. 호는 明皐・五如軒・玄圃.
   抄啓文臣, 進賀兼謝恩副使, 漢城府右尹, 承旨, 吏・禮・兵・刑・工曹의 參判, 京畿
   監司 역임

○ 配：楊州趙氏(1749～1813). 趙亨逵의 딸

○ 長男：徐有榘(1771～1835)
   婦：李霈의 딸

○ 次男：徐有榮(1772～1843)
   婦：尹霻東의 딸. 韓山李氏 李宜祿(1697～?)의 딸. 兪直柱의 딸

○ 三男：徐有棨(1773～1838). 자는 碩邁
   婦：羅州林氏. 林允喆의 딸

○ 長女壻：金魯謙(1781～1853). 자는 元益. 호는 省菴・吉皐子. 鴻山縣監 역임

○ 次女壻：尹永鉉(?～?)

○ 庶子：徐有耒(?～?)
   婦：尹仁泰의 딸

○ 生父：徐命膺(1716～1787). 자는 君受. 호는 保晚齋・澹翁. 大提學・吏曹判書 역임

○ 生母：全州李氏(1714～1786). 李廷燮(1688～1744)의 딸

○ 養父：徐命誠(1731～1750). 자는 自明

○ 養母：豐壤趙氏(1731～1816). 영의정 趙顯命(1690～1752)의 딸

○ 祖父：徐宗玉(1688～1745). 자는 溫叔. 호는 訒齋・鶴西. 吏曹判書 역임. 시호는
   文敏

○ 祖母：德水李氏. 李㙫(1565～?)의 딸

○ 曾祖父：徐文裕(1651～1707). 자는 季容. 禮曹判書 역임. 시호는 貞簡

○ 曾祖母：李尙淵의 딸

○ 親父에게 入系한 兄：徐澈修(1749～1829). 자는 士洞. 徐命膺의 三從兄 徐命長
   (1698～1767)의 아들
   配：延安金氏(1750～1839)

○ 親兄：徐浩修(1736～1799). 자는 養直. 백부 徐命翼에게 出系. 奎章閣直提學・觀

象監提調·吏曹判書 역임

配：韓山李氏(1736~1813)

○ 從子：徐有本(1762~1822). 徐浩修의 子. 자는 混源

○ 從子：徐有榘(1764~1845). 徐浩修의 子. 徐澈修에게 入系. 자는 準平

○ 從子：徐有樂(1772~1830). 徐浩修의 子. 자는 明來

○ 從子：徐有棐(1775~1847). 徐浩修의 子. 자는 士忱

○ 從子：徐有枸(1738~1770). 徐浩修의 子

○ 妹夫：鄭文啓(1740~1781). 延日鄭氏. 자는 郁哉. 大司諫 鄭象仁의 아들. 兵曹參議
역임

○ 姊夫：朴相漢(1742~1767). 潘南朴氏

○ 妹夫：李宰鎭(?~?). 德水李氏

○ 妹夫：宋偉載(?~?). 礪山宋氏

○ 伯父：徐命翼(1709~1729). 자는 敬甫

配：青松沈氏(1710~1771)

○ 仲父：徐命善(1725~1791). 자는 繼仲. 호는 歸泉·桐源. 領議政 역임

配：江陵金氏(1723~1763)

繼配：晉州柳氏(1749~1784)

○ 從弟：徐潞修(1766~1802). 徐命善의 양자. 자는 景博

○ 姑母夫：李徽中

1749년(기사, 영조25)	1세
○ 8월14일, 출생함	
1750년(경오, 영조26)	2세
○ 6월9일, 나중에 入系하게 되는 養父 徐命誠이 별세함	
1757년(정축, 영조33)	9세
○ 여름, 이듬해(1758)까지 成川府使로 재직한 生父 徐命膺 (1716~1787)을 따라가 府衙에서 함께 생활함	

1758년(무인, 영조34)	10세
○ ??, 충북 단양의 永春縣 일대를 유람함 ○ ??, 成川에서 어린 詩妓 一枝紅을 만남	○ ??, 北壁〔在湖西永春縣界〕(1) 島潭〔在湖西丹陽郡界〕(1) 贈成川詩妓一枝紅(1)

1765년(을유, 영조41)	17세
○ 여름, 병을 앓아 도성 동쪽 별장에 임시로 거처하고 있었는데, 姊夫 朴相漢(1742~1767)이 찾아와 뒷골짝 작은 폭포 아래서 간단히 술을 마시며 담소하고 자신들의 시문은 俗氣에 물들지 않았다고 자평함. 명고가 박상한에게 "자네 시에 서문을 써줄 이는 나밖에 없겠군그래"라고 하며 웃음	

1767년(정해, 영조43)	19세
○ 姊夫 朴相漢이 별세함 ○ 4월24일, 나중에 徐命膺의 양자로 들어오는 徐澈修의 부친인 徐命長이 향년 70세로 별세함. 6월에 淸州 頭陀山 艮坐 언덕에 장사 지내고, 계사년(1773)에 水原 土法面 坤坐 언덕에 이장함	○ 祭朴士章〔相漢〕文 (13)

1768년(무자, 영조44)	20세
○ 겨울, 《書經集傳》을 읽다가 〈洪範〉에 이르러 集傳의 해석에 의심이 들어 깊이 연구하고 고증하기 시작함	

○경기 長湍府 서쪽 10리 지점에 있는 廣明洞 남쪽 5리 金陵 壬坐의 기슭, 곧 증조부 徐文裕(1651~1707) 묘소의 오른쪽 기슭에 있는 養父 徐命誠(1731~1750)의 무덤에 대해 풍수가들이 모두 불길하다고 말하므로 이장을 결심함. 풍수가 李衡胤과 함께 매년 한두 번씩 長湍 전역을 두루 돌아다녔으나 5, 6년이 지나도록 마땅한 자리를 얻지 못해 실행하지 못함	
1769년(기축, 영조45)	21세
○여름, 《書經》에 대해 '道經의 일부를 편집한 것'이라고 한 고증학계의 비판에 대응하여 〈洪範直指〉를 지음. '洪範'을 '천지 사이에 유행하는 모든 조화의 틀〔天地萬化之匡郭〕'로 해석함. ○周敦頤의 《通書》를 읽었으나 이해하지 못하자, 이 책을 집중 탐구함. 3개월 뒤에 의문을 품을 수 있게 되고, 다시 5, 6개월 뒤에 초보적으로 깨닫는 것이 있자, 깨우친 묘리를 기록하여 책상자에 담아둠	○洪範直指(20) ○洪範直指序(7)
1772년(임진, 영조48)	24세
○세손(正祖)이 壬辰字(세종16년의 甲寅字를 본떠 만든 동활자)를 주조하고, 世宗 때 간행된 책 하나를 찍어냄으로써 그 아름다운 사업을 계승할 뜻을 밝히려고 함. 궐내에 소장된 일본판 《四書輯釋章圖》에 들어 있는 倪士毅(1303~1348)의 《四書輯釋》이 대상서로 선정되어 繕寫와 對校 및 교정이 몇 해에 걸쳐 이루어지다가, 1776년 즉위 후 정사를 보느라 겨를이 없어서 간행하지 못하고 책의 행방도 묘연해짐. 나중 1799년에 다시 간행을 시도할 때 명고의 집안에서 謄本을 찾고 명고에게 주관을 맡겨 검토하도록 함	
1773년(계사, 영조49)	25세
○12월13일, 三男 徐有槩(1773~1838)이 출생함	

○ ??, 養父 徐命誠의 무덤 이장을 위해 풍수가 李衡胤과 함께 돌아다니다가 廣明洞의 吉地를 발견했으나 이미 碑閣이 서 있어 포기함	
1774년(갑오, 영조50)	26세
○ ??, 從子 徐有榘(1764~1845)의 〈尙書枝指〉에 서문을 써주어, 훈고와 명물의 고증학적 바탕 위에 理氣와 心性의 의리학을 담는 새 시대의 학문을 주도하라고 당부함	○ ??, 尙書枝指序(7)
1775년(을미, 영조51)	27세
○ ??, 柳琴(1741~1788), 徐有本(1762~1822), 徐有榘, 徐有容 등과 한강 가의 恬波亭에 자주 모여 詩會를 엶 ○ 영조의 병이 심해지자 세손(정조)의 대리청정을 명함 ○ 12월3일, 徐命善(1725~1791)이 상소하여 대리청정을 저지하려는 洪麟漢, 鄭厚謙 등 老論의 죄를 논박함. 1776년 정조 즉위 후 매년 이날이 되면 洪國榮, 鄭民始, 徐命善, 金宗洙 등을 불러 同德會를 엶	○ ??, 恬波亭 次有本寄示韻(1)
1776년(병신, 영조52 / 정조 즉위년)	28세
○ 2월, 생부 徐命膺이 平安道觀察使로 나감. 자신의 녹봉에서 3만 緡의 돈과 2만 石의 곡식을 출연하여 義廩을 만듦. 1호당 돈 10錠과 곡식 1말을 배급할 수 있는 규모의 재정임. 鐲徭錢·備荒穀이라 칭하고 지방민이 자체적으로 관리하게 함. 이후 5년 만에 동리의 요역 비용, 진휼 자본으로 충당할 수 있게 됨 ○ 6월 말, 한강 가의 寒泉亭에서 金安基와 함께 淸 李攀龍(1514~1570)의 시에 차운함. 3일 동안 함께 지낸 후 7월1일에 작별하고 高陽으로 감 ○ 7월, 고양으로 가는 길에 임진강의 객점에 묵고, 파주의 花石亭에 들러 栗谷 李珥가 8세에 이곳에 올라 지은 시에 차운함	○ 族侄休伯〔有容〕自廣湖舟訪恬波亭(1) ○ 寒泉夜坐…拈滄溟集韻(1) ○ 高陽道中 次金生贈別韻(1) ○ 花石亭(1)

○ 명고의 從兄 徐志修(1714~1768)가 사도세자의 비행을 조작한 金尙魯 · 洪啓禧 등을 탄핵하고, 명고의 仲父 徐命善이 1776년 영조의 세손(정조) 대리청정 하명 뒤에 세손의 대리청정을 방해하려 한 洪麟漢 · 鄭厚謙 등을 탄핵하여 정조의 즉위에 결정적인 기여를 함. 명고의 집안이 정조 즉위 후 중용되는 계기가 됨

○ 從子 徐有本이 15세가 되자 책 몇 권의 句讀 떼어 읽기를 가르쳐줌

○ 3월5일, 英祖가 별세함

○ 3월10일, 正祖가 즉위함

○ 전국 군사 훈련과 陣法을 통일할 목적으로 正朝가 兵曹判書 兼 知訓鍊院事 張志恒(1721~1778)에게 明 戚繼光(1528~1588)의 《紀效新書》에 입각한 새로운 병서 편찬을 명하여 四營의 훈련법이 彙集됨

○ 7월, 洪麟漢(1722~1776) · 鄭厚謙(1749~1776)이 사사됨

○ 9월25일, 창덕궁에 奎章閣을 세워 역대 임금들의 詩文을 봉안하고 도서를 비치함. 세손 시절 경영하던 藏書庫 貞 賾堂을 계승함. 이후 《內閣訪書錄》을 작성하여 《圖書集成》 5천여 권을 북경에서 구입하는 등 많은 도서를 새로 구입, 창경궁에 있던 옛 弘文館의 도서와 강화도 行宮에 있던 明의 下賜 도서를 옮겨옴

○ 老論 僻派로 洪麟漢과 함께 세손(정조)의 즉위를 반대했던 洪啓能(?~1776)이 정조 즉위 후에 하옥되어 옥사하고, 아들 洪信海와 조카 洪履海도 주살당함

○ 李德師, 朴相老, 趙載翰, 柳翰申 등이 상소하여 壬午年(1762) 사도세자의 일을 거론하며 복수를 주장함. 정조는 임오년의 일을 거론하는 것은 영조와 정조를 모두 모함하는 짓이므로 왕법으로 처단해야 한다는 영조의 유훈에 따라 대역죄로 처단함

○ 8월, 정조의 생부모인 사도세자와 혜경궁 홍씨를 모신 景

慕宮을 신축하고 정조가 현판을 씀 ○ 9월1일, 結案(판결)하지 못한 상태에서 逆律을 적용하는 규정, 당사자가 죽은 뒤에 孥籍律을 追施하는 규정, 次律로 결안했는데 極律의 시행을 청하는 규정을 모두 폐지함	
1777년(정유, 정조1)	**29세**
○ ??, 황해도를 유람함. 황해도 平山 북쪽 蕊秀山의 石泉을 구경함 ○ ??, 황해도 瑞興都護府에 府使로 있는 從叔 徐命敏 (1733~1781)을 방문함. 평양 감영에서 온 士洞(徐澈修, 1749~1829)과 반나절 동안 담소한 후 길을 나서 劍水에 도착함 ○ ??, 서흥과 鳳山 일대를 유람하고 玄湖로 돌아온 후, 곧 竹裏의 七分室로 移居함 ○ 8월28일, 徐命膺이 판중추부사로서 둘째 아들인 명고가 역적 洪啓能을 섬겼던 일을 변명하자 정조가 개의치 말고 위로함 ─────────── ○ 1776년부터 수집하기 시작한 奎章閣 도서가 총 3만여 권으로 방대해지자 규장각 주변에 閱古觀 皆有窩와 西庫를 설치하여 중국본 도서와 한국본 도서를 따로 비치함. 4부 분류에 따라 소장 위치와 찌의 색깔(홍, 청, 황, 백)을 달리함 ○ 세손(정조)의 대리청정을 방해하려던 사건의 전말을 기록한 《明義錄》이 왕명으로 편찬됨. 洪麟漢, 鄭厚謙 등의 老論을 逆賊으로 규정하고, 洪國榮, 鄭民始, 徐命善의 충절을 드러냄	○ ??, 蕊秀石泉(1) 過拜從叔瑞興任所…行發到劍水(1) 七分室 與金生分韻共賦(1)
1778년(무술, 정조2)	**30세**
○ ??, 恬波亭에서 柳琴과 만남. 3개월 전부터 잡은 모임이지만 徐有本과 徐有榘는 오지 못함 ○ ??, 1776년 11월~1777년 4월에 徐浩修를 수행하여 연경에 다녀온 柳琴을 통해 淸 文士들의 이야기를 들음	○ 送柳得恭惠風之瀋陽〔三首〕(1) ○ 學道關(19) ○ 學道關序(7)

○ ??, 玄浦에 있음	○ 送柳惠風之瀋陽序 (7)
○ 仲父 徐命善이 瀋陽에 갈 問安正使로 차임되자 子弟軍官 자격으로 수행하게 되었다가 서명선이 체직되는 바람에 취소됨	○ ??, 玄浦觀魚 (1)
○ 6월11일, 심양에 갈 문안정사가 李澂(1722~1781)으로 교체되어 서장관 南鶴聞(1736~?)을 따라 중국에 가는 柳得恭(1748~1807)에게 贈詩를 써줌. "서점에 들러 조선에 없는 책을 널리 볼 것, 심양 지역의 선비들과 교유할 것, 돌아와 명고 자신에게 들려줄 것"을 당부함	憶中州三君子〔三首〕(1) 次柳彈素今夕是何夕歌遙頌李雨村 (1) 幾何室記 (8)
○ 21세 때 周敦頤의 《通書》를 읽고 깨달은 바를 기록해두었던 글을 정리하여 〈學道關〉을 지음	
○ ??, 柳得恭의 둘째 숙부 柳琴의 서재 幾何室에 대한 記文을 지어줌	
○ ??, 仲父 徐命善이 은퇴 뒤에 거주할 곳으로 長湍의 桐子原과 廣明洞 두 곳을 마련하고, 풍수가 柳東亨, 鄭道弘과 함께 살펴볼 때 명고도 따라감. 서명선이 동자원을 택하고 광명동은 명고에게 주었는데, 이곳은 5, 6년 전에 李衡胤과 함께 보았던 곳이었고 묏자리가 남아 있었음	
○ 《兵學通》의 저자 禁衛大將 張志恒이 老論時派의 무고로 역모의 혐의를 받아 국문을 받다가 죽음	
○ 洪國榮(1748~1781)이 자신의 누이(元嬪)를 정조의 후궁으로 입궁시킴	

1779년(기해, 정조3)	31세
○ 2월18일, 仲父 徐命善에게서 받은 廣明洞의 땅 艮坐 언덕에 養父 徐命誠의 묘를 이장함. 주변의 민가 5, 60호에 값을 배로 치러주어 이주시키고 묘역을 넓혀 조성함. 금잔디, 나무, 토란, 과실수, 壇, 연못 등을 갖추고 연못 왼쪽 4, 50보 지점에 산자락을 등지도록 齋室을 지어 樂樂(악락)窩, 五如軒, 同余樓, 明皐靜居 등의 현판을 걺. 광명동을 明皐로 개칭함	○ ??, 十月旣望 恬波亭小集 (1) 菊花行〔五首〕(1) 答李檢書〔德懋〕(5) 宋史藝文志序 (7)

○ 5월, 명고의 집안이 洪國榮과 반목하게 됨. 홍국영이 중전
   을 두고 무도한 말을 하는 것을 듣고 면전에서 질타했다
   가, 가을부터 겨울까지 예측할 수 없는 지경에 빠질 뻔함

○ 徐命善이 명고를 위해 눈물을 흘리며 상소함

○ 9월, 조정 신하들이 대부분 정조에게 洪國榮의 갑작스러운
   은퇴를 만류하도록 청하였으나 영의정 徐命善은 침묵함

○ 洪國榮의 큰아버지 洪樂純(1723~?)이 좌의정에 오른
   후 徐命善을 밀어내고 자신이 영의정에 오르려 하고, 洪
   國榮도 대제학 자리를 차지하여 정계에 복귀하려고 하였
   으나 대제학 徐命膺이 응하지 않음

○ 이해 또는 이듬해의 10월16일, 恬波亭에서 작은 詩會를 엶

○ 5종의 국화(黃鶴翎, 紅鶴翎, 白鶴翎, 禁苑黃, 醉楊妃)를
   뜰에 심어 감상함

○ 12월27일, 洪國榮과 洪樂純이 대사헌 李普行(1718~
   1787)과 부교리 沈煥之 등을 부추겨 徐命膺이 '영조 말년
   에 세손(정조)의 즉위를 방해하려다 정조의 즉위와 함께
   하옥되어 옥사한 洪啓能과 절친하였으며 이조판서일 때
   홍계능의 지휘를 받아 李聖模를 擬望했다.'는 이유를 들
   어 처벌을 주장하게 함. 이에 대해 徐命膺 측은 '홍계능이
   儒名에 의탁하여 온 세상을 속일 때 이웃에 살면서 서로
   알고 지내기는 했으나 임진년(1772) 이후로는 그의 언행
   이 悖戾함을 싫어하여 교제를 끊었다'고 해명함. 정조가
   서명응을 두둔하여, 홍계능이 을미년(1775)과 병신년
   (1776) 이후에 흉적이 될 줄 어찌 미리 알 수 있었겠느냐
   고 함

○ 徐命善이 조용한 연석에서 누차 兩宮(정조와 중전)의 화
   합을 권면하면서 外間에서 하는 말들을 염려하지 않아서
   는 안 된다고 누누이 아룀. 이로 인해 양궁 사이에 틈이
   벌어지지 않았고, 중전이 서명선을 고마워하게 됨

○ ??, 李德懋(1741~1793)가 명고에게 〈儒林傳〉의 서문
   을 써달라고 부탁하자 답장을 보내어, 儒者에 대한 明 朱

<table>
<tr><td>

彝尊의 기준에 따르면 조선 400년 역사에 〈유림전〉에 포함시킬 만한 인물은 없다며 사양함

○ ??, 《宋史 藝文志》를 《明史 藝文志》의 체제에 따라 재분류하여 정리함

○ 《奎章閣志》初草本이 완성됨

○ 5월7일, 洪國榮의 누이동생 元嬪이 죽음. 홍국영이 이를 中殿 孝懿王后의 소행으로 의심하고 왕비의 나인들을 혹독하게 문초하는 등의 일을 자행하다가, '왕실의 후사를 자신의 핏줄로 이으려고 중전을 핍박하는 등 종사의 大計를 저지하려 했다'는 逆名을 입게 됨

○ 5월24일, 洪國榮이 도승지에서 체차됨

○ 9월26일, 洪國榮이 은퇴를 선언함

○ 10월10일, 사도세자의 사당인 景慕宮 서쪽에 日瞻門을, 창경궁 북쪽 담장에 月覲門을 세우고 한 달에 한 번씩 경모궁에 拜禮함

○ 11월24일, 대제학 李徽之가 平安道觀察使로 나가면서 洪國榮에게 대제학의 직임을 주어야 한다고 黃景源에게 말하고, 대제학에 제수된 황경원이 이를 정조에게 주청함

○ 洪國榮이 축출당해 향리로 내려가 칩거하던 중 病死함. 그러나 실질적인 처벌은 이루어지지 않고 관작도 유지되었으므로, 순조 즉위 후 관작을 추탈하고 孥籍律을 시행하라는 주장이 일어남

</td><td></td></tr>
<tr><td colspan="1">

1780년(경자, 정조4)

</td><td>

32세

</td></tr>
<tr><td>

○ 1월3일, 掌令 尹弼秉과 持平 許霈이 역적 洪啓能과 친분이 있었던 徐命膺을 絶島에 안치하라고 건의하자, 정조가 그것은 역모가 드러나기 전의 일이라며 감싸줌

○ 1월8일, 徐命膺이 대사헌 李普行에게 탄핵당하는 중에, 持平 韓晩裕가 明皐에 대해 '서명응이 아비이고 洪啓能이 스승'이라는 이유로 徒配에 처하도록 청함

○ 仲父 徐命善이 명고의 손을 잡고 당부함

</td><td>

○ 祭仲母遷葬文(13)

○ ??,
　志感(1)
　五如軒記(8)

○ ????,
　祭姑母文(13)

</td></tr>
</table>

○ 8월, 仲母(仲父 徐命善의 처) 江陵金氏의 무덤을 金陵에서 通濟院(장단부 남쪽 35리)으로 이장함 ○ ??, 明皐靜居의 마루 五如軒에 대한 기문을 지음 ○ ??, 《詩經》의 각 편 내용을 辨訂한 저술 《詩故辨》 5권을 3년에 걸쳐 편찬하기 시작함 <hr> ○ 1월8일, 洪樂純을 삭탈관직하고 李普行을 유배 보내고, 沈煥之, 韓晩裕 등을 파직함	
<div align="center">1781년(신축, 정조5)</div>	<div align="center">33세</div>
○ 2월~6월, 《奎章總目》의 敍例 〈奎章總目凡例〉를 지음 ○ 3월, 松山(長湍의 廣明洞과 金陵을 서남쪽으로 둘러싸고 있는 산)의 토지신에게 제사를 올려 안녕을 기원함 ○ ??, 藏書室 必有堂을 마련하여 經部 19종, 史部 30종 子部 25종, 集部 34종 등 총 108종을 비단으로 장정하고 芸香을 뿌려 소장함 ○ ??, 校書館校理 成大中(1732~1809)에게 편지를 보내어, 명고가 추진하고 있는 叢書 편집 작업에 도움을 허락한 데 대해 감사를 표하고, 우리나라의 저술을 집성한 총서의 필요성, 총서의 분류 기준, 집성의 기본 원칙을 논한 다음, 서적 수집에 노력해달라고 당부함 ○ ??, 총서(保晩齋叢書) 편찬을 명고가 주도하고 成大中・李田秀・朴趾源・徐有榘・李德懋 등이 협조함 ○ 9월 이후, 贈兵曹判書 李莞의 후손이 시호를 청하여 정조가 奉常寺에서 시호를 논의하게 함에 따라, 후손의 부탁을 받고 諡號 청구용 行狀을 지어줌 ○ 吏曹判書 閔伸의 諡號 청구용 行狀을 후손의 부탁을 받고 지어줌 <hr> ○ 2월10일, 영의정 徐命善이 袖箚를 올려 '사도세자를 무함하고 정조를 음해하려던 역적들이 단죄되었지만 그 흉악한	○ 奎章總目叙例(9) ○ 祭松山土地神文 (13) ○ 贈兵曹判書李公請諡行狀〔代〕(15) ○ 吏曹判書閔公請諡行狀〔代〕(15) ○ ??, 答成秘書〔大中〕(5) ○ ????, 宗廟冬享親祭文〔代〕(13) 景慕宮臘享親祭文〔代〕(13) 永禧殿酌獻禮祭文〔代〕(13) 崧陽書院 陞配忠靖公禹玄寶致祭文 (13)

논의가 아직도 세간에 유행하고 있으니 사도세자와 관련된 일의 의리를 천명하여 邪論을 종식시켜야 함'을 아뢰자, 정조가 '금궤에 보관해두었다가 뒷날에 선포하겠다'고 함 ○ 2월13일, 정조가 원임 제학 徐命膺에게 규장각 도서에 대한 4부 분류 해제 목록 편찬을 명함. 실제 작업은 徐浩修(1736~1799)가 진행함 ○ 6월29일, 《奎章總目》이 완성됨. 중국본 목록인 《閱古觀書目》 6권과 한국본 목록인 《西序書目》 2권의 합본으로, 규장각 소장 도서를 4부 34류로 분류한 해제 목록임 ○ ??, 《奎章閣志》 再草本이 작성됨	
<div align="center">1782년(임인, 정조6)</div>	<div align="center">34세</div>
○ ??, 明皐靜居에서 從子 徐有榘와 함께 《周禮 考工記》를 읽음. 이때 서유구가 "대장부의 문장은 모름지기 이러해야 하지 않겠는가."라고 하자 동감을 표함 ○ ??, 長湍郡 백학면에 있던 독서당 竹樹에서 제자이자 문족의 자제들인 15, 6세의 從弟 徐潞修(1766~1802), 20여 세의 從子 徐有本(1762~1822)과 함께 각자 포부를 밝히며 담소함. 명고는 "수십 마지기의 척박한 땅과 10여 칸의 낡은 집이 明皐 남쪽에 있다. 처자식과 함께 농부가 되어 청빈하게 내 힘으로 먹고살고 싶다."고 함 ○ ??, 從弟 徐潞修의 서재 이름을 洗心軒으로 지어주고 기문을 써줌 ○ ????, 從弟 徐潞修에게 답장을 보내어, 《四朝聞見錄》을 인용하여 宋 陳亮이 당한 첫 번째 재앙의 개요를 알려주고, 진량이 고난을 당할 때 朱熹를 비롯한 儒者들이 구원의 노력을 기울이지 않은 일을 비판적으로 평함 ○ ????, 從子 徐有本에게 답장을 보내어, 그가 지어 보낸 5편의 작품을 논평하면서 漢魏의 문장을 존숭하는 당시의 문풍을 비판하고 唐宋八家의 문장을 근본으로 삼아 정진하도록 권면함 ○ 景慕宮 都提調로 있는 숙부 徐命善을 대신하여 《植木實	○ 送李喜經綸庵之燕〔七首〕(1) ○ 植木實總序(7) ○ 武藝出身廳節目序(7) ○ 英宗世室元子定號陳賀箋文(11) ○ 壬寅冬至陳賀箋文(11) ○ 《詩故辨》 ○ ??, 　竹樹言志序(7) 　莞爾軒記(8) 　洗心軒記(8) 　詩故辨叙例(9) ○ ????, 　答從弟景博〔潞修〕(5) 　答從子有本(5)

《總》의 서문을 씀. 1776에 신축한 景慕宮 주변에 심은 나무의 실제 수효를 죽은 것과 살아 있는 것으로 분류하고 樹種별로 기록하여 3, 6, 9, 12월에 보고하게 하고, 도제조 徐命善에게 하나의 節目으로 정리한 《植木實總》을 편찬하고 서문을 짓도록 명한 데 따름

○ 금위대장 徐有大(또는 전임 금위대장 徐命善)를 대신하여 《武藝出身廳節目》의 서문을 씀

○ 9월~10월, 동지사 鄭存謙을 따라가는 李喜經에게 명고 자신의 〈學道關〉을 건네주어 중국의 人士들에게 보여주기를 희망하고 送詩를 지어줌

○ 동짓날 하례 올리는 箋文을 平安道觀察使로 있는 친형 徐浩修를 대신하여 지음

○ 11월29일, 柑製에 응시하여 申錫老(1753~?)와 함께 之次의 성적으로 直赴會試의 자격을 받음

○ ??, 申錫老의 서재 莞爾軒에 대한 記文을 써줌

○ ??, 《詩故辨》을 완성하여, 벗들에게 보내어 교정하고 범례를 작성함

○ 11월27일에 거행된, 英祖의 신주를 世室로 승격하고 元子(文孝世子)의 名號를 정한 일에 대해 하례하는 箋文을 平安道觀察使로 있는 친형 徐浩修를 대신하여 지음

○ 9월7일, 正朝의 첫아들 文孝世子(1782~1786)가 태어남. 宜嬪 成氏의 소생임

○ 11월27일, 英祖의 신주를 世室로 승격함

○ 11월27일, 元子(文孝世子)의 名號를 정함

○ 12월, 《武藝出身廳節目》을 인출함. 궁궐 宿衛 제도를 부활하여 武藝出身廳을 설치하고 선발과 승진 제도를 정비하여 節目을 작성하도록 명한 데 따름

1783년(계묘, 정조7)	35세
○ 정월 초하루에 하례 올리는 전문을 平安道觀察使로 있는 친형 徐浩修를 대신하여 지음	○ 堂后直中…遂與義 人共次其韻(1)

○ 從子 徐有榘가 20세가 되던 이해까지 명고에게 四書五經
과 唐宋八家文을 배움

○ 4월, 增廣文科에 乙科로 급제하여 假監役에 제수됨

○ 4월22일, 假注書에 제수됨. 劉歆의 《七略》, 班固의 《漢書
藝文志》부터 范欽의 天一閣, 鮑廷博의 知不足齋樓에 소
장된 책까지 많은 책을 봄. 정조가 명고에게 藏書室의 이
름을 묻자 '必有堂'이라고 답하고 정조가 '결실을 거둘 수
있을 것'이라고 덕담함

○ ??, 必有堂에 대한 기문을 지음. "必有好學者, 爲吾子孫"

○ 4월26일, 抄啓文臣으로 선발되어 李顯道, 鄭萬始, 趙濟
魯, 李勉兢, 金啓洛, 金熙朝, 李崑秀, 尹行任, 成種仁, 李
噭, 李翼晉, 沈晉賢, 申馥, 李儒修, 姜世綸과 함께 講製節
目 1件을 하사받음. 명고가 선발된 것에 대해 정조가 "서형
수의 登第는 국가에 다행스러운 일이다. 근래 그 사람됨을
보니 매우 純淑하니 가상하게 여긴다."라고 함

○ 抄啓文臣의 매달 朔課試에 꾸준히 응시함. 각 회차에 명
고가 작성한 답안지 중 《明皐全集》에 실린 작품의 제목은
다음과 같음. 5월8일 '大學衍義補對', 5월10일 '奢侈對',
5월11일 '握奇經對', 6월2일 '淸水出芙蓉'과 '踈雨滴梧桐',
6월20일 '旋隨新葉起新知', 7월4일 '本朝求直言極諫敎文',
7월21일 '藍田日暖玉生煙', 8월 1차 朔課 '萬年枝', 8월 2차
朔課 '晚節香', 9월16일 '策對', 10월6일 '橘老', 10월13일
'宋拜司馬光翰林學士制', 10월14일 '警枕'과 '十月都人供
暖筵', 10월21일 '宋加拜知靑州富弼禮部侍郞制', 10월26
일 '泰伯篇論'

○ 5월12일, 초계문신 課試의 策文 부문에서 세 번 연속 장원
하고 작문에서 두 차례 二中을 받아, 織毛馬裝 1부를 상으
로 받음

○ 8월12일, 抄啓文臣 8월 1차 課講을 《논어》〈學而〉부터
〈爲政〉까지 背講했는데, 純不의 성적을 빔음

○ 12월10일, 정조가 친히 참석하고 승정원과 예문관, 규장

○ 與義人和息庵韻 送
示順汝星瑞兩益(1)

○ 淸水出芙蓉(1)

○ 踈雨滴梧桐(1)

○ 旋隨新葉起新知(1)

○ 萬年枝(1)

○ 晚節香(1)

○ 藍田日暖玉生煙(1)

○ 橘老(1)

○ 警枕(1)

○ 十月都人供暖筵(1)

○ 泰伯論(11)

○ 金人銘(11)

○ 綠野堂上樑文(11)

○ 漢移新豐詔(11)

○ 明賜宋濂靈芝甘露
詔(11)

○ 周冬至奏樂園邱
詔(11)

○ 宋加拜知靑州富弼
禮部侍郞制(11)

○ 宋拜司馬光翰林學
士制(11)

○ 本朝求直言極諫敎
文(11)

○ 癸卯正朝陳賀箋文
(11)

○ 大學衍義補對(12)

○ 奢侈對(12)

○ 握奇經對(12)

○ 策對(12)

각 신하 및 임금을 가까이 모시는 武臣 등 徐有隣 이하 23명이 참여하여 春塘臺에서 행한 燕射禮에 참석함. 정조는 10발을 적중함. 적중시킨 11인은 활과 화살을 상으로 받고, 명고 등 2인은 적중시키지 못하여 큰 잔에 벌주를 마심. 燕射禮 종료 후 주연을 베풀고 각기 七言律詩를 짓게 하고 파함

○ 전해 10월에 冬至使 일행을 따라간 李喜經(1745~1805)이 淸 國子祭酒 陳崇本에게 명고의 〈學道關〉을 보이고 서문 〈學道關序〉를 받아옴

○ 李喜經이 淸 文人 徐大榕(1747~1803)에게 명고의 詩文을 보여주고 서문 〈徐五如軒主人詩文序〉와 七言絶句 2수를 받아옴

○ 淸 趙雪颿이 명고의 《詩故辨》에 서문을 써줌

○ ????, 《詩故辨》을 지을 때 검토하지 못한 《子貢詩傳》과 《申培詩說》을 접하고서 《詩故辨》의 주장을 뒷받침할 근거를 후술하여 卷末에 적음

○ ????, 명말청초 학자 毛奇齡(1623~1716)의 문집 《毛西河集》을 접하고서 宋學에 대한 과도한 비판의 嚆矢가 되었다고 비평함

○ ????, 明 李賢의 《明一統志》를 접하고서 顧炎武(1613~1682)의 《日知錄》을 참고하여 오류를 지적함

○ ????, 明 王守仁(1472~1528)의 〈朱子晚年定論〉에 대한 顧炎武 《日知錄》의 비평을 참고하여, 陽明學을 극단적으로 배격하는 풍조를 비판하는 題辭를 씀

○ 4월2일, 朴明源 등이 연명으로 상소하여 정조에게 徽號를 올리고자 청했으나 정조가 사양함. 지극한 애통함이 있었기 때문임

○ 乞食 아동의 구제 방법을 규정한 《字恤典則》을 간행함

○ ??,
　必有堂記(8)
講義: 大學序 ～
　　大學傳十章(17)
講義: 論語雍也篇,
　　論語子路篇,
　　論語憲問篇,
　　論語衛靈公篇
　　(18)
講義: 孟子公孫丑上篇,
　　孟子公孫丑下篇,
　　孟子滕文公篇,
　　孟子離婁篇,
　　孟子萬章篇,
　　孟子告子篇,
　　孟子盡心篇(18)
講義: 中庸序,
　　中庸第二十七章～
　　中庸第二十七章
　　(18)

○ ????,
　題子貢詩傳申培詩說後(10)
　題毛西河集卷(10)
　題明一統志卷(10)
　題朱子晚年定論卷(10)
　聲問(12)
　體用問(12)
　無聲之樂問(12)
　經學問(12)
　名敎問(12)

1784년(갑진, 정조8)	36세
○ 抄啓文臣으로서 朔課試에 꾸준히 응시함. 각 회차에 명고가 작성한 답안지 중《명고전집》에 실린 작품은 다음과 같음. 1월20일 '放夜', 윤3월24일 '大誥後陳謝箋文', 6월1일 '載籍對', 6월11일 '虞弗詢之謀勿庸詰', 10월26일 '宋拜文彦博平章軍國重事詔', 11월 朔課 '岸容待臘將舒柳', 12월13일 '翠管銀罌下九霄'	○ 放夜(1)
	○ 翠管銀罌下九霄(1)
	○ 岸容待臘將舒柳(1)
	○ 元子宮輔養官相見禮時 入侍承史聯句識喜(1)
○ 1월15일, 元子(文孝世子)와 輔養官(李福源, 金熤)의 相見禮에 참석한 承旨(겸도승지 尹塾, 행좌승지 李亨逵, 행우승지 朴祐源, 좌부승지 李養鼎, 우부승지 吳大益, 동부승지 李時秀)와 史官(가주서 徐瀅修, 가주서 朴能源)이 聯句를 지어 기쁨을 표함	○ 永陵幸行…仍命承史閣臣侍衛賡進(1)
	○ 辭副修撰兼陳所懷疏(3)
	○ 辭修撰疏(3)
	○ 因李福徽疏辭職疏(3)
○ 1월15일, 陞六하여 兵曹佐郎에 제수됨	○ 與陳編修[崇本](5)
○ 1월, 弘文錄에 듦	
○ 3월8일, 副校理에 제수됨	○ 與徐員外[大榕](5)
○ 3월9일, 副司果에 제수됨	○ 與鄭直學[志儉](5)
○ 3월19일, 副修撰에 제수됨	○ 弘文館志序(7)
○ 3월21일, 副修撰을 사직하면서 정조에게 강학을 부지런히 할 것, 과거제도를 개혁할 것 등 6조항의 소회를 아뢰는 상소를 올림	○ 掖庭署題名記序(7)
	○ 奎章閣志編例題辭(9)
○ 3월28일, 牌招에 응하지 않아 推考당함	○ 民礨箴(11)
○ 윤3월1일, 修撰에 제수됨	
○ 윤3월6일, 修撰을 사직하는 상소를 올림. 司諫 李福徽(?~1776)가 윤3월6일에 올린 상소에서 弘文錄의 문제점을 지적하면서 '역적 홍계능을 아비처럼 섬긴 徐瀅修도 끼어 있다'고 했기 때문	○ 宋拜文彦博平章軍國重事詔(11)
	○ 虞弗詢之謀勿庸詰(11)
○ 윤3월6일, 副校理에 제수됨	○ 大誥後陳謝箋文(11)
○ 정조가 농담으로 "군역에 충당하자니 벌이 너무 무겁고 驛官에 보임하자니 벌이 너무 가볍다. 너를 司謁에 임명하면 괜찮겠느냐?"라며 사알에 보임함	○ 載籍對(12)
○ 위의 일을 인연으로 〈掖庭署題名記〉의 서문을 부탁받아	○ ??,

써줌	大殿端午帖(1)
○ 윤3월11일, 修撰에 제수됨. 副司果에 제수됨	大殿春帖子(1)
○ 윤3월12일, 李福徽의 윤3월6일 상소를 이유로 修撰을 사 직하는 상소를 올림	大殿延祥詩(1) 先考絅齋府君墓誌
○ 4월14일, 正言에 제수됨	追記(16)
○ 전해에 〈學道關序〉를 써준 淸 國子祭酒 陳崇本에게 감사 의 편지를 보내면서 서문의 내용 중 動·靜과 性·情에 관한 언급은 佛家의 禪學에 경도된 것이 아니냐는 의문을 제기함	
○ 명고의 글을 柳宗元의 문장에 비기며 칠언절구 2수와 문 집 서문을 지어준 淸 徐大榕에게 감사의 편지를 보내면서 근래에 지은 시문에 대한 質正을 부탁함	
○ 5월6일, 抄啓文臣으로서 《奎章閣志》교정을 담당한 명고 가 誠正閣의 筵席에 참가하여 "전체적인 범례가 아직 정 해지지 않았다."라고 하자 정조가 奉朝賀(徐命膺)와 함께 初篇의 범례를 작성해 들이도록 하고, 印出을 20일 이후 로 연기함. 徐龍輔가 각 조항 끝에 '신이 삼가 살펴보건대 〔臣謹按〕'라는 말을 써서 마무리해야 한다고 했으나 정조 는 굳이 그럴 것 없다고 함	
○ 《奎章閣志》의 편찬 범례와 관련하여 徐龍輔, 尹行任과 상의함	
○ 5월6일, 弘文館副校理로서 奎章閣直提學 鄭志儉(1737~ 1784)에게 편지를 보내어, 《奎章閣志》의 범례와 관련한 의견을 구하고 〈編次〉 항목의 서문과 본문 서술을 맡김	
○ 5월, 《奎章閣志》의 편찬 범례를 정리하여 編例題辭(각 편 제목 아래 실린 小序)를 지음	
○ 6월, 敎理에 제수됨	
○ 6월, 《弘文館志》 편찬에 참여함	
○ 7월, 文學에 제수됨	
○ 11월, 修撰에 제수됨	
○ ??, 養父 徐命誠의 무덤을 金陵에서 廣明村 艮坐 언덕으	

로 이장한 뒤에 墓誌를 만들면서 미비했던 사항을 追記 함. 애초 금릉의 무덤에는 임시로 장사 지낸 것이므로 빗 돌을 세우지 않았음	
───────────────────────────	
○ 1월 文孝世子가 輔養官 李福源, 金熤과 相見禮를 함 ○ 정조가 규장각 신하에게《奎章閣志》를 편찬, 간행, 배포 하도록 명함 ○ 5월 하순, 정조의《奎章閣志》서문이 작성됨 ○ 6월 1일,《奎章閣志》가 완성됨 ○ 정조가 홍문관 신하에게《弘文館志》를 편찬하도록 명함 ○ 6월 12일, 下命 후 열흘이 되기 전에《弘文館志》가 완성 됨. 사실의 기록에 치우친 숙종, 영조 대의《弘文館志》에 비해 正史, 掌故, 傳記的 성격을 강화함 ○ 8월 16~17일, 정조가 永陵(정조의 養父인 眞宗과 妃)을 배알하고 이어 恭陵(睿宗의 妃)과 順陵(成宗의 元妃)을 展拜한 뒤에 高陽 行宮에 머물러 御製詩를 내려주고 신하 들에게 화답하게 함	
1785년(을사, 정조9)	37세
○ 右承旨를 사직하는 상소를 올림 ○ 정조가 명고와 徐有榘 등에게 자신의《大學衍義》批點을 정리하게 함. 1787년에《大學衍義》批點 작업을 완료하 여 초계문신들의 經史講義에서 讀奏하게 함 ○ 3월, 서명응과 명고가 洪啓能과 친했다는 이유로 李福徽 의 공격을 받게 되자, 정조가 李福徽를 仕板에서 영구히 삭제토록 하였으나, 서명응은 이후로 蓉洲에 칩거하면서 저술을 낙으로 삼고 더 이상 조정에 참여하지 않음 ○ ??, 늦봄~초여름, 西江 가에 있는 徐潞修(徐命善의 養子)의 별장 一碧亭에 며칠 僑居하면서 柳琴 등과 시를 唱和함 ○ ??, 외숙 李垙의 아들 李惟春이 부친의 시집《屛山詩集》	○ 辭右承旨疏(3) ○ 兵學通後序〔代〕(7) ○ 江東縣三編節目序 (7) ○ 鄕塾講製條例序 (7) ○ 映金亭記(8) ○ 內司僕寺重修記 〔代〕(8) ○ ??, 一碧亭 次柳琴彈素 韻(1)

을 간행하기 위해 서문을 부탁하자 써줌

○ 7월, 司僕寺 提調로 있는 중부 徐命善을 대신하여 內司僕 寺 重修의 顚末을 기록한 記文을 지음

○ 8월20일, 禁衛營 軍色從事官으로 있음

○ 9월, 전임 禁衛大將 중부 徐命善을 대신하여 張志恒 (1721~1778)의 《兵學通》에 발문을 씀

○ ??, 工曹佐郎 鄭厚祚(1738~?)에게 편지를 보내어, 1783년에 편찬한 《詩故辯》의 취지를 설명하고, 전 분야 에 걸친 《시경》 주석서 편찬을 계획하는 가운데 정후조가 地理 분야를 전담해주겠다고 약속한 데 대해 감사를 표하 고 참고 자료를 보냄

○ 9월26일, 초계문신으로서 洪啓能과의 인연 때문에 누차 召牌를 어기고 시험에 나아가지 않았다가 견책을 받아 평 안도의 江東縣監에 제수됨

○ 1777년 徐命膺이 만든 강동현의 民庫 관리 절목, 1782년 徐浩修가 만든 절목, 1785년 명고가 만든 절목을 하나로 합쳐 묶고 서문을 씀

○ 강동현의 武를 숭상하는 지역 풍토를 일신하고 士風을 진작하고자 정조의 초계문신 제도를 모방하여 鄕塾(蕲蕲 堂)에서 젊은 선비들의 講經과 製述을 지도하고, 규례를 정비하여 《鄕塾講製條例》를 만듦

○ 현감이 敎授를 겸임하도록 한 직제에 따라 江東縣監인 명고가 學宮의 선비들과 학문을 강마해야 하는데, 강동현 은 관아와 학궁의 거리가 멀어 불편하므로 관아 가까운 곳에 學舍를 건립하고, 이는 朱熹의 벗 李宗思가 이와 유 사한 문제를 해결하기 위해 학궁 가까이 敎授廳을 건립하 여 기거한 고사를 본받은 것임을 드러내어 蕲蕲堂이라고 이름을 붙임

○ 蕲蕲堂에서의 강마 내용은 《논어》《맹자》와 《資治通鑑》 을 위주로 함

○ ??, 蕲蕲堂에 대한 기문을 지음

○ 1759년 江東縣監 洪良浩(1724~1802)가 제방을 쌓고 버
들숲을 조성한 萬柳提 서쪽에 1777년 江東縣監 具修溫
(1724~?)이 지은 정자의 이름을 映金亭이라 짓고, 62세
의 나이로 刑曹判書가 된 홍양호에게 편지를 보내어 편액
을 만들어 줌

○ 成川郡守로 있는 벗 金國寶가 강동현의 執務堂 이름을
牧愛堂에서 正值堂으로 바꿀 것을 건의하였으나, 반년 가
까이 아무 해명 없이 바꾸지 않음

○ ??, 生父 徐命膺을 대신하여 涵月堂 大師의 畫像에 대한
기문을 지어줌. 서명응이 1754년 함경도 어사로 나갈 때
함경남도 安邊의 釋王寺에서 禪僧인 함월당 海源
(1691~1770)을 만나 10여 일 동안 담소를 나눈 인연으
로, 그 제자가 서울로 서명응을 찾아와 석왕사에 안치한
스승의 화상에 대한 기문을 부탁한 데 따름

○ ??, 명고가 지방관으로 있을 때 승려 璀絢이 편지를 보내
안부를 묻고 전에 빌려준 《法數》를 돌려달라고 청하자
답장을 보내어, 최현의 편지에서 '사랑 애(愛)' 자를 많이
사용한 것을 가지고 일체의 정욕을 배제하라는 불가의 가
르침은 허망한 것이 아닌지 숙고해보기를 청하고, 책을
즉시 돌려주지 못함을 사과함. 璀絢은 明皐靜居에 가까운
암자의 승려임

○ 7월, 창경궁 宣仁門 안의 內司僕寺 보수 공사가 왕명으로
5월에 시작되어 7월에 끝남. 25일에 監董官을 시상함. 主
簿 李英秀는 16일 仕進, 韓弘裕는 45일 仕進하여 陞敍함

○ 7월2일, 武藝出身廳을 壯勇衛로 개편하고 《大典通編》에
실음

○ 9월11일, 故 張志恒의 《兵學通》을 전임 금위대장 徐命善,
현임 금위대장 徐有大 등 8인이 교열하여 완성함

○ 9월, 정조가 《兵學通》의 서문을 짓고, 徐命善에게 발문을
짓도록 명함

1786년(병오, 정조10)	38세
○ 5월, 江東縣監으로 있다가 文孝世子 장례를 위한 墓所都監의 都廳郞廳으로 들어옴. 도청낭청 徐美修(1752~1809)가 어버이 병으로 內職 수행이 어려워지자 명고와 교체하여 강동현감으로 나감	○ 文孝世子輓章 〔五首〕(1)
○ 6월11일, 도청낭청으로서 文孝世子의 장례에 사용한 墓上閣에 대한 圖說과 기문을 지어 올림	○ 宜嬪輓章 〔五首〕(1)
○ 윤7월20일, 右副承旨에 제수됨	○ 辭右(副)承旨疏(3)
○ 윤7월, 명고 자신으로 인해 생부 徐命膺까지 공격받게 되었으며, 司諫院의 啓辭를 반려하고 수레 앞에서 간쟁한 都承旨가 체직되었으므로 자신도 함께 처벌받아 마땅하다는 이유로 右承旨를 사직하는 상소를 올림	○ 喉院請檀君墓置戶守護啓(3)
	○ 喉院繳還李廷楫等減律之敎啓1, 2(3)
○ 윤7월21일, 패초에 재차 불응함	○ 因喉院繳還事陳勉疏(3)
○ 윤7월23일, 右承旨로서 입시함	○ 因儒疏侵斥 辭右副承旨疏(3)
○ 從子 徐有榘에게 답장을 보내어, 본의 아니게 벼슬살이를 계속하게 된 경위를 말하고, 徐龍輔와 함께 숙직하며 주고받은 이야기를 통해 자신의 소원은 조용히 은거하며 紀傳體 조선 正史를 편찬하는 것임을 밝히고, 후대가 아닌 당대의 역사서 편찬에 대해 매우 긍정적으로 논함	○ 仙曹趣英序(7)
	○ 正値堂記(8)
	○ 墓上閣圖記(8)
	○ 敬跋宣賜經書正文後(10)
○ 가을, 左承旨로 정조를 보좌할 때 정조가 세손 시절(1775)에 간행하고 御章 4개를 卷首마다 찍은 《經書正文》(三經四書正文)에 奎章之寶를 찍어 명고에게 하사함. 閣臣이 御章을 문제 삼자 '이 승지는 나의 글벗'이라며 괜찮다고 함	○ ??, 李生喜明之赴燕也…答其厚意〔二首〕(1)
	明皐八詠(1)
○ 승지로서 벗 金國寶와 동료 관원이 되어 함께 숙직할 때 강동현의 執務堂 이름에 대해 대화를 나눈 후, '正値堂'이 '晉나라의 張翰 같은 循吏가 나오기를 기대한다'는 뜻을 담은 이름임을 알고, 새로 강동에 부임한 從弟 徐美修에게 改名을 부탁함	答從子有榘(5)
	與璀絢上人2(5)
	四山監役徐公行狀(15)
○ 8월9일, 右副承旨로서, 江東縣監에 부임했을 때 보았던, 고을 관아 서쪽에 방치된 檀君墓에 復戶를 두어 수호하기	伯父贈吏曹判書府君墓誌銘(16)
	祖考文敏公府君墓

를 청하는 계사를 올리자, 정조가 윤허하고 本邑의 수령
이 매년 봄가을에 직접 살펴보고 監營에 보고하도록 함
○ 8월 9·10일, 문효세자를 치료하던 御醫 李廷楫 등에 대해
국청을 설치하도록 윤허했다가 취소한다는 傳敎를 반려함
○ 9월, 정조의 명을 받아 宜嬪成氏의 輓章을 지음
○ 10월 15일, 鄭穗 등 八道의 유생 859명이 金麟厚의 文廟 從
祀를 청하며 올린 상소를 승정원이 捧入하지 않았다며 공격
하자 右副承旨를 사직했으나 개의치 말라는 비답을 받음
○ 生母 全州李氏의 병세가 심해지자 체직되어 돌아와 간호함
○ 생질 朴蓍壽가 記注官으로 입시했다가 정조의 배려로 체
직되어 외조모 全州李氏의 병환을 보살핌
○ 11월 12일, 左副承旨에 제수됨
○ 11월 14일, 生母 全州李氏가 향년 73세로 별세함. 4, 5년
동안 臥病함
○ 서명응과 서호수가 內閣의 직책을 역임했기 때문에 내각
에 生母 全州李氏의 부음이 전해져 정조가 賻儀함
○ ??, 仲父 徐命善을 대신하여 御製詩에 대한 서문을 씀
○ 겨울, 1781년(정조5), 1783년(정조7)에 선발된 초계문신
들의 우수한 작품을 모아 《仙曹翹英》을 엮는 데 참여하고
서문을 씀
○ ??, 璀絢 스님에게 편지를 보내어, 깨달음을 추구하는
삶과 멀어진 자신의 처지를 호소하고, 廬幕에서 지내며
10여 일 동안 《法華經》을 강구해볼 작정이므로 찾아와
강론해주기를 부탁함
○ ??, 생부 徐命膺를 대신하여 조부 徐宗玉의 墓誌를 追記
함. 贈職과 자손들의 현황 변화를 기록함
○ ??, 정조가 徐命膺과 문장을 논하다가 서명응의 詩稿를
보고 감동하여 御製 七言律詩를 내린 적이 있는데, 서명
선에게 이 시에 대한 서문을 쓰도록 명함

─────────────────────

○ 5월 11일, 文孝世子가 5세의 나이로 홍역을 이기지 못하고

誌追記〔代〕(16)
○ ????,
宜川府院君南公殉
節遺墟碑銘(16)
吏曹判書文靖李公
神道碑銘(16)
吏曹參判李公墓碣
銘(16)
義盈庫主簿文君墓
表(16)
孝子贈戶曹佐郞金
公墓誌銘(16)
貞敬夫人沈氏墓誌
銘(16)
孝子金公兄弟合誌
(16)
安城郡守竹村高公
墓表(16)
湖山處士鄭公墓表
(16)

별세함

○ 문효세자 죽음의 책임 소재를 둘러싸고 老論僻派에서 4개월 동안 계속하여 의원 李廷楫, 李喜仁, 尹敬行 등의 처벌을 주장함

○ 6월6일, 문효세자의 壅家(무덤을 팔 때 비바람을 막기 위해 임시로 세우는, 나무로 얽은 덮개)에 쓸 재목이 화재로 소실되자 정조가 비용과 노력을 절감하도록 대나무를 많이 사용한 새로운 양식의 墓上閣을 제안하고, 이때 사용한 재목의 종류와 규격을 기록하여 《文孝世子禮葬都監都廳儀軌》를 편찬함

○ 8월9일, 鞫廳을 설치하여 李廷楫 등을 처분하자는 兩司의 청을 윤허했다가 취소하고 유배 보내도록 명함

○ 9월14일, 문효세자의 生母인 宜嬪成氏가 출산을 얼마 남겨두지 않고 별세함

○ 정조의 이복동생인 恩彦君 李祠(1754~1801)이 그의 아들 常溪君 李湛을 추대하려던 具善復의 계획이 발각되면서 강화군에 유배됨. 이후 노론 벽파에서 恩彦君 李祠을 역모의 화근으로 지목하여 공격했으나 정조는 재위 기간 내내 보호하고 도성으로 불러 만나기도 함

1787년(정미, 정조11)	39세
○ 1월21일, 生母 全州李氏를 長湍 金陵里 壬坐 언덕에 장사 지냄	○ 與有榘(5)
○ 매부 朴相漢(1742~1767)의 아들 朴蓍壽(?~1834)가 박상한의 시집 《西樓詩稿》를 들고 찾아와 서문을 부탁하자 21년 전(1765)에 한 말에 따라 서문을 써줌	○ 西樓詩稿序(7)
○ 生父 徐命膺의 문집 4가지(前, 後, 左, 右集)를 묶어 《保晚齋四集》을 편정할 때 편집 작업에 참여하고 편찬 범례를 정리하여 編例題辭를 지음. 總目은 徐浩修와 徐有榘가 논의하여 정함. 《保晚齋四集》은 《保晚齋叢書》와 함께 內, 外編을 이룸	○ 雨蕉堂記(8) ○ 燕射記(8) ○ 明皐記(8記(8) ○ 保晚齋四集編例題辭(9)
○ 생질 朴蓍壽의 서재 雨蕉堂에 대한 기문을 써줌	

○ 여름, 從子 徐有榘에게 편지를 보내어, 이해까지 명고 자신의 시문을 모아 편찬할 《始有集》의 서문을 부탁하면서 '始有'의 의미와 39세까지의 작품을 하나의 문집으로 묶는 의도를 말해줌 ○ 徐有榘를 시켜 명고 자신의 시문집을 정리 편찬하고 《明皐始有集》이라는 제목을 붙임 ○ 6월2일, 徐命善에게 訓鍊都監의 도제조가 되어 근무 평정을 실시할 것을 명하였으나 서명선이 사양하자, 정조가 "경을 공격하는 것은 바로 나를 공격하는 것이다."라고 함 ○ 동지, 徐有榘가 《明皐始有集》의 서문을 씀 ○ 12월20일, 生父 徐命膺이 향년 72세로 별세함	
1788년(무신, 정조12)	40세
○ 3월20일, 生父 徐命膺을 長湍 金陵里 壬坐 언덕에 장사지냄 ○ 종자 徐有榘가 25세의 나이로 첫 문집 《楓石鼓篋集》을 엮고 서문을 부탁하자 必有堂에서 서문을 지어줌	○ 楓石鼓篋集序(7) ○ ????, 　先妣貞敬夫人完山李氏行狀(15) 　本生先考文靖公府君行狀(15)
1789년(기유, 정조13)	41세
○ 4월11일, 熙政堂에서 설행한 文臣殿講製述에 응시하여 論題 '不試故藝'에 답함. 비가 많이 와서 仁政殿 月廊으로 자리를 옮김. 병조 정랑 兪漢人이 論에서 三下로 首席함 ○ ??, 1776년 徐命膺이 平安道觀察使로서 조성한 義倉의 재정이 다른 곳은 다 고갈되고 유독 順川의 濶洞坊 坪里 80여 호만이 계속하여 운영함. 평리 백성들의 부탁에 따라 의창의 전말을 기록한 기문을 써줌. 이해에 반포된 去思碑 건립 금지령에 저촉되지 않으면서 徐命膺의 治績을 드러낼 수 있게 됨 ○ ??, 1760년에 長湍에 건립된 忠孝學生金世振之閭의 전말과 의미에 대한 기문을 씀. 이해 2월16일에 경기도 長湍	○ 不試故藝論(11) ○ ??, 　順川濶洞坊坪里義倉記(8) 　學生金公忠孝旌閭記(8) ○ ????, 　左丘明辯(11)

府의 유학 禹宅仁 등이 병자호란 때 長湍 향교의 孔子 祠版을 지킨 故 學生 金世振을 贈職해달라고 상언한 일과 관련됨	
1790년(경술, 정조14)	**42세**
○ 승지로서 燕寢에서 정조를 보좌하던 중에 정조가 明 永樂 연간에 편찬된 《四書五經大全》의 폐해와 오류를 지적하는 말을 들음 ○ 4월, 洪國榮의 실각과 함께 역적으로 처벌된 宋德相(?~1783)에게 동조한 죄인 朴宗性 등에 대한 특별 방면의 명을 철회하도록 청하면서 刑曹參議를 사직함 ○ 5월, 柳得恭(1748~1807)이 進賀副使 徐浩修의 從官으로 朴齊家(1750~1805)와 함께 연경에 갈 때 그의 《歌商樓詩集》을 들고 갔는데, 이 무렵 명고에게 그 서문을 부탁하자 써줌 ○ 5월, 연경으로 가는 使臣에게 檳榔을 사다달라고 부탁함 ○ 《武藝圖譜通志》의 편찬 범례를 정리하여 編例題辭를 지음 ○ 10월, 대사간에 제수됨 ────────────────── ○ 內苑에서 연마하는 將卒들의 무술을 정리한 종합 무예서 《武藝圖譜通志》를 편찬함. 규장각 검서관 李德懋와 朴齊家, 壯勇營 哨官 白東修 등이 1598년(선조31)의 《武藝諸譜》, 1759년(영조35)의 《武藝新譜》의 바탕 위에 《紀效新書》, 《武備志》 등 145종의 관련 서적을 참고하여 편찬함 ○ 6월18일, 綏嬪朴氏가 창경궁 集福軒에서 元子(純祖)를 낳음	○ 檳榔(2) ○ 請寢罪人酌放之命 仍辭刑曹參議疏(3) ○ 歌商樓詩集序(7) ○ 武藝圖譜編例題辭(9)
1791년(신해, 정조15)	**43세**
○ 6월30일, 成川府使에 제수됨. 친형 徐浩修와 좌의정 蔡濟恭(1720~1799)의 관계 때문에 피혐하여 채제공에게 부임 인사를 하지 않아 파직됨 ○ 7월, 승지에 제수되었으나 거듭 牌招에 나가지 않자, 정	○ 寄訊江東倅李和叔〔遇濟〕陽德倅吳希聖〔泰賢〕(1) ○ 須彌菴記(8)

조가 다시 成川府使에 제수하고 '중도에 지체하면 즉시 正配하라'는 엄명을 내림 ○ 9월13일, 仲父 徐命善이 향년 64세로 별세함 ○ 10월, 成川府使의 자격으로 入侍하여 성천의 사정을 아룀 ○ 승려 普澈이 성천의 香楓山 최고봉에 암자를 세울 때 재정이 부족하다고 하자 녹봉을 덜어 도와주고, 안치할 불상이 없다고 하자 廢庵이 된 醒仙庵의 불상을 보내주고, 편액이 없다고 하자 명고가 須彌菴이라는 이름을 짓고 平安道觀察使 洪良浩에게 글씨를 부탁하여 편액을 걸 수 있게 해주고, 記文이 없다고 하자 須彌菴記를 지어줌 ○ 成川府使로서 이웃 고을들의 수령인 江東縣監 李遇濟와 陽德縣監 吳泰賢에게 편지를 보내어 안부를 물음 ○ 11월9일, 중부 徐命善을 長湍 通濟院 艮坐 언덕에 장사 지냄 ○ ??, 조카 徐有榘가 1780년 무렵 溶洲(용산)에 藏書室 楓石庵을 만들고 이후 서적 수집에 공을 들여 四部의 서적을 대략 갖춘 일에 대해 기문을 써줌	○ 祭仲父忠文公文(13) ○ 仲父忠文公府君墓表(16) ○ ??, 楓石庵藏書記(8)
1792년(임자, 정조16)	**44세**
○ 봄, 成川의 訪仙門樓에 올라 농사 형편을 살펴보고, 降仙樓에서 봄 경치를 감상함 ○ 봄, 成川에서 배를 타고 佛窟을 방문한 후 巴涯를 거쳐 돌아오면서 昇仙橋 아래에 이르러 큰 비바람을 만나 작은 객점에서 쉼 ○ 成川 임지에서 지난날 조정에서 함께 근무하던 벗들에게 시를 지어 보냄 ○ 명고가 9세에(1757) 成川府使 生父 徐命膺을 따라 성천에 왔을 때 보았던 빈객과 아전들을 다시 만남. 모두 70세가 넘었고, 서명응이 1776년에 平安道觀察使로서 蠲徭錢과 備荒穀을 마련하여 善政을 베푼 일을 이야기함 ○ 고을 정사를 마친 뒤에 아전들과 함께 詩酒를 즐김 ○ 成川 경내의 二樂(요)亭을 방문했는데, 그 편액은 從曾祖兄(8촌 종형) 徐志修가 지난날 成川府使로 부임했을 때	○ 春日登降仙樓(1) ○ 喜雨(1) ○ 登訪仙門樓 看農形 歸坐降仙樓伴仙觀(1) ○ 書示幕僚諸君(1) ○ 昔在丁丑⋯感懷有作〔二首〕(1) ○ 仙吏軒衙罷 拈分字(1) ○ 訪二樂亭〔二首〕(1) ○ 來仙閣 賦示從遊二客〔二首〕(1) ○ 巫山十二峰〔十二

쓴 것임	首〕(1)
○ 屹骨山을 유람함. 成川의 백성이 屹骨山城 옛터에서 밭을 갈다가 사방 1치쯤 되는 작은 玉佩를 발견함	○ 明皐卽事(1)
○ 여름, 成川 임지에서 御札을 받음	○ 讀莞子(1)
○ 5월12일, 方外儒生 朴夏源 등이 柳星漢(1750~1794)을 공격하는 소장(南學의 상소)을 올리면서 사도세자를 죽음으로 몰고 간 주요 인물로 명고의 생부 徐命膺과 洪啓禧를 지적함. 사도세자가 영조 몰래 關西 지방을 다녀온 사실이 당시 대사성이었던 서명응이 관련자 처벌을 요구하는 글을 올리면서 드러났고, 홍계희가 환궁하는 사도세자를 맞이하기 위해 西郊로 마중 나가야 한다고 주장했기 때문. 이 상소는 정조에 의해 폐기 처분됨	○ 偶讀錢虞山詩…遂次其韻(1)
	○ 此世(1)
	○ 俗學十韻排律(1)
	○ 漫唫(1)
	○ 迎文章鬼〔三首〕(1)
	○ 山齋燒香 與絢上人演佛乘(1)
	○ 新秋見月(1)
○ 鄭景淳(1721~1795)이 柳星漢의 일을 기화로 老論을 숙청하고 少論의 정국 주도를 이루기 위해 조카 鄭東浚(1753~1795)을 시켜 명고의 생부 徐命膺 등을 공격함. 서명응은 정조의 즉위를 방해하려던 洪麟漢 일파를 탄핵하여 정조의 즉위에 중요한 역할을 한 徐命善의 형이지만 壬午禍變에 대해서는 老論과 같은 입장이므로, 그를 유성한의 일에 연루시켜 공격하고 이에 대한 정조의 태도를 살펴 사도세자를 죽음으로 몰아간 노론의 일망타진 가능성을 가늠해본 것임	○ 山行(1)
	○ 秋夜勘書(1)
	○ 僻村(1)
	○ 早起(1)
	○ 晚悟〔四首〕(1)
	○ 偕李生築 訪五山瀑布(1)
	○ 拈韻得傭字(1)
	○ 嘆世(1)
○ 6월30일, 實職이 없는 文官 등에게 주는 遞兒職인 副司直에 제수됨. 이후 1796년 光州牧使에 제수될 때까지 長湍의 明皐靜居에 은거함	○ 樂樂(악락)寮夜坐與李生築拈韻共賦(1)
○ 은거 중에 《管子》를 읽고 그 가치를 발견함	
○ 은거 중에 명말청초의 문인 錢謙益의 詩文을 읽고 명고 자신의 시문 창작에 활용함	○ 次會稽女子題新嘉驛壁詩韻〔三首〕(1)
○ 은거 중에 승려 璀絢와 함께 佛經을 강론함	○ 讀牧齋送劉念臺客林銓之詩 有感于懷書贈李生(1)
○ 은거 중에 門生 李築와 함께 五山瀑布를 유람하며 시를 짓고 흉금을 열어 담소를 나눔	
○ 겨울, 승려 璀絢이 내방함	○ 知足三十韻(2)
	○ 歎貧(2)

○ 겨울, 門生 李粲와 함께 明皐靜居 맞은편의 柳下村을 방문함. 가난과 질병을 근심하는 이계를 위로함	○ 絢上人來訪 月下拈韻〔三首〕(2)
○ 10월 보름~11월 초, 광명리 남쪽 5리 지점의 金陵에서 臥病 중인 친형 徐浩修를 찾아감	○ 秋穫〔五首〕(2)
○ 12월, 은거 중에 《般若經》과 《法華經》을 강론함	○ 冬夜卽事〔二首〕(2)
○ 은거 중에 병으로 몸져누움	○ 與李生訪柳下村 (2)
○ 廣明洞 안에 있는 柳下村 위쪽 산기슭의 廣明寺, 광명사 옛터 왼쪽의 忠孝門, 돌미륵 등을 둘러봄	○ 蚤冬〔二首〕(2)
	○ 自歎(2)
○ ??, 홍문관 당하관으로 있는 李明淵(1758~?)에게 答書를 보내어 그가 지은 策文에 대해 칭찬하고 분발을 면려함	○ 戲答成都小妓(2)
	○ 雜興〔五首〕(2)
○ 12월, 南人(蔡濟恭)과 少論(鄭東浚)의 무함으로 고향에 칩거하던 중에 정조가 내려준 歲畫, 歲饌과 御札을 받음	○ 和邵青門田居〔八首〕(2)
	○ 金陵道中(2)
○ 3월, 閣臣 李晩秀를 陶山書院으로 보내 別試를 보임. 7천여 명이 응시하고 3천여 명이 試券을 제출했는데, 정조가 직접 채점하여 姜世白과 金熙洛을 문과에 급제시킴	○ 李生以貧病爲憂 詩以寬之(2)
	○ 山齋雜詩〔八首〕(2)
○ 4월18일, 老論인 正言 柳星漢이 '임금이 경연을 오랫동안 열지 않는 문제', '문무과 급제자들이 사은숙배할 때 광대가 임금 앞에 가까이 다가간 일', '女樂이 난잡하게 禁苑에 들어간 일'을 지적하는 상소를 올림	○ 次紇骨城玉佩詩韻 (2)
	○ 冬夜(2)
	○ 病臥〔二首〕(2)
○ 4월18일, 정조가 柳星漢의 상소에 대한 비답에 "말이 모두 가슴속에서 나왔고 글에 수식이 없으니 근래에 이러한 문장은 없었다고 이를 만하다."라고 칭찬했다가 윤4월9일에 이 비답은 적절한 말이 아니라며 빼버리라고 명함	○ 病枕呼兒 汲泉煎茶 (2)
	○ 山中四益 〔四首〕(2)
○ 鄭東浚이 "임오년(1762)의 의리를 엄격하게 하지 않으면 성상의 효심에 모자람이 있게 된다."는 설을 가지고 날마다 入闕하여 정조에게 아뢰고, 물러 나와서는 聖旨를 꾸며내어 蔡濟恭에게 바람을 넣어서 영남 萬人疏를 선동하여 임오년의 의리를 논하게 함	○ 山中四畏 〔四首〕(2)
	○ 和邵堯夫首尾吟〔七首〕(2)
	○ 閒居〔四首〕(2)
○ 鄭東浚이 자신의 腹心인 鄭昌順과 李祖源을 사주하여 少論의 저명한 선비들을 불러 모아 상소(5월12일 南學의	○ 洞中古蹟 〔三首〕(2)

상소)를 올리게 함. 정창순은 수하인 洪秉聖에게 그 아들 洪志燮을 시켜 소장 올리는 일을 주관하게 하고, 이조원은 자신의 아들 李後秀를 疏廳으로 보내 홍지섭과 함께 일을 꾸미게 함. 疏草는 沈基泰와 柳協基에게서 나옴

○ 4월18일~5월 초순, 좌의정 蔡濟恭, 우의정 朴宗岳(1735~1795), 兩司, 홍문관, 형조 판서, 성균관과 四學의 유생들, 경상도의 幼學 1만여 명 등 南人과 少論이 柳星漢을 탄핵하는 상소를 올림. 처음에는 상소의 부적절한 문구를 지적하고(유성한의 상소에서 '목이 메는 것 때문에 식음을 전폐한다〔因噎而廢食〕'라는 말은 '정조가 세손 시절 書筵 자리에서 부모가 자식을 기르는 정성을 읊은 《시경》〈蓼莪〉장을 읽다가 사도세자 생각에 눈물을 쏟았는데 이 때문에 경연을 잘 열지 않는 것'이라는 뜻이라고 함), 사실과 다른 풍문을 가지고 임금을 핍박했다는(유성한의 상소에서 광대 운운한 것은 陶山 別試의 급제자를 인도할 때 광대가 앞에 서다 보니 자연스럽게 어가에 가까이 있게 된 것으로 으레 있는 일이며, 女樂 운운한 것은 燃燈節 저녁에 壯勇營의 放馬苑에서 장수들이 놀이를 즐기며 있었던 일로 임금의 禁苑에는 여악이 들어온 사실이 없는데, 유성한이 임금을 핍박하기 위해 근거 없는 풍문을 끌어댔다고 함) 이유로 유성한 개인을 탄핵하다가 점차 탄핵에 미온적인 인사들과 주변 인물들까지 연루시키고 결국은 '유성한의 변고는 혼자 꾸민 것이 아닐 것'이므로 '발본색원'해야 한다며 思悼世子(1735~1762)를 죽음으로 몰아간 老論 전체에 대한 공격으로 비화함

○ 영남 만인소가 老論 측에 의해 捧入이 저지됨

○ 정조가 영남 만인소의 疏頭 李瑀 등을 筵席에 引見하여 직접 만인소를 읽게 하고 들으며 눈물을 흘림. 연석의 대화 내용을 기록하여 반포함

○ 2차, 3차 상소까지 준비하던 영남 유생들이 정조의 설득으로 귀향함

○ 松楸屛伏之中 忽蒙歲饌歲畫恩賜(2)
○ 敬跋御札頒賜歲畫後(10)
○ ??,
答李學士〔明淵〕(5)

○ 5월11일, 정조가 더 이상 柳星漢의 일로 상소하지 말라는
傳敎를 내림

○ 5월11일, 南學의 상소를 들이기 하루 전에 정조가 소론
측 유생들의 상소가 있으리라는 것과 정창순·이조원이
이 일을 꾸며냈다는 것을 정동준을 통해 알고, 내의원 제
조로서 궐내에 있었던 鄭昌順을 불러 "경이 만약 이 상소
를 막지 못한다면 내가 경의 얼굴을 볼 일은 다시 없을
것이다."라면서 상소를 막게 함. 정창순은 다른 사람에게
이 사실을 말하고서 거짓으로 상소를 막는 척했으나, 洪
秉聖 부자에게 은밀히 "주저하지 말고 서둘러 소장을 써
올리라."라고 함. 이튿날 마침내 소장을 올림

○ 5월12일, 南學의 상소가 올라감. 정조가 이 상소를 폐기
하도록 하여 洗草됨

○ 5월13일, 영조가 사도세자에게 자결을 명한 날이라, 정조
가 정무를 보지 않고 재계함

○ 少論의 2차 상소 계획을 들은 정조가 鄭東浚에게 저지시
키도록 함. 정동준이 李祖源에게 정조의 뜻을 전하자, 이
조원이 아들 이후수를 불러 급히 疏廳으로 가서 상소문에
서 이름을 파내게 함. 南學에 모인 자들이 각기 이름을
파내고 흩어지자, 홍지섭이 통곡함

○ 5월22일, 閤門 밖에서 待命하고 있는 신하들에게 승지 徐
榮輔를 보내어, 영조의 유훈을 거슬러 복수를 부추기는
무리의 불순한 의도에 일침을 가하는 하교를 내림

○ 5월22일, 筵席에서 사도세자의 죽음에 대한 영조의 본심
은 사도세자의 죽음을 거론하지 말도록 한 것과 사도세자
에게 불명예스러운 기록을 《승정원일기》에서 세초하도
록 한 일이 모두 진심이었다고 하고, 정조 자신의 본심은
밖으로는 形迹을 드러내지 않으면서 안으로는 도의를 스
스로 펴고, 밖으로는 원수를 잊었다는 비난을 감수하면서
묵묵히 懲討하는 방법을 생각함으로써 선왕(영조)과 선
친(사도세자)을 모두 저버리지 않는 것임을 천명하여, 사

도세자의 죽음을 가지고 섣부른 처벌을 일삼지 않을 것임을 재천명함	
○ 5월24일, 우의정 朴宗岳이 상소하여, 柳星漢의 상소 배후에 金鍾秀가 있다면서 懲討를 청하고, 《明義錄》上篇을 지어 '을미년(1775)·병신년(1776)에 세손(정조)의 대리청정을 방해한 역적의 근원은 무인년(1758)·기묘년(1759)에 사도세자의 대리청정을 방해한 자들과 닿아 있다'면서 그들을 모두 숙청해야 한다고 주장함	
○ 8월10일, 副修撰 尹致性이 柳星漢 탄핵 상소를 다시 올림. 5월22일 정조의 전교로 잠시 가라앉았던 유성한 탄핵이 다시 시작되어 1795년까지 지속됨	
○ 정조는 시종일관 단순한 부주의의 소치로 치부하고 탄핵을 불허하는 비답을 내림	
○ 10월10일, 蔡濟恭이 역적 申騹顯의 아들을 照訖講에 합격시킨 尹永僖를 두둔한 일로 황해도 豊川으로 付處되었다가, 정조가 그를 압송하는 도사에게 密諭를 내려 중도인 長湍에 付處함	
○ 10월14일, 蔡濟恭이 敍免됨	
1793년(계축, 정조17)	**45세**
○ 仲父 徐命善의 大祥을 치름 --------------------- ○ 壯勇衛를 壯勇營으로 확대 개편함	○ 癸丑春望(2) ○ 田家卽事(2) ○ 樂樂寮獨吟〔二首〕(2) ○ 隣人憂余絶糧 詩以自寬〔二首〕(2) ○ 登樓(2) ○ 人間世(2) ○ 再祭忠文公文(13)

1794년(갑인, 정조18)	46세
○ 봄,《陸放翁集》을 읽다가, 연전(1792년) 봄에 成川에서 佛窟을 방문했다가 돌아오는 길에 昇仙橋에서 비바람을 만나 작은 객점에서 쉰 일이 떠올라 陸游의 시에 차운함 ○ 초여름,《楞嚴經》을 읽음 ○ 영조의 계비 貞純王后의 50세 생일과 정조의 생모 惠慶宮 洪氏의 60세 생일을 기념하여 臣民들에게 은전을 내리면서 간행한《人瑞錄》의 편찬 범례와 서문을 겸한 編例總叙를 지음 ○ 5월, 조카 徐有本이 임진왜란 때 晉州城 전투에서 순절한 金時敏 등 30인을 立傳한〈晉州殉難諸臣傳〉에 題辭를 써줌 ○ 明 葉向高(1556~1627)의 글에서, 임진왜란 때 조선의 鄭六同이 적에게 사로잡혀 왜장의 신임을 받다가 露梁 전투 때 화약에 불을 질러 왜적을 대패시킨 일을 접함 ○ 校書館에서 새로 활자 간행한《사서삼경대전》을 하사받았는데, 1790년에 정조가 언급한 오류가 정정되지 않음을 확인함 ○ 40세 이후부터 雜記한 글들을 편차하여《碧紺珠》를 엮음 ○ 從弟 徐潞修와 從子 徐有本, 徐有榘가 古文會를 만들어 5일에 한 편씩 글을 짓는다는 말을 듣고 기뻐함 --- ○ 1월1일, 정조가 景慕宮에 酌獻禮를 올리고, 포상과 대사면령을 내리고, 전국의 장수한 사람 75,145명에게 은전을 내리고, 이를 기념하여 御定《人瑞錄》을 간행함 ○ 5월20일, 이튿날 있을 莊獻世子(思悼世子)의 제사를 앞두고 재계하면서 윤음을 반포함(甲寅年 綸音). 1764년 2월20일 英祖가 신하들에게 사도세자의 죽음에 대해 더 이상 언급하지 말라고 금령을 내린 일과 1776년 2월4일 영조가 사도세자에게 불명예스러운 기록을《승정원일기》에서 지우도록[洗草] 명한 일이 모두 영조의 본심이라면서, 사도세자의 죽음을 구실로 私憾을 풀려는 시도에	○ 碧紺珠歌(2) ○ 遣春書事(2) ○ 讀東坡與歐陽叔弼 誦淵明事詩 有感于 懷 遂步其韻(2) ○ 聞景博與有本有榘 作古文會 每五日必 得一篇 喜而不寐(2) ○ 明皇雜詠〔十八 首〕(2) ○ 讀陸放翁集…遂次 其韻以識之(2) ○ 初夏獨吟〔二 首〕(2) ○ 醉後口呼(2) ○ 次放翁陶山道中韻 (2) ○ 樓上閱史(2) ○ 病中午夜獨起〔四 首〕(2) ○ 次伯氏靜居韻〔二 首〕(2) ○ 人瑞錄編例總叙 (9) ○ 題晉州殉難諸臣傳 卷(10) ○ 敬跋宣賜三經四書 後(10)

대해 일침을 가하는 내용임 ○ 정조의 생모인 獻敬王后 惠慶宮 洪氏(1735~1815)가 60세를 맞이함 ○ 영조의 계비인 貞純王后(1745~1805)가 50세가 됨 ○ 화성 축조 공사를 대대적으로 함. 혹독한 가뭄으로 공사를 중단하고 기우제를 지냄	
1795년(을묘, 정조19)	**47세**
○ 윤2월, 副司直의 직함으로 惠慶宮 洪氏의 회갑 賀禮에 참석하여 御製詩에 대한 화답시를 지어 올림 ○ 규장각에서 徐有榘와 해후하여 임자년(1792) 사건의 곡절을 자세히 물음 ○ 1월, 鄭東浚이 임금을 무함한 죄로 權裕의 탄핵을 받던 중 음독 자살함. 뒤에 관작이 추탈됨 ○ 윤2월, 정조가 華城으로 행차하여 顯隆園(사도세자의 무덤)에 참배하고 惠慶宮 洪氏의 회갑연을 엶. 이때 정조가 御製詩를 지어 내리면서 賀禮에 참석한 신하들에게 화답시를 지어 올리게 함. 華城 완공은 1789년 현륭원 조성 공사 시작부터 10년이 걸림	○ 慈宮周甲誕辰…命 參班諸臣賡進(2)
1796년(병진, 정조20)	**48세**
○ 2월1일, 御製詩와 中和尺을 하사받고 차운시를 지음 ○ 3월, 창덕궁 禁苑 옆의 大報壇에 정조가 親享하는 날, 전 抄啓文臣의 자격으로 어제시에 화답시를 지어 올림 ○ ??, 정조가 세손이던 1772년부터 작성해온, 御製書와 命撰書를 대상으로 한 4부 분류 해제 목록 《群書標記》의 편집을 명고에게 맡김. 이후 1798년 이전에 1차로 완성되고, 정조의 졸년인 1800년까지 155종의 서적이 수록되어 《弘齋全書》에 실림 ○ 《通鑑綱目》의 綱目體에 따라 편집하고 중요 주석만 선별 고증하여 채록한 《春秋左氏傳》의 교정 작업이 시작되었	○ 春仲朔日…承命賡 韻(2) ○ 皇壇親享日…命陪 祭諸臣及抄啓諸臣 賡進(2) ○ 烈女金氏旌閭記 (8) ○ 忠壯金公遺墟碑閣 記(8) ○ 敬跋御製恩重偶後

는데, 音讀 수정에 명고의 私本이 80~90% 수용됨	幷虞聖韻(10)
○ 정조가 《佛說大報父母恩重經》의 가르침이 유교의 충효와 부합한다며 偈頌을 지어 붙인 간행본을 섣달그믐과 단오에 두루 내려주게 하자, 명고가 발문을 짓고 화답송을 지음	○ 丙辰千秋節陳賀箋文(11)
○ 7월, 光州牧使에 제수됨	○ 丙辰冬至陳賀箋文(11)
○ 8월. 7월에 光州에 홍수가 나서 禁軍保 李春成이 휩쓸려 죽자 처 김씨가 빈소를 지키다가 8월7일에 19세의 나이로 자결함. 이 일을 上奏하여 旌閭門을 받아 세우고 기문을 지음	○ ??, 光州社稷祈雨祭文(13)
	光州城隍壇祈雨祭文(13)
○ 임진왜란 의병장 金德齡(1567~1596)의 傍孫 金聖鉉의 부탁에 따라 遺墟碑閣의 기문을 써줌. 명고의 6대조 徐渚 (1558~1631)이 謀逆의 모함에 빠진 김덕령을 변호한 후 로 두 집안이 대대로 두터운 世誼를 쌓아옴. 김덕령에게 시호 '忠壯'이 내린 것은 1788년, 旌閭碑를 세운 것은 1789 년인데, 이때 비문을 徐有隣이 짓고 陰記를 徐龍輔가 썼 고, 1791년에 徐龍輔가 金德齡의 행적을 기록한 《忠壯公 遺事》를 지음	光州佛臺山祈雨祭文(13)
	孝子金公兄弟合誌(15)
	安城郡守竹村高公墓表(15)
	湖山處士鄭公墓表(15)
○ 9월22일, 千秋節(정조의 생일)에 하례 올리는 箋文을 지어 올림	
○ 동짓날 하례 올리는 箋文을 지어 올림	○ ????, 鎭安縣鄕校修改時告由祝文(13)
○ 12월12일, 《春秋左氏傳》의 범례 교정과 관련하여 정조가 명고를 언급함	還安祝文(13)
○ 3월, 大報壇에 정조가 親享함	
1797년(정사, 정조21)	**49세**
○ 정월 초하루에 하례 올리는 箋文을 지어 올림	○ 光山李氏族譜序(7)
○ 光州牧使로서 고을 유생들과 《禮記》를 강독하던 중, 李德仁의 부탁을 받아 光山李氏 族譜의 서문을 써줌	○ 丁巳正朝陳賀箋文(11)
○ 7월, 광주 부임 1년 만에 조정의 조회에 갔다가 왕명을 받아, 광수 지역 유생 84명과 함께 《大學類義》・《朱子書節約》의 校閱 작업을 수행함. 정조는 1781년에 《大學衍義	○ 丁巳千秋節陳賀箋文(11)

補》批點 작업을 완료하고 1796년 병진년에 《大學衍義》 비점 작업을 완료한 뒤에 초계문신들의 經史講義에서 讀奏하게 하였는데, 이때 토의를 거쳐 정리된 문답 내용을 명고에게 정리토록 하면서 내용과 성격에 따라 분류하여 편집하도록 범례를 정해주고 餐錢과 筆札을 지급함

○ 전해에 시작된 《春秋左氏傳》 교정 작업이 완료되고 간행되어 1부를 하사받음

○ 8월, 누이(朴相漢의 처)가 죽어, 9월9일에 장사함

○ 9월22일, 千秋節(정조의 생일)에 하례 올리는 箋文을 지어 올림

○ 10월, 정조가 명고에게 어찰을 보내어 자신은 《史記英選》 독서와 《唐宋八家文》 비평에 여념이 없음을 밝히고, 명고에게 《朱書分類》와 《大學類義》 校閱 작업에 대해 당부하고, 道內 유생들의 《大學類義》 校閱 작업 활용도를 묻고, 民政(修城整理穀과 관련한 호남 지방관들의 농간, 結役으로 인한 民苦, 營邸吏의 농간으로 인한 곡물 가격 상승, 종이·冊板과 관련한 관리들의 농간, 靈巖의 社倉에 발생한 폐단)에 대해 물음. 淳昌郡守 徐有榘와 상의하여 조사하고 보고하도록 함

○ 동짓날 하례 올리는 箋文을 지어 올림

○ 12월, 정조가 명고에게 어찰을 보내어 전라도와 경상도의 가뭄과 화재, 도적 떼가 심한 光州와 龍潭 일대에서 감영의 差使와 읍의 捕校가 민폐를 끼치고 도적 떼와 결탁한 일, 환곡 반납을 정지하라는 명이 포고되지 않아 백성의 원성이 높은 일, 淳昌郡守 徐有榘의 《朱書分類》 교정과 篇目 작업, 명고의 《大學類義》 校閱 작업 등에 대해 물음

○ ??, 光州의 無等山 佛明庵을 重修하기 위한 募緣文을 지어줌

○ 10월8일, 정조가 이해 간행된 《史記英選》을 읽기 시작하여 80일 만인 12월27일에 완독함

○ 丁巳冬至陳賀箋文 (11)

○ 祭姊氏文 (13)

○ 再祭姊氏文 (13)

○ ??, 無等山佛明庵重修募緣文 (11)

○ ????, 祭外姑淑人尹氏文 (13)

祭亡姊文〔代〕 (13)

祭左議政李公文〔代〕 (13)

祭參判鄭公文〔代〕 (13)

○ 정조가 지방관의 행정 현황을 파악하기 위해 御史를 파견 하는 한편, 지방관으로 나가 있는 近臣에게 密旨를 내려 현황을 보고하게 함 ○ ????, 정조가 창덕궁 후원에 작은 집 하나를 마련하고 朱熹의 眞影을 족자로 만들어 모셔둠. 주희 저술을 하나 의 책으로 통합하게 되면 이 집에 보관하고자 계획함	
1798년(무오, 정조22)	**50세**
○ 1월, 정조가 명고에게 특별히 심부름꾼을 띄워 편지를 보 내어 《大學類義》敎閱 작업에 광주 지역 유생들이 얼마나 도움이 되는지 묻고, 朱熹의 저술을 하나로 통합한 책을 만들고자 금년 봄에 작업을 시작하려다가 범례를 정하기 어렵고 자료를 누락하는 것이 있을까 염려하여 신중을 기 하고 있음을 밝히고, 《近思錄》과 《二程粹言》 등에 누락 된 글과 잘못 섞여 들어간 글 및 조선의 선현들이 僞作으 로 판명한 주희의 저술 등을 예시하며 타당한 방도를 물음 ○ 3월, 전해에 시작한 《大學類義》 校閱 작업이 4개월 만에 20권으로 마무리되어 올리자, 정조가 《大學類義》로 이름 을 정함 ○ 御定 《大學類義》의 校閱을 마치고서 교열에 참여한 광주 의 유생들과 함께 영광을 시로 표현함 ○ 6월18일, 抄啓文臣 親試의 규례에 준하여 詩·賦·箋· 義·策 5체의 試題와 九經의 條文을 정조가 명고에게 직 접 써주면서 광주로 가서 유생들을 試取하도록 함 ○ 功令生 69명의 시권 149장과 經義生 25명의 條對 24책을 보내자 정조가 직접 점수를 매겨 53명을 합격시킴 ○ 불합격한 자들이 시기하여 이웃 고을 출신 臺官 任璞을 사주하여 시험이 공정하지 못했다며 명고를 論劾하고, 호 남 사람 高宅謙이 李祖源의 사주를 받아 상소함 ○ 정조가 批旨에 이 일을 드러내어 언급하지 않고 任璞과 高宅謙의 疏狀을 모두 밖으로 내보내지 않음으로써 명고 가 論劾되었다는 사실을 비밀에 부침	○ 承命校閱御定大學 類義訖…分韻識榮 (2) ○ 答尹復初 〔光顔〕(6) ○ 光州鄕校御題奉安 閣記(8) ○ 羣書標記叙例(9) ○ 大學類義叙例(9) ○ 敬跋宣賜春秋傳後 (전반부, 10) ○ 卮言命贊(11) ○ ??, 答金庭堅〔允秋〕(5) 答李進士〔志德〕(5) ○ ????, 重修雲溪鄕賢祠記 (8) 遊北笛洞記(8)

○ 6월, 정조가 직접 낸 試題와 條文, 御考榜目을 광주 향교
에 봉안하고 전말을 기록하여 기문을 지음

○ ????, 6대조 徐渻이 趙亨生(1564~1628)과 깊은 친분이
있었던 인연으로, 雲溪(경기 양평 龍門)의 鄉賢祠 重修에
대한 기문을 지어줌. 향현사는 1714년(숙종40)에 왕명으
로 건립하여 기묘명현 趙昱(1498~1557)의 손자 조형생,
기묘명현 申抃(1470~1521), 무오명현 權景裕(?~1498)
를 제향함. 이후 100년 가까이 흐른 해 2월에 조형생의
5세손 趙時復이 중수하고서 명고에게 기문을 청함

○ ????, 봄에 다른 사람들과 도성 동쪽 3, 4리의 北笛洞(北
渚洞)을 구경하고 모두 시를 지었으나 명고는 시를 짓지
못하여 대신 기문을 지음

○ 《大學類義》 三校 작업에 참여함. 정조가 규장각과 근신
들에게 《大學類義》의 初校를, 호남의 經義功令生에게 再
校를, 호조참판인 명고와 이조참의인 尹光顏에게 三校를
맡기고, 신하들이 붙인 첨지를 일일이 검토하여 取捨의
이유를 밝힘

○ 尹光顏과 편지를 주고받으며 《大學類義》의 내용과 편차
에 관한 의견을 교환함

○ 9월6일, 光州의 임소로 즉각 내려가라고 독촉을 받았으나
병든 어버이를 떠날 수 없다며 떠나지 않자, 정조가 명고
는 이미 임기를 채웠으므로 改差하도록 함

○ 9월6일, 實職이 없는 文官으로서 副護軍에 제수됨

○ 9월6일, 전 抄啓文臣의 자격으로 편전에 입시함. 정조는
《大學衍義》 類編은 신축년(1781)부터 手抄하여 작년
(1797)에 완성되자 光州牧使였던 명고에게 1차 교정을 맡
겼는데 아직 책이 완성되지 못하였으므로 割付(책을 분리
하여 재배열함)한 뒤에 다시 刪定하고 싶다고 하고, 명고와
尹光顏, 金履永, 洪奭周, 金啓溫이 일을 分掌하라고 명함

○ 9월9일, 편전에 입시하여, 《大學衍義》 類編을 만들기 위
해 割付하는 작업이 절반 정도 진행되었다고 답하고, 정

조가 더욱 刪節하는 것이 좋겠다고 하자 지금 이미 충분히 요약되었으므로 더 刪節할 필요는 없을 것 같다고 답함

○ 9월, 정조가 명고에게 편지를 보내어 1796년에 명고에게 편집을 맡겨 완성한 《群書標記》를 미처 다듬지 못하였으므로 편찬 범례 중 재고해봐야 할 점이 있고, 그 후에 편찬한 책들을 이어서 편집해 넣도록 白眉公(미상)에게 맡겼다고 하면서 명고에게 白眉公과 협력하여 《群書標記》를 완성하도록 당부하는 한편, 《大學衍義》와 《大學衍義補》를 합편한 책의 명칭을 《大學類義》로 정한 까닭을 설명하고 淳昌郡守 徐有榘 및 尹光顏과 이에 대해 공감대를 형성하도록 당부하고, 《大學類義》 교정의 예상 완료 시점을 물음

○ ??, 《群書標記》와 《大學類義》의 범례를 정리하여 叙例를 지음

○ 10월, 정조가 명고에게 편지를 보내어 자신은 현재 《唐宋八家文》과 《陸宣公奏議》의 手圈 작업을 마쳤고, 《前漢書》와 《後漢書》도 곧 謄寫를 마치게 될 것이며, 五子(周敦頤, 程顥, 程頤, 張載, 朱熹)의 책에 手圈한 것은 며칠 뒤에 成冊하게 될 것이고, 三禮는 많은 정력을 쏟아야 실마리가 잡힐 것이라면서, 한두 달 안에 大一統의 완전한 서적(《御定四部手圈》)이 완성될 것이라고 하고, 五子의 글에서 정수를 뽑아 《性理大全》·《朱子全書》처럼 편찬하여 《朱書百選》·《五子手圈》과 표리가 되게 하고 朱熹의 글을 合編하는 것이 목표임을 밝히고, 《理學全書》 외에 또 周敦頤와 張載의 상세한 글을 볼 수 있는 全書를 얻을 방도가 없겠냐고 문의하는 한편, 근래 閣臣들이 집에서 쉬고 있어 새로 出身한 젊은 抄啓文臣(洪奭周)과 논의하면서 교정하고 있다며 각신들의 행태를 한심스럽다고 언급함

○ 10월, 어찰을 받은 다음 날 經筵에서 정조가 명고에게 근래 抄啓文臣 중에 기대해볼 만한 젊은 사람은 洪奭周 (1774~1842) 한 사람뿐이라면서 이끌어주고 토론하여

끝내 성취할 수 있도록 해주라고 당부함

○ 정조는 서책 편찬에 대한 자문이나 교정 작업이 있을 때마다 명고가 참여하게 듣게 하고, 계획한 일이 있으면 가장 먼저 명고에게 하문함

○ 10월29일, 편전에서 명고와 尹光顔, 金近淳을 접견하여 《大學衍義》類編에 각자의 의견을 찌로 달아왔는지 묻고, 명고가 의견이 다른 곳에 대해 稟裁를 거치고 싶다고 하자, 이번 교정을 거치고 나면 내년 봄에는 간행할 수 있을 거라면서 전체적으로 본 다음 取捨하겠으니 우선 물러갔다가 하교가 있으면 즉시 들어오도록 명함

○ 11월2일, 정조가 重熙堂에서 명고와 尹光顔을 접견하여 교정 책자가 정밀하고 상세하다며 칭찬하고, 다만 자신이 찌를 붙인 곳은 刪削할 부분이 많다면서 도로 내주어 집에 가서 다시 교정해 들이도록 함

○ ??, 光州의 金庭堅에게 답장을 보내어, 1798년 정조의 명으로 그가 담당하고 있는 《朱子大全箚疑補》보완 윤색 작업의 편찬 범례에 대한 의견을 피력하고, 잘못된 곳을 지적하여 더욱 세심한 교정을 당부하는 한편, 명고 자신이 담당하고 있는 《大學衍義》등초본 교정 작업이 본궤도에 올랐음을 전함. 金庭堅은 景宗 때 성균관 유생으로서 延礽君(英祖)의 世弟 책봉 반대 논의를 규탄하고 영조 말년에 世子翊衛司 翊衛로서 왕명으로 宋時烈의 《朱子大全箚疑》를 보완하여 1771년 《朱子大全箚疑補》 3책을 완성한 金敏材(1699～1766)의 아들임

○ 대궐에서 金履陽(金履永, 1755～1845)을 만나 金庭堅에 대한 이야기를 나눔

○ ??, 光州의 進士 李志德(1739～?)에게 답장을 보내어, 학문과 문장에 대한 7조항의 자문에 답함

○ 전해에 새로 간행한 《春秋左氏傳》의 音讀 정정에 명고의 私本이 크게 기여함으로 인해 1부를 추가로 하사받음

○ 12월26일, 정조가 便殿에서 명고와 李魯春, 尹光顔에게

호남 經義生들의 條對를 상세히 살피고 수일 내로 樵를 붙여 들이도록 명함	
○ 《논어》 '罕言命'에 대한 贊을 지어 표창 받음. 정조는 《大學類義》가 간행되는 날 이 贊을 奉安閣의 旁楣에 걸게 함	
○ 12월28일, 罷職傳旨가 올라갔으나 정조가 이번에는 용서토록 함	
○ 호남 유생들의 시취에서 임진왜란 때 의병장 高敬命 (1533~1592)의 후손 高廷鳳(1743~?)이 합격하여 1800년 4월11일 전라 도사에 제수됨	
○ 9월8일, 정조가 이복동생인 恩彦君 李裀을 도성으로 불러 만나자 조정 대신들이 논의가 들끓음	
○ 11월1일, 정조가 이해 간행된 《唐宋八子百選》을 읽기 시작하여 45일 만인 12월15일에 완독함	
1799년(기미, 정조23)	**51세**
○ 1월10일, 친형 徐浩修가 별세함	○ 昔歲己未…感舊步 揭(2)
○ 5월3일, 便殿에서 《大學衍義》類編의 범례를 낭독하자, 정조가 내용과 문장이 모두 좋다고 하며 原編에 베껴 넣도록 함. 명고 尹光顔의 《春秋左氏傳》懸吐 교정 작업은 아직 완료되지 않은 것으로 안다고 답함	○ 九連城(2) ○ 瀋陽〔七首〕(2) ○ 己未秋夕…感懷有 吟(2)
○ 6월, 寧邊府使에 제수됨. 光州牧使에서 遞職되어 돌아온 (작년 9월6일) 지 한 해도 되기 전에 서북 지방으로 보내는 것은 일단 조정에서 벗어나 쉬게 해주려는 의도라고 해석함	○ 山海關(2) ○ 奉贈寧遠知州劉松 嵐〔大觀 二首〕(2)
○ 6월, 명고가 寧邊으로 부임할 때 하직 인사를 올리고 筵席에서 물러나오자, 정조가 편지를 보내어 영변을 다스릴 때 주의할 점(關防 지역인 만큼 무예가 중시됨, 民庫와 鄕案, 米穀價의 관리에 주의할 것)을 주지시키고 贈詩 〈贈鐵甕府伯徐瀅修〉를 내려 격려하면서 구급약과 부채 등의 물품을 하사함	○ 奉贈李翰林〔鼎元〕 琉球奉使之行(2) ○ 辭戶曹參判疏(3) ○ 答有榘(5) ○ 與紀曉嵐〔昀〕(6) ○ 與紀曉嵐1, 2(6)
○ 7월8일, 進賀兼謝恩副使로 선발된 金達淳이 오랫동안 성	○ 與劉松嵐

묘하지 못했다며 휴가를 청한 일로 견책받게 되자 정조가 特旨로 명고를 嘉善大夫로 올려 副使에 임명하고, 安州에서 기다렸다가 使行에 합류하게 함

○ 淸 四庫全書 總纂官 紀昀에게 편지를 보내어, 이번에 燕京에 使行 가서 가르침을 받게 된 것을 행운으로 여긴다면서, 명고 자신의 문집 서문을 청하기 위해 글 몇 편과 〈學道關〉을 미리 보내고 몇 종의 土産品도 예물로 보낸다고 함

○ 7월, 安州에서 대기하고 있을 때 정조가 명고에게 편지를 보내어, 朱熹의 저술을 하나의 책으로 편년 통합할 계획과 관련하여, 그 動機와 書名, 자료의 수집과 선택, 교정의 어려움 등을 밝히면서 명고를 사신으로 보내는 주요 목적이 주희의 서적을 널리 구해오는 데 있음을 밝히고, 아울러 燕京의 정치 사회적 상황을 탐문해올 것을 주문하고, 雜書와 紋緞 구입 금령을 주지시킴

○ 정조가 徽·閩에서 간행된 古本 朱子書를 구하고자, 명고에게 朱熹의 서적이 연경의 서점에 없으면 江蘇와 浙江 지방에서 구해보고, 이번 사행길에 살 수 없으면 후일에라도 구해달라고 약조를 받아두고, 중국에서 一流로 일컬어지는 학자를 방문하여 간곡히 부탁하도록 당부함

○ 7월, 進賀兼謝恩副使로 중국에 감. 막하에 北關開市의 폐단을 해결한 譯學 金振夏의 후손 金命龜가 있었음

○ 7월, 연경 사행길에 義州에서 1739년 조부 徐宗玉이 副使로 燕行 가는 길에 從曾祖 徐文重의 시에 차운하여 凝香堂에 걸어놓은 시와 1769년 仲父 徐命善이 義州府尹으로 있으면서 그 시에 차운한 시를 접하고 차운함

○ 燕行 길에 義州 – 압록강 – 九連城 – 柵門 – 瀋陽(鍾皷樓, 朝鮮館(瀋館), 外攘門, 實勝寺)의 경로를 거침

○ 燕行 길에 二道井 – 廣寧 – 閭陽驛 – 山海關 – 寧遠 – 北京의 경로를 거쳤는데, 8월15일에 廣寧을 출발하여 閭陽驛으로 향함

○ 山海關을 지나고부터 글을 좀 아는 官人과 書生들에게

천하제일의 經學과 문장을 문자 모두 淸 禮部尙書 紀昀 (1724~1805, 76세)을 추천함

○ 寧遠에서 北京으로 가는 길에 淸 劉大觀(1753~1834)을 잠간 만나 담소하고 귀국길에 다시 만나기를 기약함. 劉大觀이 경학과 문장의 一人者로 紀昀과 翁方綱을 꼽음

○ 9월6일, 명고와 尹光顔이 담당한 《大學類義》三校 작업이 완료됨. 이후 1802년에 규장각에서 정서하여 순조에게 올리고 1805년에 규장각에서 整理字로 간행함.

○ 燕京에 들어간 뒤, 紀昀에게 편지를 보내어 뜻을 전하고 詩文集 抄稿를 보내어 서문을 부탁함

○ 9월24일, 紀昀의 집으로 찾아가 文章論에 관해 담소하였는데, 기윤이 명고의 牛黃說에 동감을 표함. 그리고 朱子의 서적, 《前漢書》, 《後漢書》를 구하는 일의 현황을 알려 주고 대체로 다음번 사신이 가지고 돌아갈 수 있을 것이라고 함. 기윤이 명고의 시문집 서문은 구상이 완료되었으나 집필하지 못했다고 함

○ 9월25일, 기윤이 명고에게 〈明皐文集序〉를 보내줌

○ 연경의 서점을 둘러보았으나 정조가 적어준 목록의 책을 발견하지 못함

○ 9월27일, 紀昀에게 편지를 보내어, 그가 지어준 〈明皐文集序〉에 대한 소감을 피력하고 《朱子大全類編》, 《朱子語類》의 蜀本과 徽本 중 古本, 《朱子五經語類》, 《白田雜著》, 《翁季錄》을 구해달라고 부탁함

○ 9월27일, 紀昀이 답장을 보내어, 〈明皐文集序〉에 대한 명고의 칭찬에 대해 겸손의 뜻을 표하고, 부탁받은 책들을 구해주겠다고 답하고, 《白田雜著》의 편찬 과정에 대해 간단히 설명하고, 洪良浩 父子에게 안부를 전해달라고 부탁함

○ 琉球에 사신 가는 淸 翰林編修 李鼎元과 편지를 주고받고 시를 지어줌. 李鼎元은 流球國 왕 尙溫을 책봉하고 오라는 使命을 8월에 받고 이듬해(1800) 2월 사행길에 오름.

使行을 마친 뒤에 외국의 뛰어난 시문을 수집하여 문집을 간행하려고 한다면서, 명고에게 조선에 돌아가면 뛰어난 시들을 채집하여 부쳐달라고 부탁함

○ 9월28일, 귀국길에 오름

○ 北京에서 寧遠으로 돌아오는 길에 劉大觀이 명고에게 편지를 보내어 문안함

○ 寧遠에 도착하여 城 동쪽 1리쯤 되는 곳에 있는 玉磬山房에서 劉大觀과 밤새 담론을 나누고 시를 唱和함. 명고가 기윤이 지어준 문집 서문을 보여주고 함께 평함. 유대관이 명고의 외모가 王士禎과 닮았다고 함. 명고가 呂留良에 대해 묻자 유대관이 그는 淸朝의 죄인이라 논할 수 없다면서 筆談 속에서 이 구절을 찢어내어 불에 태움. 유대관의 官舍로 자리를 옮긴 뒤 명고가 편액과 柱聯을 청하자 유대관이 '明皐靜居' 편액과 '於古人書無不讀 則天下事皆可爲' 聯句를 써줌

○ 이튿날 아침에 劉大觀이 찾아와 작별하고 명고의 詩文을 보기를 청함

○ 10월 중순, 연경으로 가는 冬至使 편에 紀昀에게 편지를 부쳐, 기윤이 지어준 문집 서문에 대한 깊은 감회를 서술하고, 이전에 구해달라고 부탁한 책들 중에 이미 구해진 것이 있으면 우선 동지사의 귀국 편에 부쳐달라고 부탁함. 紀昀은 이듬해 1월17일에 답장을 씀

○ 10월 중순, 연경으로 가는 冬至使 편에 劉大觀에게 편지를 부쳐, 8~9월의 燕行 때 나눈 교유와 그가 써준 이별시에 대한 소감을 말하고, 유대관의 사위 徐公에게 글을 보내지 못한 데 대해 양해를 구함. 劉大觀은 이해 12월5일에 이 편지를 받고 이듬해 1월28일에 답장을 씀

○ 11월, 使行團이 경기 長湍 경계에 당도했을 때, 정조가 명고에게 편지를 보내어, 새로운 주희의 저서를 발견하지 못한 것은 청나라의 학풍이 고증학에 편중되었기 때문이라고 하며, 연경의 실정을 파악한 것이 있는지 묻고, 청렴

한 빈손으로 사행에서 돌아와 譯官들에게 모범이 되길 기
대한다고 하고, 徐有榘의 《朱子書節約》교정은 언제 완
료되는지, 使行 때 바로잡을 폐단은 없는지 물음

○ 11월17일, 進賀兼謝恩使로 청나라에 가서 취득한 정보를
정리하여 보고함(산해관 안쪽이 蝗蟲의 피해를 입어 쌀
1말 값이 중국 돈 900문에 이른다는 일 등 7가지)

○ 11월17일, 戶曹參判에 제수됨. 寧邊府使로서 아직 解由
狀을 제출하지 못한 채 새로운 직임에 제수받는 것은 격식
에 벗어나지만 구애받지 말라는 정조의 特敎에 따라 그대
로 제수됨

○ 11월19일, 호조참판 사직소를 작성하고 미처 올리기 전에
左承旨에 제수되자 좌승지를 사직하는 내용을 덧붙여 사
직소를 올림. 명고는 1791년 右承旨를 지낸 것을 마지막
으로 이해까지 8년 동안 조정의 벼슬에 나가지 않고 지방
관과 임시 벼슬에만 응해온 처지인 만큼, 散官으로서 서
책 편집과 교정 등의 일에만 정성을 다하겠다는 뜻을 밝힘

○ 淸 紀昀이 명고에게 수차례 편지를 보내어 서책 구입 현황
을 알려옴. 명고가 정조에게 기윤의 편지를 모두 보여줌

○ 11월20일, 호조참판 사직소를 올림

○ 11월, 承旨에 제수됨

○ 12월, 副摠管에 제수됨

○ ????, 金鍾秀(1728~1799)의 〈嶺儒入侍筵本跋〉에 題
辭를 씀. 1792년 嶺南 萬人疏 사건 때 疏頭 李㙖 등의
引見 내용을 반포한 筵本에 김종수가 '불순한 무리들이
임오년(1762)의 의리를 악용하고 있다'는 내용의 跋文을
붙임으로써 善類를 보존하고 逆黨을 깨뜨려 世道를 안정
시켰다는 취지임

○ 12월2일, 정조가 筵席에서 명고에게 세손 시절(1772)에
倪士毅(1303~1348)의 《四書輯釋》을 활자 간행하려 했
던 일을 거론하자, 명고가 그 謄本이 李義駿(1738~1798)
의 집을 경유하여 생부 徐命膺의 집에 소장되어 있다면서

이 책의 가치를 두 가지 점에서 설파함(중국에도 낙질만 전해지는 희귀본이 조선에는 완질이 있다는 점, 오류가 많은 永樂本(四書大全本)과 대비되는 善本이라는 점). 정조는 이 책이 영락본과 병행되는 것도 괜찮다면서 명고, 李魯春, 金羲淳, 鄭東觀 등에게 명하여 권을 나누어 對校하게 하고 명고가 주관하여 검토하도록 함	
○ 12월5일, 淸 劉大觀이 명고의 편지를 받음. 이에 대한 답서는 이듬해(1800) 1월 28일에 보냄	
○ 12월10일, 정조가 명고에게 편지를 보내어, 《四書輯釋》을 교정 간행하려는 까닭을 말하고 자문을 구하여, 범례를 정밀하게 정하도록 함. 이후 교정이 완료되기 전에 정조가 승하하여 간행되지 못하고, 5년 뒤인 1804년(순조4)에 우선 간행 대상 서목에 올랐지만 卷帙이 많고 교정이 더 필요하다는 이유로 또다시 순서가 밀림	
○ 12월, 《四書輯釋》의 가치 및 《四書大全》의 폐해와 오류를 논하고 《사서집석》 교정 작업에 기꺼이 참여하겠다는 의견을 밝힌 從子 徐有榘의 편지에 답장을 보내어, 《사서집석》의 가치를 부연하고 이 책의 간행이 가지는 의의를 주지시킴	
○ 10월27일, 정조가 이복동생인 恩彦君 李䄄을 도성으로 불러 만나려 하자 조정 대신들이 논의가 들끓음	
○ 11월, 《群書標記》가 완성됨	
○ 12월10일, 밤사이에 눈이 내리고, 정조가 春塘臺에서 抄啓文臣의 親試와 試射를 거행함	
○ 12월21일, 규장각에서 시, 편지, 《日得錄》, 《群書標記》 등 191편의 御製 繕寫本 2본을 올림	
1800년(경신, 정조24 / 순조 즉위년)	**52세**
○ 1월17일, 紀昀이 전해 10월 중순에 명고가 부친 편지에 대한 답장을 冬至使의 귀국 편에 부쳐, 명고에게 一家를 이루도록 격려하고, 부탁받은 朱熹의 책들을 신속히 구하	○ 奉和松嵐見貽元韻 仍乞雅正(2) ○ 正宗大王挽章〔十

지 못하는 연유를 밝히고, 江南과 福建의 책을 자신의 門 生 두 사람에게 부탁했다고 함

○ 1월28일, 劉大觀이 전해(1799) 12월5일에 받은 명고의 편지에 대한 답장을 冬至使의 귀국 편에 부쳐, 명고와 헤어질 때 '급류에서 용감히 물러날 분'이라고 말한 것은 관상법에 따른 말에 불과하므로 구애받지 말기를 당부하고, 자신의 근황을 말함

○ 3월~4월, 귀국한 冬至使 편에 紀昀의 답서를 전해 받음

○ 4월16일, 戶曹參判에 제수됨

○ 御定《周公書》의 편찬 범례를 정리하여 敍例를 지음

○《周公書》의 편찬 범례에 대한 정조의 논평과 질의에 조목별로 답함

○ 윤4월15일, 淸 劉大觀에게 편지와 함께 명고 문집 초록본 3책을 보냄. 유대관은 답장과 함께 명고와 주고받은 편지 몇 편이 들어 있는 尺牘集 1책을 부쳐옴. 답장에서 명고의 시문과 〈學道關〉을 칭찬함. 뒤에 金國輔가 燕行 가서 유대관을 만났을 때 유대관이 '명고의 경학은 陸隴其(1630~1693) 뒤의 일인자'라고 평함

○ 윤4월22일, 호조참판으로서 지방의 進上品을 看品하는 데 참여함

○ 윤4월 말, 세자(純祖) 책봉 奏請使의 편에 紀昀에게 편지를 부쳐, 그가 문집 서문을 써주고 격려해준 데 대한 감회와 다짐을 밝히고, 전에 부탁한 서적 구입에 힘써주는 은혜에 감사를 표함

○ 6월, 紀昀이 명고의 편지를 받아봄

○ 6월29일, 정조의 喪葬禮에 필요한 물품을 만드는 鑄成廳의 提調로 차출됨

○ 정조의 輓章을 지음

○ 7월9일·10일, 喪中의 정순왕후에게 음식을 들도록 권유함

○ 7월16일, 紀昀이 답장을 부쳐, 도서 구입의 진행 상황을 알리면서 자신의 門生으로 福建의 도서 구입을 진행하고

있는 陳觀의 별지를 증거로 첨부함

○ 11월15일, 漢城府 右尹에 제수됨

○ 11월15일, 漢城府 左尹에 제수됨. 眞宗(사도세자의 형이
자, 정조의 養父인 孝章世子)의 기일(16일)을 앞둔 재계
일이라 사직소를 올리지 못함

○ 11월18일, 漢城府 左尹을 사직하는 상소를 올림. 상소 말
미에 한성부의 동료 관원 중에 함께 활동할 수 없는 사람
(右尹 趙觀鎭)이 있음을 언급함. 趙觀鎭은 眞宗의 장인이
면서 少論 온건파였던 趙文命(1680~1732)의 손자이자,
1762년 壬午禍變 때 사도세자를 구하려다 역모로 몰려
유배·사사된 趙載浩(1702~1762)의 아들임. 명고의 養
母가 趙顯命(1690~1752)의 딸인데, 조현명은 趙文命의
형이므로 두 집안은 서로 인척간이기도 함

○ 11월23일, 趙觀鎭이 명고의 18일 사직소에서 '동료들 중
에 함께 활동할 수 없는 사람'으로 지목받은 것을 이유로
사직소를 올리면서 명고에 대해 '世嫌에 연연한다'고 비판
함. 1755년(영조31) 우의정 조재호가 서명응을 관원 후보
에서 빼버리도록 吏曹에 분부한 일을 두고 말한 것임

○ 12월13일, 兵曹參判에 제수됨

○ 12월15일, 兵曹參判을 사직하는 상소를 올림. 趙觀鎭과
의 世嫌은 임오화변 때 趙載浩가 조정의 신료들을 공격한
데서 비롯된 것임을 밝힘

○ 12월24일, 趙觀鎭이 사직소를 올리면서, 임오화변 때 조
재호가 사도세자를 구하려다 역모로 몰려 賜死된 일은 正
祖의 壬午義理와 관련되므로 사람들이 언급을 피하는 사
항인데 명고가 감히 언급했으며, 수십 년 동안 사람들의
지적에 해명 한 번 않더니 이제 와서 기회를 틈타 변명한
다고 반박함

○ ??, 北關開市 때 淸의 差官 접대를 위해 北關 지방의 물력
이 고갈되고 백성의 고통이 심한 폐단을 해결한 譯學 金振
夏의 후손 金命龜의 부탁에 따라 그의 치적을 기리는 글에

서문을 지어줌

○ ??, 朱熹의 敬齋箴 글씨를 그의 정신이 드러나는 心劃으로 간주하여 병풍으로 만들어놓고 늘 감상함

○ ??, 李魯春과 편지를 주고받으며 임자년(1792)에 鄭景淳 일파로부터 무함받은 사건을 한 부의 책으로 만드는 일에 대해 논의함

○ ??, 光州牧使로 있을 때 御定 《大學類義》 校閱에 참여한 奇商履의 부탁을 받고 여러 해가 지나 그가 죽은 뒤에 그 선조 奇義獻(1587~1653)의 묘표를 지어줌

○ ????, 자신이 이전에 정조에게서 받은 御札에 연이어 발문을 부기함. 정조의 덕을 선양하는 책무를 다하고, 정조의 知遇를 입은 행운을 기록하기 위함

○ ????, 정조의 서거로 인해 《群書標記》에 더 편집해 넣을 책이 있을 수 없게 되었는데 아직 간행되지 못함을 안타까워함. 이후 1814년에 간행됨

○ 1월1일, 정조가 원자의 三慶禮를 올리라고 명함

○ 5월·6월, 관직을 사양하는 풍속에 대한 吏曹判書 李晩秀(1752~1820)와 修撰 金履載의 논쟁에 대해 "겉치레로 辭職을 일삼는 고루한 풍속을 바로잡겠다."며 김이재를 귀양 보내고 "김이재의 상소를 사주한 자가 있다면 사흘 안에 자수하라."면서 자수하지 않았다가 밝혀진다면 큰 옥사로 이어질 것이라고 경고함

○ 經書에서 周公의 글을 彙集하여 御定 《周公書》를 편찬함

○ 6월15일, 정조의 병세가 위독해져 정무를 보지 못함

○ 6월28일, 정조가 별세함

○ 11월6일, 정조를 안장함

○ 11월20일, 宋時烈의 5대손 宋煥箕(1728~1807)가 漢 孝文帝의 선례를 들어 정조를 종묘에 처음 모실 때부터 世室로 정하자고 상소함. 이듬해 8월5일에 받아들여짐

○ 12월18일, 貞純王后가 언문 하교를 내림. 임오년(1762)·

을미년(1775)·병신년(1776)·정유년(1777)·갑진년(1784)·병오년(1786)·임자년(1792)에 발생한 변란은 모두 사도세자의 죽음에 대한 책임론에서 나온 것이지만 그들의 본심은 진정으로 사도세자를 위한 것이 아니라 "임오년의 대의(사도세자에 대한 영조의 처분이 정당하다는 명제)를 干犯한 역적이 淸議의 攻斥을 받게 되자 士類에게 화를 돌려 罪名을 벗으려는 계책에 불과한 것"이라고 진단하고, 정조의 遺旨를 받들어 처벌하겠다는 내용임	
1801년(신유, 순조1)	**53세**
○ 1월1일, 正祖의 신주를 모신 孝元殿의 朔祭에 獻官으로 참여함	○ 因趙觀鎭對疏 辭同義禁疏(3)
○ 1월2일, 同知義禁府事에 제수됨	○ 喉院與諸僚引義徑出疏(3)
○ 1월9일, 趙觀鎭의 전해 12월24일 상소에 대해 반박하면서 동지의금부사를 사직하는 상소를 올림	○ 喉院與諸僚辭職陳勉疏(3)
○ 1월20일, 同知義禁府事에서 체차됨	○ 答四從兄晚山公(6)
○ 1월, 副摠管에 제수됨	
○ 2월, 承旨에 제수됨	
○ 2월30일, 洪樂任(1741~1801) 탄핵과 관련하여 우부승지 嚴耆가 傳旨 초고를 작성해 올렸다가 파직된 일에 대해 行左承旨로서 다른 승지들과 함께 공동 책임을 표명하여 사직하고, 홍낙임에 대한 처벌을 청하는 상소를 올림	
○ 3월1일, 전날 올린 상소를 반려시킨 貞純王后의 처사에 대해 부당함을 지적하고, 諫言을 배척하지 말도록 면려하는 상소를 올림. "아뢴 내용이 체통에 맞으니, 비변사의 草記를 다시 들이라."는 비답을 받음	
○ 5월22일, 1776년 단오절에 규정을 어기고 中宮殿에 절기 진헌물인 醍胡湯(醍醐湯)을 진상하지 않았던 사실이 洪國榮이 中殿을 핍박한 일 중 하나로 거론되면서 당시 內醫院의 세 제조 중 한 사람이었던 徐命善도 함께 처벌해야 한다는 계사와 상소가 이어짐. 정조 즉위년 당시 약방의 도제조는 金陽澤, 제조는 서명선, 부제조는 홍국영이었	

는데 김양택과 서명선 모두 홍국영의 지휘를 받아 중전을 핍박한 것이라고 주장함

○ 11월12일·12월3일, 徐命善에 대한 탄핵 논의에 대해 貞純王后가 功過의 경중을 헤아리지 못하는 처사라고 유감을 표하며 서명선을 두둔함

○ 기윤이 使行 편에 부쳐준《주자어류》建安 合刻本을 명고가 받음

○ 四從兄 晩山公의 질문을 받고 답장을 보내어 醒醐湯과 관련한 徐命善의 행적을 상세히 일러줌. 편지 말미에 "살펴본 다음에 즉시 없애버려서 국법에 저촉되지 않도록" 해달라고 주의시킴

────────────

○ 1월1일, 순조가 정식으로 즉위함

○ 1월1일, 정조의 신주를 모신 창덕궁 孝元殿에 朔祭를 올림

○ 1월1일, 洪國榮의 관작을 추탈함

○ 2월27일, 正言 申光軾이 洪樂任 및 그와 친분이 깊은 宋文翰·兪杞柱의 처벌을 청하는 상소를 올림. 홍낙임은 사도세자의 장인으로서 영의정을 지낸 洪鳳漢(1713~1778)의 아들이자, 正祖의 즉위를 반대한 洪麟漢(1722~1776)의 조카로, 벼슬이 승지까지 올랐으나 역적의 소굴 역할을 했다는 이유로 1800년 말부터 三司와 유생들의 탄핵을 받아옴

○ 2월30일, 비변사에서 申光軾의 상소에 동조하는 草記를 올림

○ 2월30일, 우부승지 嚴耆가 신광식의 상소와 비변사의 초기에 대한 임금의 처분을 담은 傳旨 초고를 작성해 올렸다가 파직됨

○ 3월1일, 宋文翰와 兪杞柱만 정배하고 洪樂任은 처벌하지 않음

○ 4월27일, 洪樂任을 濟州牧에 위리안치함

○ 5월29일, 洪樂任을 사사함

○ 6월18일, 權裕가 순조의 婚處와 관련하여 상소한 일이 영의정 沈煥之의 청에 따라 추고하는 것으로 일단락됨 ○ 7월22일, 洪國榮과 함께 정조 초년에 중용되었던 鄭民始 (1745~1800)의 관작을 추탈함	
<div align="center">1802년(임술, 순조2)</div>	<div align="center">54세</div>
○ 11월23일, 중부 徐命善의 양자인 徐潞修가 별세함 ○ 紀昀이 使行 편에 부쳐준《朱子大全類編》閩刻本을 명고가 받음 ○ ????, 규장각 司卷 韓命奕이 先考 韓道永(1760~1775)의 改葬 때 묘지명을 부탁하자 지어줌. 韓命奕은 正祖 때 閤門 祗候로서 임금과 신하 사이에 오가는 문서를 전달하는 일을 담당하여 명고와 친분이 있었음 ――――――――――――――――― ○ 6월, 權裕가 정조의 魂殿에 올리려던 司䆃寺의 供上 물품을 퇴짜 놓게 한 처사가 부당했다는 이유로 사헌부의 탄핵을 받게 되면서 전해에 순조의 婚處 문제로 올린 상소도 함께 거론되어 熙川郡에 유배되었다가, 1803년 2월에 量移됨 ○ 6월, 사헌부가 줄곧 權裕를 極邊遠竄해야 한다고 주장했으나 받아들여지지 않음 ○ 6월13일, 장령 玄重祚와 지평 鄭彦仁이 權裕의 일에 대해 뚜렷한 이유 없이 停啓함. 權裕의 상소 문제가 다시 불거진 1804년 5월에 현중조는 金海府에, 정언인은 興陽縣에 定配됨	○ ??, 從弟景博墓誌銘(16) ○ ????, 西原韓君墓誌銘(16)
<div align="center">1803년(계해, 순조3)</div>	<div align="center">55세</div>
○ 윤2월20일, 都承旨에 제수되었다가 사은숙배하지 않아 체차됨 ○ 5월8일, 五衛都摠府 副摠管에 제수되었다가 사은숙배하지 않아 체차됨 ○ 7월, 謝恩使 편에 紀昀에게 편지를 부쳐, 기윤과 담소를	○ 辭刑曹參判疏(4) ○ 喉院請鄭昌順停啓勿施啓(4) ○ 與紀曉嵐4(6) ○ 仁政殿災 責躬求言

나누던 지난 일에 대한 감회를 말하고, 《朱子語類》·《朱子大全類編》을 부쳐준 데 대한 감사를 표하며, 《朱子五經語類》·《白田雜著》도 마저 구해달라 부탁하고, 이번에 정사로 가는 李晩秀를 소개함

○ 8월 6일, 五衛都摠府 副摠管에 제수되었다가 사은숙배하지 않아 체차됨

○ 9월 3일, 刑曹參判에 제수됨

○ 9월 5일, 刑曹參判을 사직하는 상소를 올림

○ 9월 6일, 都承旨에 제수됨

○ 12월 3일, 承政院都承旨 兼 經筵參贊官으로서 召對에 입시하여 鄭昌順(1727~1800)의 관작 추탈 요구를 停啓시킨 조처의 부당함을 말하고, 부교리 沈鑿의 계사에 대해 擧條를 내지 않은 승지를 推考하라는 홍문관의 주장에 대해 반박함

○ 12월 16일, 行都承旨로서 창덕궁 仁政殿의 화재로 인해 순조가 스스로 책망하면서 求言하는 하교문 초안을 지어 올림. 순조 즉위 이후 咸興, 平壤, 社稷, 인정전에 불이 남

○ 1월, 鄭昌順의 관작 추탈 논의가 무성하게 일어남. 정창순은 1795년 鄭東浚과 친분이 도타운 이웃이라 하여 배후 인물로 지목되어 탄핵받다가 정조의 무마로 처벌을 면하고, 1801년에도 탄핵받다가 순조의 무마로 관작 추탈을 면한 적이 있음

○ 8월 16일, 純祖가 健元陵(太祖)과 元陵(英祖)에 차례로 행차하여 제사 지내고 돌아옴

○ 11월 29일, 순조가 鄭昌順을 탄핵하는 論啓의 정지를 명하자, 사헌부에서 停啓함

○ 11월 30일, 次對에서 부교리 沈鑿과 수찬 李好敏이 정계에 참여한 사헌부 관원들을 모두 파직하도록 청하여 貞純王后와 언쟁이 8차례나 오가며 격해지다가 순조가 언쟁을 중단시키고 심반과 이호민을 물러가게 함

教文(11)

○ 大誥後陳謝箋文(11)

○ ????,

平涼子傳(14)

崔生傳(14)

松雲大師傳(14)

禹嫗傳(14)

玉英傳(14)

阿丑傳(14)

范益傳(14)

紀曉嵐傳(14)

李墨莊傳(14)

劉松嵐傳(14)

○ 12월2일, 홍문관 관원들이 연명 箚子를 올려 停啓 조치의 철회를 주장하고, 전날 沈墊 등의 계사에 대해 擧條를 들이지 않은 승지의 推考를 청함	
○ 12월2일, 좌부승지 曹錫中이 沈墊 등의 계사에 대한 擧條는 규정에 없기 때문에 내지 않았다고 해명하며 사직소를 올림. 순조는 停啓의 정당성을 역설하면서 승지의 처사를 두둔하는 비답을 내림. 정창순 탄핵 논의는 3년 뒤인 1806년에 가서야 최종적으로 停啓됨	
○ 12월22일, 南學에 李容萬·李益鉉·李思甲 명의의 연명 通文이 날아듦. 좌의정 徐龍輔와 이조 판서 徐邁修를 탄핵한 내용임	
○ 12월24일, 南學에 李榮復 명의의 통문이 날아듦. 좌의정·이조 판서 외에 韓用龜·金達淳·李得濟·申應周 등을 탄핵한 내용임	
○ 순조는 南學 통문 사건을 政敵의 일망타진을 노린 것으로 진단하여 1월22일까지 관계자를 철저히 색출·처벌하는 한편, 반대편에서 정치적으로 이용하려는 시도에는 응하지 않음	
○ 12월28일, 大臣과 備局堂上의 引見 때 貞純王后가 諺文 하교를 내려 "南學 통문 사건에 연루된 유생에 대해서는 승정원에서 대사성에게 통보하여 사실을 조사하여 군대에 충정케 하라."고 명하자, 승정원에서 성균관과 형조에 통보함	
○ 12월29일, 성균관에서 각 통문의 명의자를 보고하는 現告草記를 올려 비답을 받자, 승정원에서 형조에 통보함. 형조에서 명의자들의 종적을 조사했으나 李榮復 외에는 밝히지 못함	
1804년(갑자, 순조4)	**56세**
○ 1월3일, 순조가 春塘臺에서 새해맞이 犒饋를 친히 행할 때 도승지로 입시하여, 南學 통문 사건 발생 초기에 성균관에서 잘못 대처한 점을 꼬집어 대사성 吳載紹의 문책을	○ 喉院請推大司成啓 (4) ○ 因玉堂元在明疏 辭

청함

○ 1월8일, 南學 통문 사건의 처리 과정에서 의금부와 형조의 업무 분장 기준을 죄인의 신분에 따르도록 승정원에서 바로잡지 못했으므로 승지를 견책해야 한다는 弘文館 應教 元在明의 상소로 인하여, 도승지로서 좌승지와 함께 연명 사직소를 올리면서 의금부와 형조의 업무 분장은 죄의 경중과 사안의 대소에 따라야 한다는 異見을 제시함

○ 1월13일, 元在明이 명고의 1월8일 상소에 대해, 지난번에는 남학 통문 사건으로 鞫廳을 설치하라는 명이 없었기 때문에 관원은 의금부에서, 일반인은 형조에서 수감·조사하는 常例를 말한 것이고, 拿來(의금부의 羅將을 보내어 잡아옴)는 의금부에서 거행하고 나래해온 죄인은 의금부의 南間獄에 수감하는 것이 규례임을 몰랐다고 잘못을 시인하면서도, 명고가 원재명을 漢 魏其侯 竇嬰에 비긴 것은 망발이라고 비판하는 상소를 올림. 순조가 "승지들이 빗대어 한 말에 어찌 깊은 뜻이 있겠는가."라고 비답을 내림

○ 1월15일, 元在明의 1월13일 상소에 대해, 유생을 의금부에 수감하는 일은 국청을 설치하지 않은 경우에도 규례와 선례에 비추어 문제될 것 없다고 하고, 소요를 일으킨 데 대해 자책하여 사직을 청하는 상소를 올림. 순조는 누차 언쟁할 것 없다고 하고 사직을 수리하지 않음

○ 1월21일~25일, 병 때문에 출근하지 못함

○ 1월26일, 南學 통문 사건 주모자 처분과 관련하여 모든 승지가 파직되는 상황에서 도의상 자신만 무사할 수는 없다면서 체직을 청함. 순조가 명고를 파직하고 南公轍을 도승지로 삼음

○ 3월6일, 도승지에 제수됨. 이후 25일까지 20일 중에 8일을 병 때문에 출근하지 못함

○ 3월25일, 문과 會試 試官으로 차정되어 두 차례 패초를 어기다가 세 번째 패초에 응하여 試官으로 나아가려 했으나

都承旨疏(4)

○ 因元在明對疏辭職疏(4)

○ 因僚嫌 陳病辭職疏(4)

○ 因試牌陳病 仍論試望疏(4)

○ 陳病辭職 兼陳所懷疏(4)

○ 喉院請討洪在敏 仍辭職名疏(4)

○ 喉院請寢陳啓承旨遞差之命疏(4)

○ 喉院請寢李晦祥酌處之命啓(4)

○ 喉院與諸僚請允金吾艸記疏(4)

○ 辭備局堂上疏(4)

○ 喉院與諸僚聯名引義疏(4)

○ 喉院因雷異陳勉啓(4)

○ 喉院請允洪在敏設鞫 仍辭職名疏(4)

○ 乞改本職 俾墳享官疏(4)

○ 辭吏曹參判疏(4)

○ 喉院引義徑出疏(4)

○ 朝宗巖紀實碑追記(16)

밤중 거동으로 병이 심해져서 나아가지 못함

○ 3월 26일, 질병을 이유로 試官에서 빼주기를 청하고, 승정
원 관원은 임시직에 차정하지 않는 것이 법규의 취지에
부합함을 논하는 상소를 올림

○ 3월 28일 · 29일, 종묘 夏享大祭를 위해 승정원에서 재계
하며 숙직함

○ 4월 1일, 순조를 따라 종묘에 가서 재계하며 숙직함

○ 4월 4일, 종묘 하향대제 종료 후 환궁하는 날 병 때문에
끝까지 임금을 모시지 못하고 거처로 바로 돌아가게 되었
다며 行都承旨로서 사직을 청하면서, 재계 날 접수된 홍
문관의 箚子에 대해 3일 만에야 비답을 내린 순조의 처사
가 부당했음을 지적하는 내용의 상소를 올림. 순조는 재
계 날이어서 불가피했는데 명고가 "千里 밖의 사람들도
성상의 스스로 뻐기는 기색을 보고 멀리한다."라고 하여
수치스럽다는 비답을 내림

○ 6월, 禮曹參判에 제수됨

○ 8월 14일, 전날 筵席에서 논의된 洪在敏(1770~?)의 상소
내용을 전해 듣고 홍재민의 鞫問을 청함. 승지들이 홍재
민의 상소에 대해 한 마디도 入啓하지 않았다고 좌 · 우의
정 徐邁修와 李敬一로부터 탄핵당한 일로 사직을 청함.
순조는 홍재민에 대한 처벌을 윤허하지 않고 승지들에 대
해서도 엄한 추고에 그침

○ 8월 15일, 전날 왕명의 환수를 청한 우승지 金宗善을 가차
없이 체차시킨 것은 言路를 막는 처사이고, 洪在敏 문제
에 대해 내린 전교 역시 옳지 않다며 모두 환수하기를
청하면서 行都承旨로서 사직을 청함. 순조는 전날 내린
전교는 이미 환수했으며 승지도 仍任시켰음을 알리고, 명
고는 굳이 자책할 것이 없지만 굳이 도의를 한번 펴야겠다
면 사직을 수리하겠다는 비답을 내림

○ 8월 21일, 權裕의 상소 사건 연루자 李晦祥을 이전의 처분
대로 하라는 순조의 명을 환수하고 엄히 刑訊하기를 청하

는 계사를, 行都承旨로서 다른 승지들과 연명으로 올림. 순조는 "근거 없이 한 말이라고 자백했으니 더 이상 신문할 것 없다."라며 윤허하지 않음

○ 9월7일, 權裕에게 적용할 형률을 1776년 4월의 예에 따르자는 의금부의 주장에 동조하는 상소를, 행도승지로서 다른 승지들과 연명으로 올림

○ 9월25일, 大護軍 李勉兢, 형조참판 沈象奎와 함께 備邊司 提調로 差定됨. 기존의 비국 당상들은 《正祖實錄》의 완성을 앞두고 《國朝寶鑑》의 정조 편 편찬에 필요한 자료를 《備邊司謄錄》에서 뽑아내는 일에 투입되어 비변사의 업무를 전담할 당상이 없었기 때문임

○ 9월29일, 행도승지로서 능력 부족과 병을 이유로 備局堂上을 사직하는 상소를 올림

○ 10월3일, 弘文館 校理 金會淵의 패초 문제로 홍문관과 승정원에서 책임 공방이 오가던 중에 승정원에서 홍문관의 상소를 반려하게 된 까닭을 밝히고 도의상 사직하는 상소를, 행도승지로서 좌부승지 金宗善과 함께 연명으로 올림

○ 명고는 藥房의 副提調로서 순조의 탕약 제조를 감독하고, 金宗善은 10월6일에 예정된 聖節望闕禮의 예행 연습을 監察해야 했으나 辭職과 함께 이 일을 못하게 됨

○ 10월9일, 우레가 치는 災異로 인한 순조의 求言에 응하여 講學·治道·政令에 드러난 잘못을 지적하여 반성과 분발을 촉구하는 내용의 상소를, 행도승지로서 행좌부지 沈象奎와 함께 연명으로 올림

○ 10월26일, 洪在敏에 대한 鞠廳 설치를 윤허해주십사 청하면서 행도승지를 사직하는 상소를 올림

○ 11월11일, 병 때문에 4일 연속 출근하지 못하던 중에 규정에 따라 永陵(정조의 養父인 眞宗과 妃) 忌辰祭의 獻官으로 차정되자, 병과 노쇠함을 이유로 행도승지를 사직하는 상소를 올려 수리됨

○ 11월12일, 吏曹參判에 제수됨

○ 11월17일, 적임자가 아니라는 이유로 吏曹參判을 사직하는 상소를 올림

○ 11월19일, 21일에 지낼 陵·殿·宮·園·廟의 冬至祭 祭官으로 차정되어 朝房에서 재계함

○ 11월19일, 도승지에 제수됨

○ 11월19일, 순조가 洪在敏에 대한 鞫廳 설치 약속을 어기고 楸子島 安置를 명함. 8차에 걸친 명고의 入對 요청이 司謁에 의해 막히자, 司謁을 탄핵하는 상소를 올리고 행 도승지로서 도의상 자책하며 대궐을 나감. 순조는 명고의 상소를 반려시킴

○ 11월20일, 순조가 승지들이 집단 반발한 데 대한 책임을 물어 명고를 義州府에 遠竄토록 함

○ 11월21일, 순조가 전날의 의주부 원찬 명이 즉흥적인 조처였음을 자인하며 명고에 대한 처분을 풀어줌

○ 12월21일, 吏曹參判에 제수됨

○ 경기 加平郡 朝宗面 荷谷 냇가에 있는, 명나라 神宗의 祭壇 朝宗巖에 비석을 세울 때 趙鎭寬이 작성한 비문에 미비한 점을 追記함

○ 1월3일, 성균관에서 草記를 올려, 南學 통문의 명의자들을 잡아들이려 했으나 여의치 않으므로 우선 통문을 던져 넣은 종 李福三을 형조에서 잡아들이게 해달라고 청함. 순조는 이 정도의 일은 임금에게 아뢸 것이 아니라 관서 간에 공문으로 해결하면 될 일이라며 초기를 반려함

○ 1월3일, 남학 통문 사건 관련자 중 관원은 의금부에서, 유생은 형조에서 처리하라는 전교에 따라 유생 李榮復을 형조에 수감했다가, 수감처를 변경하라는 하교에 따라 당일에 의금부로 이송함. 이영복을 이송 받은 의금부에서는, 輕罪囚와 아직 刑推하지 않은 重罪囚는 西間獄에, 형추를 끝낸 중죄수는 南間獄에 수감하는 규정이 있지만 유생을 서간옥에 수감한 전례가 없어 형추를 마치지 않았

음에도 불구하고 남간옥에 수감하는 예외적 조치를 임금의 윤허하에 취함

○ 1월4일, 의금부에서 "유생은 형조에서 처리하라."는 애초의 명을 근거로 이영복을 다시 형조로 이송함

○ 1월5일, 이 사건에 연루된 다른 유생 6명도 성균관에서 형조로 이송함

○ 1월7일, 홍문관 응교 元在明이 통문을 돌린 유생을 의금부에서 수감하고 조사하는 것은 규정에 어긋난다면서 1월3일 수감처 변경을 방임한 담당 승지의 견책을 청함

○ 1월7일, 우부승지 尹益烈과 동부승지 韓致應이 도의상 사직하고 대궐을 나감

○ 1월22일, 南學 通文의 주모자로 지목된 洪履猷·李東萬을 유배형에 처하는 데 그치자, 의금부·승정원·삼사에서 철저한 진상 규명을 요구하며 반발함. 이후 1806년까지 이들에 대한 철저한 처벌 요청이 이어졌으나 순조는 끝내 받아들이지 않음으로써 사건의 확산을 막음

○ 1월22일~26일, 승정원과 兩司의 관원들에 대한 대대적인 파직 조치가 이어짐

○ 3월4일, 吳載榮과 李性世가 각본을 짜고 궁궐 안에 잠입하여 서로 고변함으로써 조정 신료를 무함하려고 시도한 사건이 발생함

○ 3월16일, 식년 문과 會試 講經 시험을 설행함

○ 3월29일, 3월4일 사건의 연루자인 수문장 車億萬이 의금부의 옥중에서 스스로 목을 매어 죽음

○ 3월29일, 홍문관에서 연명 차자를 올려 車億萬의 죽음에 대해 강한 의구심을 표명하며, 의금부 당상관을 견책하고 관련자들을 조사하여 진실을 밝힐 것을 청함. 이 차자가 이날 밤에 승정원에 접수되어, 3월29일자 朝報에 大槪가 실림

○ 4월1일, 순조가 夏享大祭를 앞두고 종묘에서 재계함

○ 4월2일, 순조가 夏享大祭를 친히 지낸 다음 그날 환궁함

○ 4월 2일, 3월 29일 홍문관의 연명 차자에 대해 3일 만에 비답을 내려, 의금부 당상관의 처벌은 윤허하지 않고 관련자의 조사만 윤허한다고 함

○ 4월 4일, 순조가 春塘臺에 거둥하여 몸소 문무과 殿試를 보임

○ 5월 20일, 1802년 權裕의 일에 대해 뚜렷한 이유 없이 停啓한 장령 玄重祚는 金海府에, 鄭彦仁은 興陽縣에 定配함

○ 5월 21일, 집의 李基慶 등 兩司 관원이 연명으로 상소하여, 日官을 사주하여 순조의 혼례 날짜 잡는 것을 훼방한 뿌리를 캐도록 청함

○ 5월 26일, 1800년 노론 시파인 金祖淳의 딸(純元王后)을 세자빈으로 初揀擇하였는데, 1801년 三揀擇 때 노론 벽파인 權裕가 넌지시 문제 제기한 일이 3년 뒤인 이때 불거져 鞫問과 正法이 이루어짐

○ 6월 6일, 權裕가 국문을 받다가 죽음

○ 6월 24일, 貞純王后가 諺書 하교를 내려, 집의 李基慶 등의 주장은 궁극적으로 정순왕후 자신을 핍박한 것이라면서 스스로 해명하고 "대신과 삼사로 하여금 다 알도록" 하라고 명함

○ 8월 13일, 記事官 洪在敏이 상소를 올려, 貞純王后의 6월 24일 諺書 하교에 대해 大臣과 三司가 아무런 대응도 하지 않아 정순왕후의 뜻을 선양하지 않고 있다고 탄핵함

○ 8월 13일, 순조가 筵席에서 좌의정 徐邁修와 우의정 李敬一 및 兩司 관원에게 洪在敏의 상소를 보이고 의견을 묻자, 신하들이 모두 鞫問을 청했으나 순조는 자신과 관련된 일이라며 윤허하지 않고 疏狀을 반려하는 데 그치고, 왕명에 반하여 국문 주장을 반복하는 양사 관원을 파직하도록 명하였으나 대신과 승지의 반대에 부딪혀 반포하지 못함

○ 8월 14일, 지난달 大臣이 入侍한 뒤의 일과 洪在敏의 일에 대해 언급하는 소장이 접수되면 아무리 大臣의 상소라 하

더라도 곧장 반려하고 遠竄傳旨를 바로 봉입하라고 명함

○ 8월15일, 승지 金宗善이 14일의 명은 言路를 막는 처사라 며 환수를 청하는 계사를 올렸다가 체차됨

○ 8월15일, 승지들이 연명으로 사직하여 체차됨

○ 8월17일, 權裕의 상소 사건 때 권유에 대한 탄핵의 停啓를 주장했다는 죄목으로 체포된 李晦祥이 평문(平問: 고문 없이 하는 신문)을 받은 후 정상이 참작되어 羅州牧 智島 에 定配되었다가 發配傳旨(유배지로 출발하라는 전지)를 낭독할 때 "권유의 상소는 사주한 자가 있다."라는 말을 하여 다시 추국했으나 이전의 진술과 다른 특별한 진술이 없음

○ 8월21일, 순조가 李晦祥을 智島에 그대로 안치하도록 하 교하자, 대신과 의금부·삼사·승정원에서 일제히 반발 하여 엄한 국문을 통한 철저한 진상 조사와 反坐律(남을 무고한 자에게 무고당한 사람이 받았을 벌과 같은 벌을 가하는 형률) 적용을 청함. 결국 이회상은 智島에 그대로 정배되고, 이후 1820년 1월까지 16년 동안 계속하여 양사 에서 엄한 국문을 주장하지만 1823년 龍安縣으로 量移되 고 1827년에 석방됨

○ 8월25일, 좌의정 徐邁修와 우의정 李敬一이 1762년 사도 세자의 처벌에 적극 참여했다가 정조 즉위년(1776)에 역 적으로 追罰당한 金尙魯의 예를 들어 權裕에게 孥籍法을 追施해야 한다는 차자를 올려 윤허를 받음

○ 8월26일, 의금부 당상관들이 《의금부등록》을 상고하여, 景宗 때 延礽君(영조)의 대리청정을 반대하여 경종을 보 위하고 辛壬士禍를 일으켜 노론 4대신을 숙청시킨 趙泰 耉·柳鳳輝에게 1755년 逆律을 추시할 때는 그 자식들도 絞刑에 처한 반면, 1776년 김상로에게 역률을 추시할 때 는 자식들을 외딴섬의 노비로 삼는 데 그쳤음을 밝히고, 權裕에게는 1755년의 예를 적용해야 한다고 주장함. 순조 는 1776년의 예를 고집함

○ 9월3일, 金會淵이 弘文館 校理에 제수되자 홍문관에서 즉시 그를 패초하여 직임을 수행하게 하십사 청하여 윤허를 받음

○ 9월4일, 金會淵이 패초에 응하지 않자 推考만 하도록 우승지 李漙에게 명함. 홍문관에서 다시 청하고 김회연이 다시 응하지 않자 다시 추고만 하도록 이당에게 명함

○ 9월7일, 의금부에서 8월26일에 이어 《의금부등록》을 다시 상고하여, 1776년 4월에는 우의정 鄭存謙과 百官의 庭請에 따라 "아비와 자식에게 같은 형률을 적용하지 말고 兄弟應坐律에 따라 거행하라."는 英祖 때의 受敎에 의거하여 김상로의 자식과 손자는 종으로 삼고 조카는 안치하고 처첩과 며느리와 손녀는 종으로 삼고 가산을 몰수한 데 반해, 동년 9월에는 "당사자가 이미 죽은 뒤에 노적법을 추시하는 규정을 모두 폐지하라."는 명에 따라 김상로의 아들과 조카는 안치하고 그 밖에 연좌된 사람들은 모두 풀어주고 몰수했던 가산은 돌려주었다고 하면서, 노적법을 추시한 4월의 예를 權𥙿에게 적용하는 것이 어떻겠느냐는 초기를 올림. 순조는 노적했던 것을 해제한 9월의 예를 따르라고 답함

○ 9월7일, 홍문관, 사간원, 승정원에서 1776년 4월의 예를 따르자는 의금부의 주장에 동조하는 상소를 올림

○ 9월8일, 1776년 9월의 예에 따라 權𥙿의 아들들을 유배 보내는 데 그침

○ 9월26일, 筵席에서 교리 任厚常과 수찬 朴宗正이 '金會淵에 대한 9월 3, 4일의 牌招傳旨가 20여 일이 지나도록 반포되지 않은 사실'을 폭로하고 담당 승지의 추고를 청함

○ 9월26일, 좌승지 嚴耆가 9월 3, 4일의 기록을 뒤져 '승정원에서는 반포하였으나 홍문관 下吏가 빠뜨렸음'을 밝혀내고 홍문관 하리를 가둠과 동시에 형평성을 고려하여 승정원 하리도 함께 가둠

○ 9월26일, 任厚常과 朴宗正이 승지가 책임을 회피하기 위

해 홍문관 하리에게 죄를 덮어씌웠다고 반발하는 사직소
를 올리고 업무 교대의 절차 없이 바로 대궐을 나가버림

○ 9월 27일, 任厚常과 朴宗正을 晝講에 누차 불렀으나 응하
지 않음

○ 9월 28일, 좌승지 嚴耆가 자신은 당시 담당 승지도 아니었
는데 책임을 회피하려 할 필요가 있었겠느냐며 해명하는
상소를 올림. 순조가 엄기를 추고함

○ 9월 28일, 筵席에서 좌의정 徐邁修가 任厚常과 朴宗正에
대해 '대수롭지 않은 일로 소란을 일으키며 교대 절차 없
이 바로 나간 것'을 질타하고, '3품 이하 관원으로서 부름
을 받고도 3일 동안이나 궐 밖에서 버티고 있는 것은 先王
의 금칙을 위배한 것'이라며 '서용 불가[不敍]'의 벌을 청
하고, 嚴耆의 처신도 적절치 않았다며 엄한 추고를 청하
여 윤허받음

○ 10월 1일, 부수찬 尹尙圭가 金會淵에 대한 牌招傳旨를 애
초에 승정원에서 반포하지 않았다며 任厚常과 朴宗正에
대한 서용 불가의 명을 환수하고 嚴耆를 파직하라는 사직
소를 올림. 순조가 尹尙圭를 削職시킴

○ 10월 2일, 교리 徐長輔, 부교리 宋冕載, 부수찬 金會淵이
尹尙圭의 주장에 동조하여 연명으로 사직소를 올리려 했
으나, 승정원에서 "오늘은 재계일인데, 재계일에는 政事
에 대해 건의하는 상소 외에는 접수하지 않는다."는 규정
을 들어 반려함

○ 10월 2일, 홍문관 관원들이 연명 사직소 반려에 항의하여
사직소를 올리려 하자, 담당자인 동부승지 金在昌이 이를
반려하고 자신의 사직소를 올린 후 대궐을 나가고, 우부
승지 李文會도 동조하여 사직소를 올림. 순조는 "재계일
에는 상소를 올리지 않는 것이 규례"라며 승지를 두둔하는
비답을 내림

○ 10월 3일, 종묘에 冬享大祭를 지냄

○ 10월 8일, 밤 2경부터 3경까지 측우기의 수심이 4分이 되

도록 폭우가 쏟아지고 3경에 천둥 번개가 치자, 순조가 3일 동안 減膳하겠다는 備忘記를 내림

○ 10월9일, 순조가 災異의 원인을 논하라고 大臣과 三司에게 전교함

○ 10월25일, 洪在敏이 8월13일에 상소를 올린 후 그에 대한 鞫廳 설치 주장이 이어지던 중 이날 筵席에서 좌의정 徐邁修가 홍재민을 의금부의 西間獄(경죄수와 아직 刑推하지 않은 중죄수 수감 칸)에 계속 두는 것은 옳지 않다며 南間獄(형추를 끝낸 중죄수 수감 칸)으로 옮기고 국청을 설치해야 한다고 주장하였으나, 순조가 윤허하지 않자 6승지가 일제히 "대신의 청에 따라 처분을 내리기를" 청했으나 순조는 여전히 윤허하지 않음

○ 10월26일, 승지·대신·홍문관·양사가 차례로 洪在敏에 대한 鞫廳 설치를 청하는 상소를 차례로 올림

○ 10월29일, 筵席에서 洪在敏에 대한 鞫廳 설치 요구를 口頭로 수락함. 그러나 실행하지 않은 채로 20여 일을 끎

○ 11월14일, 眞宗(정조의 養父 孝章世子)의 비 孝純王后의 忌晨祭를 올림

○ 11월16일, 眞宗의 忌晨祭를 올림

○ 11월19일, 순조가 "南間獄의 죄인 洪在敏을 사형을 감하여 楸子島에 安置하라."는 특별 지시를 내리자, 승지·대신·삼사가 반발함

○ 11월22일, 의금부에서 洪在敏에 대한 처분에 반발하자 순조가 "국청을 설치하라는 전지가 내리기도 전에 남간옥에 가두고, 섬에 안치하라는 전지가 내리기도 전에 의금부에서 반대 의견을 올렸다."며 강한 불만을 표함

○ 11월23일, 洪在敏을 추자도에 안치함. 홍재민은 이후 1823년 8월7일 益山郡으로 量移되었다가 1827년 4월5일에 석방됨

1805년(을축, 순조5)	57세
○ 3월, 刑曹參判에 제수됨. 同知經筵事에 제수됨	○ 喉院請寢趙貞喆李
○ 3월24일, 도승지에 제수됨	度謙移放之命啓(4)
○ 3월24일, 趙貞喆을 量移하고 李道謙을 풀어주라는 명의	○ 辭兵曹參判疏(4)
환수를 청하고, 兩司의 간언을 용납하지 못하여 자주 체	○ 辭京畿監司疏(4)
차시키는 조처의 잘못을 지적하는 계사를, 행도승지로서	○ ??,
우승지 嚴耆, 동부승지 李文會와 함께 연명으로 올림. 순	答永安國舅(6)
조는 명의 환수를 윤허하지 않고, 臺諫 체차의 명을 환수	答宋甥莊伯持養(6)
하는 것은 어렵지 않다는 비답을 내림	
○ 4월3일, 병 때문에 출근하지 못함. 도승지에서 해임됨	
○ 4월4일, 兵曹參判에 제수됨. 1779·1780년의 일에서 비	
롯된 판서 韓晩裕(1746~1812)와의 世嫌을 이유로 사직	
소를 올림	
○ 5월17일, 吏曹參判에 제수됨	
○ 6월, 工曹參判에 제수됨. 禮曹參判에 제수됨	
○ 윤6월29일, 京畿觀察使에 제수됨	
○ 7월2일, 京畿監司의 임명 敎書와 함께 長弓과 長箭을 하	
사받음	
○ 7월3일, 집안의 3대가 연속하여 京畿監司를 지냈다는 이	
유로 경기감사를 사직하는 상소를 올림. 사직이 수리되지	
않아서, 이듬해 2월6일 金達淳의 옥사에 연루되어 찬배	
처분이 내릴 때까지 7개월 동안 직임을 수행함	
○ 명고가 1797~1799년에 편집하고 교정한 《大學類義》가	
간행됨. 정조의 遺旨에 따라 명고의 1798년〈罕言命贊〉	
을 판각하여 奉安閣의 旁楣에 걸고, 그 顚末을 기록함	
○ ?? 봄, 영안부원군 金祖淳(1765~1832)에게 답장을 보	
내어 그가 소장하고 있는 朱熹의 서적을 보여달라고 청함	
○ ??, 姑從조카 宋持養(1782~?)에게 답장을 보내어, 《논	
어》'伯牛有疾' 장에 대해 朱熹의 해석을 따르지 않고 訓詁	
名物學을 수용한 합리적 관점으로 논함	
○ ??, 맏사위 金魯謙(1781~1853)에게 답장을 보내어,	

《說文解字》 판본의 善惡에 대해 논하고, 淸 顧炎武의 《日知錄》 취지에 따라 明 趙宦光의 《說文長箋》을 비판함	
○ 2월18일, 순조가 27일까지 천연두를 앓음 ○ 3월22일·23일, 순조가 鎭海縣에 정배된 죄인 趙鎭正과 穩城府에 정배된 죄인 蔡弘遠을 석방토록 한 데 대해 兩司에서 반발하는 차자를 올리자 즉시 모두 체차시킴 ○ 3월24일, 순조가 노론 4대신의 하나인 趙泰采의 증손이자, 1776년 洪麟漢·鄭厚謙 등과 함께 정조의 즉위를 방해하려다 정조의 즉위 후 파직되어 北道에 유배된 洪趾海(1720~1777)의 사위로서 1777년 恩全君 李禩(1759~1778)을 추대하는 역모에 연루되어 楸子島에 안치되고 1803년 羅州牧으로 量移된 趙貞喆(1751~1831)을 다시 양이하고, 1785년 지리산의 異人 운운하며 三道의 군사를 일으켜 반정을 꾀하려던 역모의 주요 인물 李瑈(1736~?)의 조카로서 金甲島에 徒配되고 1803년 求禮縣으로 양이된 李度謙(1750~?)을 풀어주라고 명하자, 승정원·홍문관·의금부의 신하들이 반발함 ○ 3월28일, 趙貞喆을 兎山縣으로 양이하고 李度謙을 석방함 ○ 7월2일, 순조가 친히 창경궁 안의 孝安殿(貞純王后의 魂殿)에 秋享大祭를 지냄 ○ 12월27일, 老論 僻派 우의정 金達淳(1760~1806)이 '故 知事 朴致遠, 故 司諫 尹在謙에게 시호와 벼슬을 추증하여 표창'하도록 청했다가 老論 時派에 의해 正祖의 유지에 위배된다는 공격을 받음	
1806년(병인, 순조6)	58세
○ 1월23일, 김달순의 상소를 사주했다는 죄목으로 司憲府 관원의 탄핵을 받음 ○ 2월, 파직되어 興陽縣에 定配되었다가 楸子島로 移配됨	

○ 김달순이 洪州牧, 南海岸, 康津縣에 차례로 안치되었다 가 賜死됨	
1813년(계유, 순조13)	65세
○ 6월20일, 부인 楊州趙氏가 별세함 ○ 9월20일, 친형 徐浩修의 부인 韓山李氏가 별세함	
1816년(병자, 순조16)	68세
○ 2월9일, 養母 豊壤趙氏가 별세함	
1817년(정축, 순조17)	69세
○ 楸子島 謫舍에서 아들 徐有榘가 귀양살이 뒷바라지를 위해 必有堂의 藏書 17종 377책을 팔겠다고 고한 편지를 받음. 1798년에 하사받아 발문을 써둔 《春秋左氏傳》도 그 속에 들어 있음을 보고 서글픈 심정으로 발문을 다시 씀	○ 敬跋宣賜春秋傳後 (후반부, 10)
1823년(계미, 순조23)	75세
○ 7월, 臨陂縣으로 移配됨	
1824년(갑신, 순조24)	76세
○ 11월3일, 臨陂謫舍에서 별세함	

지은이 서형수(徐瀅修)

1749(영조25)~1824(순조24). 본관은 달성(達城), 자는 유청(幼淸)·여림(汝琳), 호는 명고(明皐)이다. 대제학 서명응(徐命膺)의 둘째아들로 태어나 숙부 서명성(徐命誠)에게 입양되었다. 35세(1783, 정조7)에 증광 문과에 급제하고 이듬해 홍문록에 들어 부수찬(종6품)이 되었으며 그해 12월 초계문신(抄啓文臣)에 선발되었다. 내외 관직을 두루 거쳐 57세(1805, 순조5)에 경기 감사에 올랐으며, 51세에 진하겸사은부사(進賀兼謝恩副使)로 중국에 다녀왔다. 《군서표기(群書標記)》·《규장각지(奎章閣志)》 등 많은 국가 편찬 사업에 참여하였다.

숙부 서명선(徐命善)이 정조의 즉위 과정에 세운 공으로 인해 특별한 지우(知遇)를 받은 한편, 정조의 즉위를 방해하려던 홍계능(洪啓能)의 제자라는 이유로 출사 전후에 몇 차례 탄핵을 받기도 했다. 1805년 김달순(金達淳)의 발언 ─ 사도세자(思悼世子) 대리청정 시에 학문 정진과 정사의 근면 등을 간언(諫言)했던 박치원(朴致遠)·윤재겸(尹在謙)을 표창해야 한다고 주장 ─ 으로 인해 이듬해 불거진 옥사에 연루되어 1824년(76세) 별세할 때까지 19년 동안을 유배지에서 지냈다.

문장은 청(淸)나라 서대용(徐大榕)으로부터 당송팔대가 중 하나인 유종원(柳宗元)의 솜씨라는 평을 받았다. 학문은 주자학적 사유에 발을 딛고 있으나 그에 갇히지 않았다. 시 창작의 배경과 의미 맥락에 주의하여 《시경》의 시를 온전히 이해하기 위한 노력으로 《시고변(詩故辨)》을 저술하는 등 고증적인 학문 방법과 정신을 수용하였다. 조선 학문의 폭과 체계가 일신되던 시대 그 현장의 중심에서 개방적인 태도로 기윤(紀昀) 등 중국의 석학들과 교유하며 정조(正祖)의 의욕적인 도서 구입에 조력한 인물로, 진취성과 신중함이 아울러 돋보이는 학자·문인이다.

옮긴이

이규필(李奎泌)

1972년 경북 예천에서 태어났다. 계명대학교 한문교육과와 경북대학교 한문학과 석사를 졸업하고, 대구 문우관에서 수학하였다. 성균관대학교 한문학과에서 〈대산(臺山) 김매순(金邁淳)의 학문(學問)과 산문(散文) 연구〉로 박사학위를 받았다. 한국고전번역원 연구원, 성균관대학교 대동문화연구원을 거쳐 현재 경북대학교 한문학과에 재직 중이다. 논문으로 〈조일 경학계의 풍토와 주석 양상 비교〉가 있고, 역서로 《무명자집(無名子集) 3·4·11·12》, 공역서로 《한국의 차 문화 천년》, 《국역 수사록(隨槎錄)》이 있다.

강민정(姜珉廷)

1971년 제주 애월에서 태어났다. 서울대학교 지구과학교육과를 졸업하였다. 민족문화추진회 부설 국역연수원 연수부와 상임연구부에서 한문을 수학하고, 성균관대학교 한문고전번역협동과정에서 〈구장술해(九章術解)의 연구와 역주〉로 문학박사 학위를 취득하였다. 한국고전번역원과 성균관대학교 대동문화연구원 거점번역연구소의 연구원을 지냈다. 역서로 《국역 농암집(農巖集) 5》, 《무명자집(無名子集) 1·2·9·10》이 있고, 공역서로 《칠정산내편(七政算內篇)》, 《사고전서(四庫全書) 이해의 첫걸음》, 《교감학개론(校勘學槪論)》, 《승정원일기(고종·인조)》, 《설수외사(雪岫外史)》, 《효경주소(孝經注疏)》 등이 있으며, 논문으로 〈한문 고전의 제목 번역과 작품 해제 작성에 대한 시론(試論)〉, 〈산학서(算學書) 번역의 현황과 과제〉 등이 있다.

권역별거점연구소협동번역사업 연구진

연구책임자 이영호(성균관대학교 HK 교수)
공동연구원 이희목(성균관대학교 한문학과 교수)
            진재교(성균관대학교 한문교육과 교수)
            안대회(성균관대학교 한문학과 교수)
책임연구원 김채식
            이상아
            이성민
선임연구원 이승현
            서한석
연구원   임영걸

번역   이규필(15쪽~ 46쪽)
            강민정(47쪽~298쪽)
해제   강민정
교열   정태현(한국고전번역원 명예교수)
윤문   정용건

명고전집 7

서형수 지음 | 이규필 강민정 옮김
2019년 12월 31일 초판 1쇄 발행
편집·발행 성균관대학교 출판부 | 등록 1975. 5. 21. 제1975-9호
주소 (03063) 서울시 종로구 성균관로 25-2
전화 760-1253~4 | 팩스 762-7452 | 홈페이지 press.skku.edu
조판 김은하 | 인쇄 및 제본 영신사
ⓒ한국고전번역원·성균관대학교 대동문화연구원, 2019
Institute for the Translation of Korean Classics·Daedong Institute for Korean Studies

값 25,000원
ISBN 979-11-5550-360-7 94810
      979-11-5550-265-5 (세트)